[鹿 小 姐 书 系]

爱情头彩

讳 / 著

陕西新华出版传媒集团
三秦出版社

图书在版编目（CIP）数据

爱情头彩 / 讳著. —西安：三秦出版社，2017.12
ISBN 978-7-5518-1688-5

Ⅰ. ①爱… Ⅱ. ①讳… Ⅲ. ①长篇小说－中国－当代 Ⅳ. ①I247.5

中国版本图书馆CIP数据核字(2017)第287457号

爱情头彩

讳 著

出　　品	大周互娱
总 策 划	周　政
总 监 制	杨翔森　曾筱佳
责任编辑	韩　星
编辑总监	调　调　小　狸
特约编辑	周　璇　林　涛
封面设计	小　乔
版式设计	李映龙
封面绘制	Ain&银

出版发行	陕西新华出版传媒集团　三秦出版社
社　　址	西安市北大街147号
电　　话	（029）87205121
邮政编码	710003
印　　刷	长沙鸿发印务实业有限公司
开　　本	880mm×1230mm　1/32
印　　张	9.5
字　　数	320千字
版　　次	2017年12月第1版 2017年12月第1次印刷
标准书号	ISBN 978-7-5518-1688-5
定　　价	34.80元
网　　址	http://www.sqcbs.cn

目录

第一章 一夜暴富
有钱以后,我有一个梦想 ····· 001

第二章 人靠衣装
丑小鸭变成白天鹅花了多少钱? ····· 016

第三章 粉墨登场
一场寻亲之旅,刚开始,就喜相逢了? ····· 040

第四章 郑家风云
钢琴这种东西,我显然是不会的 ····· 060

第五章 比惨大会
我和郑易,没有最惨,只有更惨 ····· 080

第六章 小龙虾面
郑易下的面条很好吃 ····· 096

第七章 社交名媛
我没有书香门第,我只有六十亿 ····· 114

第八章 隔墙有耳
震惊,我的秘密居然被人知道了…… ····· 134

目录

第九章 樱桃与鹅
你都不知道你究竟有多好 ……… 154

第十章 螳螂捕蝉
我的女儿……是妈妈对不起你 ……… 174

第十一章 黄雀在后
可能真的是我天真，或者说愚蠢 ……… 195

第十二章 分手快乐
别指望我祝你们幸福，请好自为之 ……… 211

第十三章 以牙还牙
惊不惊喜？意不意外？刺不刺激？ ……… 229

第十四章 人生如戏
该配合你演出的我尽力在表演 ……… 247

第十五章 人生赢家
快乐永远都会如影随形 ……… 269

番外 求婚 ……… 290

//// CONTENTS ////

第一章 一夜暴富

● 有钱以后，我有一个梦想

人这一生，一定要养成一个良好的、能够提升自我的习惯。

比如每天健身一小时，比如每天码三千字，比如每天攒十块钱。

可能初期你不会有什么受益，觉得可有可无，但是一定要坚持下去，总有一天，你会发现自己的身材已经十分健美，小说已经收藏过万，或者小有积蓄。

像我这种目标比较高远的人，所保持的习惯自然也要更充满奉献精神——我会每天坚持为国家做一点贡献，主要集中在社会福利事业、国家体育事业，虽然献给国家的单笔金额不多，但因为人品不是很好，总数还是很可观的。

做人，总是要有点坚持，才会有收获，人品也总是会有集中爆发的那一天。

我把鼻梁上的墨镜往下压了压，露出眼睛来，好仔细看清楚眼前的写字楼——高耸又气派，脖子仰歪了也看不到楼顶。

早就听说金融中心这边的写字楼都散发着一种"土鳖勿进"的天然气息,今天一看,果然名不虚传,就连身边进出的那些穿着西装皮鞋、时装套裙的精英白领,也都是用眼角轻飘飘地瞥我一眼,然后换成鼻孔看人。

我虽然不是精英,但好歹曾经是个白领,虽然穿得没你们那么正式、讲究、显瘦,但我穿得暖和!怎么能强求一个已经在家宅了一个星期的人穿得人五人六的呢?

我把墨镜戴好,一边往大厦里走一边想,也许他们是觉得我戴了Chanel最新款的墨镜有些炫富,不太高兴,才会拿眼睛瞥我吧。

这家投资公司是秦姝介绍给我的,叫独立资本,业内都称作IC。

其实我内心是比较想联系一些华尔街的知名公司的,像凯雷基金,据说他们家的平均回报率是34%,一万块钱,一年就会产生三千四百块钱的收益,一百万年收益能有三十四万!我平时累死累活上一年班,连三十四万的一半都赚不到,如果选择了凯雷,光利息就够我胡吃海喝到死了。

但是秦姝说这家公司的创始人也曾经在华尔街赫赫有名,而且投资回报率也非常可观,她爸放了一些钱在里面,每年的收益率比自己理财要高很多。

重要的是,秦姝说把钱放在国内的公司,更方便我以后的资金运作。

没想到有一天,我也可以说起"资金运作"这种低调而又财大气粗的词了。

IC的前台姑娘美丽又有气质,说话声音温柔又动听,就是语气中带着点质疑:"您说您找谁?"

我确定她刚才其实听清了我的话:"我说,我想找你们公司的创始人,或者理财最好的投资经理人也可以。"

前台姑娘扭头与旁边坐着的另一个姑娘对视了一眼,然后回过头来说:"请问您有预约吗?如果没有预约,不好意思,我没有办法帮您联系。"

这倒是可以理解,我说:"但是我没有你们公司这些人的联系方式,不知道该怎么跟他们预约,你能帮我联系下或者预约一下吗?"

前台姑娘摇了摇头,似乎打量了一眼我的穿着,笑容有些张扬:

"不好意思，我们没办法帮您。"

我犹豫了一下，左右看看没有其他人，压低了声音说："但是我有一些钱，好多亿，想要做投资……"

不等我说完，这个姑娘又与邻座的姑娘对视了一眼，然后两个人一起忍不住笑了起来，邻座的那个姑娘的目光在我的羽绒服上停留了很久。

我面无表情地看着她们："我没有骗你们，我确实有很多亿。"

可能是墨镜太黑太大的原因，这两个前台看不到我充满怒火的目光，仍然在笑，只是笑着笑着又很快收了表情。

有人拍了一下我的肩膀。

我扭头，看到一个一身黑色西装的男人，长相挺英俊，身材挺拔，从容中带着一点不可一世的笃定，这气质，哪怕在高质量的金融才俊中也算是相当出众的。

只是此刻他微挑着眉，眼神同样带着一丝探究："你说你有多少钱？"

我戒备地看他，说："很多钱。"

他仿佛看不出我不想跟他多说的意愿，抱着手臂也开始打量我，比那两个前台还毫不顾忌："很多钱是多少钱？"

他的目光从我的雪地靴开始，移到我加绒的牛仔裤上，再移到我的羽绒服上。我动作明显地推了下脸上的墨镜，说："你要是觉得我可能很穷，可以多看看我的墨镜，但是我有多少钱这个问题，不能告诉你。"

他又挑了下眉，甚至带着一种不可思议的表情哼笑了一下，随即说："我就是IC的投资经理，你有什么想要了解的，我可以给你做咨询，只是在这之前，我需要了解你准备拿出多少钱放到我们这里。"

这最后一句话说得还算能听，如果他说的是"你能有多少钱"，我估计会直接走人。

我点点头说："你有工卡吗？怎么证明你是IC的投资经理呢？"

他："……"

他看着我不说话，我绷着脸在墨镜背后默默地看他，也不说话。

很快他冲前台抬了抬下巴："我的工卡落在办公室了，她们可以做证，我是这里的员工。"

前台的姑娘由愣怔转为顿悟，连忙点点头，亲切地微笑着说是的，并远程帮我们开了门禁。

一楼有很多间会议室,这个投资经理带我进了其中一间,装修风格商务又冷淡,黑色的会议桌让人格外清醒。

"还不知道您贵姓。我叫郑易,容易的易。"他伸手指了一张椅子示意我坐,自己顺手解了西装的扣子,在我旁边的转角位子上坐下。

天花板上的摄像头装得很明显,我说:"我姓周,周呦呦,跟获诺贝尔奖的屠呦呦一个名字。"

他点点头:"呦呦鹿鸣,食野之苹。"

这是我爸给我起名字的出处,既然他也是半个文化人,那么或许他勉强可以信任。

我说:"你们公司对投资人的资金数额有限制吗?"

他说:"门槛是千万,小几千万的用户虽然多,但是投资回报率相对会低一些,高额回报主要是白金用户,这些用户的起投都是上亿。"

"有上限吗?"

"没有。"郑易回答得很快,然后扬了下嘴角,"不知道周小姐打算投多少?"

我说:"那我也应该算是白金客户,我的钱也有上亿……"

他面色如常,带着点礼貌的笑意听我说,没有两眼放光,更没有立刻来跪舔我这个VVIP,看来也是个见过大世面的人。

我继续说:"我有将近九亿……"

他挑起了眉。

"……美元。"

他不说话了。

我们对视了片刻,然后我说:"确实很多,很吓人对吧?"

郑易轻咳了一声,话语中带着一丝意外:"年前美国强力球开出的那个十六亿美金的得主,是你?"

"你反应还挺快,我记得报道上只说了是亚洲人、女性。"我说,"16.3亿美金的奖,扣掉各种乱七八糟我也不懂的税,最后给我的是8.9亿。"

郑易笑了下,从震惊到平静的恢复速度很快:"周小姐运气真好。"

我谦虚地说:"还可以吧,这充分说明了每天买一张彩票的重要性。"

郑易微笑着点了点头："这习惯不错，周小姐能一直坚持买彩票也是有毅力，成功确实更偏爱那些坚持和努力的人。"

我透过墨镜看他："你这马屁拍得有点明显了。"

郑易："……"

他脸色有些黑，我说："这就是我为什么找你们老板的原因，毕竟这钱不是个小数目，我担心你们这些经理为了拉业绩忽悠我有30%的收益，实际上也就只有10%。

"投资理财这方面我都不懂，刚才看你像是个不为钱财所动的人，我才愿意跟你说实话，但是你一恭维我，我就觉得你不是很靠谱。你说你是投资经理，到底资深不资深，我其实很怀疑。"

郑易眼眸漆黑，注视着我，也不微笑了，表情严肃："看来周小姐对我仍然有些防备，我理解，不如我们上楼到我办公室谈，也正好给你看看我的工卡和证件。"

他神情认真得让我觉得有点不好意思，我只好摆手说："不用了，我今天来就是了解一下，我其实是想把钱放到华尔街的公司，他们收益高，名声也大。"

"是吗？"郑易搭在桌上的修长手指点了两下，"不知道周小姐属意哪家？"

我说："凯雷你肯定知道吧，他们家的回报率是34%。"

"34%，周小姐就满足了？"郑易笑了一下，"既然周小姐喜欢坦诚的人，那我也说句实话，凯雷的平均回报率确实能达到30%，而且这只是平均水平，以周小姐的资产，到凯雷也是黑金用户，收益率只会更高。"

幸好有墨镜在，不然他一定会看到我瞪大眼睛的激动神情。原来没有最高，只有更高。

郑易继续说："凯雷确实是一个不错的选择，但是如果周小姐愿意把资金放到我们这里，我可以保证回报率不会比你期待的低。"

他说得十分笃定，神情自信又坦荡，按说这种谈价格的时候，最好反驳一下来表示下自己很懂行，但是我实在是什么都不懂。

我想了想，说："我朋友说把钱放在国内，如果进行资金运作的话会更方便一点。"

郑易笑了笑："如果进行合理避税，国内国外都无所谓。不知道周小姐想进行什么资金运作？"

"还没想好。"专业知识懂得少,说多了容易露怯,我说,"可能收购一两家公司,弄个老板当当什么的。"

郑易这会儿倒是不动声色,说:"如果周小姐有收购本土企业的规划,放在国内确实要好一些,国内的专业人士在做尽调的时候能更好地结合市场情况做出判断。"

我点点头。其实我也就是说说,并没有什么明确的计划。

他看我没有反应,补充说:"如果周小姐对我们公司有了解,应该知道我们投资并购这一块儿的业务在国内的影响力,去年桔光科技对UB中国的收购,就是我们主导的。"

我清了清嗓子说:"不好意思,我其实是前两天才知道你们公司的。"

郑易:"……"

静默的氛围里,我的手机及时响起一声微信的提示音,是秦姝在问我有没有办完事。我们昨天约好十一点到她公司附近去吃饭。

正好也该走了,我站起身说:"你给我的条件可能确实不错,我也相信你没有忽悠我,只是我需要回去再考虑一下。"

"可以理解,毕竟不是小数目。"郑易也跟着站起来,点头说着,又摸了一下身上的口袋,最后掏出手机来,"抱歉,我今天没有带名片,我们可以交换个联系方式,周小姐如果有意,可以随时与我联系。"

人家白白花了这么长时间给我做介绍,直接走人确实有点不近人情,我便报了手机号。之后郑易很绅士地送我出门。

"周小姐是做什么工作的?"出去的路上,郑易随意地问。

"做外贸的,以前在一家外贸公司上班,半个月前辞职了。"

郑易点点头:"怎么辞职了?"

我:"……"

我侧头看他,简直难以置信,那句"你是不是傻"差点就脱口而出了:"你如果中了这么大的奖,难道还会继续朝九晚五地上班吗?"

郑易愣了一下,随即笑着点点头:"周小姐说得对。"

我想,秦姝介绍的这家公司,并不是很靠谱。

秦姝的公司就在金融中心附近,办公室租金只比金融中心便宜一点点。我曾经好奇她一个不到八十人的小公司为什么选择这么高成本的投入,她当时撩了撩头发对我说,为了方便经常去金融中心转转,偶遇土豪，拉到风投。

秦姝此人一直是我心目中的白富美，不仅长得美艳无双，还遗传了她爸的经商基因，从大学开始就熟练运用各大社交软件不停吸粉，然后倒卖化妆品、明星周边等，并且紧跟时代的步伐成立了一家网红经纪公司，升职为公司总裁。

而我作为她大学四年的室友，凭借着帮她一起收发快递的交情，光荣地见证着她的发家致富史。

她公司签的网红不多，有几个养成中的网红正在公司接受培训，见到我的时候迭声说："哎哟喂，呦呦姐发财啦！这是Chanel的墨镜吧！"

我面无表情地说："能不能别叫姐，我也就二十六，叫得我好像三十了。"

"但我是九六年的呀，比你小好几岁呢！"叫曦雨的这个小姑娘一脸的胶原蛋白，笑嘻嘻地说，"呦呦姐升职加薪啦？Chanel的最新款哎，得好几千吧？呦呦姐真有品位，能给我们戴下不？"

一上午过去，终于有人率先发现了我的墨镜，并赞扬我的眼光。

秦姝从办公室里出来，老远就抬手捂住了额头，另一只手指着我说："周呦呦，你赶紧给我把这墨镜摘了，我眼睛要瞎了！"

我正要给曦雨摘墨镜的手一顿，转而往上推了推："我不美吗？七千多的墨镜啊！镶钻的要上万，我都舍不得买！"

"买了也没用，上万的墨镜也配不上你羽绒服和雪地靴的土气。"秦姝一脸嫌弃，摘了我的墨镜扔给曦雨，"你买得起这贵的墨镜，就不知道花点钱给自己捯饬一身衣服？"

秦姝耳提面命，我推着她往外走，小声说："我买这副墨镜纯粹是为了自我保护，想着现在有钱了，奢侈一把，没想到一副墨镜都这么贵，六十亿也就只能买几十万副墨镜，钱一下就没了……"

秦姝哈哈哈地笑着，一头鬈发都跟着打战。我戳了她腰一下，她才收声，忍着笑说："所以不是让你尽快把钱拿去做理财吗？放在银行卡里简直是暴殄天物，一年利率才0.3%，你算算一天的利息也就……我天，一天的利息就能有五万……周呦呦，你真是发财了，一天可以买五副镶钻的墨镜……"

"咱俩以后做不成朋友了，"秦姝喃喃道，"贫富差距实在太大了……"

我还没有算过这些天的利息，一时也很震惊："秦小姝，你心算速度好快啊。"

秦姝按了去地下车库的电梯按钮，我回过神来说："不是去你公司楼下吃拉面吗？"

"今天去七星大厦那家最贵的自助餐厅吃，"秦姝咬牙切齿地说，"吃一千多一位的那种。"

直到坐在餐厅里，面对着一盘从新西兰空运来的龙虾，秦姝仍然没缓过神来。事实上，从得知中奖的那一天起，我也无时无刻不处在茫然状态，感觉整个世界突然就变了，以前吃不起的自助餐、买不起的墨镜，哪怕是H市天价一般的房子，如今都如同一块钱的馒头一样，想买就买，想吃就吃。

一夜之间，困扰我这个城市蝼蚁的诸多烦恼与琐事，都不是问题了。

有钱，好像真的能使鬼推磨。

秦姝感叹道："有钱人真可怕，我每天累死累活地拉投资，你每天什么都不干，赚的就能是我几倍的利润。"

我指指自己："我现在有钱了，你可以找我给你投资啊！你早日把公司做大，很快也能财务自由了。"

"那不行，我再爱钱也不能坑自己人啊！"秦姝托着下巴笑得妖娆，自黑技能满分，"不过以后肯定要多敲你几顿饭，不然真的要嫉妒死。"

大学时秦姝赚了钱，没少带着我吃香的喝辣的，于是我把卡掏出来拍在桌上："随便吃！管够！"

"能不能别这么暴发户！"秦姝伸手扯我的衣服，"咱都有钱了，日利息五万，什么时候去买点上档次的衣服，学着注意点形象。别告诉我你今天就穿这身去IC了。"

"啊。"我点头，"我在家宅了这么多天，剧和小说看都看不过来，哪有空出去买衣服，墨镜都是我在网上海淘的。"

"IC的保安没把你轰出来吗？"秦姝表情简直惨不忍睹，"算了，一会儿我陪你去逛街买几件……跟IC的人谈得怎么样？"

我摇摇头："不太靠谱。那个投资经理特别年轻，看着连三十岁都不到，感觉没什么经验，都是在忽悠我。"

"不会吧，我爸说他们还可以啊。"秦姝有些意外，"我们家你也知道，做点小生意赚点小钱，我爸也就是刚够投资门槛的那种客户，他说每年的回报率都不低,对你们这些大客户,按说应该会更高。"

"他给的数字确实不低,听起来也挺诱人的,但是嘴上没毛,办事不牢啊!"我想了想说,"其实我也想把钱放在国内,心里更踏实。我说再考虑一下,过两天再联系他谈谈。"

秦姝点点头:"这么大的事,确实要多了解一些。"

吃完午饭,秦姝就要拽着我去买衣服,而且去的是我曾经连路过都会绕道而走的老佛爷!这直接导致我每试一件衣服都要翻翻价格,算一下我再买几件衣服就会破产,气得秦姝打了我一路。

"这条裙子好看是好看,但是什么场合穿呢?"我看着镜子里那个穿着一袭黑色长裙的美女,不得不说人靠衣装,贵不是没有贵的道理,但是,"太贵了,这么薄薄的一块布,要三万多,还不打折。"

"抠死你得了!"秦姝直接上手掐我腰,"我帮你算过了,六十亿能买二十万件,哪怕一天穿一件都够你穿五百多年的,你要是能活五百岁,我现在就给你跪下!"

秦姝的心算速度,我是服气的。

"说认真的周小呦,"秦姝又拿着一件春衫在我身上比,"虽然你现在混吃等死完全没问题,不过你真的准备每天什么都不干地过一辈子吗?"

这是个好问题,事实上我也不知道以后该干什么。

"可能会去环游世界?做点公益什么的……总不能还上班吧?而且以后我也不用考虑找对象的问题了,有需求的时候包养几个肌肉男、小白脸,分分钟成立一个后宫,想想还有点小激动。"

秦姝面无表情地看着我。

我也很无辜:"其实还没想好,幸福来得实在太突然。"

秦姝漂亮勾人的桃花眼里几乎要迸出嫉妒的火光来,随即叹了口气:"算了,你还是先玩一段时间吧,要是我,估计也会先在床上躺一个月。"

逛完街后,秦姝回公司,我回到家里继续挺尸。

一个下午,我买了两件衣服、一双鞋和一个包,花了五万块钱,一天的利息就这样没了。

但是我还有六十亿的本金,明天又会产生新的五万块钱,这样一想,今天花掉的这五万简直是九牛一毛。

年前我们公司组织我和几个同事去美国参加展销会,也算是年终奖励大家出去玩一圈。在纽约一家便利店买水结账的时候，我看旁边竖了一张广告牌，强力球彩票的中奖金额已经到了16.3亿美元。

而那天我出差已经将近一周，于是多买了几张，补足这些天没为社会做贡献的遗憾。

其中一张就开出了巨奖。

我买彩票的时候，同事十分消极地劝我不要白浪费钱，我说："要相信心诚则灵，如果我中了奖，一定分你一百刀。"

事后我很庆幸，幸好当时没有豪气万丈地说分她一半。

后来过年期间我又飞了一趟去办相关手续，钱到账的那天，发财的我做的第一件事就是辞职。

还记得我那领导关切地问我是不是嫌钱给得少，毕竟我在公司的业绩也是排得上名的。她甚至拿出了撒手锏，说如果我不辞职，会给我介绍一个有车、有房、有户口的对象。

我配合地露出了一脸遗憾又不舍的表情，在领导"不识抬举"的眼神下，坚持辞职了。

当然，像我这么说话算数的人，临走前给一起去美国的那个同事买了一堆零食，以至于在送我离开的时候，最舍不得我的就是她。她哭着对我说："苟富贵，勿相忘。"

虽然我心里有些惭愧，但是幸好我没有告诉她真相。

秦姝发了一条微信过来：到家了吧？你今天见的那个投资经理叫什么，回头让我爸帮忙问问这个人怎么样。

我回复她：好啊好啊，他说叫郑易。

我看着聊天界面，那边静了一会儿，然后显示在文字输入，后来又显示语音输入。

秦姝咆哮的声音传过来："周呦呦你是不是傻！郑易就是IC的创始人！H市排名第一的钻石王老五！你去IC之前一点资料都没查吗！"

我：……

一个人既长相英俊又年轻有为的概率有多大？尤其这个人还属于长相非常英俊、事业非常成功的那一类。

翻了几十页IC近期的动态后，我盯着其中一篇报道里郑易那张棱角分明、几乎毫无死角的脸看了很久，心想，我有眼不识土豪也是情有可原的，毕竟怎么会有人这么得上天垂怜。

但是转念一想，我这中奖的运气连我自己都佩服，既然世间确实有这种幸运儿,那没认出郑易来,还是说明我功课做得少。

在秦姝骂了我一顿后,接下来的几天里,我少看了两集剧,仔细了解了一下IC。

郑易,H市知名的郑氏实业的太子,今年三十岁,二十二岁硕士毕业进入黑石集团。2008年金融危机后的几年里,黑石能够相较于其他投行快速地恢复,主要归功于郑易提出的针对亚洲市场的战略投资方向。报道里又提了几件郑易主持的知名收购项目,并且不断用到handsome这个词。

四年前郑易离开华尔街,回国创办IC,凭借其丰富的投资经验、敏锐的市场嗅觉和丰富的人脉资源,很快让IC成为国内首家投资回报率上榜华尔街的资本公司。

我躺在床上一边刷微博一边想,如果把钱放在国内,从我这些天的搜索看来,IC确实是个不错的选择,但是又好像还没有到让人很满意的程度,想来想去,它并没有什么独一无二的特点可以吸引我。

微信传来提示音,有人加我好友,头像是一张俯拍的城市夜景,备注说:我是郑易。

今天距离我上次去IC,已经过去了三天。

我朋友圈里难得有土豪,除了秦姝,就是几个久不联系的同学,或者是偶尔加的客户,寥寥几人,对于开阔视野、增长见识帮助不是很大。然而等我迫不及待地点进郑易的朋友圈,我大失所望,他的朋友圈除了金融新闻的分享,就是几条歌曲分享,不多的几条原创也基本是措辞严谨的金融时事点评。

郑易发来消息:请问周小姐考虑得怎么样了?

我说:还可以,但是还需要再谈谈。

他回复得很快:没问题。周小姐方便告诉我住处吗?我明天上午派人去接你。

看来他很想拉到我这个客户。我说:不用了,我自己过去就行,我们约下午吧,上午我起不来。

郑易那边顿了一会儿才显示正在输入:好,周小姐大概几点能到?我安排好时间。

我说:其实我也不知道几点能自然醒……

郑易这次停顿的时间更长,过了片刻说:那我随时恭候。

在家宅了半个多月,我的生物钟与北京时间已经有了很大的时差。天知道在夜深人静的时候看剧和在正午阳光的照耀中醒来是一件多么美妙的事情。

我到IC的时候,已经是下午三点半。

前台换了两个姑娘,不变的是精致的妆容,变的是工作态度,我刚报上名字,其中一个姑娘就立刻起身带我进了电梯。

只是我来得不巧,穿着合身套裙的秘书说郑易在一个比较重要的会上,还有大约二十分钟结束。她给我倒了杯咖啡,并且拿着一个iPad问我需不需要用来打发时间,上面装有最近流行的抽卡片游戏。

没想到他们这么人性化,我犹豫了好几秒,最后还是忍痛拒绝了。

郑易的办公室很大很宽敞,里面还有不少看着很贵的摆件,庸俗如我,还从来没有进过这么大个老板的办公室。我十分想趁机见见世面。

办公室正南方向有一整面落地窗,冬末春初的阳光很柔和,我走过去往下看了看,忍不住一阵眩晕。办公室在顶层就这点可怕,虽然看得远,但是一不小心,摔得也惨。

窗外远眺的街景有点眼熟,从这个角度看很像郑易那张微信头像。

紧邻落地窗的一侧摆了一些物件,有的是中式的,有的是西式的,刚才进来乍一看我还以为是宝贵的艺术品,仔细看才发现,中式的是各地的茶叶盒,西式的是各国的咖啡罐,有的品种和产地看起来很稀有的感觉。

这种收藏喜好倒是很少见,也很有趣,我挨个看下来,唯一遗憾的是不好随便移动别人物品,有的介绍在罐子背后,没办法看清。

办公桌后面的墙上挂了一幅油画,墙角摆了一个书橱。

油画色彩很是鲜艳——一张桌子上放着一个篮子,里面是一些通红的苹果,旁边还有一瓶红酒、一盘甜点。我虽然看不懂画,但是也能知道这幅画应该价格不菲,因为我确实能从其中感受到一种静谧悠闲的感觉,让人感觉说不出来的舒服。

可见郑易的品位也挺独特的,他应该很喜欢吃,办公室不是放点水果画,就是收集些茶饮。

身后的门传来响动,我扭头正好看到郑易推门进来。

他一只手搭着门把手,动作明显僵了一下。

我低头看了看自己。今天有了点春天的气息,所以我赶紧脱掉了羽绒服,穿上秦姝给我挑的死贵的衣服显摆一下——黑色毛衣和暗绿色的大衣,因为感觉没有春天的鲜艳气息,我出门前又抹了一点口红,并没有什么特别的地方。

我说:"郑总不认识我了?我是周呦呦。"说着,我突然意识到,他大概是感受到了我五万块钱一身的逼人贵气,不禁窃喜。

郑易回过神来,微笑着说:"那天见面周小姐一直戴着墨镜,刚才确实没认出来,抱歉。"

我:"……"

郑易示意我坐,把资料放到办公桌上后也坐到了旁边的单人沙发上:"周小姐这几天考虑得怎么样?那天我跟你说的回报率,还满意吗?"

"原来你是这家公司的老板,"我先下手为强,说,"你那天骗我说是投资经理。"言下之意就是:你欺骗了我,我怎么相信你?

郑易却笑了笑说:"那天没有机会跟周小姐讲清楚,我确实是IC的创始人,不过目前也会亲自负责一些资产的投资,不敢欺骗周小姐。而且我作为一家公司的老板,话自然不能乱讲,跟周小姐说的回报率,只会高,不会低,这点周小姐可以放心。"

其实我也是这么想的。

我往沙发上靠了靠,沉吟了一会儿,叹了口气说:"你给出来的收益确实不错,而且你这么大一家公司,我也没有不相信的理由。但我总觉得吧,你这里也没有什么很特别的地方可以吸引我,我也不是非你不可。"

郑易很聪明,笑着说:"周小姐有什么条件,可以尽管说。"

我说:"我看你们公司资料的时候,看到你的个人介绍,郑氏实业是你们家的?"

郑易挑了下眉,说:"是我父亲的,由我爷爷创办,现在是我父亲在经营。"

这个我了解,我说:"所以,你们家很有钱,从你爷爷开始就很有钱,你小时候也很有钱?"

郑易盯着我看了一会儿,然后不动声色地说:"可以这么说。"

我了然地点点头,说:"我有一个梦想。"

郑易看我的眼神有了点戒备,他扬了一下嘴角说:"周小姐的梦想不会是嫁入豪门吧?你现在已经是豪门了。"

我摇了摇头,清了清嗓子说:"我想进入上流社会。"

郑易没说话。

"就是你们这些有钱人的圈子，我也不知道算不算是上流社会，总之就是想进入你们这高端的、有钱人很多但暴发户除外的圈子。"我补充说，想了想又补了一句，"即便我也算是个暴发户。"

"可以理解。"郑易点了点头，"所以呢，周小姐的意思是？"

他还没有明白。既然他这会儿又没有那么聪明了，那我只好给他讲明白："所以我需要你帮我呀。"

郑易："……"

我说："虽然我有钱，但是暴发户那么多，不是每个人都能进你们那个圈子，我要是从头做起，太难了，所以需要你帮帮我。"

郑易："……"

我说："你怎么不说话了？"

郑易看起来心平气和，说："不好意思周小姐，这个我恐怕……"

听个开头就能知道结尾，我站起身来："哦，那我就不打扰了。"

我转身要往外走，郑易叫住了我："等等。"

我差点就要忍不住赞叹出声了，钱，不说万能，那也得有九千九百九十九能。

郑易面无表情，完全没了刚才对待我这个黑金客户的微笑和礼貌："你想让我怎么帮你？"

我走回去，坐到离他近一些的位置，诚恳地说："帮助我成为一个名媛。整个从0到1的过程，我都需要你的帮助，因为我也不知道名媛是怎么样的，所以该怎么做，就要靠你对你们圈子里的名媛们的了解了。"

郑易轻哼了一声："恐怕从0到0.1的过程我就爱莫能助，名媛的出身，周小姐有吗？"

"这个我可以有。"我说，"我爸在世的时候，是大学教授，你可以把我的出身包装成书香门第。我相信这个难度肯定远低于你们投资并购时做的每一次路演，你说呢？"

郑易瞥了我一眼，选择了不说话。

我说："如果你答应，并且保证把我包装得完美，让我成功跻身你们名流圈，跟各界知名人士交上朋友，我今天就跟你签合同。"

郑易意味深长地看我："周小姐野心不小。"

我赶紧摇头："完全没有野心，只有一颗想开阔视野的求知心。再说，谁不想像电视上演的一样，感受一下一天换三件晚礼服，姿态优雅地端着杯香槟，穿梭于大家嫉妒的目光中，接受每一声赞美和恭维的上流生活呢？"

"如果帮周小姐成为一个姿态优雅的名媛，"郑易拿眼瞥我跷起的二郎腿，"投资回报率可就不是当初我们谈的那些了。"

我面无表情地说："郑先生，在我站起来走出门去之前，不如你再考虑一下，你能给我的回报率究竟是多少。"

郑易脸色有些黑："你威胁我？"

我笑着点头："是啊。"

郑易："……"

我微笑着："……"

郑易一点也没有第一次见面时的礼貌与温和了，他黑着脸说："你赢了。"

第二章 人靠衣装

● 丑小鸭变成白天鹅花了多少钱？

虽然我赢了，并且跟郑易签了合同，包括帮助我成为一个名媛的合同，但是郑易并没有履行合约的迹象。

距离那天他咬牙切齿地答应帮我，已经过去了好几天，而我最近在追的剧都看完了。

那是一个起了风的黄昏，窗外天气阴暗，天气预报显示最近两天倒春寒，我听着手机里传来的片尾曲，心想：坏了，那张名媛合同上，好像并没有写郑易不履行合约的赔偿事项。

怪不得他敢肆无忌惮地晾着我。

我不得不给他打了个电话。

"什么事？"对方接得倒是很快，低沉又利落的声音，似乎还有纸张翻动的声音。

我说："你准备什么时候把我培养成一个名媛？"

郑易顿了一下，随即咳了一声，声音清亮了点，说："我有事正在忙，你七点到我公司来。"然后他就挂了他黑金客户的电话。

七点的时候，IC的大楼还灯火通明，他的一个秘书下楼来转告我，说他开了一下午会，这会儿有些文件要处理，需要我在大厅的会客区等一会儿。

直到半个多小时以后，郑易才从电梯出来，看见我的时候，神色又是一怔。

我明明是准时到的，结果还要等这么久，本来就有点不高兴了，见他一副见了鬼的样子，面无表情地问他："郑总又不认识我了？"

郑易皱了下眉："你那天穿的绿色大衣呢？"

"穿那件太冷了啊，今天倒春寒，外面都有零度了。"我说着低头看了眼身上的雪地靴和羽绒服，都是第一次见面那天他见过的，他见到老朋友不觉得久别重逢、喜极而泣就算了，冷眉冷眼的干什么！

我说："都是我冬天在网上新买的啊，好几百呢！有问题吗？"

郑易立刻说："没有，挺好的，天气冷是应该多穿点，走吧。"平稳的神色中甚至带了一丝真诚的温和气息，仿佛刚才那个嫌弃的表情只是一个假动作。

很快，我就知道那个一闪而过的假动作其实是最真实的情感流露。

我以为他是要带我吃饭，然后开始正式授课，详细讲述如何从一个暴发户变为H市名媛。出门前我甚至认真考虑了一下要不要带纸笔。

结果他想带我吃饭不假，却跳过了授课过程。

直到推开包间门时，我说："这家酒店看着很贵的样子，咱们两个人吃饭，不用这么奢侈吧，还单独订个房间。"

郑易才一副恍然大悟的样子，垂眸对我说："忘记告诉你了，你不是想结交名流吗，今天几个朋友约我吃饭，都是H市有身份的'名媛''公子哥'，进去给你介绍。"

他站在我身后，阴阳怪气地说完，便抬手推开了门。

我实在没想到，结交权贵的机会来得这么快。

里面有三男两女在说说笑笑，听见动静都扭头看过来。

其中一个男的懒洋洋地靠着沙发，一只手搭在身边女人背后的沙发上，他"哟"了一声，侧头跟另一个男的说："这个服务员长得不错。"

另一个男的笑嘻嘻地说："美女，你挡着我们郑总的路了！"说完就"哟"了一声，是旁边女人掐了他一把。

他立刻压着声音怒问："你掐我干什么！"

那个女人一脸无辜地说:"谁掐你了,我看美女呢。"

坐在一张单人沙发上的男人明显更沉稳、善良一些,他冲我招了下手:"小姑娘,菜单拿来了吗?可以点菜了。"

看了这些人一系列的反应过后,郑易终于动了,他从我背后绕过来,说:"说什么呢,这是我刚签的客户,周小姐。"

屋里众人脸上的表情,比那会儿郑易看我的时候还要复杂。

我深吸了口气,冲他们笑了笑,说:"大家好,我叫周呦呦。"

坐单人沙发的男人站起来,成熟沉稳地笑着招呼我:"都饿昏头了,周小姐别介意。我姓顾,顾敬凡。"

叫我服务员的那个人咳了一声,笑起来依然不怎么正经:"原来是周小姐,久仰久仰。我叫容峥,这是我……女朋友萱萱,那个小屁孩跟周小姐是本家,周俊,和他老婆,谢茵茵。"

周俊胡乱点了点头,他老婆推了他一下,然后站起来拉着我往旁边的餐桌走,说:"他们都是一群睁眼瞎。你穿羽绒服热不热,脱下来搭那边,一会儿咱俩挨着坐,我早就受够他们成天的不正经了。"说着,她身体力行地翻了个大大的白眼。

郑易坐在我另一边,容峥一脸的不怀好意,说:"郑易,许诺可说了一会儿来。"

郑易翻着菜单:"来就来,又不是我请客,跟我报备有什么用?"

容峥说:"听见了吗,阿俊,今天的饭你请。"

周俊坐在谢茵茵旁边全神贯注地玩游戏:"凭什么我请?我们饿着肚子等了你两个小时,郑易你不请不够意思啊。"

"滚。"郑易笑着骂了他一声,然后侧头挑眉看了我一眼,"我这不带了一个结账的人过来吗?"

我:"……"

容峥看戏一样,搂着他女朋友不说话。周俊抽空抬头看了我一眼,笑着说:"我看行,周小姐是易哥的客户,钱肯定不少。"

谢茵茵骂他:"就你话多。"

我暗暗瞪了郑易一眼,笑着点头:"好啊,今天我请,跟大家交个朋友嘛。"

容峥立刻说:"周小姐够爽快,咱们必须交个朋友。"

"刚认识就让人请客,你们欺负人也太明显了。"顾敬凡沉着声说,浑身散发出一股成熟男人的魅力。

容峥摸摸鼻子，吊儿郎当地笑了一下，说："郑易不觉得有问题，我当然客随主便了，反正我脸皮厚。"

顾敬凡咳了一声："那我也脸皮厚一次，恭敬不如从命了，周小姐。"

我："……"

我以为这里面至少有一个实诚人，原来一个也没有。

菜陆续上来，他们不咸不淡地聊生意，谢茵茵问我是不是本地人。

"我是G市人，在H市读的大学，然后工作，没有回家乡去。"我看到服务员端来一盘蒜蓉粉丝蒸鲍鱼，又接着往桌上摆佛跳墙。

谢茵茵问："周小姐以后有回G市的打算吗？"

"暂时没有。"既然花了这么多钱，一定要好好趁机结交朋友，我说，"你可以叫我呦呦。你是做什么工作的呢？继承家里的事业吗？"

谢茵茵笑起来，声音凉凉地说："我家里的事业可轮不到我继承，再说都快倒闭了，也没什么好稀罕的，大概只能继承上亿的负债。"

我："……"

"我工作比较自由，"谢茵茵说，"有时候在网上写点小说，也会写点剧本。"

这个话题我喜欢："我特别喜欢看小说，可以告诉我你的笔名吗？"

"不可以。"谢茵茵笑得灿烂，回答也很果断，"不过去年播的那部男女主角一起打江山的剧，有署我的名。"

"我超喜欢那部剧，架构和剧情比最近播的那些剧都好看！那部剧有我特别爱的一个大神的署名，他的一个马甲！"没想到这种场合也能找到同好，顿时让我感觉大家除了衣着差别大一些，并没什么本质的区别。

"我也很喜欢他，"谢茵茵神情自豪地说，"我跟他一起改的剧本。"

"他长得帅不帅？！萌不萌？！"我快要窒息了，"我超级喜欢他写的小说，存了好多他的TXT！"

谢茵茵"唰"地黑了脸，说："是吗？我们网文圈的，特别憎恨你们这些看盗版的。"

我解释说："我都买V看的，也会买实体书，是为了方便随时翻看才找的TXT。"

谢茵茵脸色缓了缓:"那还好,咱俩还能做朋友。"

为了以后方便互推好文,我们两个拿出手机来加了微信。

周俊"嗬"了一声,敲着桌子说:"你俩共同语言还挺多啊,还吃不吃饭了?"

谢茵茵瞪他,他指着她盘子里给她剥好的虾:"再不吃我就吃了!"

"知道了,一会儿就吃!"谢茵茵看着手机胡乱答应。

我在旁边看着,对谢茵茵的崇敬之情不禁更上一层楼。让人怕老婆怕得这么光明正大的,我还是头一次见。

我们刚加完微信,叫萱萱的那个女孩突然开口:"呦呦姐是做什么生意的呀?"

她跟着容峥坐我们对面,一直在特别乖地小口吃东西,突然发问,大家都齐刷刷地看向我。

很快,容峥抬了抬下巴跟她说:"乖乖吃你的。"

他说完又跟没事人一样招呼我:"周妹妹多吃点,一会儿好有力气结账。"

我:"……"

那女孩儿有点不乐意地鼓了鼓嘴巴,说话软软的:"我就问问,呦呦姐这么年轻就能成为郑总的客户,跟她学习学习不行吗?"

桌上又沉默下来。

从这一桌子人的反应来看,郑易八成已经把我的致富经历说出去了,除了这个年轻姑娘。

此刻他正在眼观鼻、鼻观心地专心喝汤,仿佛什么也没有听到,我只好回答说:"也不是什么大生意,主要是参加一些国家体育建设类的投资……"

容峥"扑哧"笑了出来,周俊一口酒直接喷了出来。

郑易咳了一下,终于开口,跟萱萱说:"她是投资眼光好,而且有常性,一般人学不来。"

周俊哈哈大笑起来,容峥一脸忍不住的笑意,跟女朋友说话的声音却有点冷:"哪儿那么多话!"

直到我们快吃完了,容峥说的那个许诺才现身。

看见她的时候，我心想，虽然没有秦姝好看，但是也够年轻美艳了，而且气势很足，挺胸抬头的，估计一般人入不了她的眼。也许她跟秦姝会谈得来。

她进来后径直坐到了郑易另一边的位子上，笑起来十分动人："还以为你今天不来了呢，早知道就早点过来了。"

"哎许诺，合着你今天就是来见郑易的，"容峥出声说，"也太不把我们电灯泡放在眼里了。"

"知道自己是电灯泡还说话，一边去！"许诺嗔了他一声。

她转头还要再说话，看见我坐在郑易身边，眼里突然升起一丝隐约的戒备："这是……"

郑易吃了口菜，风轻云淡地说："我客户。"

"哦，"许诺轻轻应了一声，"怎么带客户一起来吃饭呀？"

郑易侧头瞥她："你管得倒宽。"

许诺撇着嘴，眸光潋滟地瞪了他一眼："我刚来你就说我，我就随口问问。"她说着，目光在我的卫衣上停留了一秒，然后就不再看我了。

我低头默默地吃饭，心想：我也很绝望啊，出来一趟，不仅要请客，还要当别人的活靶子。

好在这顿饭局已经是尾声了，许诺的椅子应该都还没坐热，郑易便看了一眼表，说："美股要开盘了，我还有事，先走了。"

"哎！"许诺不满地叫了一声，"我刚来你就走，郑易，你这么不想见我？"

其他人都装听不到，继续聊着刚才的话题。我其实跟谢茵茵聊得挺开心的，但是郑易要走，我也没道理再待下去。就在郑易微皱着眉沉默的时候，我站起来准备往外走。

他却叫住我："你干吗去？"

我说："不是要走了吗？我去结账啊……"

容峥又是"扑哧"一声笑。

顾敬凡压着笑意说："哪能真让周小姐请客？你们先走，今天我请。"

郑易面上露出一点笑意，斜着眼睛瞅了我一眼："不用，你们接着玩，一会儿记我账上。"

我拿着羽绒服跟在他后面，反应过来的许诺也站起来，对郑易说：

"我今天没开车，跟你车一起回去。"

郑易皱了下眉，一脸不信："没开车你怎么来的？"

许诺说："朋友顺路送我。"

"那就让朋友再顺路送你回去。"郑易毫不怜香惜玉，"我还有事，赶时间。"

"郑易，你又骗我！"许诺气得脸蛋发红，"赶时间你还有空送她？"

我抱着羽绒服，心想：如果是秦姝当着这么多人的面被嫌弃，肯定从此以后要跟这个男的老死不相往来。看来她们两个凑一起未必能做朋友。

"谁说我要送她了？"郑易冷言冷语地说，"她有手有脚，难道不会自己打车回去？"

我："……"

许诺一张脸白了黑，黑了白，气得完全说不出话来了。

郑易大步往前走，我跟他一起下了电梯，他拐去酒店服务台，我穿过大厅出去，站在酒店门口拿手机下单。

车还没叫到，已经有人把郑易的车开过来。郑易从酒店出来，潇洒利落地绕过车头，在上车前终于停住，善心大发地叫我："上车。"

我说："我有手有脚，可以自己打车。"

他扬着眉点点头，自顾自地开门上车了。

我低头看了一眼2.4倍价格还叫不到车的手机，手脚并用地蹿过去上了郑易的车。

我住得偏，郑易在环路高速上开得飞快。我们两个彼此无话。

其实我想点评几句他今天的表现，又担心说完他会把我扔路上，但是不说的话，又会损害自己的利益。我正纠结的时候，郑易突然开口："你想说什么？"

我看了他一眼，他也瞥了我一眼。

我咳了一声，说："我觉得你今天这样做不对。"

郑易目视前方："我做什么了？"

我面无表情地说："耍我。"

车厢里又是一片寂静。他没有减速的意思，我说："你是不是很震惊，没想到被我发现了？我也很震惊，没想到你竟然是这样的投资人。"

"你是不是觉得带我出来见几个你的朋友，就算是完成了合同里的要求？你那个叫容峥的朋友，吃饭的时候说我这个朋友他交定了，你觉得整个晚上，他们有正眼看我吗？我不是在说他们坏话，只是想说，你明明知道，我穿着普通，甚至在你们眼里属于服务员级别的，你为什么完全不提醒我？我以一个又土又傻的暴发户形象出现在你那些朋友面前，我要是他们，也不会把这样的人当回事。"

昏黄的路灯飞快地后退，我说："从前面南湖街的出口出去，然后一路直行就可以，谢谢。"

"签合同的时候你是答应了的，你现在这样做，很容易让我认为你答应我的时候，心里就在盘算着怎么糊弄我了。"我侧头看他，"你是不是真的觉得我傻？"

郑易脸上交织着一片光影，他轻哼了一声："太过虚荣，不是什么好事。"

我："……"

我想了半天，才明白他的意思，一时也不知道说什么好了："我就想当个名媛，怎么就虚荣了？"说完又觉得不对，"哪怕我就是虚荣，就是想让别人追捧，就是想结交各种各样的有钱人，可这都是我的梦想，你签了合同，只用负责帮我实现就可以了，不是吗？"

郑易皱眉："环游世界也是梦想，开个公司混混日子也是梦想，你就不能有点这种正常的梦想？"

我也学着他哼了一声："我要是有这么庸俗的梦想，还能有你什么事吗？"

郑易一脚急刹车，车子停在了我小区门口。

车子贵，安全带性能也好，不然我肯定会飞出去撞到挡风玻璃。

"被我说中，恼羞成怒了？"我这个人优点不多，最大的优点就是，别人越生气，我就越不生气，"之前答应帮我的是你，不履行合同的也是你，今天要我又强词夺理的还是你，郑易同志，你这一脚急刹车很容易让我对你产生偏见。"

郑易面无表情地说："还有三十分钟，美股开盘，你的资产有60%是海外投资。"

我最大的优点瞬间就消失了："郑易！你敢威胁我？！"

郑易说："还有二十九分钟。"

我下车后使劲摔了一把百万豪车的车门。那个声音，充满了对玩弄无辜民众的资本家的痛恨与厌恶。

不过我刚走到居民楼下,就收到了郑易的微信:明天下午两点,新光天地等我。

我的心都要痛了,我只能飞快地回复他:你不赶紧回去看股票,还在想着逛街?!

郑易:……

他又发来一句:你要是闲得慌,搜索一下Barbara Hutton。

郑易说去新光天地的时候我就知道,又要放血了。

他说进军上流社会最重要的一步,就是改变我散发着泥土般气息的穿衣品位。

"如果有一天我放弃成为名媛,一定是因为实在穿不起这些衣服。"郑易拿着一本春装画册,但凡手指滑过的页面都让导购把衣服一件件拿出来给我试,如果不是周围有这么多导购,我肯定已经给他跪下了。

郑易跷着长腿悠闲地坐着,得逞地哼笑:"你以为我为什么让你搜索Barbara Hutton?"

"你说谁?"我冲他无知地眨了眨眼睛,"我昨天只搜到了巴啦啦小魔仙。"

郑易大手一挥:"把这些衣服都拿过来给她试。"

我绝望地看着他,可以想象,等我老了以后,一定比芭芭拉·霍顿还要可怜。

我说:"难道有钱人都穿这么贵的衣服吗?我看很多明星也就穿几百、一千的衣服啊。你为什么不指导我穿点像回力这样国际知名的时尚大牌呢?"

"对有钱、有品位、有气质的人来说,穿回力是偶尔为之的情趣,你这样的穿双回力,别人只会认为这就是你追求国际时尚大牌的极限了。现在要想品位速成,只能拿钱堆。"

郑易举起手机对着我,一副拍照的样子。我正在穿衣镜前看试穿的半身裙效果,立刻抬手冲他比了个V字。

他虽然说话难听,但是动作十分取悦我,看来人靠衣装这话也没错:"是不是觉得我穿这件裙子美得惊心动魄,你要拍下来留着养眼用?"

我走过去看他拍的效果,他没有半分拒意,欣然把照片亮给我看:

"一万多的衣服穿在你身上也就这德行,穿双回力不怕别人以为你是要饭的?"

照片里,我侧身站着,扭头看镜头,脸是好的,剪刀手是笔挺的,驼背和含胸也是很明显的……瞬间我就感觉到了自己脸上灼热的温度,一边挺胸扩肩,一边伸手想帮他删掉辣眼睛的照片。

郑易把手机转了个圈,利落地锁屏装进了裤兜里,起身说:"删掉干什么,以后你再质疑我没有履行合约,这就是证据。"

我听得云里雾里,他却指着我刚刚试的几套衣服,慢条斯理地对导购说:"包起来,还有那条裙子,按她的号码拿一件。"

模特身上的那条墨绿色裙子确实好看,刚才进店我就注意到了,但是我也问过导购价格了,将近一天的银行利息。

我挤出一个自认大方的笑容来:"不用了吧,现在天气还冷,等要穿的时候再买……"

"你知道什么时候要穿?"郑易慢悠悠地扫了我一眼,"到时候又义愤填膺地指责我让你穿得像个服务员,这锅我不背。"

我:"……"

他扭头对一旁的导购说:"包好找她结账。"

我:"……"

从新光天地出来,我左手拎了五个袋子,右手拎了六个。郑易一只手插裤兜里,一只手拿手机,迈着长腿往前走,姿势帅得不行。

我说:"你看那边的一男一女,男的帮女的拎着购物袋,好体贴啊!"

郑易扫了一眼,又睨了一眼我手里的东西,面色不变地说:"男朋友体贴女朋友,很正常。"

我说:"你怎么知道人家是男女朋友关系呢?我觉得那个男的单纯就是为人友善,有助人为乐的好品质。"

"是吗?"郑易翘着嘴角说,"真羡慕他有那样的品质,我就比较欠缺。"

我:"……"

我面无表情地说:"郑总,作为你的黑金客户,如果我手断了,恐怕我要把放在你那里的钱全部拿出来治手了。"

郑易面色一黑:"六十亿,你打算装两只金胳膊吗?"

我说:"也许是装钻石的……我现在就感觉,我的手马上要断了。"

说实话,郑易一边瞪着我,一边伸手揽过所有购物袋的姿势,比刚才帅多了。

被人提溜着逛了三个小时的街,我心里其实有点后悔。郑易这种有钱人,花钱大手大脚惯了,逛奢侈品店就跟逛菜市场一样,尤其是不花他的钱,买什么眼睛都不眨一下。

万一他还没带我混进他们圈里,我就已经破产了,该怎么办?

"今天真是谢谢你了,"我昧着良心说,"有了这些衣服,我是不是可以参加你们那些高端的交流活动了?"

郑易手握方向盘,目不斜视地说:"你驼着个背去跟别人交流,谁愿意搭理你?"

我立刻坐直说:"我已经不驼背了。"

郑易把车停好,开门下车时扫了我一眼说:"嗯,是不驼背了,肩膀都快拧到后脑勺去了。"

我:"……"这也不是一朝一夕就能改过来的啊!

郑易下车后径直往路边门店里走,我跟过去准备表示下自己要矫正体态的决心,抬头才注意到,这里是一家俱乐部,门口挂着一块很大的招牌——SHAPING。

郑易见我不动弹,说:"愣着干什么?赶紧进来,省得又说我什么都不管你。"

这装修,这气派,我一点也不想进去,挤着笑容说:"我自己在网上下个教程,自己练练就行吧……"

里面的服务生见到客人来,已经殷勤地帮忙开了门。

"把肩膀练到后脑勺去?"郑易挑眉,动动下巴示意我,"既然要我帮你,就由不得你了,进来吧,容峥的妹妹在这儿做过形体训练,不贵。"

我挪着脚蹭过去:"不贵是多少钱?"

"不到一千吧。"

我睁大眼:"一个月?"

郑易无声地瞥了我一眼。

此刻我只想选择死亡:"不要告诉我是一节课……我还是把梦想改成环游世界吧……"

郑易连看都不看我了:"一脸穷酸样,一会儿你敢出声喊贵,我就让老师给你排半年的课。"

周一早上,七点多我就起床了。初春的晨光很灿烂,明媚得让人只想再睡个回笼觉,但是形体老师说,要想把体态练好,自律很重要,因此必须九点准时到。

受之前郑易朋友们的刺激,我穿了一件黑色的半高领针织衫配新买的墨绿色百褶裙,外面套新买的风衣,还画龙点睛涂了个大红色的口红,再背个和风衣同色系的咖色小挎包,简直完美。

我拍给郑易看:看我的穿搭技能,服不服?

郑易回复很快:你昨天去偷鸡了?就不能遮遮那两个长到下巴的黑眼圈?

我:……

我:我晚睡习惯了,昨天很晚才睡着!还不是因为你跟形体老师说把课排到上午!

早上人的思路确实清晰很多,我飞快地回复他:我是要去练形体的,会出汗的,不适合化妆好吗?

郑易说:你也知道是要去练形体的?我都想跟过去看看。

我:……我怎么了?!

郑易:穿着裙子压腿的画面,我想象不出来。

我:……

一大早上就被怼,关键的是,我还无法反驳,因为我背个小挎包,里面什么都没装,真的忘记带训练服了。其实俱乐部里面有卖的,但是我看了一眼价格,果断选择了万能的淘宝。

装衣服的空当,郑易发消息说,安排了秘书接我去上课。

第一次,我终于感受到了黑金客户该有的待遇,虽然客户去上个课都管接送,听起来怪怪的。

等秘书来了,我才知道,这不是我的错觉。

我以为郑易给我报了三十节形体课就已经够让我破费的了,没想到还有让我破产的事情等着。

秘书姓叶,刚刚毕业两年,长相很清秀,说话声音萌萌的:"周小姐,您叫我小叶就行。昨天郑总让我选了一些课程,您看看有哪些想学的,我可以帮您报名。"

我坐在副驾驶座上,翻了翻手里的各种课程介绍,瞬间有种狼入虎口的绝望："你们郑总是不是让你专门挑贵的给我？"

小叶干笑了两声："郑总说好教练教得又好又快，符合您急于求成的需求……"

"一个小时的高尔夫训练，八百块钱？！"

"郑总说您是经常看小说的人，知道为什么要学高尔夫。"小叶说，"为什么呀周小姐？"

我："……"

不看小说，看电视剧我也能知道为什么，因为有钱人喜欢玩。可是我现在也挺有钱的，我就不喜欢玩啊。这么贵，有什么好玩的？怎么不直接去玩钱？

我说："因为打高尔夫晒得慌，你们郑总觉得我太白了。"

"哦。"小叶听得一脸茫然，说，"其实您也可以学网球，我们郑总挺喜欢和他朋友们打网球的。"

我翻了一下网球课程，四百块钱一个小时，便宜了一半："那我就学个网球吧。"

小叶开着车，抽空看了我一眼，一脸"哦哦哦我懂"的八卦表情："那您要不要再上个马术课？我们郑总骑马超级帅！"

我："……我还是报个艺术品鉴赏课吧。"

正赶上早高峰，我们下了高速就一路龟爬，小叶说："周小姐，您住的房子是自己的吗？怎么不住得靠里些，办事也方便。我们郑总住的公寓，离您报的形体俱乐部只有十几分钟的路。"

"是吗？我最近也想买房子来着。他住的房子贵吗？"

说起来，我现在住的地方是两年前租的了，两室一厅的小房子，跟房东整租下来，再把次卧租给别人。年前跟我合租的女生换工作就退租了，我本来计划年后再招个人跟我分摊房租，结果后来中奖了，就一直没再招。

我都是身家六十亿的人了，还不能享受一下五千块钱一个月的房子吗？

H市的房价一直在疯涨，买房子赶早不赶晚，这会儿上车，以后再涨就是赚钱；现在不买的话，也许转眼就翻倍了。秦姝前段时间还提醒过我。

小叶毫不犹豫地点头说："贵，郑总住在金域中心，他买的时候应该价格低些，这会儿十几万一平方米吧。"

我:"……"

"那儿的房子,你知道的,连一居室都是一百多平方米的,这种逆天的设计也就适合你们土豪住。"小叶感叹说,"我们穷人连城郊九十平方米的拥挤小三居都可望而不可即,贫富差距实在是太大了。"

我:"……"

我很想赞同地点点头,但是我已经被她自动划分到了土豪队列,只能默默地在心中呐喊:我也觉得很贵啊!一居室五六十平方米还不够住吗?住那么大的房子是想睡张五十平方米的床吗!

我衷心地说:"你们郑总真是有钱人。"

"那儿住的都是有钱人啊……"小叶理所当然地说。

我心里一动,虽然一千多万挺贵,但是好像也可以住过去,每天认识几个土豪邻居,时间久了说不定无形中就进入上流社会了。

小叶接着说:"我们郑总住的两室两厅,两百多平方米,现在得三千多万了。"

嗯……还是得再考虑考虑,不能冲动消费。

第一节形体课就又是跳绳又是压腿、学动作,整个人绷着几乎站成了一块儿石头。但是因为当时只有上午一个多小时的课程,下午睡一觉,我还能缓过来。等小叶帮我把另外两节课程满满当当地排到下午,我就开始思考人生:为什么要花钱找虐?

为了能在中午有片刻喘息,我打电话问了小叶郑易的住址,第三天交钱,第四天拎包入住了两百多平方米的土豪公寓。

由此可见这个小一千块钱的形体课老师是真的厉害,折磨人的手段很不一般。

上课、搬家,马不停蹄地忙了一周,在我快要瘫掉的时候,小叶跟我发微信说上课一定很辛苦,周末没有给我排,让我休息。

事实上,如果再不让我休息,我就要施展上大学时的绝技——逃课了。

郑易在周六上午给我发微信:你那条绿裙子是时候穿了,晚上七点带你去见世面。

我中午醒过来才看到,问他:去哪儿?

过了一会儿,郑易回复:半岛。六点我会让人去接你,你准备好。

我突然想到,有件事情还没告诉他:咱俩这么顺路,你接我就可以啊。

郑易：你住在五环外面，顺个鬼的路。

我说：啊，忘记告诉你了，我搬到三环里面了，我买了套房子。

隔着屏幕我都能想象到郑易挑着眉，轻飘飘看我的目光，他说：买房子倒挺舍得花钱。

我说：所以我正节食呢，能省一点是一点。

郑易：……

他说：三环大着呢，我跟你未必顺路。把地址发我，我让司机去接你。

我默默地把地址输进去，详细到了楼层和门牌号，最后配了一个害羞的表情。

郑易迟迟没有动静。

就在我以为他被吓傻的时候，他发来俩字：开门。

郑易抱着胳膊，面无表情地看着我。

我紧了紧睡袍，微笑着说："给你开门太匆忙，没有换衣服，你不要介意啊。"

郑易冷冰冰地吐出两个字："解释。"

我竭力让自己的目光变得深情："我因为太过于爱慕你，所以搬到了你对门，希望每天都能看到你。"

郑易脚上还穿着拖鞋，一身藏蓝色的家居服看着很是……不威严，虽然面无表情，但是似乎并没有以往的气势，他语气干干地说："编，接着编。"

"所以，我搬到你对门肯定不是因为对你有意思。"我解释说，"其实最主要的原因是这个房子正好在转手，是个香港老板在着急卖，好像他公司快破产了，变卖完这个资产，还可以扭亏为盈，所以价格相当优惠。"

郑易眯着一双漆黑的眸子："还有呢？"

我摇摇头："没有了。"

郑易冷笑："着急出手的房子多了，怎么就这么巧买了我对门的？"

"其实还有一个次要原因，"我咳了一声，"这不是方便你以后带我出去见识世面吗？"

郑易黑着脸，咣当一声摔上了自己家的门。

片刻后，他发来消息：晚上自己打车去酒店。

我：……

我搬过来这么多天，从来没有打扰过他，不过是今天提议他顺路带我一下，这么节省油费的方案，很过分吗？

郑易执意要让我买的这条裙子是真的好看，层层叠叠的墨绿色纱裙，深V，收腰，长度刚好盖住鞋子，衬得人修长又优雅，皮肤白得能发光，周身仿佛萦绕着一股传说中的仙气。

好看是好看，我对着穿衣镜左右照了照，虽然我胸不大，但是如果能搭配一条防走光的抹胸，就更完美了。

我拍了张照片发给郑易：我穿得这么奔放，你忍心让我坐出租车去吗？

郑易回：你就不能戴点首饰？胸小就算了，空荡荡的露着一片，不觉得乏味？

有的人只要跟别人不对付，看到的就永远是别人的缺点，而且永远答非所问。

我说：我像是活得那么精致、喜欢买首饰的人吗？

然后我们就出现在了梵克雅宝的店里——郑易亲自敲开我的门，拉我来的。

郑易垂头选首饰，我低声劝他："珠宝首饰这种东西，只要品相质量可以，不用非得买大牌吧？溢价太多了！你为什么这么沉迷于奢侈品呢……"

"别的牌子我不知道，也没空研究。"郑易说着招呼导购，"把这条项链拿出来给她试试。"

那是一条镶着祖母绿的铂金项链，还有无数的碎钻做陪衬。

我都顾不上去数价格标签上有几个零，伸手拦住导购说："听说你们家的四叶草系列很有名，能给我试戴下吗？"

虽然这样一条细细的项链价格仍然有着超高溢价，但是比起刚才那条，可爱多了。

我展示给他看："还不错吧？"

"丑，"郑易扫了一眼，抬手示意，"把刚才那条……"

我伸长胳膊一把按住他的手，对导购说："就拿这个，谢谢！"

郑易黑着脸："我不管你的时候你指责我，现在又拦着我，这个忙我帮不了，明天我把资金给你们准备好，你随时取回。"

"可是你选的也太贵了！"他变脸简直如翻书，我小声求他，"你都是按你的消费水平来买东西,但是我只有六十亿,现在每天都花钱如流水,每花一笔我就要算一下按照现在的频率,剩下的钱还能花多久,压力实在太大了……"

郑易一边听一边挑眉,一脸要笑又不想笑的古怪表情。

"你笑什么?"

郑易抬手抵唇咳了一声,语气一派轻松:"没什么,你接着说。"

我说:"我不是不想花钱,但是也不用太奢侈吧,难道你们圈子里每个人出门都是配着一身十几万或者几十万的行头吗?难道只有穿一身奢侈品,才叫上流社会的有钱人吗?难道不是暴发户更喜欢这样?"

"说完了?"郑易垂眸看我,"你以为那六十亿放在我公司是躺着不动的?我每年给你赚的利息就够你日均百万的消费,你是没有上过数学课,还是不相信我赚钱的能力?"

"有这么多?"我有点激动,虽然知道把钱交给IC,每年可以产生比放银行要高不少的利息,但是没想过会有这么多。

郑易的视线沿着自己胳膊一直往下,然后他又抬眸瞪我:"你想掐死我?"

我才想起来刚才按着他的手一直没松,后来一高兴,还用了点劲儿……

我松开他的手,踏实地抚了下胸口:"前几天花三千多万买那套房子,我都快心疼死了,这样算的话,没几天我就能把房子的钱赚回来了。"

"是我赚回来的,周小姐。"郑易面无表情地说,"现在可以买那条项链了吗?你戴的这条太寒碜了。"

"钱还是要花在刀刃上的……"我学着他的样子,抬手抵唇咳了一声,然而他脸色一变,我又怂了下来,赔着笑说,"我是真的很喜欢这个四叶草,这个孔雀石也很好看!"

郑易公然瞪我:"自己结账去!"

买完项链,时间已经不早了。郑易从店里出来,不去取车,却带着我往一家造型店里走。

我说:"你这不是都给我搭配好了吗?衣服和配饰,没毛病了啊。"

郑易深深地看了我一眼:"这张脸丑。"

我:"……"

"刚才来的路上，说我姿态不优美，全靠这张脸撑着这条裙子的人，难道不是你？"我本来气得想掐他，转念一想又吸了口气，感叹着说，"有的人啊，就是这么'机智'，为了伤害别人，不惜反复打自己的脸，唉，好疼的吧……"

郑易："……"

他扭头黑着脸似乎想反击我，但是造型店的店员已经开了门，他只好又赶紧恢复成道貌岸然的样子，昂首挺胸地往里走，一路收获了好几个迎宾小姑娘崇敬又痴爱的目光。

他这个变脸速度也是厉害了，我就纳闷，难道没有人看穿过他画皮难画骨的毒舌本质吗？

我和郑易一进门，立刻有人迎上来，热络地跟郑易打招呼："好久没见了郑总，您今天这件西装剪裁也太棒了，这裤型，是法国设计师做的吧？"

郑易露出一个谦虚淡然的笑容："赵经理好眼光。"

我瞥了一眼他刚好露出脚踝的裤脚，不屑地哼了一声：骚包。

郑易这件西裤确实很显腿型，把两条长腿勾勒得修长又紧实，刚才一起出门的时候我就注意到了。但是我实在不想夸他，尤其是在他看我不顺眼的情况下，那简直就是长他人志气，灭自己威风。

我哼的声音很轻，姓赵的经理却立刻就听到了，转脸看我的时候，充满了赞叹之意："这位是郑先生今晚的女伴？是要去参加顾老爷子的寿宴吧？这位女士真是天生丽质，这条裙子十分衬您的气质。"

看看人家。

我对这个赵经理顿时充满了好感，对他回以热情的笑容，同时睨了郑易一眼。

郑易装作没看见，拽着我的风衣袖子把我往前拎了拎："把她这张脸，还有这鸡窝头，好好捯饬一下，快一点，我们赶时间。"

赵经理明显地愣了一下，在郑易走向休息区后，神色尴尬地低声问我："您不是郑总今晚的女伴？"

我面无表情地回答他："是。"

"那……"赵经理人是真好，立刻帮我解围说，"郑总他偶尔带人过来，脾气都很好，今天可能心情欠佳，说话就有点……您别介意。"

"嗯，理解。"我当然知道他为什么心情欠佳、出言不逊，因为我刚才说他打自己脸，他不高兴了。

赵经理安慰我说:"您这只涂个口红其实也很漂亮,选的口红色号也合适,我让人给您做个发型,再简单化个妆就行。您这肤白貌美的,淡妆足够了。"

我点头跟着他走,心想:郑易这脸得多疼,自己打也就算了,别人这不是也打了?我好想冲他摊摊手,以示我是多么的无辜。

化妆的时候,秦姝突然来了电话。她前段时间带着手下的网红去S市培训,算起来有半个多月了。

"你从S市回来啦?"

那边秦姝的声音却有些闷:"嗯,你干吗呢?出来玩。"

这声音听着实在异常,我说:"你怎么了,失恋了?"天地良心,我就是随口一说。

那边秦姝立刻冷冷地哼了一声:"我下午刚抓完奸。"

透过面前的镜子,我看到了自己张大的嘴,配着浓郁的口红颜色,简直是当之无愧的血盆大口:"这你也能碰上?平时看着齐非恨不能把你捧上天啊,怎么会……"

秦姝说:"知人知面不知心,出来再说吧。"

人生真是充满了变数,我其实很想过去找她,但是郑易说今晚的宴会很隆重,会有很多人去。

我说:"秦小姝,我得去参加一个晚宴,结束后我再去找你?"

"没事,你先去。"秦姝立刻说,然后笑着说,"果然是土豪了,这么快就开始混迹有钱人的社交圈了。"

她这样打趣,我反而更觉得愧疚。我想了想说:"不然你也来?正好好多有钱人,你还可以拉点投资呀!"

秦姝沉吟了片刻后说:"你要去的是顾老先生的寿宴?"

"你也知道?"我是在来买东西的路上才听郑易说,今天的宴会是为之前见过的那个顾敏凡的爷爷举办的,据说他是H市的传奇人物,名高天下。

"我爸弄到了一张请柬,这会儿正要出门呢。"

"那你快跟他一起来。天涯何处无帅哥,那个顾老先生的孙子我前段时间见过,特别成熟英俊,特别适合你!"事实上,那天第一次见到顾敏凡,我就意淫过他跟秦姝站在一起的般配模样了。

秦姝怒道:"周小呦!我刚失恋!"

"那不是正好吗?"我说,"你今天不来,我结束后就不去找你了，不听你的八卦，也不安慰你。"

"周小呦，你给我等着！"隔着手机我都能猜到秦姝在咬牙切齿了。

因为赶时间，造型师手速很快，当我放下手机看镜子的时候，他已经大功告成。而我，有点想扑到郑易脚下，抱着他大腿痛哭忏悔：你说得对，刚才的我是真的丑，请继续鞭挞我，让我进步……

造型师小哥站在我后面欣赏着说："我就简单地突出了一下您五官的轮廓。周小姐底子真好，配这条裙子，正衬得您清丽大方、气质脱俗。"

那都是你手艺好。我也惊叹地看着欣赏镜子里的人，没想到我也有这么好看又贵气的时候。

我起身去休息区找郑易，准备迎接他无情的嘲讽，并且想好了措辞，一会儿如何向他婉转地表达我对他的赞同和今后会听他指挥的忠诚。

然而我并没有找到他。

赵经理过来，夸完我漂亮，又有点难为情地说："郑先生刚刚出去了，他说……找您结账就行……"

我："……"

赵经理估计从来没见过一个土豪带女伴过来，不仅恶语相向还要人自己结账的桥段，他带着同情又八卦的目光一路送我到店门口，我学着郑易装模作样，全程带着微笑，结完账出了造型店。

我结账出来，看到郑易正跟一个男人在店外聊得欢快。那个男人背对着我，郑易越过他肩膀看到我，立刻变脸，皱眉说："怎么这么慢，结个账跟要你命似的！"

我："……"我那些拟好的示好措辞，可以咽回肚子里了。

那个男人顺着他视线扭头，我发誓，我从他目光里看到了惊艳二字。

容峥目不转睛地看着我，嘴边噙着一抹风流的笑意，拿胳膊肘碰了碰郑易："行啊你，怪不得看不上许诺。这是哪家的漂亮妹妹，还不介绍一下？"

郑易抬手躲开他的触碰，瞥了他一眼："你是不是瞎，哪里看出她漂亮了？"

我："……"

我走过去，跟容峥对视了两秒，说："容先生是眼神不太好，还是贵人多忘事？"

我一开口，容峥就一脸恍然大悟加不敢相信的表情："呦呦妹妹！你这是开窍了？"

我："……"这些人是不是就没有几个说话好听的！

容峥嘻着笑打量我，盯着我胸口的目光无比坦然，我只能面无表情地拢了拢风衣的领口："托容先生的福，怕再穿成服务员碍您的眼。"

容峥笑眯眯的："不碍不碍，呦呦妹妹是块儿璞玉，郑易眼光真不错……"

"容峥，你是真瞎。"郑易打断他，说，"既然好了，就别在这儿傻站着了，走吧，要迟了。"

郑易说容峥是去商场取送到店里保养的袖扣，正巧碰上的，大家都要去上岛酒店贺寿。

酒店前车马盈门、灯火辉煌，我们到的时候差十分钟七点，其实是有点迟了。

门童过来给我开门，郑易从另一侧绕过来，对我伸手示意。

我坐在车里，看着外面进进出出、有气质又有涵养的人们，心里其实有点慌。

里面有那么多人，多数出身名门，我就像一个不懂规矩的闯入者，不知道能不能应付过来，更重要的是会遇见谁、会发生些什么，都是未知的。

容峥一直跟在我们后面，他此时下车凑过来，说："呦呦妹妹你可快点吧，这都迟到了。"

郑易此时反而出奇地没有半分疾言厉色的样子，他又冲我递了递手，声音沉稳地说："下车吧。"

我搭上他温热而干燥的手，提着裙子，顺着他的力道从车上下来。

服务生拿走了我的外套，我挽着郑易的胳膊往里走。容峥一只手插兜，走起路来看着气宇轩昂，扭头跟郑易说话的时候却要时不时地瞟我胸口一眼。

我面无表情地说："容先生，我这么小的胸你也觉得有看头？"

郑易也轻飘飘地瞟他，他摸着下巴笑："我也是在纳闷，好久没见过这么小的胸了。"

我："……"我胸不大，但好歹也是个小B好吗！

我看了郑易一眼,郑易收回翘着的嘴角咳了一声,跟容峥示意说:"前面是华申实业的秦山吧?"

"哪儿?我今天可一点也不想谈公事……"他扭头往前看,后半句却瞬间换了个画风,"他身边的女人是谁?从后背都能看出来是个美人。"

我听见秦山的时候就已经顺着方向看了过去,果然,是秦姝和她爸,他们正在等电梯。

我松开郑易,快步走过去拍了秦姝肩膀一下。

秦姝看到我,眉毛简直要扬到天上去:"周小呦,你背着我脱胎换骨去了?"

我跟秦姝爸打了声招呼,然后肉疼地说:"这副行头得十万块钱啊,多少得有点效果吧!"我拽了下她的裙子,"这不是你冬天套衬衫穿的那件吗?"

秦姝穿了件深蓝色的丝绒吊带裙,前面看不出什么,后背却是只有几根交叉相连的带子,单穿的效果惊艳又性感。

"随便穿了一件。"秦姝瞪了我一眼,"我哪像你一样有钱又有心情。"

"对了,一会儿你得给我讲……"

我话还没说完,容峥的声音就响起来,语气是少见的一本正经:"哟,呦呦,这是你朋友?"

我回头就看到容峥笔挺地站着,手也不插兜了,盯着秦姝笑得和煦俊朗:"不给我们介绍下吗?"

我:"……"

秦姝看了他一眼,扬起嘴角礼貌地笑,看着明艳动人,只有我知道这是她一贯标准的皮笑肉不笑:"秦姝。"

容峥笑眯眯地回:"容峥,很高兴认识秦小姐。"

秦姝爸很是惊喜,说:"容总!"

"秦董也来了?"容峥成熟又稳重地打招呼,完全没有刚才调侃我胸小的那种轻浮。他仿佛才明白一样,恍然大悟般地说:"秦小姐是秦董的千金?真是美艳不可方物,秦董好福气。"

我都觉得没眼看了,进电梯的时候低声跟郑易说:"容峥上辈子是不是那什么投胎?"

郑易一脸"你刚知道"的表情,风轻云淡地说:"没事,你胸小,不用担心他对你图谋不轨。"

我看了他一眼，心情有点沉痛："郑易，你变了。"

郑易不以为然地挑眉看我。

"我还记得刚认识的时候，你还会对我拍马屁，把我夸得天花乱坠，说我有毅力、爱坚持，可是现在……唉，真是时移势易、造化弄人，我好怀念那个时候的你啊……"

郑易一张脸顿时黑成锅底。

我差点就要大笑三声了，然而带着胜利的喜悦之情刚抬头，就对上了秦姝满含深意的目光。

她笑得我浑身发麻，我只好赶紧给她介绍："这是郑易，IC的投资人。"

秦姝看我的眼神顿时更加不可言说了。

他们两个彼此点了下头，我捅了秦姝一下，小声说："我是让他帮我多认识点有钱人。"

秦姝撩了下头发，笑得让人很想掐她："不用解释，我明白。"

容峥还在旁边跟秦山说话，目光却一直扫着秦姝，嘴角噙着的笑容暧昧得简直辣眼睛，让人恨不能自戳双目。

一路上行到宴会厅，电梯门开时，里面鼎沸的人声涌过来，刚才下车时的那种紧张感顿时又来了。

容峥走在前面，率先出了电梯。秦姝挽着自己爸爸跟在后面，我挽着郑易在最后，感觉走路都是僵硬的。

郑易声音低沉："我胳膊要被你掐青了。"

可是我挽着他的手根本就毫无意识，甚至没觉得在用力。

"紧张什么，在场的虽然都有些地位，但是跟你一样年纪轻轻就身家六十亿的，没有多少。"郑易从容地说，"那么多天的形体课你别白上就行，站直了。"

事实上，从穿上这条裙子起，我就一直在绷着背不敢驼。这么漂亮的裙子，总不能让我的驼背给毁了。

顾敬凡从几步外走过来，我摆出笑容来准备跟他打招呼，却突然想到一个问题，抬头看郑易："坏了，人家爷爷过寿，我什么礼物都没带。"

"等你想起来，黄花菜都凉了。"郑易瞥了我一眼，"贺礼我买的双份，帮你一起送了，东西不贵，免得招人说你无事献殷勤。"

看不出来郑易居然这么周到，我刚要开口说谢谢，郑易又说："你那份花了一万多块，记得支付宝转给我。"

　　一万多块还叫不贵！我的内心是绝望的，咱们中国这么繁荣富强，为什么要把人民币当日元花！

　　"郑易！"顾敬凡过来，看见我的时候眼里也带着惊讶，但是明显比容峥成熟一百倍，镇定自若地笑着说，"周小姐越来越漂亮了。"

　　被人这么认真地夸赞，我反而有点不好意思："没打招呼我就跟着郑易来了，不打扰吧？"

　　顾敬凡十分有礼地说："欢迎还来不及。"

　　他边说边带我们往里走。宴会厅里都是在聊天的客人，郑易的社交技能简直满分，走两步就会有人过来攀谈，有的居然还会问起我。只是我们还要先去见顾老爷子，都只是随意打了一下招呼，招了无数的目光。

　　我记得上一次这种万众瞩目的时刻，还是我作为少先队员代表上台发言的时候。

第三章 粉墨登场

一场寻亲之旅，刚开始，就喜相逢了？

顾老爷子年纪大了，喜欢清静，在宴会厅后面的休息室。

休息室里也有不少人在，女眷更多一些，我们一路走到顾老爷子跟前，一起吃过饭的周俊和谢茵茵正在与他说话逗趣。

顾老爷子精神矍铄，九十岁的高龄，坐姿依然挺直如松，为人也相当亲和慈祥。

顾敬凡一带我们过来，顾老爷子就抬手招呼："郑家娃娃来了。"

郑易笑着说："祝顾爷爷安康长寿。"

"好。"顾老爷子笑着点头，又看向我，询问郑易，"这是你的女朋友？"

屋子里瞬间比刚才安静了很多。

我只好开口说："顾爷爷寿辰快乐，祝您日月昌明，松鹤长春。"

顾老爷子笑得十分高兴，连说了三个"好"，乐呵呵地指着郑易说："你这个女朋友非常不错，既有气质又漂亮，跟你很配！"

郑易说："这是我一位哲学教授的女儿，不是女朋友。"

然而顾老爷子已经不关心他后面的话了，只笑着对我说："书香门第的小姑娘最招人喜欢。你们年轻人好好玩。"

然后，郑易跟顾老爷子和顾家的人说话，我默默地站在他身后听着。

休息室里女人们多，不用张望都能感受到四周投过来的目光，如芒在背简直就是我此刻的真实写照，弄得我实在是有点怯场，完全做不到电视里一样，微抬着下巴傲娇地俯视一圈在场的人们。

好在他们也就寒暄了几句，见过老人后，郑易准备带我去认识外面的有钱人们。

只是刚出休息室，我们就被人叫住了。是那天吃饭尾声时来的那个跟郑易似乎有点微妙关系的许诺，她穿了一件裸色的刺绣礼服，衬得气质出众、身材性感。

她叫的是郑易，我识相地站在一边，等着她过来跟郑易说话。

没想到她三两步走过来，先上下打量了我一眼，冷声问："你是谁？"

又来一次，上回在那家饭店，她也问过我这个问题，这次她目光中有更多的防备和不喜，满是敌意。

冲她这个态度，我其实不是很想理她，好歹我身家不菲，还是有权利选择不回答这种不礼貌的问题的，也不怕她是不是要为难我，但是考虑到她和郑易的关系还是个谜，只好心平气和地解释说："我是郑易的客户。"

许诺盯着我的眼神有点恍然，还有点惊讶，我觉得她想起我是谁了，并且想到了我之前裹着羽绒服的形象。

往事不堪回首。

"上次郑易带你吃过饭。"她笃定地说，表情更加难堪，扭头看向郑易的时候眉头稍微舒展了一些，声音里也是委屈多过愤怒，"吃饭带着女客户，顾爷爷过寿也带着她，郑易，你跟她到底什么关系？"

郑易蹙了下眉，有些不耐烦："刚才我说过了，你没听见吗？"

许诺哽了一下，说："但是顾爷爷当着那么多人的面说她是你女朋友，这不是打我的脸吗？"

我心想，坏了，影响人家男女朋友关系了。

郑易淡淡说："你想多了。"

虽然不能让人完全受用，但也算是一个解释。

许诺跟我观点应该一致，她半嘟着嘴瞪了郑易一眼，说："你带着客户出来，把我这个女朋友晾在一边，我当然会多想啊！"

郑易垂眸看着她："你误会了，我是说，她是不是我女朋友，跟你都没有关系，更谈不上打谁的脸，你想多了。"

看来我也想多了，他俩并没有关系。

"你……"许诺脸色顿时一阵红一阵白，连话都说不出来，"郑易！前段时间当着你爸爸的面，你可不是这样说的！"

她声音往上扬了不止两度，郑易皱着眉看了一眼不远处聊天的人，沉声说："这里不是说这些的地方，这件事改天再说，我还有事。"

他抬脚要走，许诺挡在他前面，不许他走。

"有什么事？跟你的女客户双宿双飞吗？"许诺绷着脸嘲讽，她咬着牙说，"我们的事不能改天说，今天就要说清楚。我爸妈和你爸妈给我们定下的事，怎么到你这里就什么都不是了？"

郑易也一脸冷淡："让开。"

"郑易！"许诺急了。

周围都是人，郑易看来也不想丢人，他瞅了瞅我，说了句："一会儿我来找你。"然后就黑着脸带许诺走了。

我站在原地，十分茫然。听许诺这意思，是双方父母指婚了？现在还有这个？果然是复杂的上流社会。

我正出神，有人从背后叫我，声音轻柔又和蔼："周小姐。"

我扭头，就看见两个保养得宜的中年女人。其实她们年纪应该不小了，但是她们皮肤状态良好，尤其是站在我面前的这个女人，盘起的头发精致优雅，脖间的珍珠项链闪闪发光，一袭水色真丝裙将身段衬托得玲珑有致，仿佛她一直都是这样，不曾老过。

这个女人温柔地笑着说："刚才周俊说认识你，说你姓周。"

我点了点头："我叫周呦呦，'呦呦鹿鸣，食野之苹'的呦呦。"

"我知道，跟那个获诺贝尔奖的屠呦呦是一个名字。"她对此不是很在意，说，"我是许诺的妈妈，刚刚看到你们在说话，想来你们应该认识。"

我点头，没有说话，也不知道她要说什么。

她和颜悦色地说："刚才听郑易说周小姐出身书香门第，是本市人吗？以前倒是没见过。"

我说："我是G市人，来H市读大学后没有回去。"

她了然地点点头，微笑着说："周小姐一个人在H市过得不容易吧，做什么工作的？"

"以前做外贸，现在做点小投资。"

她若有所思地说："所以，是因为工作跟郑易认识的？"

她身后的那个女人出声说："郑易那公司，一般人没点钱可没资格投，周小姐年纪轻轻的倒挺能赚钱。"这个女人穿着一件丝绒的紫红色旗袍，显得格外年轻。

她这话听起来好像是在恭维，语气却仿佛我是干了什么见不得人的勾当。

"这是郑易的妈妈。"许诺的妈妈介绍说。

我忍不住多看了郑易妈妈一眼，没想到郑易年纪不小，居然有个这么年轻的妈。

"郑易这孩子事业心特别重，连顾老的生日会都带着周小姐来，"许诺妈妈开玩笑似的说，"诺诺听到你是郑易的女朋友吓了一跳，方才跟你说话，没有什么不礼貌的举止吧？"

合着刚才许诺拦住我们，她们看见了？

我说："没有。"

许诺妈妈温声说："周小姐你不要见怪啊，诺诺跟郑易毕竟要订婚了，看到别的女人跟着郑易，难免会不高兴。"

跟着郑易……她措辞让人听着其实不太舒服，但好歹面上一直温温柔柔的，旁边郑易的妈妈却听得轻哼了一声："据我所知，郑易不可能跟一些小客户有什么来往，周小姐虽然年轻有为，但是总缠着要订婚的人，不怕被周围人笑话吗？"

我挺直背说："我确实是郑易的客户，今天过来是拜访顾老，结交一些业内的朋友，没什么可被笑话的。"

郑易妈妈的脸色变得有些难看。

许诺的妈妈笑容淡淡的，说："周小姐心里有数就行，诺诺和郑易两个人青梅竹马，二十多年的感情，也不是外人随随便便就能影响的。周小姐既然也是懂规矩的人家出身，应该明白我们做长辈的担心。"

我没有说话。

许诺妈妈看了我片刻，又说："我们也没有别的意思，周小姐既然想结交这个圈子里的朋友，可以随时找我，女人之间交流，总比跟他们那些什么都不懂的毛小子强。周小姐这么漂亮，不愁以后嫁不到金龟婿。"

我顺着她的意思，微微笑了下："阿姨您说得对。"

许诺妈妈也意味深长地笑，仿佛放心了许多，点点头说："那周小姐好好玩。"随即便和郑易的妈妈挽着手扬长而去。

所以说，有钱还是好的。

至少许诺的妈妈虽然心里很生气，但全程还是对我保持了微笑。毕竟我是郑易的客户，资产少则几千万，多则无数，背景如何，她们只要不知道，就会客气几分。

只是郑易看起来素质挺高，妈妈却是个喜欢戴有色眼镜的人。一个年轻无名的女人有很多钱怎么了？没见过像我一样运气好的人吗？按照我的运势，我就算拿个直钩垂钓，金龟婿都会争先恐后地上钩，需要到这里来费尽心思勾搭吗？

可见她们还是太单纯、太天真、见识太少，也许她们在跟我说话之前就已经想好了我的设定——一个有点小钱、为嫁入豪门奔走钻营的姑娘。

郑易回来，叫了我一声："愣什么神呢？"

他面色如常，本来我还想等他回来后八卦一下他和许诺的进展，这会儿反而觉得意兴阑珊。

"我刚才看到转角那里摆了很多吃的。"

郑易眯起了双眼："你是来蹭吃的还是干正事的？"

"当然是办正事的！"我连忙肯定他今晚带我来的重要性，"但是没有力气，怎么干活呢？"我摸了摸肚子向他示意，"你见过这种平坦到开始凹陷的小腹吗？我很担心一会儿昏倒在人堆里。"

郑易狠狠地瞪了我一眼："十分钟，吃完赶紧给我过来。"

我立刻并着两根手指在额间比了一下，以体现我心的一片赤诚："Yes, sir！"

秦姝过来的时候，我已经在吃水果还是甜点的纠结中度过了十分钟。

她碰了我一下："想什么呢这么出神？"

我走神的时候这么明显吗？谁都能看出来……

"我的选择恐惧症犯了……"做人要干脆，我选了两个马卡龙吃。

秦姝哼笑了一声，说："刚才我的尴尬症犯了。"

"怎么了？"

"那个容峥，正没皮没脸地要我微信号，齐非就一脸讨好地来了。"秦姝说，"都怪你周小呦，出馊主意约在这里见面……我说着话你也走神？"

我一个马卡龙还没吃完，被她一胳膊肘撞了一下，差点把嘴里的渣呛到气管里去，我猛咳了几声，摆手示意："你接着说。"

秦姝反而抱着胳膊不说了，她半眯着眼睛，眼神犀利又探究："我难得主动跟你八卦，你居然能冷静地吃东西！事出反常必有妖，到底怎么了？"

"这你也能看出来！"我把剩下的马卡龙放到碟子里，深深地叹了口气，"我可能见到我妈了。"

能在有生之年见到秦姝张大嘴，一脸难以置信的凌乱表情，我这个八卦也算是讲得很值了。

我这二十多年里，虽说生活不算贫穷坎坷，但是也没有多幸福，从小到大缺妈，二十岁以后缺爸，没有妈的孩子像根草，没有爸的孩子连草都不如。

记得小时候我还愚蠢，智商没有发育完全，幼儿园搞母女亲子活动，老师交代只能让妈妈参加。我爸那会儿还只是个讲师，特意跟学校请了假准备跟我去参加活动。那天早上我死活不同意出门，一定要让他变出个妈妈来，我爸摊着手一脸无奈地说他不会变，我就坐在地上哭得撕心裂肺，让他去给我买一个，同时很气愤地质问他："为什么别人都有妈妈，就我没有，是不是太穷买不起？我不管，一定要给我买一个回来。"

我爸后来被我哭得没办法，拿出几张照片来，指着上面的女人说我是有妈妈的，那个就是我的妈妈。照片上一男一女并排坐着，男的能认出是我爸，女的十分漂亮，表情矜持端庄。

我问妈妈在哪儿，我爸出神片刻，然后说她去追求自己的梦想了。

我立马就着没干的眼泪继续嗷嗷大哭，说把她叫回来，把她叫回来跟我参加活动。

最后我爸使出撒手锏，没有带我参加幼儿园的活动，而是带我去游乐场玩了一天，我才作罢，不再哭着喊妈。

那时候我一边吃冰激凌一边玩，我爸在旁边开导我，说世界上有的孩子身边就是只有爸爸或者妈妈，我需要接受这种生活方式。世上每个人都是独立的个体，不管缺少谁，我们都可以正常地生活。

他说："有一天爸爸也会不能陪在你身边，那个时候，你不要觉得上天对你不公平,也不要因此而不开心,因为你还是你,一个人也可以愉快地走向生命的终点。"

他唠唠叨叨地说了好多,我不是都能听懂,也其实不是很在意,心里想的是,只要不让我伤心就行,有了游乐场和冰激凌,没有妈妈,不参加幼儿园活动,也是没什么关系的。

那时候我还是一个妥妥的熊孩子,不能体谅别人的心情,不知道我爸一片淡然背后的隐忍。

我跟秦姝说:"我妈的梦想特别简单,就是想变得有钱,嫁个有钱人。"

这其实就是个普通梦想,世上有这个想法的人多到数不清,无可指摘,没什么好说的。

梦想无罪,有罪的是人。

其实人也没有罪,至少在夏女士身上,没人能说她有罪,连法律都不能。她嫁给我爸的时候,还不满二十岁,俩人一直没有领结婚证,后来生下我不久,便消失无踪。

换个城市,她依旧是未婚少女,年轻漂亮,潇洒张扬,我和我爸,不过是一段她尘封的往事而已,不提也罢。

"你确定她是你妈妈?"秦姝沉吟着说。

我点点头:"有钱保养得就是好,和我看了那么多年的照片相去无几,跟吃了人参果似的。"

秦姝扫了一眼谈笑风生的人们,好像一时也不知道该说什么了:"知道你家里可能有些不一样,没想到……"

"这么凄惨。"我点点头,替她把话补全。

秦姝美眸一瞪,伸手推了我一把:"少给自己脸上贴金,拥有六十亿的你根本配不上凄惨俩字,这俩字是属于我们穷人的。"

我把剩下的半个马卡龙放进嘴里,甜香四溢,忍不住感叹:"确实,我现在都不好意思说自己有多惨了。以前还想着假如参加个什么节目,可以声泪俱下地讲讲自己悲惨的人生,博一把同情,现在一张嘴,估计就要被人打。"

我让郑易带我多结交些有钱人,百分之二十的目的是想领略下这个圈子究竟有什么吸引人的地方,剩下的百分之八十,是想打听下我那个追求梦想的亲妈是什么现状。

我本来预备了充足的资金踏上一场"寻亲之旅",没想到这才迈出第一步,就喜相逢了,顿时有种不可言说的失落。

秦姝吃了颗红提,说:"你准备跟她相认?"

我茫然地看着她:"你这个问题,问得很有水平……"

但是我不知道该怎么回答。我的设想里,首先是武装自己,成为一个左右逢源的交际小能手,然后再向结交的圈中朋友们慢慢打听谁知道一位姓夏的女士。虽说刚才来赴宴的时候我也想过会不会遇到她,为此还有点怯场,但内心觉得不可能这么巧,我早就做好了打持久战的心理建设,毕竟想在偌大的H市找人简直跟大海捞针一样,所以根本还没有计划到"母女相见"这个环节时该怎么应对。

打脸来得太快,现实永远这么让人措手不及。

"一看你这茫然样就知道问了也白问。"秦姝叹了口气,"你好好想想吧,她如愿嫁了有钱人,现在有婚姻、有女儿,未必会跟你相认。"

我幽幽地说:"道理是这样,再说我也未必想找她追寻什么失去多年的母爱,只是你这话怎么让人这么不爱听呢?"

秦姝嘻着笑说:"心里酸吧?人的虚荣心就是这样,自己想不想要是一回事,别人给不给是另外一回事。"

我张了张嘴,发现居然无法反驳。

秦姝目光揶揄,抬抬下巴示意说:"IC的总裁来找你了。"

我侧头看过去,正对上郑易冷若冰霜的脸,拉得老长,好像所有人都欠他一笔投资款,我不禁感到痛心疾首:早知道这么快就能遇到我那个妈,就不找他帮忙了,也许收益率还能高一个点。

秦姝给我抛了个媚眼,风情万种地说:"这样你也不亏,虏获了他的心,你就有了个会赚钱的男朋友,收益率能高不止十个点。"

我面无表情地说:"哪有这么简单?"

秦姝抖出个明艳的笑来:"那就看你愿不愿意牺牲自己咯!"

我:"……"

郑易走过来,气质翩然、颇有涵养地对秦姝点了点头,秦姝抛给我一个意味深长的眼神,而后转身走了。

她前脚一走,郑易的脸"唰"地就黑了,速度快得堪比川剧变脸:"周呦呦你是猪吗?吃了二十分钟!我费劲地带你买衣服、化妆,是为了让你来蹭吃蹭喝的?"

天地良心，我就吃了一个马卡龙，喝了几口起泡酒，然而刚要张嘴解释，一个气嗝涌上来……我迅速抬手捂住了嘴。

郑易："……"

这下百口莫辩了。

识时务者为俊杰，我低头检讨说："是我不对，我辜负了郑总对我的信任，请郑总再给我一次机会！"

郑易咬牙切齿："你……"

"嗯！我不对！"我冲他肯定地点头。

郑易："……"

半晌后，他才调整好表情，转身走人之前叫我："还不过来！"

郑易今天其实很负责任，所有过来聊天的人他都来者不拒，并且会详细地给我介绍对方的背景，然后给我们彼此做介绍。

一个大腹便便的中年男人在几步远处叫了郑易一声。他身高一般，横向发展的势头很猛，尤其是那个肚子；脑门光亮，头顶毛发稀疏，正面临着地方支援中央的尴尬处境，整个人的形象基本就是俩字——油腻。

他揽着的那个女人倒是很高挑漂亮，除了妆有些浓。

郑易侧头在我耳边低声说："刘文远，H市的慈善会会长，跟你一样是个暴发户，手里有几家工厂的股权，身边的女人是他背着老婆养的。他老婆有点背景，他只敢背着她偷吃。你说话注意点，别理那女人就行了。"

他声音清晰，我其实听清了他说的每一个字，但是连起来是什么意思我没有太注意，因为我看到不远处，我那个妈一边跟别人谈笑着，一边漫不经心地往我这边扫了一眼。

我转开眼跟过来的刘文远微笑，郑易正在给我们两个做介绍："呦呦，这位是市慈善会的刘会长，做过很多慈善项目，为市里做出了非常杰出的贡献。刘会长，这是周小姐，我的客户，刚从国外回来没多久，做一些投资生意。"

我顺着郑易的马屁伸手，说："原来是刘会长，久仰久仰。"

"哪里哪里。"刘文远笑得肚子都在颤，伸手大力握住我的手，"周小姐真是天香国色、冰肌玉骨。"

我："……"听起来怎么这么尴尬？成语是好成语，但是人不正经。

他一边说话，汗湿的手握着我的手却一点都没有松开。我看他身边的女人嘴角往下拉了一截，趁机甩开他并伸手示意："这位是您夫人？真是漂亮！"

刘文远一只手还搭在那女人腰上，闻言脸上的笑容登时有点僵硬，两只手都规矩地收了回去，咳了一声，干笑着说："不，这是我秘书，一起来给顾老爷子贺寿的。"

那女人冲我们妩媚地笑了笑。

郑易一只手端着一杯香槟，另一只垂着的手突然碰了碰我的，并且狠狠掐了我小手指一下，然后含着笑说："刘会长心系工作，带着秘书随时汇报工作理所应当。呦呦你得学着点，多操心自己的工作。"

刘文远立刻打着哈哈说"郑总说得是"，脸上却露出了不太愉快的神色，说了两句便带人走了。

郑易立刻扭头教育我："你把香槟喝脑子里去了？我刚才说的你没听见？就你这情商，还想成为社交名媛？"

我试图辩解说："他拉着我手不放……"

"所以你就揭他的短？"郑易挑着眉点头，"厉害啊周呦呦，这杀敌一千、自损八百的招数，我是肯定想不出来的。"

"……"我说，"他自己不是想出了一个很好的借口吗？要是害怕别人问，干吗还要带出来？"

郑易冷笑："女人是不是水做的我不知道，反正你的脑子肯定是水做的。他带出来可以明目张胆地说是自己的秘书，你要是问两句也就罢了，还偏要哪壶不开提哪壶，这不是打他老婆的脸吗？回头传到他老婆耳朵里，他指不定被收拾成什么样，你是想让他恨死你？"

挣扎着回了郑易两句，我也有点说不下去了。我心里清楚，刚刚他叮嘱我的话，其实是我没有听进去，一个走神的工夫，就说错话了。

我丧气地低头承认说："你说得很对，我刚才脑袋确实进水了。"

郑易顿了一下，沉声说："怎么了？有话就说，心不在焉的，丢钱了？"

"没有。"我抬头看见他微皱的眉头，想了想说，"本来以为你们这圈子里都是高素质、高涵养的名门之后，没想到还有挺多刘会长这样的人。"

"所以呢，失望了？"郑易哼了一声，"哪有纯粹的圈子？你倒是说说自己是什么名门之后，不也进来了？真以为是演电视呢？"

我说："那也差太多了……见了好几个挺着肚子的中年大叔，就没遇到个谈吐不凡、贵气逼人的真正名门……"

然而我话还没说完，一个人影晃了过来，声音带着丝笑意："你们两个聊什么呢？"

我下一句话本来是想说"我们早点回去吧"，此刻猛地顿住，忍不住咳了一下。

原来人到中年，可以这么儒雅雍容。

这个突然出现的大叔看起来也就不到五十岁，穿一件白衬衫配烟灰色西装马甲，领口和袖口都规规矩矩地扣着，看我的时候，虽然目光中带着错愕，但是神态和气质没有半分的慌乱和尴尬。

"我还以为郑易是跟诺诺在一起，认错人了。"他镇定自若地笑着，对我点了下头，"抱歉。"

这目光跟刚才刘文远盯着我的眼神形成了鲜明的对比。他看着我的时候，眸光没有半分打量性的移动，似乎面对的是谁、贫富美丑，都不是他关注的重点，重点只在于这个人本身，真是个贵气但不逼人的气质大叔。

我为了突显存在感，也拼命挺直后背，自觉仪态优雅地冲他点头，微笑说："没关系。"

然后我就看到郑易嘴角抽了一下。

大叔侧脸跟他说："看到漂亮女孩子，就抛弃我们家诺诺了？"

郑易笑了笑，说："我客户，给她介绍些朋友。"

大叔颇有风度地向我做着自我介绍："你好，我姓许，许敬亭。"

果然，我没有猜错，他说的那个诺诺，就是许诺。

我伸出手说："您好，周呦呦，是郑总的一个小客户。"

许敬亭轻握了我手一下，很快收回去，说："那你们接着聊，不打扰你们。"说完，又温文尔雅地对我们点点头，才转身离开。

我看着他连背影都散发着一股娴雅的身姿，忍不住有些感叹，夏女士审美口味倒是很专一，我爸虽然没有他那尊贵的气质，但那一身从容风度，也是常常迷倒学校里一批老师和学生的。

郑易在我旁边说："你不是想认识真正的名门吗？这个就是，外祖父是国画大家，祖父是个爱国商人，捐给国家的钱是你身家的几倍。"

我说："他家真有钱。"夏女士真有眼光。

郑易莫名其妙地哼笑了一声，我扭头去看他，他又冷着脸说："我累死累活带你来这儿溜达一晚上,你就是为了找有钱人犯花痴的?"

我赶紧说:"你累了?要不咱们回去吧?"

郑易面上一怔,大概没想到我居然如此体贴,随即狐疑地眯着眸子打量我:"才认识了几个人,你就满足了?不等着所有人都恭维你一圈再回去?"

我也一愣:"什么意思?"

郑易挑着眉轻飘飘地瞟我:"不是要当名媛,感受上流社会的虚荣吗?不让别人夸赞一下你的美貌,见识一番你的'谈吐',怎么能算完成任务?"

我:"……"

他刻意加重了"谈吐"两个字,显然还记得我刚才的失言。

我只好连忙谦虚地说:"初来乍到,有郑总提点着出席这种场合已经很荣幸了,我自觉学艺不精,怕后面说多错多,反正顾老爷子已经讲过话了,我们也不会礼数不周,不如咱们先回去,一来让郑总您好好休息,二来我也好回去下下功夫,争取下次不再给郑总丢人。"

郑易:"……"

我用殷切的目光回视他:"嗯?"

半晌后他才黑着脸恨铁不成钢地说:"你刚才要是有这一半的油腔滑调,刘文远早就把你捧成名媛了!"

郑易不太高兴地大步往前走,我今天惹他的次数太多,低调地跟在后面。电梯门关上的时候,不远处的夏女士正身姿娉婷地站在许敬亭身侧,一只手挽着他,笑得温柔又优雅。

两人倒是很相配的样子。

第二天清早,我跟郑易在楼道里相遇,一起进了电梯。

他穿着一身运动装,精神抖擞,我还在打哈欠:"早,要去跑步吗?"

"嗯,今天空气好。"他说着侧脸看我,目光扫过了我的黑眼圈,漫不经心地说,"能在早上六点半看到你,真是荣幸。"

我恨不能站着睡着:"说实话,我也佩服自己。"

我平时就睡得晚,何况昨晚还失眠了,今天能这么早爬起来,充分说明了我跟秦姝浓厚的情谊。我突然想到身边这人的存在,在他打量我家居服配大衣的目光中,问他:"容峥这个人怎么样?"

郑易微扬了下眉,淡淡地说:"你想问哪方面?事业年轻有为,长相足够让你花痴……"

我说:"感情上呢?"

郑易说:"没见过他谈感情。"

我心里咯噔一声,坏了。

郑易半眯着眼睛看我,眸光显得异常清亮:"怎么,看上他了?"

我:"……"

"我又不瞎,还不如看上你。"这种问题还需要考虑吗?郑易看来也是清早没睡醒,头顶冲天傻气。不过我说完又有些后悔,我自己不瞎,这不就是在影射秦姝瞎?

电梯里突然安静下来,我抬头看郑易,正对上郑易同样看我的目光,我:"……"

郑易语气有点干:"怎么突然提起容峥?你大早上不睡觉去哪儿?"

因为容峥是罪魁祸首,但是我不能说。我举了举手里装衣服的袋子:"给朋友送衣服去。"他早上思路不清楚,我脑子转得却很快,我说,"这么早也不好叫车,不如你送我过去?就是昨天去的半岛酒店。"

郑易若有所思地瞅了我一眼,说:"好。"

他伸手就去按负一层的键,我站在他身后仿佛看到了奇迹,事实上我已经做好被他拒绝的准备了。看来,以后如果有求于郑易,早上是一个很适合沟通的时间。

秦姝在半岛酒店顶层的套房等我。

她穿着一件浴袍,洗过的头发湿润又凌乱,接过衣服袋子时神色十分平静,说:"吵你睡觉了吧,你一向喜欢睡懒觉。"

玄关处立了一整架子的春装,看起来都价格不菲,应该是服务生送上来的,想来以秦姝的作风,不理会很正常。我站在玄关处都不敢往里走,看着她进洗手间换衣服,小心翼翼地问她:"容峥走了?"

"嗯。"秦姝应了一声,"你最近品位提升得不错啊周小呦,GUCCI的这件开衫很配你,可惜要被我穿了。"

"你穿你穿。"这件衣服还是郑易帮我挑的,我还没穿过,我说,"你还好吧?"

早上六点,我刚睡着没多久就接到了秦姝的电话,她声音异常冷静地让我给她送身衣服到半岛，我茫然地问她昨晚是不是没回家，她说，她跟容峥睡了。

我顿时就清醒了。

"还行，没什么不好的。"秦姝穿好衣服从洗手间出来，见我还在门口，侧头示意我，"进来啊，我收拾下东西。"

我往前走了几步，就见到会客厅的沙发上堆着秦姝那件丝绒的吊带裙，跟一件白色的男士衬衫凌乱地纠缠在一起，卧室里就更别说了。

"这战况……还挺激烈啊……"我喃喃道，"你俩到底怎么回事，昨天晚上不是刚认识吗？应该不会这么快就情投意合了吧？以你的品位，按说看不上他这种花花公子啊？"

秦姝倒了半杯水喝："喝酒误事，昨天齐非一直在跟前腻歪，容峥又寸步不离地跟着……然后我就稀里糊涂地跟他上来了……"

我心痛地说："虽说发生这件事你自己很有责任，但是你这二十多年守身如玉，结果却跟万花丛中过的容峥……我觉得有点遗憾……"

秦姝把玻璃杯"咣当"一声放在吧台上，盯着杯子不说话，半晌后才轻笑了一声开口："就当被针戳了一下吧，没什么。"

我："……"

这可能是容峥被黑得最惨的一次。

秦姝嘴上说得轻松，情绪却有点低落。我本来想留下来陪陪她，被她拒绝了。她笑着说："我偶像包袱这么重，本来还想哭两声呢，你在我还怎么哭？"

秦姝是谁！我们认识这么久，她心情再不愉快、工作再难，我都没见她哭过，当然也可能是她偶像包袱确实重。

她这会儿还能开玩笑，说明情绪还好。我环视了一圈房间里的窗户，确认她应该不会想不开跳楼，就放心地走了。

我边走边想，酒后失身这事，如果发生在我身上，我应该也不会跳楼，毕竟活着，即使生活再难还有无数的变数，而死了，也许自己可以获得解脱，但那些活着并且关心你的人，该多么的痛苦！

秦姝心理素质比我强大不知多少倍，这个道理她不会不明白。

只是跟容峥……想起早上郑易说的那句"他不谈感情"，我想还是让我跳楼吧，反正我也没个关心自己的亲人，这样一了百了。

要是跟郑易……这个问题可能就需要分类讨论了。假如我不知道他这么人面兽心，一觉醒来看到他那张英俊的脸，我大概会幻想一下一夜生情的桥段；但是既然我已经知道了他的真面目，那么最好的解决方案，大概是嘤嘤嘤地假哭着，狮子大开口让他进行赔偿？

我站在酒店的电梯门旁等着下楼，心想郑易对此会是什么反应，然而想象到的画面并不是很让人愉快。以他的毒舌程度，他大概会猛地坐起来，皱着眉说："我居然跟一个这么丑的女人睡了？"

想到这里，我："……"

电梯终于上来了，我回过神进去，听到身后有脚步声，知道有别的客人一起进来，转身时便自觉往旁边让了让，又下意识地往那边瞅了一眼。

那人正好也看过来，成熟的眸子中带着一丝惊讶和笑意："周小姐？"

清早七点半，我也没想到会在顶层套房的楼道中遇上许敬亭。

"你好，许先生。"我意外跟他打招呼。

他穿得十分休闲，一件条纹衬衫外搭灰色针织开衫，下面是卡其色的裤子配棕色的牛津鞋，不仅减龄还正衬出他雅痞的气质，比昨天晚上的正装更显绅士与雍容。

我心想，跟郑易、容峥他们那种穿西装都要穿出时尚骚包感的人比，这位简直就是成熟男人的典范了。

"看着背影像你，又担心认错人。"许敬亭说，适时地看了一眼我的衣着，"周小姐昨晚也住在半岛？"

跟他精致又不刻意的打扮相比，我就像要去楼下买东西的不修边幅的宅女。我拢了拢大衣试图挡住里面的家居服，有些赧然地说："不是，我来给朋友送东西，早上出来得急，没顾上换衣服。"

许敬亭不甚在意地笑着点头："理解，你们年轻人嘛，我女儿也是这样。"

他如果不用这种长辈的口吻说话，我根本不会想到他已经够做我父亲了，随口便说："许先生你也很年轻啊，看起来也就四十岁的样子，很有气质。"

许敬亭失笑，摇摇头："比不上你们，风华正茂，还可以做很多事情，实现心中的理想。"

"年轻人有年轻人的理想，中年人大叔也有中年人大叔的追求啊。"他说得好像自己已经垂垂老矣，我只好转圜地说，"人活到四十多岁，肯定已经有很多遗憾了吧？二十岁时做的错误选择、错过的东西、没有完成的梦想,四十岁的时候难道不能去弥补和继续追求吗?哪怕从五十岁到八十岁,人生也还有三十年呢。"

关于生活,我虽然也会迷茫,但是就像我爸说的,要愉快地走向生命的终点,做人不能太消极。

许敬亭听得有些愣怔,我说完也觉得自己话太多了,怎么说人家也年长我二十多岁,于是我十分不好意思地说:"我就随便说说,都是闲着没事瞎想的。"

许敬亭顿时笑着说:"周小姐说得对,倒是我白活了这么多年,还没你看得通透。"

我真的是随口一说,被他夸两句反而觉得尴尬,连忙换了一个话题:"许先生这么早是要出去吗?"

这个话题换得其实不好。

这里又不是他家,如果是要退房,出去了就不会再回来,根本谈不上出去不出去,但是我总不能问他清早为什么也出现在酒店里,好像在挖人隐私一样,虽然我是挺想知道的。

他昨晚跟我那个妈看着挺琴瑟和鸣的,为什么晚上不回家却住酒店?

许敬亭听着却没什么反应,他说:"最近比较忙,好久没去马场看我养的那几匹马了,准备过去骑骑马、散散心。"

他说着神情一动,笑着看我:"周小姐会骑马吗?要不要一起去马场逛逛?"

我想起那天郑易的秘书小叶问我要不要上马术课,我义正词严地拒绝了她,好想回到那一刻,给过去的自己一记响亮的耳光。

我只能遗憾地说:"谢谢您的邀请,虽然我很想去,但是我不会骑马……"

电梯到了一层,我们一起出了电梯,往大堂外走。许敬亭边走边不在意地摆摆手,笑着说:"骑马很简单,如果周小姐感兴趣,以后找时间我可以教你。"

我连连赞同地点头:"那敢情好啊!许先生应该精通马术,有您这样的好老师,我肯定能学会。"

我以为他就是客套一下,所以也随意地应着,跟他一起站在酒店外面的台阶上,准备跟他道别。

没想到许敬亭接着说:"过半个月就到马术比赛的日子了,我这里还有几张邀请函,周小姐不妨来看看?不会骑马没关系,看看比赛,权当娱乐。"

我心中一动,据说马术比赛是有博彩的,我已经很久没有买过彩票下过注了,也不知道自己身上那种被天神眷顾的红运还有没有,于是当即点头:"好啊,我还没有看过马术比赛,多谢许先生。"

许敬亭温和地笑:"不用谢,我还要谢你刚才那番话呢。"

我点头笑着目送他离开,心中其实很茫然。这种人人都知道但是又做不到的大道理,不是张口就来吗?不用这么客气吧……

许敬亭上了司机开来的车子,而后车子渐行渐远。我站在台阶上心想:这种有钱人的活动,许敬亭的老婆肯定也会去吧?

我正出神,台阶下面的停车位上突地响起一声尖锐的鸣笛,吓得我差点从台阶上摔下去。我生气地扭头去看哪个司机这么没素质,一转脸,就看到两米远处停着一辆十分眼熟的车,坐在车中驾驶位上的人正面无表情地看着我。

我大惊失色地走过去,拉开车门问他:"你居然还没走?"

半小时前郑易送我到这里时,我就千恩万谢地跟他道别了,一来打算的是我肯定会跟秦姝一起离开,被他看到秦姝会尴尬,二来……我就没想过他会等我。

郑易目视前方,冷声说:"这就走了。"

我还扶着车门探着身子跟他说话,他却已经发动了车子,我不由自主地被往前带了一步,登时吓得"哎"了一声,赶紧钻上了车。

车子平缓地开出去,我心有余悸,想抗议几句他这种吓唬人的手段,但是想到他大清早牺牲锻炼时间送我过来,又破天荒地等了半个多小时带我回去,便真心实意地说:"今天真是谢谢你了。"

郑易没说话,连往我这边瞅一眼都没有。

明明刚才我下车的时候他态度挺好的,我夸他今天仁慈得像菩萨,周身都发着金光,他还绷着脸说我是他见过的唯一一个连阿谀谄媚都能一脸理所当然的人。

我开始反思自己做错了什么,难道是因为我上去太久了?我也没想到会碰上许敬亭啊,迫不得已多寒暄了几句。

我解释说:"我真不知道你在等我,不然很快就下来了。"

郑易仍然没有说话。

我说:"你看!那里有条狗!"

郑易一脸漠然地扫了我一眼。

我:"……"

我收回伸出去的手指,说:"为了表示对你的感谢,我决定请你吃早饭。但你这个态度让我很费解,你再不出声,我就不请你吃了。"

郑易冷哼了一声。

我说:"语气词不算。"

郑易沉声说:"周呦呦,你别得寸进尺。"

我连忙点头说:"好,那到此为止,咱们去买早饭吧。"

请吃饭这种事,最忌讳的就是"改天请",像我这种言出必行的人,当然是立刻让郑易绕了一小段路,拐去了小区附近的地铁站。

只是,当我双手捧上灿黄浓香的煎饼时,郑易的脸色比煎饼上面的黑芝麻还要黑。

"烫!你快点拿着!"我把煎饼往他跟前递了递,他皱着眉往座椅上靠,迟疑又缓慢地伸出了两根手指来接。我把煎饼袋子套在他手指上,然后愉快地上了车。

"这个阿姨做的煎饼真的超级好吃啊!我前几天去上形体课的时候路过这里发现的,里面的小咸菜我以前从来没有吃过。"

我趁热吃了一口,转头就见郑易一只手搭着方向盘,一只手挑着煎饼袋子悬在半空。

他表情扭曲地说:"这就是你说的请吃早饭?"

我把嘴里的煎饼咽下去,小心翼翼点了点头,说:"早饭吃点粗粮,没毛病吧?"想了想我又补充了一句,"为了保证营养充分,我给你加了两个鸡蛋。"

郑易脸上登时呈现出一种复杂的神色来,好像有点难以置信,又有点无言以对,还有点扯着嘴角怒极反笑的样子。他空着的左手抬起来,伸出食指指着我:"周呦呦……"

我拿着煎饼看着他等他发话。

他手指冲着我点了点,半晌后挤出几个字:"……你好样的。"

说完,他随手把煎饼扔在了一边,发动车子往小区里走。

外面晨光闪耀、春光明媚,车内却多云转阴,郑易还把车开得飞快,小区附近还有很多行人,我拽着安全带赶紧说:"你是不是怪我请你吃煎饼?你不要冲动!"

郑易居然还能抽空瞟我,他嘲讽地说:"又是粗粮又是蛋白质,这么健康营养，没什么毛病。"

识时务者为俊杰，我立刻说："我错了！你快看路，别看我！"

郑易漫不经心地注视着前方，油门依旧踩得半点都不放松，车子简直要快得飞起。

"虽然请你吃煎饼好像有点抠门，但是这个阿姨的煎饼是真好吃。那种发现一样好吃的然后强烈想分享给别人并且得到认同的心情，难道你不能理解吗？"

我说："这附近我就认识你一个人，只能分享给你了。"

郑易一脚油门冲进了地下车库，又一脚刹车精准无比地停在了车位上，然后他挑眉说："这么说，我还得谢谢你了？"

我被甩得在车门上靠了一下，连忙说："不用谢。"

郑易的脸更黑了。

他停车、熄火、解安全带，甩手就下车，大步流星地往电梯间走。我看了一眼被他留在储物格上的煎饼，拿上后跟了过去。

他双手插着裤兜等电梯，我跟他一起盯着屏上跳动的数字，说："你要是不满意，我明天再请你吃其他的，贵的。要不我们去七星大厦吃自助？"

郑易意味不明地哼笑了一声："我像是在意你一顿饭吗？"

我实话实说："像。"

郑易："……"

我说："你今天像是没睡好，起床气从六点半到八点半间歇性发作了好几次。"

郑易："……"

我说："你起床气一直这么重吗？不去看看医生？"

郑易抬脚进电梯，瞥了我一眼，声音带着警告的意味："适可而止。"

我冲他伸了伸手，示意说："那你还吃不吃煎饼？"

郑易一时没有说话，过了片刻，突然说："如果你看上了许敬亭，我劝你离他远点。"

我："啊？"

郑易说："你如果看上容峥也就算了，许敬亭有老婆、女儿，你不知道？何况就算没有，他也不适合你。"

我感觉自己差点就要控制不住面部表情了。我竭力让自己保持平静,说:"我为什么要看上许敬亭?"

郑易不以为然地说:"你那眼神,看见一个好看又有钱的人就自动发光,我怎么可能不知道!"

我面无表情地说:"是啊,我也不知道,好看又有钱的人那么多,我为什么要看上许敬亭。"

他听我声音冷冷的,扭头看了我一眼,面色反而缓和了下来,他淡然说:"没有最好。"

我想起那天吃饭时,谢茵茵翻的那个大白眼,真想照着样子翻一个送给他。我理了理思路,有些明白了:"合着你一早上对我横眉怒目的,是因为你觉得我看上了许敬亭,要破坏他的家庭?"

他肯定看到了我跟许敬亭在酒店前说话。

郑易意味深长地看了我一眼,说:"不,是因为你傻,我是怒其不争。"

我:"……"

我说:"你再这样恶言恶语地对待我,是会失去我这个黑金客户的。"

郑易破天荒地笑了一声,他一边往电梯外走,一边风轻云淡地说:"是吗?说实话,这个圈子里,除了我能发发善心带你,估计没有别人了。"

他身形轻松利落地迈步往自己家去,走了两步后又折回来,伸手拿过了我帮他拎的煎饼,给了我一个"好自为之"的眼神。

我看着他顾长的背影,忍不住耸了下肩,说:"可是刚才许敬亭已经说了,邀请我去看马术比赛。"

郑易输开锁密码的手指一顿,随即走廊里传来了砰的一声巨响,门关上了。

我拿起自己的煎饼吃了一口——真不是我主动要怼你的,我也很无奈啊。

第四章 郑家风云

● 钢琴这种东西，我显然是不会的

郑易高估了自己的实力，在被我迅速打脸后就没了动静，似乎一蹶不振了。鉴于我们两个作息实在不一致，后面几天我们一直没有再在电梯间偶遇。

我每天出门上课，有时候想，郑易要是真反水了，我这课上了也是白上。不过想到过段时间还有马术比赛可以参加，我就觉得晚点再去挽救郑易那颗破碎的玻璃心也没问题，就该让他学会收收自己的脾气和那天马行空的想象力。

直到周四那天，我收到了许敬亭让人带过来的邀请函。

上面细致地写着观赛着装建议：本赛事遵循传统马术赛事礼仪，建议女士选择裙装或长裤，佩戴礼帽。

我坐在床上回想自己看过的欧洲电影和英国新闻，印象中确实是有这样的画面，每个人戴着花枝招展的帽子在草地上谈笑风生。

但是我该去哪儿买帽子？在长久以来的购物习惯引导下，我下意识就打开了淘宝开始搜索。

看着上面几十到一百不等的价格，我又很快退了出来。

能省钱我是不介意的,只是万一被许敬亭这种名门贵族笑掉大牙,就不太好了。

可是前段时间去的那些国际大牌的店里,也没见到卖这种礼帽的啊……这个时候,必须找一个有经验、有品位的人来给我做向导……

我打开微信,找到郑易,给他发了一个跪坐的乖巧宝宝表情。

我:这么晚,郑总应该下班了吧?最近忙不忙呀?[可爱]

过了一会儿,郑易回复:忙。

我:"……"

我:都十点多了,要注意劳逸结合,休息休息吧。

郑易:谢谢。

我:"……"这还怎么愉快地聊天?

我想了想说:我这几天都在认真上课呢,还看了本书叫《说话的艺术》,最近进步很多,郑总什么时候从百忙中抽出片刻时间履行下咱们当时签的合同呀?

郑易:你不是已经抱上了新的大腿,把我踹了吗?

隔着屏幕都能感受到他满屏的讥讽语气,我飞快地回复他说:这条大腿没有你尽责,我怎么可能会踹你呢?一定是误会。

郑易:马屁拍得这么响,怎么,这么快被许敬亭抛在脑后了?

这话不好接,我正犹豫,他又发过来一句:这会儿知道我好了?

我赶紧发了一个"嗯嗯"的表情过去:之前是我说话不讲究艺术,失言了,但是你要相信我的内心对你是一片赤诚的。

郑易没有说话,以他的脾气,估计这会儿在冷声哼笑。

我赶紧趁着气氛良好说:最近我们有什么活动可以参加吗?

郑易慢条斯理地回复我:没有,我这几天比较忙。

难道他不准备去看赛马?我换了个方式说:那周末有没有时间?我最近想买顶礼帽,但是不知道去哪里买。

郑易没有说话。

我:嗯?

过了片刻,郑易说:买帽子去跟许敬亭看马术比赛,对不对?

我:"……"我就说了几个字,他也能猜到?

我说:你听我解释。

郑易说:周呦呦,你可以的。

我赶紧组织了一下措辞说:我真不是故意拿许敬亭气你的,这个比赛上有我想见的人,我真的很想去,你帮帮我好不好?

然而我将消息发出去后,系统显示一行字:消息已发出,但被对方拒收了。

我:"……"

郑易居然把我拉黑了!把他尊贵的黑金客户拉黑了!把他友善地给他买过煎饼的邻居拉黑了!

我躺在床上出神,真是不明白他是不是跟许敬亭有仇,一提许敬亭就炸,难道是担心自己以后如果跟许诺好了,而我又成功上位,那么他就得管我叫……小妈?

我仿佛触摸到了真相的边缘。

马术比赛的邀请函做得精致又高档,我就算在淘宝买了帽子,等真去到现场丢了人,还不如不去。

可是我真的想去。对于我那个妈,我说一句一点也不好奇,会有人信吗?

该怎么搞定郑易?

想到那天他说这个圈子里只有他能带我,我却嘲讽了他……逞一时口舌之快,毁一世睿智英明,我真傻,真的。

第二天早上不到七点,在闹钟响了四五遍的催促下,我凭着惊人的毅力爬了起来,去敲郑易家的门。

以那天早上我对郑易的观察和总结,他清晨时分脑子转不过弯来的概率很大,毕竟他上次答应送我去酒店的时候几乎是不假思索的。

今天,他开门开得这么快,我就知道这事有戏。

郑易看到我的时候,拿着毛巾擦头发的动作明显一顿,我目光撞上他紧实宽阔的胸膛时,也愣了。

他显然是刚洗完澡,头发湿漉漉的,腰上围了一条浴巾,赤裸的上半身还有水珠顺着肌肉的轮廓缓缓向下滑动。

郑易声音冷淡地说:"看够了没有?"

我瞬间回神,赶紧挪开了目光,瞟到他背后客厅时忍不住打量了两眼。他房间的装修风格跟我那套统一精装的完全不同,应该是后期自己改过,扫一眼就能让人联想到IC会议室里那低调又冷静的氛围。

我竭力让自己的目光停留在他脸上,不往下滑,诚恳地说:"我是来解释和道歉的。我不该质疑你的能力和帮助我这种暴发户的善良,请郑总再给我一个机会,咱们把微信加回来,继续做朋友,你看我真诚又期待的眼神。"

我冲他眨了眨眼,他直接无视了,说:"然后呢?再让我带你去买帽子,接受许敬亭的邀请?"

他说完冷笑了一声,不等我说话,就要关门送客。

情急之下,我一脚伸进了门缝里,伸手抓住了他腰间的浴巾。

郑易:"……"

我:"……"

"松开。"

我怎么可能放开如此强有力的武器?我说:"你现在还有机会答应我,不然我就给你拽下来。"

郑易看了我一眼,声音沉沉地笑了,他也不关门了,两只手闲闲地垂在两侧,神色挑衅又坦然,挑着眉说:"随你拽,这点自信我还是有的,没有什么可担心的。"

我:"……"

棋逢对手,还是比我还流氓的对手,这下一步棋,我显然不能硬着头皮走了。

我说:"我真的不明白,为什么你这么介意许敬亭。难道是因为你喜欢上我了,看到我和别的男人形影不离,所以不高兴了?"

郑易看我的眼神顿时变成了"你是不是疯了"。

我当然也知道这个想法很荒谬,我说:"既然不是,那是什么原因呢?"

郑易盯着我看了片刻,然后有些无奈地叹了口气,沉声说:"你是真的不懂?那天我就说过了为什么,因为担心你傻,不知道天高地厚,一门心思想那这些人里扎。他们什么样,你什么样,他们真要是坑你,你招架得住?"

我张了张嘴,却不知道该说什么。我中了六十亿,找到了郑易给我投资,又让他带我见世面,我虽然也有警惕性、防备心,但主要是因为他这个人没问题。

如果换了是个心怀鬼胎的人呢?

郑易说:"除了许敬亭,你以后会遇到更多邀请你、跟你套近乎的人,若你都像今天这样巴巴地让别人牵着你走,恐怕最后你连自己那六十亿怎么没的都不知道。"

我心里知道他说得没错,只能默默地接受教育,但是又有些奇怪,抬头问他:"那你早点跟我讲清楚不就好了?为什么老发脾气呢?"

郑易抱着胳膊睨我:"因为你在质疑我。刚带你认识几个人,你就屁颠屁颠抱着别人的大腿走了,那我们的合同是不是可以随时终止了?"

"不能不能。"我赶紧摇头否定,心里也是纳闷得不行:以前也没见你多愿意履行合同里的责任,现在倒是挺敬业了?

郑易轻哼了一声:"许敬亭拿几张邀请函冲你挥挥手,你就找不到北了,你怎么不知道打听打听,这次的比赛,举办方里也有IC?"

我震惊地看他:"你……你昨天还说最近没活动呢!"

郑易不可一世地看了我一眼:"昨天太忙,忘记了。"

我:"……"

郑易教育了我一顿,神色明显好看了点。我觑了他一眼,拉了拉手里攥着的浴巾,说:"我现在已经明白你的良苦用心了,肯定会提防着别人的,看比赛那天我就紧紧跟着你好不好?可以带我去买帽子了吗?"

郑易被我拽得前后晃了一下,整个人都僵硬了,他咬着牙说:"你先给我放手!"

"哦。"想来他也不会再轰我了,我连忙松了手。

下一刻,被我拽松的浴巾嗖一下就沿着郑易的细腰窄胯滑了下去……我的视线遵循着本能就挪到了重点上……再抬眼看郑易,他黑着的脸比刚才更僵硬了。

我后知后觉地反应过来自己看到了什么,瞬间尖叫着捂住眼睛滚回了自己家里。

当天下午,我去IC找郑易——他重新加回我的微信,让我五点去找他,一起去买帽子。

秘书小叶把我带进郑易的办公室,说他在开周例会,让我等他一会儿。临进门时,小叶低声跟我说:"郑总的弟弟也在,你小心。"

我:"啊?"

郑易还有个弟弟?我小心什么?

小叶把我请进门,我看到会客沙发上果然坐着一个男人,他打扮很休闲,牛仔裤、白T恤和一件插肩袖的藏蓝色夹克,倒是衬得人年轻又干净。

他正大刺刺地瘫在沙发上玩手机,听见我们进来,抬起眼皮看了一眼。

小叶说:"郑二少,这是我们郑总的客户,周小姐,找郑总有点事。"她又转脸给我介绍,"这是郑总的弟弟,郑皓。"

郑皓随意地"嗯"了一声,头都没有从手机里抬起来。

小叶给了我一个"现在你懂了"的表情,然后转身出去了。

按小叶的意思,郑易这个弟弟估计不好惹。

他一人占据了沙发上的两个座位,我坐到了离他最远的一张单人沙发上,争取大家井水不犯河水。但是他打游戏的音效声源不绝地传过来,我听出来了,是《王者荣耀》。

我最近也在玩,而且一直在千辛万苦地打排位。

他玩了一会儿,然后"嗞"了一声,骂了一句脏话,瘫在沙发上不动了。我拿出手机开始默默地打单人排位。

这个游戏闲时玩两把还挺能打发时间的,其实没有《DOTA》好玩,以我大学时跟秦姝一起打《DOTA》的经验来玩这个,难度简直是just so so。

轻松打完一局的时候,我还没回过神,就听见背后响起了一道声音:"你居然是钻石!"

我:"……"

我扭头就看见郑皓正站在我身后,手里端着一杯水,目瞪口呆地指着我手机。

我面无表情地说:"你是想吓死我吗?"

郑皓却一屁股坐在了沙发扶手上,完全没有刚才我进门时的敷衍和冷淡,不可思议地扬着眉说:"这位小姐姐,你打得也太好了吧!"

他挑眉的时候跟郑易很有几分相像,神态、气质却比郑易活泼了好几分,鲜活又张扬,看起来不像是不好相处的人。我谦虚地说:"可能因为我是个人民币玩家吧。"

郑皓脸色一变,怒道:"我难道不像个人民币玩家吗!充了那么多钱,为什么还是个破铜烂铁!"

我:"……"

郑皓跟只炸毛的猫似的吼完,又凑过来:"小姐姐,能不能教教我?"

我:"……"

这真的是郑易的弟弟吗?兄弟俩完全是两个画风啊……

"虽然你这个'小姐姐'叫得很有诚意,但是你哥估计要回来了,咱俩还是别玩了。"我收起手机,然后自己去倒水喝。

郑皓嗤笑了一声,满脸的不乐意,说:"我能在这儿等他这么久已经很不错了。"

他这态度倒是很让人出乎意料,我忍不住八卦:"你跟你哥关系不好吗?"

"就那样吧。"郑皓兴味索然地说,随即又饶有兴趣地看着我,"你是他女朋友吧?打着客户的名义来查岗啊?"

我:"……"

他接着说:"做他女朋友多没意思,跟个工作狂谈恋爱,一点生活情趣都没有。"

我:"……"你俩是有多大仇、多大怨?

"还好吧……"我扫过郑易架子上的咖啡罐和茶叶盒,指了指墙上的水果画说,"我看他挺有品位啊,这幅画挺好看的,我还想问问他在哪儿买的,也买两幅挂家里呢。"

郑皓表情顿时有些奇怪,他说:"你不认识这幅画吗?"

我:"啊?"

郑皓抬手指着画,难以置信地说:"大姐,看你穿得挺像个有品位的人,塞尚的画你都不认识?我都认识好吗!"

我:"……"

郑皓斜着眼睛开始认真打量我,啧啧地感叹:"你小时候没上那种东西方艺术鉴赏课吗?我这么不爱听讲的人都记得这是塞尚的画,你小时候学习成绩得多烂啊?"

小时候上东西方艺术鉴赏课?对不起,我小时候在玩泥巴。

我漠然地说:"我是个暴发户,不认识塞尚难道不是很正常吗?"

郑皓看我的眼神霎时间晶亮起来,他又凑过来:"小姐姐你这么厉害?你怎么暴发的,教教我?我也想一夜暴富……"

我心想:你作为一个富三代,还不知足,能不能别来争夺我们劳苦大众那点钱了?

他接着说:"工作太辛苦了,赚点钱也不敢随便花,你看郑易,明目张胆地在办公室里挂幅一亿美金的画,人比人气死人,我以后要挂个莫奈的!"

我:"……"

我颤抖着说:"这画多少钱,你再说一遍……"

郑皓撇撇嘴："九几年的时候有个老头花八千万美金买走了，前几年郑易帮他赚了点钱，老头把画送给他了，现在市场估值大概一亿吧……"

一幅画，一亿美金……以我的身家，如果买八九幅画挂家里，我就又要租房子住了。

现在，我有点明白当初第一次见郑易，我说已经辞职的时候，他一脸理所当然地问我为什么辞职了……人家日赚斗金，怎么会想不开辞职？

郑皓戳了我一下："你还没说呢，怎么暴富的？"

我心灰意冷地说："买彩票。"

他一脸"你骗鬼啊"的表情看我。

就在这时，郑易回来了。

他进门看到我俩，神情短暂地一愣，随即眸光漆黑地扫了我们两个几眼。彼时，郑皓正坐在我的沙发扶手上对我嗤之以鼻。

郑易说："干什么呢你们？"

再看到郑易，他在我面前已经自动化为一台行走的ATM机了，我内心简直羞愧难当，我说："请收下我的膝盖。"

郑易挑眉看我，神色却是"你又搞什么幺蛾子"的模样。

"你弟弟说你这幅画一亿美金。"

郑易把手里的文件随手甩到桌上，云淡风轻地"嗯"了一声。

我差点就要给他跪下了。

郑易说："别人送的，我没多少钱，别两眼放光地看着我。"

他接了杯水，转头问郑皓："什么事？"

他语气淡淡的，郑皓刚才那鲜活的面部表情也跟冻住了一样，绷着脸，语气又冷又硬地说："爸今天出院，让我叫你回家吃饭。"

郑易蹙了下眉，淡淡说："我没时间，不去了。"

"有时间陪女朋友玩，没时间回家吃饭？"郑皓哼了一声，"随便你，反正我话传到了，爱吃不吃。"

我："……"

谁来告诉我，这是兄弟之间正常的对话模式吗？

郑皓说完就起身往外走，临出门甩下一句："别说我没提醒过你，爸今天才康复出院，把他再气进去……"他话说了半截，看了郑易一眼，又哼了一声，摔门走了。

郑易背对着他，脸色沉得厉害，跟平时冷脸跟我生气的样子完全不一样。

他一言不发，我虽然内心很茫然，但还是小心翼翼地说："要不你回家吃饭去吧，帽子改天再买也行。"

"不用。"郑易沉声说，神色缓和了很多，"让你看了场戏，走吧，带你去买帽子。"

他明显还不怎么高兴，我大气也不敢出地跟在他身后，想了想小声说："你爸出院，你不去真的好吗？"

"没事。"郑易音色沉沉地说。

我一本正经地说："你真不用专门为了我耽误吃饭的。"

郑易侧头，似笑非笑地瞅我："你倒是想得美。"

我说："你其实想回去，对不对？"

郑易看了我一眼，没说话。

我俩走到电梯前，就发现，郑皓还在⋯⋯

他正狂按电梯："什么破公司！什么破电梯！就不能让我快点离开这个鬼地方吗！"

我和郑易："⋯⋯"

郑易不吱声，我好心轻咳了一声。

郑皓动作一僵，侧身瞥到我们，立刻绷着脸冷漠地站在一边，不动了。

我们三个沉默地等电梯，电梯来了，又默不作声地挨个进去。

谜之尴尬。

我其实很想打破这诡异的气氛，但是又不知道该跟谁说话，跟其中一个说，必定会伤害到另一个。

我想了想只好说："这栋楼还挺高的啊，这么久还不到一层。"

郑易和郑皓同时漠然地瞥了我一眼。

我："⋯⋯"

过了片刻，郑皓无所谓地说："不知道说什么就别说了，不用感到尴尬，我都习惯了。"

我："⋯⋯"

他又感叹着说："我有时候就想啊，这人，连自己亲人都不惦记着回家看看，以后谈恋爱了，能好好疼自己女朋友吗？我要是他女朋友，我就会觉得，这人冷血、无情，不值得托付。你说呢，小姐姐？"

我:"……"我不想说话。

郑易说:"你有完没完?"

郑皓立刻说:"没完,听我讲你坏话你怕了吧?"

郑易冷哼了一声:"幼稚。"

"郑易你再说一遍!"郑皓立刻炸了,"我就比你小三岁,我哪儿幼稚了……"

"停!"眼看郑皓要在电梯里跳起来,我赶紧拉住了他,"谁说郑易冷血无情了?他已经决定要回家了。"

郑皓顿时就安静了,狐疑地看向郑易。

郑易给了我一个意味深长的眼神,里面满满的都是"多管闲事",他刚要开口,我赶紧冲郑皓点头说:"是的,他刚才跟我说了,要回家。"

郑易不再说话了。

郑皓还是有点不敢相信的样子:"那你呢?"

我?当然是哪儿来的回哪儿去。

郑皓话说得非常快:"你也一起去我家吃饭吧,吃完饭我们两个还可以一起开黑!你带我!"

我内心是拒绝的……

郑易在一边没什么反应,我说:"我就不去了吧……跟你爸妈不熟。"

郑皓说:"吃顿饭不就熟了,人多热闹,正好许诺跟他爸妈也要来,许诺也爱玩《王者荣耀》,咱们仨可以组队去打排位!"

我:"……"

怎么不让我去死?!

然而不等我拒绝,郑易说:"可以,先去给她买帽子,再回去吃饭。"

然后郑皓就跟我们一起来买帽子了。

他美其名曰要用他绝世的审美眼光给我挑一顶艳压全场的帽子,实际上,从他紧跟郑易车子的节奏看,分明是担心我们临阵脱逃。

所谓的帽子店在一处枝繁叶茂、熠熠生辉的四合院里,是一对英国老夫妇开的手工定制店。

郑皓进去的时候震惊地喃喃道:"我怎么不知道H市还有这么一家店!"

我站在摆满帽子的帽架前同样挪不开眼睛。

繁复华丽的蕾丝、柔顺细腻的羽毛,每一顶都精致且造型独特。

郑皓指着一顶粉色的扎满花朵的硕大帽子对我说:"你要不要戴这个?做一个艳压全场的鸡冠花精。"

我面无表情地看他:"这就是你绝世的审美眼光?"

郑皓哈哈地笑:"我去给你找顶好看的。"然后就转到别的架子后去了。

我跟一边的郑易说:"你弟弟是不是智障?"

郑易挑着帽子,给了我"bingo"的眼神。

我说:"为什么要带我一起去你家吃饭?"

他理所当然地说:"你不是想和他一起打游戏吗?"

"我为什么要跟个游戏废打游戏?找虐吗?"我盯着他,"你是不是想把我当枪使?郑皓说许诺也去。"

郑易冲我挑眉:"这你也看出来了?"

我:"……"

他又风轻云淡地说:"没关系,不想去你可以拒绝。"

我"哦"了一声,有点没办法往下接话了。

郑易反而神色意外地看了我一眼。

我故作淡定地说:"我突然有点想跟你弟弟打游戏了。"

当你身体很诚实地想要时,嘴上就不要说拒绝了,不然等到人家顺从地接受的时候,你真的会很尴尬。——来自周呦呦的经验总结。

郑易给我选了一顶小的白色包黑边的帽子,正中是一朵绽开的黑色蕾丝花。

我斜斜地戴在右侧,意外地显出几分成熟性感来,十分大方。

郑易说:"Chanel应该有可以搭配的礼服,明天去看……"

他还没说完,郑皓拿着一顶帽子出来了:"哎哟哎哟,这顶帽子适合你!"

自从他知道我名字后,张口率先就是一串感叹词。

他手里也拿了一顶白色的帽子,只是稍微大一些,帽檐是纯白色的,顶上是几朵生动的白玫瑰,四周还有清新的绿色叶子做衬托。

郑皓一看见我就怪叫:"你戴的这是顶什么!难看得不行,多老气,就不能有点少女情怀吗?看我这个,满满的少女心有没有?"

他那一顶确实也很好看,我很喜欢,试戴了一下,发现也确实很显清新。

郑皓一脸得意,一边夸我戴这个好看,一边埋汰郑易的眼光。

我抬头展示给郑易,示意他给个评价,他漫不经心地瞟一眼,吐出一个字:"丑。"

我和郑皓:"……"

郑皓当场就参毛了:"你的才丑!老巫婆专用款!"又扭头对我说,"哎哟哎哟,你要是不选我这顶,咱俩就绝交!"

我:"……"

我跟你们兄弟俩什么仇、什么怨……

我组织了下措辞,充满遗憾地对郑易说:"虽然你选的也很好看,但是……"

郑易面无表情地瞥了我一眼,然后转身找人结账去了。

郑易和郑皓的家在城西的西山别墅区,跟我和郑易住的小区在相反的方向。

我前段时间买房子的时候曾经问过售楼处的小帅哥,H市的富豪名流们都住在哪儿,他当即指着西山别墅的楼盘说那里是名门贵族的聚集地。我当时还饶有兴趣地问他那里的价格,等他说完,我就彻底死心了。

我不明白那片远离市中心、土地没有那么金贵的房子,为什么能卖出天价。

今天见后,我有点理解了。

在H市这种人均占地也就几平方米的城市,很多人为了省房租,十平方米的房子还要再找个室友一起住,而这里,每一栋别墅的占地面积都保证了足够的独立性和私密性。

站在郑易家的别墅门前,左右看去都是无边的绿化,草坪和灌木被修剪得整齐、赏心悦目,此刻是黄昏时分,远眺是高低起伏的山丘和染上金光的彩霞,让人心中升起一股夕阳无限好的诗意来。

我忍不住说:"你们小区好大,别墅也好大,让我想到了一个成语。"

郑皓感兴趣地凑在我身边问:"什么成语?高大雄伟?金碧辉煌?"

我说:"前不着村,后不着店。"

郑皓:"……"

郑皓嫌我的成语里充满了贬义，怒气冲冲地往前走。

"我明明说的是个中性词。"郑易落在我们后面两步，我回头，等了他一下，然后并肩跟他一起进厅门。

我小声说："你爸妈不严厉吧？我好担心他们不欢迎我。"

郑易扯了扯嘴角，神情却没有多少笑意："你以为我为什么不想回来？"

我："……"

不等我再多说话，门口已经有用人迎了上来，对方十分恭敬地接过我们手里的东西，并给我们递了拖鞋。

郑皓已经进了客厅，远远便能听见他语气轻松地说："我们回来了，我邀请了一个朋友过来。"

"谁啊？"一个娇嫩的女声响起，"郑易回来了没有呀？"

我跟着郑易走过玄关，正看见许诺在沙发上扭着头，往这边投来期待的目光。

坐在她身边的是她妈和郑易的妈，再远处是许敬亭和另一个中年男人，几个人正在聊天，抬头看见我们时，都停止了交谈。

一室沉默里，只听见郑皓拿着叉子吃西瓜的声音，他随手指着我说："介绍一下，这是我今天认识的新朋友，叫周呦呦，也是我哥的女……"

我冲他投去了警告的眼神，如果他敢说出女朋友三个字，我估计会在游戏里把他凌迟一百遍。

他使劲咳了两声："……客户。"

许诺愣了一下，很快就反应过来，立刻皱着眉质问我："怎么又是你？"

我那个妈——夏青轻声斥了她一句："诺诺。"

郑易解了衬衫袖扣递给我："给我拿着。"然后一边挽着袖子一边往里走，漫不经心看了许诺一眼，"怎么，有意见？"

许诺神色不悦，没说话。

郑易那个年轻的妈妈后知后觉地反应过来，看了一眼许敬亭身边的男人，也就是郑易的爸，脸上缓慢地泛起一丝和蔼的神色来，跟说我："周小姐是吧，过来坐。"

这跟我第一次见她时的印象很不同。

郑易妈妈转头跟郑易爸爸介绍："这是周小姐，上次在顾老的寿宴上见过。"

郑易的爸爸有些瘦，面色威严，可能因为刚生完一场病，整个人精神气不是很足，冲我点了点头："周小姐自便就好，不用拘束。"

他身边的许敬亭也对我笑了笑。跟郑易爸比起来，他显得儒雅又年轻。

我顺从地跟他们道谢。

用人很快过来说晚饭准备好了，于是我们移步到后面的餐厅去。

长形的饭桌，郑易的爸爸坐在主位，一侧依次坐了许敬亭、许诺、夏青，另一侧是郑易、我和郑皓，主位对面是女主人郑易的妈妈。

吃的是西餐，用人端上开胃菜来，郑易妈妈笑着对郑易说："在医院里的时候，你爸总念着你呢，以后有空多回来吃饭。"

许诺妈也跟着说："前几天诺诺还跟我说呢，说好久没跟郑易一起吃饭了，我说郑易事业心重，得理解他。"

许诺适时地开口，语气很是讨好："郑易哥哥什么时候有空一起去吃饭？听说市里开了一家法国餐厅，据说很不错。"

我正跟郑皓悄无声息地吃东西，他闻言同情地看了许诺一眼。

我偷偷地去瞄郑易，他面不改色地淡淡地说："这不正一起吃吗？"

许诺一张脸气得通红，偏偏周围都是长辈，又无处发泄。我抬头看她，没想到正跟她对视上，她瞪了我一眼。

"哎，过分了啊。"郑皓虎着脸说她。

郑易妈妈开口说郑皓："诺诺也算你妹妹，怎么说话呢，吃都堵不住你的嘴。"

郑易爸爸已经在声音沉着地跟郑易聊工作上的事情，郑易不咸不淡地答着。

我拿着刀叉，低着头默默地给这顿饭打了个差评。

他们这些人吃个饭比去餐厅里吃得还要讲究，叉子和刀配了好几副，而我对西餐的了解仅限于左手拿叉，右手拿刀。

我只能学着郑易的样子慢慢摸索，只可惜他在说话，吃东西进展缓慢，很难模仿。

我心想，这顿饭吃得很无聊，早知道就不来了。

然后我就听见郑易妈妈问我："周小姐觉得饭菜不合口味吗？"

对面许诺和她妈一起看向我，我摇摇头说没有，随即自认动作优雅地切了一块儿黄乎乎的像内脏一样的东西放进了嘴里。

那口感，就像吃了一块儿油腻无比的肥肉。

许诺一脸无法忍受地看着我："你不腻吗？"

郑皓也说："你口味够重的啊，这么吃鹅肝酱。"

原来这就是传说中的贵族美食鹅肝酱……我忍住要吐出来的冲动，把满嘴油腻的东西咽下去，笑了笑说："我比较喜欢这种浓郁的口感。"

许诺嗤笑了一声，翻了个白眼，自顾自仪态良好地吃了口沙拉。

郑易跟他爸说话正到停顿时，我瞥见他抬手拿了一小片烤面包片，用餐刀把一小块儿鹅肝酱均匀地抹到上面，慢条斯理地吃掉，然后啜了一口手边的白葡萄酒。

我："……"

坐我斜对面的我那个妈突然出声，她带着一丝探究地问："周小姐是郑易的客户，想来家中也是非富即贵吧？"

许诺笑着附和道："富到大口吃鹅肝，这何止有钱呀，得是暴富的那种吧。"

我听出她嘲讽我暴发户的意思来，想到那天郑易介绍许敬亭的话，便故作淡定地说："我祖父早年留洋，后来回国当校长，父亲是个教授，平时研究些学术，不敢说富贵。"

郑易的妈话里有话地说："郑易公司的投资门槛挺高的，周小姐书香门第出身，有这样的财富实力真是难得。"

她这语气比第一次见面的质疑好听了好几倍，只是意思没变，依旧在怀疑我哪儿来那么多钱。

我想起郑易办公室那幅画，于是调整面部表情，遗憾又落寞地说："家里父母去世得早，我年纪轻也赚不到什么钱，幸好长辈平时喜欢收藏字画、古董，算是给我留了一些薄产。"

郑皓茫然地看我："你不是说你是彩票中奖的吗？"

我无辜地说："跟你开玩笑呢，你真信啦？"

郑皓一脸"就知道你在耍我"的表情。

桌上一时寂静。

许敬亭突然感兴趣地问我："周小姐的父亲也喜欢收集字画？都有哪些名家的墨宝？"

我："……"

074

我忘记这里还有个外祖父是国画大家的后代了。

我眨了下眼睛，说："家里长辈更偏爱西方艺术，像莫奈、塞尚这些……"

我还没说完，正在喝汤的郑皓就被呛了一口，攥着餐巾，大有把肺咳出来的迹象。

郑父皱着眉说："你这是什么教养！"

郑皓憋得满脸通红，充满困惑地看我，被我无视了。

夏青若有所思地看了一眼郑皓，她说："G市的书香门第我倒是知道几家，以前跟他们也有过来往，只是没听说过周家，看来是我孤陋寡闻了。"

"周家……"许敬亭闻言也喃喃了一声，似在回想哪个周家。

郑易此时出声说："既然是别人的伤心事，一再追问，没什么意思吧？"

郑父皱了皱眉，但没像刚才呵斥郑皓一样开口训斥。

夏青脸上顿时就有些尴尬，点头冲我说了句抱歉。

这一顿饭吃得真叫累。然而还没有结束。

饭后郑易被他爸叫进了书房，我们其他人坐在客厅里聊天。

郑皓咋咋呼呼地叫我和许诺开黑，我们两个彼此看了对方一眼，难得默契地没有理他。

夏青跟郑易妈低声聊了几句，然后转头叫许诺："你郑阿姨说好久没听你弹钢琴了，想看看你最近进步了没有。"

许诺甜甜地应了一声，起身坐到了钢琴前。

夏青笑着对我说："周小姐一会儿也弹首曲子吧？我这个女儿平时学艺不精，你肯定比她弹得好。"

我："……"

看来今天晚上，我这个妈致力于拆穿我不是名门之后的真面目。

那我怎么办？我手里握着那么大的料，我可没想在今天抖出来啊。

舒缓轻快的钢琴声响起来，许诺坐在琴凳上脊背笔挺，头颈微垂，弧度优美，间或往我这边看一眼，目光中充满挑衅。

郑易的妈妈坐过来，完全不像刚才吃饭时表现的大度和宽容，她狐疑地说："周小姐难道不会弹钢琴吗？你家里长辈既然受过良好的教育，又热爱艺术，收集艺术品，那周小姐肯定也才情过人吧？"

"这还用问吗？"我那个妈不赞同地看了郑易妈一眼，笑着说，

"周小姐肯定已经在想弹哪首曲子能让诺诺甘拜下风了。"

她对我说:"你要手下留情啊,给我们诺诺点面子。"

这两个人左右把我围在中间,皮笑肉不笑地极尽虚情假意之能,大概是看不顺眼我总跟郑易一起出现,更不信我是一个有教养、有身份的大家闺秀,眼里俱带着一丝高高在上的鄙夷,以及拆穿我真面目的期待。

钢琴这种东西,我显然是不会的。

它对许诺、郑皓这样的人家来讲,大概就跟吃饭喝水一样,是从出生起就要学会的生活技能之一,是标配。对我,尤其是小时候家里不富裕的我,钢琴却是我从来没有摸过、更买不起的贵重物件。

但是我不能说出来。

许敬亭坐在沙发另一边,正拿着手机打字,不知道有没有听见我们对话。郑皓倒是听见了,随口说了一句:"我也才情过人啊,一会儿给你们弹个李斯特那种变态难的。"

他妈立刻说:"有周小姐在,你还好意思瞎显摆!"

无形中,她又把对我的琴技要求往上抬了不知多少个台阶。

夏青笑而不语地看着我,等待我下不来台。

我其实很想说一句"你一个出生在G市山村里的人,难道就会弹钢琴了吗",然后看着她脸上虚伪的笑容裂成渣渣。

但这并不是我的初衷。

我吸了口气,感受到眼泪蓄满眼眶的那种酸涩,确定此刻眼圈应该红了后,抿了抿唇轻声说:"说起来,我还记得小时候母亲教我弹钢琴,后来父母早亡,我就很少再碰琴了,触景总容易伤情。"

眼前的两个中年妇女面上同时露出复杂的神色,大有一种"你说得好像很有道理,但是我们并不信,可又没办法戳穿你"的遗憾和不甘。

郑皓听见我声音变了,惊讶地扔开手机:"哎哟哎哟,你怎么说哭就哭了?妈你们真是的,怎么一而再,再而三地提起别人的伤心事呢!"

"我哪有……"郑易的妈想解释,却又无法掩盖为难我的事实。

我赶紧抹了抹眼睛说:"没事的,不怪阿姨们,是我今天见到许阿姨,有些敏感了。"

他们几个神色一愣。

我掐着自己手心,保持泪眼蒙眬的姿态看着夏青,激动地说:"您跟我妈妈很像，和蔼又亲切，看着您，尤其是您说起钢琴的时候，我就想起以前妈妈弹琴给我听的情景。许阿姨，我这样说可能有些冒昧，您愿意弹首曲子给我听吗？"

许诺妈妈本来疑惑的面容瞬间就僵住了。

郑易妈妈看看我又看看许诺妈："这……"

我连忙说："不用很复杂的曲子，能弹个《小星星》或者《虫儿飞》我就知足了。"

郑皓在旁边说："啊？这么简单的曲子啊！许阿姨，那您不如勉强实现一下她的愿望。"

我期待地看着我那个妈："可以吗，许阿姨？"

"我虽然……我理解你的心情，但是……"许阿姨终于开口，话都有些说不利索了。

我等着她说出一个冠冕堂皇的借口。

就在这时，许诺的演奏结束了，她走过来有些奇怪地问："你们怎么了？我弹得不好听吗？"

"没有，我们在聊天。"夏青很快回过神来，然后充满歉意地对我笑了笑，"我已经很久不碰琴了，恐怕弹得不如你母亲流畅，还是不破坏你母亲在你心目中的形象了。"

我只好遗憾地说："是我强人所难了，许阿姨不要自责。"

她一定不知道，她早就已经破坏了我心目中母亲的形象。

郑皓接替许诺去弹李斯特的曲子，我起身绕过餐厅，去洗手间整理一下自己演技爆发后的仪容。

餐厅的对面是几个房间，穿过餐厅后是洗手间，去时耳边都是郑皓猛烈如暴风雨的琴声，回来时我路过一个房间门口时，却听到了一声钝响，是有人拍桌子的声音。

我脚下一顿，看到房间门虚掩着，没有关好。

这个房间是刚才饭后郑易和他爸进去的书房。

里面传来郑易爸爸带着怒气的声音："你有能耐永远别回这个家！"

郑易轻笑了一声："十五岁那年，我妈死了之后，我就没有家了。"

我："……"

那么客厅里坐着的那个……郑易妈妈，是谁？

郑易爸爸顿了片刻，语气低沉中带着无奈："我身体越来越不好，郑氏现在需要你。"

"所以今天把我叫回来吃饭？"郑易嘲讽道，"怪不得郑夫人今天这么殷勤。你说我带粗野庸俗的女人回来，影响郑家名声，就感受不到郑家这十几年的乌烟瘴气吗？都是拜你那位郑夫人所赐。"

"你住口！"郑父怒道。

粗野庸俗的我："……"

我本来觉得听人墙脚很不对，何况无意中还听到了一个惊天动地的豪门秘辛，然而听到自己也是个被议论对象时，脚下又止住了动作。

郑父咳了几声，严厉地说："你跟许诺的婚事，是当着许敬亭夫妇的面定下来的，两家人都是要脸的，没有你反对的余地，你给我尽早跟许诺结婚，回来接管郑氏。"

"婚事？你在医院床上躺着的时候，我不开口忤逆你，就算我答应了？"郑易漫不经心地说，"你再年轻十岁的时候，我想做什么你也拦不住，如今你老了，再拿以前吓唬小孩的面孔对着我，我就会答应你了？"

他声音淡淡的，听不出什么感情："你让我接管郑氏，是想拿你那一屋子的美女秘书恶心我吗？我说过不要，就永远不会再去碰它，你还是把你祖传的家族企业留给你那个宝贝小儿子吧。"

"你……"郑父被这番话气得猛烈地咳了起来。

里面传来越来越近的脚步声，我赶紧转身往客厅走，没走几步，后面开门声一响，接着又是一道关门声。

"站住。"郑易低沉的声音响起。

我转过身，心虚又尴尬地看他："我……就是来上个厕所。"

郑易目光沉沉地看着我，看得我几乎承受不住他的审视，要给他跪下。

旋即，他叹了一声，走到我跟前，拍了我头顶一下，说："走吧。"

郑易面沉如水地带着我往外走，经过客厅时，郑易的妈妈……不对，郑皓的妈妈站起来，笑着问郑易："和你爸谈完事情了？"

郑易看了她一眼，在他们诧异的目光和郑皓戛然而止的琴声中，带着我离开了郑家。

西山别墅离我们住的小区比较远，郑易在环线高架上保持了他一贯的老司机风格，车子几乎快得要飞上天去。

而我，因为心中有愧，只能紧紧抓住把手，并不敢多说一句话。

郑易率先打破了沉默："听到了多少？"

我立刻说："只听到了四个字，粗野庸俗，剩下的都没听见。"

郑易侧头看我，脸上似乎写着"我一个字都不信"。

我只好挠了挠后脑勺，实话实说："从'你有能耐永远别回这个家'开始。"

他没有说话。

"我真是不小心听到的，本来要走的，结果又听到你爸说我粗野庸俗，我就……谁知道后面没有再提到我了。是我太爱找存在感了，对不起。"

我想了想又说："我不知道现在的郑夫人不是你妈妈，之前有说错话的地方，不好意思啊。"

在去他家的路上，我还提了好几句"你爸妈"什么什么的话，刚才听他话里的意思应该是挺不喜欢郑皓的妈，听着我一直那样称呼，他应该心里很不舒服。

郑易神色却松动了一些，他翘着嘴角，不甚在意地说："你什么都不知道，有什么好怪你的？"

我点点头："就是嘛，我毕竟是无意的。"

郑易："……"

我说："我是在单亲家庭长大的，以前在学校里，总是会有同学聊天的时候说他爸爸妈妈怎么怎么样，又问我爸爸妈妈怎么样，虽然我听到心里会泛起点涟漪，但是不知者不罪，他们是无心的。"

郑易有些意外地看了我一眼："你倒是也挺不容易。"

"这年头，谁还没点凄惨的人生咋的！"我叹了口气，"不过我真没想到你一个富三代也这么有故事，第一次见到郑皓的妈妈，我还羡慕你有个那么年轻漂亮的妈，没想到……"

郑易将车开下了环线高架，辅路边上是一片人工湖，他把车停在路边："下去走走吧。"

第五章 比惨大会

● 我和郑易，没有最惨，只有更惨

夜风微凉，春天的气息却十分柔和。今天天气好，清亮的月光照在湖面上，泛起一层波光。我和郑易沿着湖边散步，春夜静谧而醉人，毛茸茸的草坪踩在脚下，撩在心上，让人心痒。

这是一个适合谈情说爱的夜晚。

我就差一个男朋友了。

"突然好想谈恋爱啊。"交配的季节已经来了，就连远处的猫叫声都妖娆销魂，我却还是个单身，即便心中蠢蠢欲动，也不知道该把情发在谁身上。

我问郑易："你也不小了，没有女朋友吗？"

郑易对我的关心很不买账，眼神戏谑："有你整天跟在我后面，哪来的女朋友！"

他话里带话地影射我阻碍他跟别人发展恋情。

"不是有现成的吗？"我顺从地说，"许家千金跟你门当户对、郎才女貌，简直配一脸。以后咱俩少一起出现在她面前，我牺牲自己，给你们创造机会。"

郑易寡淡地看了我一眼,没有说话。

我叹了口气:"早上扯你浴巾的时候你还一脸羞涩、活泼可爱呢,自从见到你弟弟开始,就跟霜打的茄子一样,沉默寡言、忧郁内敛,这不符合你外表道貌岸然、内心毒舌傲娇的人设。"

郑易的面容登时有点扭曲,他咬着牙说:"你还敢跟我提早上?"

我说这话的时候本来是没什么不纯洁的想法的,他这样情绪一激动,我就忍不住把视线投向了他那里。

"你再看一眼试试!"

我赶紧移开眼,讥笑道:"哟,你还害臊不成?"

"闭嘴。"

我听话地噤声。然而一男一女一起散步,既不谈情说爱,又不聊天南海北,看郑易这样也不像要跟我倾诉衷肠,实在是有点冷场。

他心情显然还不是很好,盯着洒在水面上的月光,呼吸缓慢。

我出声劝他:"你开心点,谁家还没本难念的经?你虽然家庭不和睦,有不足为外人道的辛酸,但是好歹物质上富裕,像我们这种家庭,既不幸福,物质又……"

我话说到一半就迎上郑易挑着眉质疑的目光,想起自己那六十亿,只好生硬地改口说:"你想想咱俩都这么有钱了,还因为一点精神上的打击就自叹自怜,这让那些为生计奔波、连伤神都顾不上的普通大众怎么想啊,给不给人家一条活路?"

郑易:"……"

他看起来像被我打动了,我冲他肯定地点点头,示意他往好处想想。

他却突然说:"我母亲是自杀死的。"

我:"……"

他一言不合就放大招,我还能怎么办?

我只好漠然地说:"好巧啊,我爸也是自杀去世的。"

郑易:"……"

他额上似乎挂了几道黑线:"你用不着这样安慰我。"

"这又不是比惨大会,我还能拿这个撒谎?"

郑易的眼神里登时闪烁着些意味不明的光,隐约能看到一丝对我们竟然如此同病相怜的诧异和沉重。

我看得笑了起来："所以你看，大家其实各有各的惨，咱俩算是惨得比较像了。但是生活压力这么大，怎么能总沉浸在过去的痛苦中呢？未来还有层出不穷的问题在等着我们，如果这会儿就开始感到绝望了，那总有一天，会有一个坎儿像最后一根稻草一样，把我们压死的。"

郑易："……你开解别人的思路，很独特。"

我摊摊手说："我不就说了几句大实话吗？我这么诚实，是不会欺骗你说世界其实很美妙，生活其实很幸福的。想开点，现实永远都那么残酷……"

郑易："……"

"美好的是我们那颗积极乐观的心。"我耐心地讲解，"要苦中作乐，学会忘掉那些扑面而来的假恶丑，牢记那些短暂的真善美。"

郑易扶了下额，说："好像很有道理，就是让人乐观不起来。"

"……"我恨恨地瞪他，"你根本不能体会，没有慧根！"

郑易不以为然地笑笑，我们并肩站在湖边，他侧头神情莫测地看了我一眼，迟疑地说："你父亲……"

我耸了下肩："抑郁症。"

"我以前一直以为，我这个爸爸不像一般的那些艺术家、哲学家那样，时常透露着一种参透人生的痛苦和忧郁，他会给我讲很多生活感悟，教导我要带着豁达的人生观去面对生活的不如意。谁知道他自己根本做不到这样，年轻时的那些经历如影随形般跟着他，他忘不掉，也解脱不了。最后他痛苦得受不了了，只能选择极端的方式寻求解脱。"

说到这里，我也有些感叹："幸好他教的那些我都学会了，不然从小没有妈，大学没毕业爸爸又自杀，我大概会崩溃掉。"

郑易眼眸漆黑，看着我没说话，我被他直视得有些不自在，咳了一声说："好了，我讲完了，下面请开始你的表演，说出你背后的故事。"

"你能不能正经点？"郑易显然有些出戏，无奈地说，"我的没有你的惨，听完你的，我才知道我的不是事。"

我面无表情地说："合着你真从我身上找到了安慰？所以比惨大赛我赢了？"

郑易倏然低笑出声，摇了摇头说："偶尔，你也挺可爱的。"

他眸正神清地笑着，整个人都显得格外英俊从容，我听着他带了几分纵容的声音，突然觉得脚下寸长的草尖跑上来在我心弦上轻轻一拨，让人心旌荡漾。

我被他嫌弃了这么久，总算被夸赞了一次。

郑易说："郑皓你看到了，只比我小三岁。"

在书房外面听到他们对话时，我就已经猜到了。郑皓的妈妈是郑皓爸爸的一个秘书，他爸看上了她，一个常见的有钱人出轨桥段，最终导致了他妈妈受打击自杀。

"我就错吃了口鹅肝，你爸都说我粗野庸俗，他不嫌郑皓妈妈身份低微吗？"想到郑皓妈那些刻薄的行为，我也是不懂了，真爱出奇迹？

郑易有些嘲讽地说："她是谢茵茵的小姑，谢家有教养的人没几个。"

我想起第一次见谢茵茵时，她冷笑着说得继承家里上亿的负债。

年轻的时候，郑易的父亲郑兆和跟郑易的母亲薛薇成婚，其时，郑家显赫，薛家却开始走下坡路。郑皓的妈妈谢岚留学回来，在聚会上对郑兆和一见钟情，不知怎么想到去郑氏公司给郑兆和当秘书，一来二去撩动了郑兆和，两个人就一发不可收拾。

开始的那些年，两个人还能顾及薛家的声威，然而随着薛家式微，谢家不愿让女儿受这种委屈，薛薇就知道了。

薛薇性格强势，自然咽不下这口气。

"那天早上，我出门上学的时候他们正在吵架，我妈说他们不断掉联系她就死在他面前。这种话她说过很多次，听久了谁会信？"郑易轻描淡写地说，"后来正上课，我被老师叫出去，说家里出事了。"

他轻笑了一声："谁知道她那次是认真的。"

他声音轻飘飘的，却能听出低落的情绪，我说："这会儿我又觉得你也挺惨了，虽然钱多，但还是会很难过吧……"

我冲他张开双臂："要不咱俩抱头痛哭一场？"

郑易抱着胳膊："……"

"唉，你们这些人，跟我的想象差距真大。大家除了有点钱，见过些世面，本质上没什么区别。虽然不说脏话，但是爱绕弯子，一个眼神、一个动作都带着戏，说教养良好、品德高贵，我是真看不出来。你爸人品就有问题，郑皓妈又看人下菜碟，许诺妈看着温温柔柔的，其实……"

想到我这个妈根本就是个伪名流，连提的必要都没有，我说："没想到这圈子里光怪陆离的什么事都有，太失望了。"

郑易很不以为然地哼笑："早跟你说过，你肯听吗？"

我忽视他的自以为是，合计着说："不过如果是这样的话，也好办，谁还不会装大尾巴狼啊，等我谈吐优雅、衣着华丽地吃着鹅肝、喝着顶级champagne的时候，自然而然就成为你们中的一员了。"

郑易黑着脸："你还不死心？乌烟瘴气的有什么意思？"

我想起我那个妈穿着高定礼服一脸端庄高贵的样子，想到她刁难我时眼高于顶的姿态，缓缓摇了摇头，深沉地说："不一定有意思，但是长征，刚刚开始。"

郑易："……"

他气得转身走了。

我追在他身后："你是不是也会弹钢琴？那你认不认识比较好的老师？给我介绍一个好不好？今天晚上你都没有看到，郑皓妈和许诺妈合起伙来欺负我，逼我去弹琴，我哪会啊……"

直到回了小区，郑易也不理我。

电梯里，我说："我以为经过一场拉近心与心距离的沟通，能够让你认清我纯良的本质、凄苦的生活，同时升华我们两个之间的友谊，从而得到你对我的大力支持。"

郑易衬衫袖子卷到手肘，一只手拿着西装外套，站姿笔挺。他看都不看我一眼，面无表情地说："支持你羊入虎口？"

"为什么不能是虎入羊圈？我看起来很弱吗？"

"那倒不是。"郑易不以为然地说，"弱智而已。"

我："……"

电梯到了，我生气地率先出去，左拐回家。

结果郑易主动出声叫我。

我转过身，勉强用矜持按捺住内心的喜悦："想通了？知道你再这样会失去我这个朋友了？"

郑易走到我跟前："我的袖扣还在你那里。"

我："……"

我从上衣兜里掏出袖扣，摊在手心里示意："拿走它们之前，我建议你再重新考虑一遍，要不要认真帮我。虽然我们已经签过合同，但这个问题是，是heart to heart的那种。"

郑易眸光沉沉地看我，我傲然不屈地迎接他的注视。

他最后先败下阵来，叹了口气，拿过袖扣说："答应你，可以了吧？"

我欢呼一声,上前抱了他一下,然后看着他有些僵硬的神色,期待地问:"那我们明天去买搭配帽子的礼服?"

郑易不自然地说:"……我明天要出差。"

我:"……"

郑易大周末却出差了,谁陪我去买衣服?

我本来想叫秦姝一起的,但是早上一睁眼就刷到了她朋友圈里晒的和网红员工们的branch聚会,只好作罢,心想只能自己去了。

结果郑皓适时地发来消息叫我开黑。

我们两个转了好几家店,从大牌名店到高级买手店,一路逛下来,郑皓有点心虚了:"没想到这顶帽子这么难配,按说今年流行绿色啊,怎么就没有一件可呼应的?"

他拿着一条油绿绿的裙子说:"要不穿这件?好歹跟帽子的绿叶配。"

我心塞地说:"你是想让我做万花丛中一点绿吗?衬托大家的美?"

他挠挠头:"早知道还不如买郑易挑的那顶。"

我望了望天:"真是信了你的邪。"

好在最后勉强挑到了一件——露肩的荷叶袖礼服,内衬只有短裙的长度,收腰处多了一层精致的蕾丝,长及脚底,还算飘逸。

通体的白色,虽然不符合来前郑皓白色打底、少量淡绿装饰的幻想,但试了很多件,这件已经是效果最好的了。

郑皓也很满意,在我照镜子的时候,拍了一张我的背影发到了朋友圈,配文说:仨小时,终于给小仙女选到了合适的裙子,美哭,哈哈!

我们两个约好回家开黑,然后就散了。

回去的路上,我给他朋友圈点了个赞,只可惜跟他的共同好友不多,也不知道其他人对这条裙子是什么看法。

不过很快我就知道了。

郑易突然发过来一张朋友圈截图,又发了一句话:小仙女今天过得挺充实。

虽然他没有配表情,但是字里行间我都感受到了那张面无表情的微笑脸。

我回了他一句:怎么觉得你阴阳怪气的?

我点开看截图,郑易和郑皓显然有很多共同好友,这才没多大工夫，截图上就显示了很多点赞和留言。

——郑二少居然恋爱了，有意思，背影不错。

——肤白腰细屁股翘，正面图发出来。

——秀恩爱啊，让我们吃狗粮？

下面居然还有容峥的留言：这背影看着眼熟，哪家的妹妹？

……

并没有评价我裙子的人。

郑易没有再回复我，我心想他可能在忙工作，就招呼郑皓去开黑了，顺便问了他一句：你不解释下朋友圈的那张照片吗？万一有人误会我是你女朋友呢？

郑皓打下一串"哈哈哈哈"，说：好多人都这么评论。我就喜欢看他们好奇但是又不知道真相的样子。

我：……

带一个脑回路如此清奇的队友打游戏，心好累！

郑易是周五那天晚上回来的，至于我怎么知道他回来，当然不是因为他良心发现，知道自己冷嘲热讽地甩了我一句后就再也没回复的行为不好。

当时外卖小哥敲门，我出去拿外卖的时候，正看到郑易拖着行李在开门。

等外卖小哥进了电梯，我叫了他一声："你怎么不回我微信？"

前两天去找他介绍的钢琴老师练琴，我还发微信问过他，要不要给老师带点礼物过去，结果消息跟石沉大海一样，得不到半点回复。

郑易将行李拎进玄关，扶着门跟失忆了一样，纳闷地说："我有吗？"

"……"我十分肯定，"你有。"

郑易挑了下眉："我没有，你记错了。"然后就关上了门。

我："……"

第二天下午，我跟郑易一起去城郊的马术俱乐部。

路上我对他昨天傲娇不认账的行为进行了控诉，说他敢做不敢当。他则黑着脸十分没有说服力地表示自己很忙，没有空看微信，狡辩完，还横挑鼻子竖挑眼地嫌我穿的一身衣服难看，气得我后面一路都没再理他。

到了俱乐部，我们给安检人员出示请柬，这才发现，他此次作为投资方之一，座位在看台的第一排，而我的因为是许敬亭给的，比他靠后两排。

郑易的神色中登时带了丝得意，他轻飘飘地扫我一眼，走路都比平时气宇轩昂了几分。

比赛还没开始，陆续来的人都在露天的草地上寒暄说话。从门外停下的车子以及严格苛刻的安检就能看出这个俱乐部高端得不行，来人的气势都是不仅富而且贵，有不少之前在顾老的生日宴上见过，跟我和郑易打招呼时，居然有人能记得我，或多或少都夸一句"周小姐越来越漂亮、有气质了"。

我听得美滋滋的，这么久的形体课果然没有白上。

郑易理着自己的口袋巾，不以为然地说："别人就是恭维两句，听听就算了，别当真，毕竟你这条裙子难看是事实。"

我："……"

我刚准备开口怼回去，郑皓三两步从远处走过来，啪地拍了一下我露着的肩膀，十分高兴地说："我就说这帽子和裙子配吧！相信我的眼光，准没错！"

我扭头看了一眼自己原本嫩白的肩膀上迅速显出的几道红印，面无表情地说："我是造了什么孽，认识你们兄弟俩？"

郑易也看了一眼我肩膀，脸色有些黑转开了视线。

"没控制住手劲。"郑皓嘻嘻哈哈地挠了挠头，看见正走过来的容峥、周俊他们几个，转身去打招呼。

容峥远远就"哟"了一声，上下打量我一番，摸着下巴说："原来郑皓那天拍的是呦呦妹妹啊。"

郑皓还在嘚瑟："怎么样，她这一身好看吧？我挑的。"

容峥的目光意味深长地在我们三个之间转了一圈，然后他笑着说："呦呦妹妹今天穿得挺小清新啊。"

闻言郑皓就挺高兴地笑起来，他凑到我耳边小声说："我刚才进来看过了，都没你好看，有的黑漆漆的，有的花花绿绿的，你穿得像一大捧满天星，今天肯定艳压全场。"

我本来以为容峥那也是夸奖，面上保持着淡定，心里其实也很开心，心想许诺一会儿估计也会来，看她妈还对我冷嘲热讽不！

结果等她来了，郑皓先傻眼了。

许诺戴的帽子，正是那天郑易想让我买的那顶黑白色的。

她穿了一件跟帽子十分搭的礼服，乳白色的裙子，上身包着黑边，后面只有几根交叉的黑色带子，露出一整片光滑的脊背，下身的裙子前短后长，蓬松地散开来。

一套衣服衬得她气质大方，性感却又不失轻盈俏皮，像大朵的栀子花，芬芳浓郁。

容峥在一边满含欣赏之意地说："几天不见，许诺妹妹的穿衣品位更加炉火纯青了。"

许诺不掩饰地得意娇笑，又挺了挺胸脯，扫过我的荷叶边，说："没办法，身材好，不用挑那种藏着掖着的衣服。"

我问郑皓："说好的绝世审美和艳压全场呢？"

郑皓哼哼唧唧的，不吹牛了。

我扭头看郑易，他抱着胳膊，气定神闲地对上我的视线，气场十足地冲我挑了下眉。

然而，这只是我今天失策的第一步。

比赛即将开始，大家一起往看台上走，容峥在跟郑易闲聊，说舒念要回来了，郑易淡淡地"嗯"了一声。

我放眼去看自己的位置，发现已经落座的许家三口人正好坐在我旁边。

郑易出声叫我："怎么不走了？"

他顺着我视线看过去，顿时了然，然后慢悠悠地转回视线瞅我，好像在说：你当初搭上许敬亭的时候，不是挺高兴的吗，去吧少女。

我面无表情地往自己的位置去了。

许诺坐在中间，我坐在我那个妈旁边。

另一边的许敬亭看到我，周到地笑着说："周小姐如果想体验骑马，等比赛结束后我可以找人带你去。"

许诺今天心情显然很好，这会儿听了，跟她妈对视一眼，然后故作惊讶地说："骑马你都不会？"又翻了个白眼，"什么书香门第出身，这也不行那也不会，穿衣打扮就那样，真不知道郑易怎么想的，到哪儿都带着你，看着连个暴发户都不像。"

许敬亭登时不悦地斥了她一声："你这又是什么教养，让你妈惯得野调无腔，越来越不懂规矩！"

许诺理亏地嘟了下嘴，低头摆弄自己的指甲，被许敬亭又说了一句

"坐相不雅",于是规规矩矩地两手交握挺着背坐好。

夏青温声对她丈夫说:"这么多人在,你少说教两句,给女儿留点面子。"

许诺娇声说:"就是嘛。"

许敬亭叹了口气,对我抱歉地点点头,也坐正等着比赛开场了。

我在一边看着他们三个互动,心里五味杂陈,一来被人怼了不高兴,二来又觉得许敬亭真是自带一种大门大户出身的礼貌与教养,三来又羡慕他们这家庭式的互动。

倘若夏青还是我妈,不曾抛弃我们,大概他们三个的日常就是我们三个生活在一起的样子。

可惜我妈,并不是我妈。假如她当初没有抛弃我们,被岁月蹉跎二十多年,始终过不上自己想要的有钱人生活,那她恐怕也不会是今天这种养尊处优的样子。

她就坐在我身边,转头对我笑了笑:"周小姐以前没有骑过马?"

我收回神,说:"没有。"

许诺见许敬亭在看手机,转脸轻声跟我说:"这种俱乐部会员费一年才几十万,虽然入会标准严格,需要有内部成员推荐,但你家又是莫奈又是塞尚的,这些都不是事吧,怎么马术都不教你?"

她声音轻,背着许敬亭的脸上却满是鄙夷。

夏青拍了拍她,说:"你坐好,别一会儿又让你爸说了。"

然后她转过头,目光审视,脸上带着胸有成竹的笑意,说:"周小姐,我前两天正好跟一位G市的朋友喝茶,怎么她说不知道G市出过姓周的校长?书香满堂的人家倒是有,只是不姓周。"

她盯着我,一字一句地说着,我听得却越来越心凉。

倒不是因为她发现我并不是名门出身,而是,她都已经去打听自己家乡有哪些周姓人家了,却始终想不起来自己曾经嫁的那户人家就姓周,自己生过一个女儿,也姓周,哪怕有心算算,也该知道,我跟她那个女儿是一样大的。

然而她都不曾往那陈年往事上想。可能她对我和我爸充满笃定,认为我们哪怕混得再好,也就是个穷教书的和一个穷人家的小姑娘。

我说:"我小时候家里就搬离G市了,可能后来的人就不清楚了。"

夏青明显不信,收了笑意,神色浅淡地看着我说:"周小姐,有些话第一次见面的时候我就跟你讲过,既然不是这个圈子里的人,就不要妄想爬进来了。你可能有点资产，但是跟在座的这些人比，是九牛一毛。"

我想起郑易之前跟我说，像我一样年轻还有这么多身家的，其实没有多少。

于是我冲夏青撇了撇嘴，偏头说："未必吧。"

她一愣："你说什么？"

我说："没什么，你继续。"

她明显很不悦，脸上又流露出那种高高在上的神色："你的学识和教养，注定了郑易不会高看你。他可能一时拿粗野当有趣，却永远不可能娶你，他家里更不会允许。"

我学着容峥摸下巴的姿势问："那他会娶谁呢？你女儿吗？"

夏青笃定地勾了下嘴角。

我点点头，不解地说："可是我怎么记得前几天他说跟你女儿的事，就是糊弄糊弄他爸而已呢？"

夏青的嘴角登时就拉下来了。

夏青一时被我气得说不出话来，我微笑着安慰她："许阿姨您别生气，也许是我听错了，毕竟您大家闺秀出身，教出来的女儿怎么可能不招人喜欢？也许是郑易哄着我玩呢。"

她被我的重音带得一时愣怔，脸上闪过一丝不自然，很快又微抬下巴，露出刚才那种高姿态来，冷声说："周小姐心里有数最好，别怪我说话不好听，爬得越高往往摔得越惨。"

"多谢许阿姨提醒。"我虚心地冲她点了点头，"我也想衷心地说一句，彼此彼此。"

夏青脸色黑青黑青地转过头去，不说话了。

许敬亭那天给我票的时候，我心里对这个在当时只说过几句话的妈充满了好奇，很想多找机会接触接触她，于是毫不犹豫就接受了，还因为得到一次见面机会而很开心。

谁知道后面几次见下来，简直大失所望。想起那年金秋的傍晚，大学开学的日子，我拖着行李踏上H市的土地时，心中激动汹涌的情绪，此刻只恨那份汹涌不能掀翻脾胃，让我一口吐出来。

那时的我，脑袋一定被门夹过。

我一边万分后悔跟这一家三口坐在一起，一边越过两排人去看郑易的后脑勺。他教训我的话没错。

比赛正在进行中,大家都在安静地欣赏,郑易却好像感受到我目光了一样,突然扭头往我这边看过来。

我赶紧臊眉耷眼向他投去求助的目光,希望他能感受到我的诚意和悔过之意。

他看了我身边的一家三口一眼,又扬眉看我,我赶紧可怜巴巴地冲他眨眨眼睛,然后他没什么情绪地转过去了。

我的内心充满了沮丧。

我本来想给他发条微信,却见他伸手把一边的工作人员叫过去,低声说了几句话,然后那个工作人员就往我这边走了过来。

我茫然地看着他,不知道他要干什么。

那工作人员弯腰对我说:"周小姐,郑先生请您过去坐。"

观众席间很安静,他刚说完,我余光就瞟见夏青动了下,转头就见她脸色难看地看着我俩。

我欣然地对工作人员点头,起身换座位前,体贴地问我这个支棱着耳朵的妈:"许阿姨,要不我过去再问问郑易,他到底要不要跟您女儿结婚?"

我跟着工作人员往第一排走,心想我这嘴也是挺贱的了,但是一想到她被气得连胸脯都明显起伏却不得不努力压抑的样子,又觉得好解气哦!

郑易旁边正好有个空位,我坐下的时候还有点不安:"我坐这里好吗?一会儿会不会有人来?"

郑易靠着椅背坐姿舒适,也不看我,淡定地说:"该来的人已经来了。"

我:"……"

我心中那点羞愧就更重了。我本来还觉得他今天对我又是冷嘲又是热讽,这会儿却感觉这真是一个刀子嘴豆腐心的闷骚暖男,嘴上骂我千百遍,却从一开始就默默地给我留了位置。虽然刚才入座的时候他并没有出声叫我去前面,但他最后还是拯救我于水火,足够让我热泪盈眶了。

我拽了拽他的西装下摆:"感谢你。"

郑易不动声色地瞟了瞟我拽他衣服的手,又把视线在我脸上转了一圈。

我赶紧讨好地冲他笑了笑:"比心。"

"别拉拉扯扯的，坐好看比赛。"郑易绷着脸说完，转过去的侧脸却十分柔和，嘴角自然地往上翘起一个微小的弧度。

说实话，马术比赛我其实不太懂，或者说压根不懂。如果不是郑易偶尔低声给我讲两句，我甚至不知道那些马跨越障碍的路线是怎么样的。

讲清楚以后，倒是有点意思了，争时赛无非就是看谁能在重重的障碍下先到终点。我想起刚进场时押注的那匹大白马，心里不禁有点激动，是时候召唤出我的幸运之神了。

俱乐部办的这场比赛，主要面向的是有钱人。当然也有普通观众，只是他们在外场，我们这些拿着特殊请柬的，都在内场。每张请柬都是拿高额入场费换的，这些费用一部分用作举办方的收入，一部分用作赛事奖金，剩下一部分会拿来做彩头。

钱不一定有多少，但是重在参与。

那会儿入场的时候我正跟郑易生气，随手就选了一匹顺眼的马，这会儿不禁有点后悔起来，刚才应该挑一匹壮一点的。

好在大白马还算争气，几轮比下来，很有赢得冠军的希望。

我激动地拉着郑易问："这匹马你认识吗？是不是很厉害？过往战绩怎么样？"

郑易说："不认识，这个选手应该是许敬亭介绍的……你给我悠着点，别乱激动，老拽我袖子是怎么回事？"

我听见是许敬亭那边的，忍不住收回手，纠结还要不要给它加油，然而比赛已经临近尾声，它和一匹红棕色的马甩开其他马不相上下地往终点飞奔。

但一想到证明我运气爆棚的时候到了，我决定放弃尊严给它鼓劲，然而刚张开嘴，声音还没从喉咙里发出来，一张大手毫不留情地拍过来，严丝合缝地捂住了我的嘴。

我："……"

郑易一脸"我就知道"的表情，捂着我的嘴低声说："你要是敢喊出来，就丢人丢到姥姥家了。"

我不明所以地看他。

他恨铁不成钢地说："马术比赛禁止鬼哭狼嚎，你敢一嗓子喊出来，别人就敢骂死你。"

我："……"

我这才注意到,在场的这么多人,除了碰头低声交流的,确实没有扯着嗓子喊加油的……我感觉脸上越来越热,可能是被郑易那只手捂的。

郑易见我不使眼色了,才松手让我喘气,语气揶揄地说:"脸都红了,看来是知道丢人了。"

"我……我哪丢人了?我明明一句话都没喊出来。"我挺着背狡辩,输人不能输气势。

郑易"噢"了一声,翻开掌心给我看:"是没喊出来,也不知道多亏了谁。"

他宽大的手心里,端正地印着一个绯红的唇印。

我想起他干燥的手掌碰上我嘴巴时温热的触感,脸上登时更热了。

然而我包里没带纸巾,看那个唇印留在他手上又十分难为情,左右看了看,见到他插在上衣口袋里的口袋巾,趁他不注意一把抽了出来,胡乱在他手上擦了擦,然后又赶紧给他塞了回去。

郑易:"……"

比赛在他捂着我嘴的时候就已经结束了,我的运气大概已经被六十亿消磨光了,胜出的是那匹红棕色马。

赛后有一个鸡尾酒party。

容峥凑过来叫郑易去骑马:"好久没骑了,我那匹马也不知道养得好不好,走,去后面看看……哎,你今天穿得够糙啊,口袋巾乱团的吧?"

我走在旁边正跟谢茵茵说话,听见以后心虚地看了一眼郑易,正对上郑易看过来的视线,他面不改色地说:"出门遇见只猫,被抓了一把。"

我:"……"

训练马场有不少人在骑马散步,而我们一起过来的这几个人中,除了我,他们都有自己的马,而且都会骑。

我站在一边迎着下午的阳光,一脸嫉妒地看他们。

郑皓骑着马小跑着从我面前经过,说:"哎哟哎哟,你没有马骑吗?要不要骑我的?"

我刚要张嘴道谢,郑易骑着马从我跟前飞奔过去,扬起的尘土悉数进了我嘴里。

我:"……"请问可以骂人吗?

我在一边看到他们骑马时的俊逸，心里其实有点痒痒，想想许诺说的那个入会标准，虽然贵点，但是有郑易做引荐，应该没什么问题。

我正想着要不要一会儿就让郑易帮我弄个会员，再买匹外国马，许敬亭和许诺骑着马过来了。

他们都换了骑马装备，一个亭亭玉立，一个温文尔雅，说说笑笑的，看起来很有电视里演的那种贵族气息。

许敬亭还记得他说过的话："周小姐要不要试试？你可以骑诺诺的小母马，它很温顺。"

许诺明显不乐意，刚想张嘴说话，被许敬亭温和却不失气势的眼风扫到，嘟囔着说："我才骑一会儿。"

我赶紧说："不用了，我也不会骑，就不丢人了。"

"没关系。"许敬亭笑着说，"她平时并不爱骑，这股小家子气也不知道像谁……诺诺，听话。"

许诺还要再开口，不远处夏青叫了她一声："诺诺过来，妈妈有事情要跟你说。"

她下了马，许敬亭示意我去换衣服。我其实不想去，尤其是刚才跟夏青闹得挺不好看，感觉还是远离这一家人比较好，但是许敬亭坚持，说他答应过我，要说到做到。

我只好去休息室里换衣服，再出来的时候，许敬亭已经又绕着马场转了一圈，夏青和许诺则坐在一边的树荫下休息。

跟郑易对比，许敬亭的耐心不知道多了多少，他下马扶着我胳膊肘，教我怎样踩着马镫扶着马鞍抬腿跨坐到马上。我抓着马鞍往上爬的时候感觉手滑了一下，但是有他托着，勉强爬了上去，坐正后不禁有点兴奋——再也不用仰着头迎接别人屁股后面的尘土了。

然后许敬亭教我怎么控制缰绳，驱使马儿往前迈步子走动。我学了几下就会了。

许敬亭跟在我身边不住地夸我，说我比许诺当初学得快多了，还说我控制得比较好，可以两腿尝试用点力气，让马小跑起来。

我坐在马背上，虽然两腿内侧被磨得有点刺痛，而且总有种坐不稳当的感觉，但是心里飘飘然幻想自己马上就可以甩郑易一脸土了。

许敬亭加快了速度，超过了我一点，我骑得高兴，也稍微用力夹了下马肚。

身下小母马顿时就加速了，然而我感觉到了不妙。

我座下的马鞍开始一晃一晃的，马颠起来时，马鞍也跟着一起颠了起来，并且马鞍往左边倾斜得越来越厉害，随着马跑得越来越快，我感觉自己马上要掉下去。

　　然而不等我出声喊叫，前面的许敬亭已经跨过了一道很低的圆木——他说要教我怎么跨过障碍物。

　　紧接着我这匹马抬高腿往前跳，我整个人已经歪到了马匹左侧，大概手里缰绳勒疼了马，它嘶鸣着开始往我用力的那一侧转弯，而我的一只脚卡进了马镫里，绞痛的感觉终于让我喊出了声。

第六章 小龙虾面

● 郑易下的面条很好吃

许敬亭在前面正好掉转马头回看我,上一秒他嘴角还带着悠闲的笑,下一秒就被我惊到了,立刻下马疾步过来接我。

然而已经来不及了,我眼看着自己歪着身子要掉下去,却因为一只脚卡进马镫,整个身子倒吊着栽下去,我失声痛叫着,却毫无办法,眼看着自己的脑袋撞到圆木上去——

有人一只手施力拽起我胳膊,另一只手顺势穿过我另一侧腋下,把我悬空抱了起来。

郑易低沉冷静的声音响在我耳侧:"试着挪动右脚,把脚从马镫里抽出来。"

刚才那一刻,我以为自己的脑袋马上就要摔在圆木上了,千钧一发之际被人救起来,登时心中满是后怕的恐惧,尤其混乱中我感觉到脚钻心的痛,一开口就是浓郁的哭腔:"我动不了……我不会……"

耳边的声音温和又沉稳:"把脚背绷起来,然后往后退,呦呦,听话。"

他抱高我的两只手抖了两下，我着急又害怕，担心他抱不住让我又掉下去，我下意识按照他的活动了几下被卡住的右脚，还不知道有没有出来，他已经快速地把我抱到了他的马上。

我刚坐上去，许诺那匹小母马就惊慌失措地飞奔了出去。

许敬亭跑过来，声音里充满焦急："周小姐你怎么样？"

"哎哟哎哟，你没事吧？"郑皓他们赶过来，迭声问我。

然而我流着泪都看不清他们的表情，甚至说不出话来。

"我先带她去医务室。"郑易的声音响在我头顶，听不出什么情绪。

他策马掉头往马场附近的医务室赶，一路骑得飞快，我心有余悸地侧身坐在他前面，一边哭一边担心再次摔下去："能不能……不骑马了？"

"什么？"郑易大概没听清，低头问我。

我说："我想下去……"

"很快就到，我在呢。"郑易箍着我的手就又紧了紧，"摔不下去，别哭了。"

到了马场的综合楼前，他先下马，又伸手把我抱下来，抱着我往医务室走，一边走一边垂眼看我，低声说："别哭了，哭一路了。"

我其实已经快收住了，被他一说，眼泪登时又"唰"地掉出一串，此刻清醒了点，在他面前哭我也觉得很不好意思，只好带着哭腔辩解说："……你要不说话，我也不哭，都怪你！"

郑易无语地叹了口气："好，怪我。"

医务室的医生许是接到了郑皓他们的电话，正好在走廊里来接我们。

医生说："我先给你看看情况，如果骨折了得赶紧去医院。"

我从小怕疼，一听他说骨折，顿时觉得自己脚更疼了，连郑易帮我脱靴子的时候我都忍不住往后缩。

整个脚脖子都肿了起来，脚踝骨上被磨破了一片，往外渗着几滴血珠。

医生慢慢伸手捏我的脚脖子，他捏一下我就喊一声疼。

郑易在旁边听得直皱眉："要不干脆去医院！"

那医生又让我试着转动脚踝，我一开始不敢，他就强行握着我脚左右动，我嗷嗷叫了几声，发现除了钝痛，倒是没有那种钻心的疼了。

医生站起来吁了口气，说："还好，扭了一下，不严重，我拿个冰袋先给你冷敷一会儿，回去养两个星期就好了。"

郑易有些不相信："没有骨折？"

医生笑道："没有，有马靴护着，扭伤也不算很严重，擦破的地方看着吓人而已，小姑娘皮肤嫩。"

郑易看我的眼神顿时充满了复杂的情绪，其中鄙视占了将近一半。

"你干什么这么看着我？"我说话还带着鼻音，号了半天结果脚并没有折，一时显得有点雷声大雨点小，只好引导他换位思考，"……是真的疼啊，不信你摔一下试试。"

郑易哼笑："那也不会像你这么娇气，擦破点皮哭得跟要死了一样。"

我想起自己刚才马上撞到圆木的那一幕，心想可不就是差点死过去，但外人看来，我也只是有惊无险，没什么大碍。

当然，现在回想这一路当着郑易的面哭得一把鼻涕一把泪，确实挺丢人的，尤其是他一直比较嫌弃我，这会儿更是一副"浪费感情白担心一场"的戏谑神色。

我梗着脖子说："我痛觉神经比较敏感不可以吗？娇气点怎么了？谁还不是个小公主咋的！"

"就是。"那医生笑着折回来，手里拿着一根消毒棉签，往我磨破的伤口上一按。

医务室顿时回荡起我杀猪一样的叫声……

医生一边给我消毒，一边调侃："哟，这痛觉神经还真挺敏感的。"

"是吧，这酒精刺得好疼……"我倒吸着凉气赶紧顺杆爬，百忙中送给郑易一个"我没说错吧"的眼神。

郑易抱着胳膊无视我，跟上药的医生说："麻烦您轻点，我怕她真疼死，还得帮她收尸。"

我："……"

上完药后，我这脚是没办法再把靴子穿上了，郑易建议我一只脚跳着走路，我差点再次哭出来。他只好去问医生有没有轮椅。

没想到这个医生挺幽默，他诧异地问郑易："有你在，还需要轮椅吗？"

我和郑易："……"

医生一本正经地说："轮椅前两天被一个摔伤的客人借走了，还没有还回来。我看你高高大大的，建议你怎么把她抱来的，再怎么抱回去。"

我纠结了两秒，张开双手，欣然准备迎接郑易的拥抱。

郑易一脸无奈地抬头望了望天。

其实当他真把我抱起来的时候，我的老脸是有点热的。毕竟我现在人没什么大问题，脑子又很清醒，如果郑易拒绝抱我，我跳着走也是勉强可以的。

这会儿我被他架势十足地抱着，鼻间还都是他混了薄荷和木质气息的须后水味道，不能不说有点羞涩和紧张。

刚才容峥打了电话过来，郑易说没大碍，他们就在楼前等我们。从二楼出去还要经过一条长长的走廊，我双手钩着他脖颈，没话找话地低声问他："你累不累？"

"你说呢？"郑易低头看我，几寸远的距离，我清晰地看到了他漆黑光亮的眸子中映出的我的脸。

他说："你太沉了。"

我："……"

我热着脸生气地说："你这么大人了还没有女朋友，一定是因为你不会说话！"

他反而垂眼看着我，低笑出声来。

容峥、郑皓他们都在，还有许敬亭一家。

我和郑易一出来，许敬亭率先迎过来，说："呦呦没事吧？伤到脚了？严不严重？"

郑易敛了表情沉声说没事，穿过围上来的人，把我放到了车里。

许敬亭弯腰跟我确认："要不要再去医院检查一遍？"

"不用了，没有很严重。"我这会儿心思能转了，问他，"许叔叔，马鞍为什么会突然松开？"

许敬亭顿时有些尴尬，歉然地说："是我不好，带你上马前没有检查马身的装备，马鞍的肚带松了，跑的过程中颠开了。"

"可是您女儿骑的时候怎么就没事呢？"

许诺就站在许敬亭后面，听到这里立刻色变说："周呦呦你什么意思？难道你认为是我在捣鬼吗？"

我茫然地看她，弱声说："我说你捣鬼了吗？你怎么这么激动？"

"你!"许诺顿时气得说不出话来。

许敬亭厉声斥了她一句,神色越发尴尬:"都怪我,刚才竭力劝你试骑,没想到会出现这种事。"

他说得诚恳,我反而不好追问,毕竟他教我骑马是出于好意,我再多说容易有翻脸不认人之嫌,只好摆手说:"没事,幸好郑易救得及时,只是扭伤。"

许敬亭又自责地说:"你掉下来的时候我没有及时发现。"

郑易在旁边出声:"没什么大碍,就是受了惊吓,我先送她回去了。"

许敬亭点点头,又拽着脸色不怎么好看的许诺,跟我们告辞后目送我们离开。

回去的路上,容峥开车,郑皓也跟着坐在副驾驶座上。

"马场的人,问过了?"郑易避开我的伤口,把冰袋敷在我脚脖子上。

容峥说:"许诺这匹马的驯养人员,带给许诺骑的时候肯定是检查好了的。想也知道,他们不可能出这种纰漏。"

郑皓转头对我说:"我去调了监控,许诺和许敬亭下马找你的地方树太多,正好是死角,看不见树下的情况。许叔叔说你去换衣服后他骑马跑了一圈,没注意那匹母马的情况。"

"难道是许诺不乐意给你骑马,故意使坏?"他抛出一个问题,然后挠了挠头,"我看她不像,她凑过来的时候一脸茫然,郑易抱你出来还特别不高兴来着。"

容峥和郑易都没有说话。

我点点头,看刚才许诺那急于辩解的样子,也觉得不是她。

郑易说:"别心事重重的了,自认倒霉吧。"

"我是不信肚带会自己松开,但还真没什么办法去查,这就是一桩无头悬案啊!"容峥附和着说,"呦呦妹妹,你也别太难过了,人这运气是有限的,你中了大奖,偶尔倒点小霉,也是合情合理滴。"

郑皓警觉地问:"嗯?中什么大奖?"

郑易看向容峥:"中点奖就活该倒霉?你少说两句没用的。"

"嘿郑易,我发现你演了一出英雄救美后,怎么浑身都泛起圣母的光辉了呢?"

我听着他们说话,心里却透心凉。

这怎么会是悬案？可能他们不清楚，我却知道谁还有这个动机，是那个被我气得不轻的、刚刚站在外围没有凑过来的、比自己女儿还要强烈地想要郑易做女婿的人。

这其实很奇怪，但是没关系，你既然看我跟郑易在一起不顺眼，那我以后就准备气死你了。

脚扭伤了，没办法再去上课，我就跟各个课程的老师请了假，享受在家中死宅的时光。

那天送我回来，郑皓瞪着两只大眼得知我跟郑易是邻居后，一边感叹我真有钱，一边说许诺知道会气死，然后相当自来熟地时常过来串门。

串门主要内容，就是瘫在我家沙发上叫我一起打游戏，然后还抱怨我整天吃外卖不做饭。

敲门声响的时候，我用完好的那只脚踹郑皓，让他去拿饭。

郑皓拿回来一脸愁容："怎么又吃麻辣香锅？昨天才吃的这个，你怎么也不换换口味？这么有钱，点点儿小龙虾、日料什么的不好吗？"

"我每天让你蹭饭就不错了，你还敢点菜！小龙虾咱俩要吃饱得买多少钱啊！"我打着游戏说，"这个挺好的，满两百减五十，正好够咱俩吃。"

"哎哟哎哟你也太抠了，我要是像你一样财务自由，每天都满汉全席，胡吃海喝。"郑皓把饭摆在餐桌上，叫我吃饭。

"钱是要花在刀刃上的，你看我买这个房子的时候不就舍痛买了？"我教育他，"再说郑易，他也有钱，他还自己买菜做饭呢。你说你俩好歹有着血缘关系，怎么差距就这么大呢？"

郑皓不以为然地哼了一声，说："我刚才拿外卖还遇见他了呢，万年冰山一样，冷着脸也没理我。"

"他中午回来干什么？"今天是工作日，按理说他该在公司啊。

"不知道，回来拿东西吧。"郑皓漠不关心地说。

我想起他和郑易的关系来，一时有点好奇，状似不经意地问他："你跟郑易关系不好吗？看你俩要么不说话，一说话就火花四溅。"

郑皓漫不经心地说："我俩不是同父异母吗，关系不好很正常，要是好到穿一条裤子，你们才更惊讶吧。"

他说得十分坦然，出于八卦而试探的我反而觉得有些羞愧："你想得真通透。"

郑皓耸耸肩："没办法，是他先不理我的。当然道理上他不理我也没什么错，但是我也很无辜啊，我要是能选择性投胎，也不想这样啊，对不对？"

"对，没毛病。"

想一想，郑皓在这里面确实是无辜的那个，他不能决定自己的出身，妈妈是个小三，他就是再不想做小三的孩子，也没得选择。

我说："那你不能对他友好一点？为什么你们就得相看两厌呢？"

郑皓理直气壮地说："他先厌的我好吧？我也没有做过对不起他的事，也不厌他，我们俩也就是井水不犯河水，我走我的阳关道，他过他的独木桥。"

我："……"

吃完饭郑皓还不走，我忍不住轰他："我要午睡了，你哪儿来的回哪儿去。我看郑易每天忙得跟狗一样，你怎么这么闲？你的家族企业你不干啊？"

郑皓再次往沙发上一瘫，玩着手机嘟囔："又不是我的家族企业，我干什么！"

我想起那天听到郑易爸说的话，打算让郑易回去接手工作，一时很惊讶，问他："你不想做吗？等你爸退休了，得有接班人吧？"

"名不正言不顺的，有什么意思！"郑皓滑屏的手一顿，"我自己有家小公司啊，吃饱肚子还是没问题的。"

我听得一时不知道说什么，心有唏嘘，却又担心多说话他心里反而不好受，只好伸脚踹他："你有公司还不去上班！在我这儿赖着，快滚。"

郑皓被我踹得十分精神："快快，咱们继续，我马上黄金II了！"

郑皓直到傍晚才走。

跟他疯狂地打了一下午游戏后，我空虚地躺在床上，拿起手机叫了两份麻辣小龙虾——中午郑皓说起来的时候，我就想起来，吃小龙虾的季节到了。

外卖送到的时候，我也碰上了郑易。

他手里拎着个牛皮袋子，冒出一截绿油油的蔬菜，看见我的时候，脚下动作一顿。

等送餐员下去了，他看了一眼我手里外卖袋子上的××虾的牌子，眯着眸子问我："跟郑皓一起吃麻小？"

我看他脸色不善，又想到他们兄弟不和，赶紧摇头说："郑皓已经走了，我自己吃。"

他走了两步过来，低头跟我确认："自己吃麻辣小龙虾？"

"啊。"我不明就里地点头，看他脸色一变，顿时反应过来，赶紧摇头说，"不是麻辣味儿的，蒜蓉的！"

他随手挑起了被钉在外面的账单，上面赫然写着"秘制麻辣小龙虾"。

真尴尬。

想到昨天他带着我去诊所换药时，医生还说为了尽快消肿，要少吃辛辣食物，而我，不仅今天准备吃麻小，前几顿也是无辣不欢，顿时心虚无比，解释说："一个人吃饭太无聊了，再寡汤寡水的，都没有食欲了……"

郑易一脸漠然，似乎在说"你竟然敢说自己一个人吃饭"。

我想到郑皓，赶紧咳了一声，若无其事地拉着他手中的袋子往里看了一眼，试图转移话题："你晚上要做什么吃？要不咱俩换换？"

郑易嘲弄道："我给你做好，再换给你吃？"

我其实想的是跟他换蔬菜，但是他的主意显然比我的好上几倍，于是我忽视他的嘲讽，连忙点头："可以的可以的。"

郑易："……"

我关上自己家门，单脚往他门口跳，拍了拍他的密码锁："快来吧，芝麻开门。"

郑易家我还是第一次来，上次站在他门口扒他浴巾不算。

屋子被收拾得干干净净的，跟我一样大的客厅里摆了两样健身器材，沙发边有一个木质收藏柜，里面摆了很多小物件，有烟斗、鼻烟壶、精致的骨瓷茶具，甚至还有几块颜色各异的矿石。

他卧室和书房的门都开着，他既然不介意，我就站在门口各看了几眼，都是充满男性气息的布置和摆设，简洁到有些冷清。

我跳着去厨房找他，许是听见我一直在外面跳来跳去的声音，他瞥了我一眼："你就不能消停点？"

"晚上要吃什么？"

我对郑易的厨艺还是很期待的。之前我上完课回家的时候，如果跟下班的他遇上，他手里肯定拎着晚饭的食材，当时我就想，他做饭一定很好吃，不然谁愿意经常花时间做一人份的饭？

我倚着橱柜看他洗菜，他抬头看了我一眼，破天荒地居然开起了黄腔："下面给你吃。"

我："……"

我面无表情地说："太老套了好吗？一点也刺激不到我阅历丰富的内心。"

郑易笑了起来，煞是英俊。

我接着说："再说，我看着你下面也不是很好吃的样子。"

郑易："……"

他几乎要咆哮了："你一个小姑娘怎么这么污！"

其实我说完也有点后悔，但是耐不住我看过那么多小说后的知识沉淀，话到嘴边，没过脑子就抖出来了。

我说："是你先污的，我没污啊，我就是单纯地想表达你下的面可能不好吃，是你自己想歪了。"

郑易深吸了一口气，继续洗菜不说话。

我觑着他神色，小声提醒他说："虽然你脸没有红，但是你耳朵红了……"

我话音还没落，眼前已经落下一片阴影，郑易一步迈过来，高大的个子直接挡住了头上的灯光。他欺身压过来，低着头眸光深沉地看着我，嘴唇离我的嘴巴最多一寸远。

而我已经愣了。

那股淡淡的须后水味道又盈满了我鼻间。

他目光晶亮地盯着我，微微侧头缓缓向我这边凑上来……

我顿时清醒，连忙伸手推了他一把，捂着嘴话都说不利索了："你你……你想干什么！"

郑易往后退了两步，挑着眉，得意又邪气地一笑："你去洗手间照照镜子，看看现在谁脸红。"

我这才反应过来，原来他刚刚是在耍我，瞬间觉得自己脸更热了！

还敢更坏一点吗？这根本就是犯规好吗！拿美色诱惑别人，我要是不上当，还怎么做一个合格的颜狗！

郑易已经迅速恢复了正常，气定神闲地走过去洗菜，边洗还要颐指气使地说："你不干活就去外面等着，要么就把虾剥了。"

我当然不好意思干等着吃，就把虾拆出来一个一个地剥。

厨房一时很安静，我感觉周身的空气都流动得十分缓慢。

郑易洗完菜过来跟我一起剥虾,然后率先打破了沉默:"怎么不说话了?在想什么?"

我举着一只剥好的小龙虾,咽了下口水,期待地问他:"我可以吃一个吗?"

郑易:"……"

直到龙虾面出锅,郑易还在教训我,说好吃一个,我却一吃就停不下来,龙虾面差点变成油菜素面。

我承认我太贪吃了,但是他们这样的人也很让人费解啊,好吃的东西在眼前,居然能忍住不吃,一定要等到彻底做成,口水都要流成河了吧!

但是等尝完一口郑易做的面后,我又开始后悔,不该吃的,小龙虾放到面里,比直接吃还要好吃!

他配菜用的是油菜和小龙虾,面则是放在专门熬的排骨汤里煮的,香味四溢,喝一口汤,再吃一只劲道弹牙的小龙虾,搭配软滑的面,简直好吃到哭。

我都快顾不上吃相了,问他:"为什么你做饭这么好吃?是不是拜过师学过艺!"

郑易坐在我对面笑了,顿了片刻后说:"一个人生活,不要委屈了自己。"

餐厅的灯光温暖柔和,郑易脸上的笑容还没有完全敛去,说话时神色认真又有些寡淡。

我突然就想起刚才进门时,对他家的第一印象——缺少人气。

他其实对生活并不马虎,从他收藏的各样物件和一顿精致的晚饭上就能看出来。但也许是太过自律,家里收拾得整齐干净,早上健身、白天上班、晚上做饭……每天这些事情循环往复,都是一个人做,当偶尔闲下来的时候,会不会觉得寂寞和无聊?

这跟我还不一样。虽然我也是一个人,有时看剧、打游戏,玩一天下来也空虚,但我们两个的区别在于,我比较外向,心里有事了在屋子里糟一通,又是活蹦乱跳的一个人,而郑易,从他此刻说话的神情就可以看出他心里可能好孤独。

真是大写的心疼。

"你什么时候学会做饭的?"我关心地问他,心想估计自从他妈妈去世后就开始学着照顾自己了。

他回想了一下说:"记不清了,出国留学前。"

果然,我说:"那你平时都做些什么呢?"

"上班。"郑易不明就里地看我一眼,"你以为我跟你一样?"

"……"考虑到他也不容易,我忍了忍,继续问,"晚上呢?你一个人不会觉得寂寞吗?"

"忙都忙不过来,还有心思寂寞?"郑易哼笑,"寂寞只属于你这种每天睁眼等天黑的人。"

我:"……"

可怜我那一片喂了狗的真心。

我十分不服气:"你也可以每天睁眼等天黑,为什么要拼死拼活地工作呢?为了做给别人看,还是为了钱?难道是为了实现自我价值?"

郑易反而怔了下,半晌没说话。

我起身收拾碗筷,然后一瘸一拐地去厨房洗碗,过了一会儿,郑易站在厨房门口,倚着门框说:"我没有仔细想过——你刚才问的。"

我略带得意地看了他一眼。

"刚成立IC的时候,是为了让人知道没有郑氏,我一样饿不死。"郑易说,"等IC做起来后,反而觉得没有意思。"

他说得轻描淡写,我却能理解。那种忍受来自父亲与继母的屈辱感和想要证明自己的不甘与决心,对一个从青春年岁就经历过变故的少年来讲,大概是一个绝佳的奋斗目标。可惜当他事业有成的时候,昔日眼中威严且不容置疑的父亲已经垂垂老矣,再也不盛气凌人了。

我放下碗筷,转头想安慰他几句。

郑易两手插进裤兜,神色恍然地又说了一句:"大概是因为做起来太简单,没什么挑战性。"

我:"……"

跟郑易这种人聊天实在太憋屈,我这种嘴贱小能手对上他直接完败。

挫败感太强烈,吃完饭我就不想再跟他一块儿待着了,更何况他毫不含蓄地用行动表达了他送客的意愿——他把笔记本电脑拿到客厅,点开一张张股票、期货盘面,通过专注于工作的沉默给我下了逐客令。

我的脚伤恢复大半的时候,秦姝给我打来一个电话。

她前段时间在拉投资,不分昼夜地整理业绩和财务数据,后来真的融到钱了,又开始马不停蹄地制定花钱计划,扩大规模,撒着钱去提升手里网红们的人气。

秦姝在电话那头说:"太累了,后悔。"

我说:"你现在已经从小老板升职为大老板了,公司都有两百来人了,四舍五入一下那就是一个亿啊,上市圈钱还不是分分钟的事,你要坚持住。"

秦姝"扑哧"一声笑出来,又叹了口气说:"我也想买张彩票,哪怕就中三十亿,也能舒心地在家睡个饱觉了。"

"我分你一半,咱俩一人三十亿。"

"那你先给我存着,等我破产了找你要。"秦姝笑着说,"昨天听容峥说你骑马扭到脚了?我都没空去看你。"

"你忙,已经快好了。"我抓住重点问她,"你跟容峥还有联系?你俩在一起了?"

秦姝在那边顿了一下,旋即嘲笑了一声:"我可看不上他,他那德行的估计也不想被人套牢,我们充其量是搭档,融资里有他的一部分。"

这个我倒是头一次听她说,听着就觉得怪怪的,怎么解释都像两个人还有一腿。

秦姝却转了话题,问我说:"你这两天有没有收到舒念送的party请柬?"

"谁?舒念?"这个名字倒是有点耳熟,但我确实不认识这样一个人。

"你没收到?"秦姝有点诧异。

正在这时,门铃响了。

我边走过去开门,边问:"这人是谁?我都不认识,她当然不会邀请我……"

话没说完,我便被门外抱着一束花的帅哥惊到了。

他穿着一身黑色西装,手里拿着一束配色典雅的白色混着淡蓝、淡绿色的鲜花,笑起来的样子十分开朗迷人,活脱脱就是我幻想过的后宫男妃之首。

帅哥声音很是动听:"周小姐您好。"

"你……"我有些拿不准他抱着一束花来干什么。

他彬彬有礼地说:"我来给周小姐送花和请柬。舒念小姐邀请您二十九号也就是下周六光临格丽会所,参加她举办的party。"然后双手恭敬地把花递给我。

我手机还放在耳边,听见秦姝一声轻笑。

等小帅哥进了电梯,我拿起夹在花中的请柬,那是一张有镂空花纹的蓝绿色折叠卡片,里面手写着"致周呦呦小姐",大致意思就是邀请我去参加party。

我看得不由好奇:"这个舒念是谁?发个请柬都这么大阵仗,高端得不行。"

"你是不是也被唬住了?上午一个小帅哥来我公司,我都蒙了。"秦姝调侃说,"昨天跟容峥有个饭局,她也在,听说是个贵妇,今天她就给我递了请柬,真是让我受宠若惊。"

"贵妇?"

"嗯。"秦姝一点受惊的意思都没有,懒洋洋地说,"一个已婚少妇,容峥说是刚从英国回来。"

说到这我倒是想起来了,看马术比赛那天,容峥还在跟郑易说舒念要回来了,怪不得刚才听着耳熟。

我们两个揣测了一下这人刚回国就广撒请柬开party到底是想干什么,讨论半天觉得有钱人的世界实在很难懂,尤其是这种洋气的人,只好作罢,约好到时候一起见识见识。

郑易是晚上七点多才下班回家的。

自从那天吃了他煮的面后,晚饭我就再也不点外卖了,每天必去他那边蹭饭。而为了准确地获取他到家的动向,一到下午六点,我就会把大门打开,等着电梯一声响,就瘸着腿奔向他晚饭的怀抱。

郑易见到我的时候整个人都无奈了:"你知道自己多像条守门的小狗吗?"

我:"……"

鉴于他的厨艺,我假装没听见,拎着手里的食材示意:"我都自带粮食了,你还有什么不满意的!我今天想吃红烧肉、油焖虾和可乐鸡翅,还买了豆角,可以做干煸豆角吗?"

郑易边开门边瞥了我一眼说:"你这房子,四千万我买下来,你有多远搬多远。"

我眨了眨眼睛说:"你卖不卖身,十个亿我买下来,有多少菜你都做给我吃,好不好?"

郑易:"……"

我越发觉得这个主意不错:"十个亿哎,很可以了吧?你不要再骄矜了,我知道你很心动!"

郑易漠然地进卧室换了身深色家居服出来,我在厨房帮他洗菜,想起下午的事,随口问他:"你认不认识舒念啊?"

他挑虾线的手一顿,抬头看了我一眼:"认识,怎么了?"

"但是我不认识呀。"我其实很纳闷,"今天下午她派一个小帅哥送了我一张请柬,让我下周六去参加她的party,你收到了吗?"

郑易漫不经心地"嗯"了一声。

我说:"那你去吗?我都不认识她,你要是去的话,咱俩一起,我也不用尴尬了,你要是不去,我也不去了。"

我想着他们都是这个圈子的,还认识,他肯定会去,结果他说:"不去。"

"……"我还想去见见这个传说中的贵妇呢,"我想去……"

郑易瞟我,说:"谁刚刚说的我不去她也不去?想去自己去。"

"你为什么不去?"我奇怪道,"她不是个已婚妇女吗?难不成还是你的初恋小情人?"

郑易挑完最后一根虾线,神色如常地说:"我那天有事,去不了。"

"哦。"但是我说好了要跟秦姝去见识见识,如果郑易不去,我就只能找别人一起了。

饭后我没有走,挺着滚圆的肚子瘫在郑易的沙发上消食。

郑易长腿一伸一屈地坐在地毯上盯着电脑看股票,我劝他说:"今天周五了,你就不能放松一下?咱俩聊聊天,一起看个剧啊电影什么的。"

郑易头也不回:"你可以回家去看。"

"没有人跟我聊天啊!"我很想凄惨地哀号两声,深宅久了真的也会寂寞,"郑皓最近也不知道干什么去了,不找我打游戏了,我每天自己在家待着,一整天都说不出一句话,好不容易等你下班了,吃完饭你就要工作,心好累。"

"现在知道混吃等死有多无聊了?"郑易眼带笑意地瞅我。

见我面无表情地瞪他,他伸手推了我脑袋一把:"再这么待下去,你就要待傻了。"

我躺得舒服,昏昏沉沉的也没有计较,然后听见郑易忙里偷闲地说:"约了明天和容峥他们打网球,带你一起去。"

我后面困得意识模糊,也不记得自己有没有哼声,直接在他沙发上睡着了。

天气回暖迅速,周六的下午,室外已经有了初夏的感觉。

H市城西有一个占地面积很惊人的运动中心,容峥跟郑易约在这里打室外网球。

我们到的时候,容峥和周俊已经打了一场,周俊坐在一边喝水擦汗,容峥跟我们打招呼:"约好一点半,这都两点多了,怎么着,呦呦妹妹腿脚还没好利落,你们走得慢?"

我戴着墨镜遮挡自己的黑眼圈,并不想说话。

郑易气定神闲地说:"有人没睡够午觉,气得就差拿刀砍人了。"

"哦——犯起床气了吧?"容峥体贴地问我,我正想"嗯"一声回答他,他又一脸责怪地说郑易,"你也真是的,好好跟呦呦妹妹睡个温馨的午觉不行吗?大白天的还要让人受累,能不生气吗?"

我:"……"

郑易:"闭嘴吧你,赶紧打球去。"

容峥这张嘴,一开口就是"千年何首污"。

我没睡够是真的,都怪郑易也是真的,但是并没有他想的那么污。

昨天晚上我在郑易家睡着,再醒过来时是半夜十二点,郑易刚洗完澡,头发还湿漉漉的。我本来打算回家了,结果他突然兴之所至,说工作完了想看电影,叫我一起看。

我当时睡了两个多小时正精神,看见他开投影也被勾起兴趣,直到心惊胆战地把电影看完,才后悔莫及。

他居然选了一部讲犯罪心理的悬疑电影!

看完他还评价了一句不错,后知后觉地说:"看你不像胆小的,应该不怕吧?如果怕,晚上可以继续睡我家的沙发。"

我一脸痛苦,生不如死又得装作若无其事,壮着胆子回了家,天亮以后才睡着,所以才起迟了。

郑易换好衣服后和容峥打球,随口问顾敬凡怎么没过来,三个人都不好玩双打。

周俊在一边扬声说:"他有事,我叫了郑皓,没事吧易哥?"

"你叫都叫了。"郑易语气淡淡的,倒是没有不悦。我一听有点高兴起来，正有事要找他。

周俊接着说："……郑皓说他带许诺一起来哦！"

郑易动作帅气利落地打出一记杀球——出界了。

容峥又拿了个球，一边侧身发球一边说："来就来，你激动什么！"

"麻烦。"郑易接球间隙瞟了我一眼，"带了一个气包子，一会儿再来个找碴的，俩人还不打起来？"

我："……"

"这倒是。"容峥笑眯眯的，"不过人许诺也不至于，我看你啊就是不喜欢人家，才对人有偏见。哎你今天这球打得有点猛啊……"

容峥手上打着球，嘴上还惦记着说："要我说许诺性子挺直接的，有个人精妈妈护着，娇生惯养的，有点小公主脾气很正常，不高兴了要耍小性子，又不暗地里使心眼，不是挺好的……你们这些人啊，就是不懂怜香惜玉，每个女孩都有自己的好，人在你这儿不招喜欢……换个就好她这口的，在人家心里就是女一号。"

容峥一个万花丛中过的人，别的不说，在研究女孩子的问题上绝对是专业水平，有的话还挺值得人思索。

许诺的喜怒哀乐全挂在脸上，看不起别人就坦坦荡荡地翻白眼，不高兴了就直白地说出来，被长辈训责也能蔫头耷脑地自己抠指甲。

可能她没有她爸的翩翩风度和涵养，但是有优渥的成长环境和百般维护她的父母，就是不乐意劳心费力地收敛自己照顾对方情绪又怎么了？看人脸色小心翼翼这种事，她哪需要学？

想想就让人羡慕。

容峥几句话差点给我洗了脑。

只是她再率性可爱，我也喜欢不起来。

因为她把网球打到我脸上了。

她来时穿着一件粉嫩的网球裙，兴冲冲地跟郑易他们打完招呼，转头一看见我，神色"唰"地就变了，然后故作不经意地瞟了我脚踝几眼，轻哼一声就去做预热准备了。

郑皓倒是很高兴，好几天没见，他黑了不少，凑过来跟我多聊了几句。

容峥正好打累了，于是郑易和周俊一组，郑皓和许诺一组，四个人玩双打。

只是对手太弱,形势简直一边倒,周俊得意地跟对面两人喊话:"你俩行不行啊,我一个人都够挑你俩了。"

话音刚落,郑易收了手:"正好你先挑着,我去喝口水。"

周俊当即傻眼了,他们这边的优势大多是郑易打出来的,人一少,他顿时手忙脚乱起来。

我站在周俊背后的边界线外正看得有趣,郑易拿着水过来,仰头喝了一口,又随后拿毛巾擦了把额头上的汗,说:"傻笑成这样,起床气好了?"

我往下压了压嘴角,不想理他。来时路上我已经指责过他放片的时候不过问别人意见导致我越看越毛骨悚然,此刻已经多说无益。

他反而轻笑了一声:"明天给你做糖醋排骨,吃不吃?"

"……"这简直是撒手锏,我感觉已经控制不住自己的微笑了,勉力绷着脸说,"还要吃炝炒空心菜。"

郑易哼笑,又叹了一声:"真是上辈子欠你的。"

我露出了胜利的微笑,笑到一半,就被飞来的网球笔直地砸到了鼻梁。

虽然疼得我差点坐地上,但是我发誓,我这次是不想哭的。

只是鼻子猛地一酸,眼泪不由自主地往下掉,我捂着鼻子蹲在地上缩着,疼得想号叫又说不出话来。

郑易跟着蹲下来掰我手指,急声说:"有没有出血?你别捂着,先站起来,脚伤还没好。"

他说着就拽我起身,我松开手就看见一手血,低着头时又吧嗒掉了两滴到我刚穿上的最新款条纹衬衫上,我一时心疼也顾不上鼻子了,伸手就去抹。

郑易:"……被球砸傻了?"

我低头看着红蓝相间的衬衫:"……"

郑易拿毛巾给我擦了把手和鼻子,让我仰头不要动。郑皓拿了两瓶水倒着给我清洗,许诺在旁边低声跟容峥说:"我不是故意的。"

容峥叹了口气:"许诺妹妹啊,我今天算是白给你洗白了。"

好在恢复得还算快,我仰头等了一会儿就不留血了,又找洗手间清洗了一下,只是衣服上的血渍是没办法洗掉了。

晚上容峥定了地方吃饭,我这一身衣服却得换一下。

郑易说:"回家去换吧。"

容峥却说:"太远了吧,这儿离许诺家近,正好让许诺将功折罪。"

许诺看看郑易,又看了看我,有些别扭地说:"刚才对不起,我真不是故意的……我家里有没穿的新衣服,可以给你穿。"

第七章 社交名媛

● 我没有书香门第,我只有六十亿

许诺家的小区跟郑家离得不远,只是年岁稍微久一点,小区规划和建设倒是更雅致一些。

许诺先进门跟家里人打招呼,容峥说进去喝杯水,几个人纷纷下车,我和郑易走在后面,看见夏青开门出来的时候,我伸手抓住郑易,往他那边倒。

"我脚疼。"

郑易下意识地扶住了我,皱眉说:"刚才让你别蹲着。"

我连忙点头:"就是就是,都怪我。"

郑易无语,伸手馋我,我抬高胳膊搭在他脖颈上。他为了照顾我,顺手揽着我的腰帮我省劲。

我们离得越近,夏青原本笑着的脸便越僵。

我持续往郑易那边凑,低声说:"你看许诺妈,要气死了。"

郑易顿时就明白了:"你幼稚不幼稚,戏精附体吗?"

我小声说:"上次她为难我弹钢琴的事我还记着呢。"

容峥跟夏青打完招呼，回头看见我跟郑易，眉毛挑得老高："你俩不能收敛点？"

我靠着郑易，吸着气说："扭到的脚还没好，刚刚鼻子一疼，脚不知怎么也疼了。"

许诺半信半疑，脸色有点不好，嘟囔了一声："刚才不是还没事……"

郑易一本正经地说："她正是恢复的关键时期，医生叮嘱过，马虎不得。"然后揽着我腰的手，当着夏青的面紧了紧。

我说："许阿姨，突然拜访，来换件许诺的衣服，不打扰吧？"

夏青面沉如水，轻声讽刺我说："不打扰，周小姐带着脚伤还出门玩，是得多注意点。"

我说："没办法，不能出门太憋得慌了，也不知道哪个缺德玩意儿把马鞍的肚带解了，把我摔成这样，真是丧尽天良。"

夏青："……"

夏青几乎要七窍生烟了，黑着脸把我们请了进去。

进门才知道，许家不只夏青在，许诺的奶奶也在。

老太太一看就十分端庄威严，穿着一身枣红色花纹的旗袍，脖子上戴着一串珍珠项链，手上还套着一个祖母绿镯子，珠光宝气地往单人沙发上一坐，镇得我们进去的一行人齐刷刷地噤了声，连容峥都乖乖坐着不敢多贫了。

许诺也是规规矩矩的，跟老太太说："奶奶，不知道您过来了，我跟朋友们一会儿就出去。"

"不碍事，左右你们几个小的我都认识，串串门，没什么。"老太太目光扫了一圈，看见我说，"这个姑娘脸生。"

在老太太精亮逼人的目光扫过来前，我就拿开了搭在郑易肩上的手，奈何郑易反应迟钝，一只手仍扶在我腰侧，我只好虚虚地站在他身边，冲她干巴巴地笑了笑。

郑易说："这是我朋友，我一位教授的女儿。"

许老太太盯了一眼我腰上郑易的手，意味深长地抖出一丝浅淡的笑纹来："是你女朋友吧？"

"……不是。"郑易轻咳一声，有些尴尬地松开了手。

许老太太微微笑着，倒是没有刚才那么威厉了，声音中甚至带出一丝慈祥来："这会儿不是，以后可说不准。"

我跟郑易："……"

平时被调侃几句倒没觉得什么，这会儿被她当众认真又严肃地说起来，我莫名觉得有点耳热是怎么回事？容峥他们几个听着俱是嘻嘻一笑，神色也放松下来，伸手去拿用人端来的茶水喝。

然而下一刻，老太太倏然变脸，嘴角往下压着，沉声问立在一边的夏青："你说是不是，儿媳妇？"

容峥、周俊和郑皓立刻把已经送到嘴边的茶水又默默地放了回去。

夏青站在她身边，表情僵硬，半晌没说话，隔了好一会儿才挤出一点笑容来："他们年轻人的感情哪说得准，一天一变的……"

许老太太冷笑了一声，起身拄着拐杖往里头房间去了。

在场的众人都默默地抬头擦了擦额头上若有若无的冷汗，其中属夏青的脸色最难看。

郑易率先出声，转头问许诺："你房间在几楼？她脚不好上楼，你帮她拿下来？"

许诺也有些难堪的样子，大概是正想逃避刚才的尴尬气氛，"哦"了一声就匆匆上楼去了。

夏青笑了笑，又恢复平时柔和的模样，说："老太太刚才去花园转了一圈，大概是累着了，我去看看，你们随意，不用客气。"

等她走了，郑皓长长地出了口气："有许奶奶在的日子，许诺家还是一如既往的低气压。"

周俊疑惑地问："刚才老太太是什么意思？我都没听懂。"

我也对着郑易挤眼示意：这是什么情况？当着一干小辈的面就给儿媳妇下脸色，也是霸气得可以。

郑易瞥了我一眼，没说话。

容峥摸着下巴笑而不语，看起来很了解内情的样子。我说："她们这是婆媳闹矛盾了？"

"这矛盾可不止一天两天了。"容峥笑着说，旋即揶揄郑易，"你这事儿上，看来他们内部意见不统一啊，老太太看不上你。"

郑易毫不在意地哼了声，说容峥："喝水还堵不住你的嘴？"

周俊一头雾水地捅了下身边的郑皓："他们说的你听懂了吗？"

郑皓拧着眉毛思索了半天，最后茫然地摇了摇头。

我："……"

过了一会儿，许诺拿着几件衣服从楼上下来，伸手递给我说："都是这季新买的,没穿过。"又冲一边努了努嘴,"你去我爸妈的换衣间吧。"

夏青和许敬亭的更衣间在客厅后面。他家的别墅相对郑家要小一点,格局也更紧凑,更衣间隔壁就是老太太的房间。我推门想进更衣间换衣服的时候,听见隔壁隐约传来夏青的声音。

"妈,说好今天过来住段时间,您这就要走,一会儿敬亭回来我怎么跟他说?"

许老太太沉声说:"跟你们这些没骨气的东西多住一天,我就要气死,我还想多活两天。"

"妈……"夏青语气无奈,压抑着情绪,"敬亭对公司越来越不管不问,上个季度的财报出来,业绩下滑得严重,还出现生产事故,我不得为许家以后着想吗?"

"别给自己戴高帽子,许家的以后有敬亭他大哥。你们手里这个公司是你们自己的事,做成什么样我不管,但是脸都不要了上赶着卖女儿,这种事等许家人死绝了你再考虑!"

"您别这样说。"夏青说得斩钉截铁,"许诺是我女儿,我当然不会让她受委屈。她跟郑易青梅竹马,根本不是您说的那样……"

许老太太冷笑:"青梅竹马?你眼睛瞎,我眼睛好使着呢!我这个孙女是蠢,但是也不能上赶着去倒贴!你爱钱如命,不以为耻,我许家可是要脸的,夏青!"

我:"……"

我悄悄地进到更衣室里,随便拿了件衣服,坐在椅子上一边换一边在心中呐喊:我都听到了什么!这老太太嘴也太毒了!眼睛也毒!一眼就能看出我这个妈爱财如命!怪不得她比许诺还想让郑易做女婿!

信息量太大,我有些处理不过来,换完衣服一时没走,坐在椅子上发呆,没想到只听隔壁传来一道关门声,我刚下意识地站起来,夏青就红着眼睛进来了。

夏青:"……"

我:"……"

夏青反应迅速,立刻侧头抬手抹了下眼睛,冷着脸说:"你在这儿干什么?"

她在我面前倒是毫不遮掩自己的真实面目,我也是挺受宠若惊的。

"许诺让我来这里换衣服。"我赶紧调整表情凑了过去,惊讶地说,"许阿姨你怎么哭了?我刚刚听着隔壁许奶奶在骂人,说什么爱钱如命、不以为耻,难道是在说您?"

夏青眼圈更红了,脸也红了,开口说话时,气得嘴唇都在哆嗦:"你……"

看见她哭我就想起自己从马上摔下去呜呜哭的时候,我说:"哎呀,您别激动,我刚才听了听,还以为多大的事呢,其实您大可让许奶奶放心,有机灵又懂事的我在郑易身边衬托着,他怎么会看上您女儿呢?您说是不是?"

夏青脸都绿了,咬牙切齿地说:"你……你这种有妈生没妈教的小贱人,郑易怎么可能看上你这种跳梁小丑!"

我听得莫名想笑,心里又觉得荒唐,替夏青感到悲哀,也为自己悲哀。我说:"是啊,我就是有妈生没妈教,第一次见你的时候还想你跟我妈长得真像,要是能认你当个干妈就好了,现在……"

她眼神中掠过一丝诧异,随即又抬高下巴鄙夷地冲我冷笑:"你也配!今天你在我眼前撒野,明天我就让你滚出H市!"

"好啊,我等着。"我没再多说,冲她扯着嘴角笑了笑,绕开她出去了。

晚上吃完饭回家的路上,郑易突然出声:"怎么,不能跟郑皓打游戏就蔫了?"

"嗯?"我扭头,一时没回过神。

郑易瞥了我一眼:"魂不守舍的。"

"……"我分明是在思考!我想了想,然后问他:"许诺家是做什么的?我听说他家出了生产事故?"

"听说?"郑易眉头轻挑,"听谁说?"

总不能说偷听来的,于是我急中生智说:"听郑皓说的,说他们家上季度的业绩下滑严重。"

"许敬亭那个公司,业绩下滑岂止上个季度,"郑易轻哼一声,"已经面临退市风险了。"

"这么严重?"怪不得夏青跟疯了一样要拉郎配,我感兴趣地问他,"那他家这会儿需不需要融资?他家市值高吗?我能买到多少股权?"

郑易顿时蹙眉:"你都是听谁说的?我不是让你离许敬亭远点吗?他找你要钱了?"

"我自己想的啊。之前不就提过弄个公司当当老板吗?他这公司正好市值低,再打压一下股价,我收购掉不是挺好吗?"这可是我深思熟虑一下午的计划,在夏青眼前逆袭,翻身做她的老板。

"想都别想。"郑易皱眉说,"买一个即将退市的破公司,以你的能力,能扭亏为盈?还是你觉得钱放在我这里花得慢,想早点破产?"

我:"……"

"我发现你去了一趟许敬亭家就开始不对劲。"郑易沉声说,"他们家现在乱着呢,个个心怀鬼胎,接近你的人没几个打着好心思的,你最好给我拎清楚点。"

他说得严肃,我只好点了点头,乖觉地不再多说。

前段时间他因为我跟许敬亭走得近生气,当时我还一头雾水,今天听到这些,我也算明白了。

只是,我其实不太在乎手里这些钱最后会是什么结果,只要能让夏青那边也不好过。这两天我就在想,夏青跟许敬亭看着夫唱妇随的,就算我最后当众揭穿夏青,难道许敬亭就会跟她翻脸离婚吗?就算会,两人二十多年夫妻,离婚的时候财产总要分一分吧?以夏青的精明爱财样,她会不给自己准备后路?

如果不能一刀致命,让她身败名裂,那只能钝刀子杀人,走互相折磨路线了。

想到这里我忍不住叹了口气,这就是太过善良、狠不下心的下场。别人想让我掉下马摔死,我想的却是:如果她知道了我是她女儿,她是不是就不会这样做了?

郑易今晚格外话多,他侧头看了我一眼,教育我说:"你以后少跟郑皓在一起鬼混,他有的没的都跟你说,你又蠢,什么馊主意也往心里去。"

"我听什么馊主意了?"他莫名其妙就又开口刺人,我也不高兴,"再说我跟郑皓怎么叫鬼混了?你说话怎么这么难听?"

郑易轻哼一声:"下午见面恨不能彼此抱上,晚上吃饭的时候凑头打游戏,我看你俩是好得要穿一条裤子了,你不如在他家隔壁买栋别墅。"

我:"……"

好几天不见,乍一见面热情一点不正常吗?打游戏怎么了?你跟容峥说天书似的聊期货,我们几个还不能打打游戏了?你俩不对付,还不允许别人产生友谊了?郑皓也没这样挤对过我,让我离你远点啊。

我说:"有道理,明天我就找人问价格去。"

郑易抿着唇,沉着脸不说话了。

我脚伤好得很快,初期不敢再去练形体,就整天去钢琴老师家坐着。

二十八号,那个叫舒念的贵妇开party的前一天,我跟郑易在回家的电梯里相遇。我从一楼进电梯,门开时,他就已经在里面了。

他面沉如水,看着不是很开心的样子,跟他漆黑淡漠的目光对上,我又想到了上周末的事。

打网球的时候,他说好第二天给我做糖醋排骨,结果第二天下午我发微信问他几点开始做,要不要帮忙时,他回复我说:你不是搬到郑皓家隔壁住了吗?

我:……

我一想他还在介意昨天被我成功怼到无话的事,心里也很不服气,明明是他不对在先,背后说别人风凉话,还不自知,于是一赌气也没再理他。

其间某天他倒是给我发过一条微信,说要做晚饭,菜买多了,问我去不去吃。

我当时已经点了外卖,而且约好跟郑皓上线打游戏,就说要打游戏,不去吃了。

后来我们两个就没联系,我因为出去上课,也没再在家里开着门守电梯,这还是这么多天里我们第一次碰见。

电梯里气压有点低,他脸色挺不好看,见到我没说话。

我只好先出声打招呼:"刚下班啊。"

他不浅不淡地"嗯"了一声。

我心想:反应这么冷淡,难道还因为那天的事情跟我生气?这也太小肚鸡肠了吧,我都没事了。本着以和为贵的想法,我没话找话地问他:"明天舒念的party你真不去了?"

他又"嗯"了一声。

我说:"那我明天就自己去了,不等你了啊。"

他淡淡说:"随便你。"

我心里突地就涌起了一簇小火苗,按捺住情绪问他:"你怎么了?"

"没事。"他不耐烦地微微抿唇,连看都不看我,摆明了不怎么想搭理我。

我心里那小火苗就烧成了大火堆,我也不说话了,等电梯门一开,率先出了电梯,把他甩在了身后。

莫名其妙,他就这么看不上郑皓吗?这都多少天了,还在生气?再想一想,我不就是在前几天拒绝了他的晚饭邀请吗?至于吗?本来今天钢琴练得有进步,我还挺高兴,没想到回家便惹一肚子气。

第二天傍晚,郑皓打电话叫我下楼。

因为郑易之前就说有事不去,所以打网球那天我问过郑皓他也去party后,就说好让他来接我。

没想到一出门,我又碰见郑易,他正双手插兜在等电梯。

他穿了一件卷着袖子的黑灰色衬衫,下面配同色系的烟管裤,露出的脚踝下是一双永不过时的小白鞋,侧过头来时,开着两颗扣子的衬衫领口露出线条清晰的锁骨,再配上那张漫不经心的脸,我如果不是心里有气,早已经化身迷妹扑了上去。

郑易是真的会穿,高级、时尚、骚气,虽然脾气秉性上缺点多多,但肉体是完美的。

为了防止脸上露出花痴的表情,我绷着脸尽量不看他,走过去跟他并排着等电梯,完全不想跟他打招呼。

结果他打量了我一眼,片刻后跟没事人似的,出声说:"裙子不错。"

"嗯。"这会儿找话跟我说了?昨天你不是挺冷酷无情的吗?

他又说:"我送你过去?"

"不用。"要你管!回头再鼻子不是鼻子、脸不是脸的,我可不敢惹你了!

电梯到了,我们两个进去,郑易看着我皱了下眉。

哼,你也体会到昨天我的滋味了?

我心平气和地说:"郑皓已经在楼下等我了,你今天不是有事吗,忙去呗。"

郑易不说话了。

电梯到一楼,门开,外面正对着的椅子上正坐着在等我的郑皓,我也没理郑易，冲郑皓挥着手就过去了。

郑皓"哎哟哎哟"地叫起来："这裙子美！"

"那是，是不是比你眼光好？"这是我前几天自己买的，最新的春季礼服，灰蓝色的吊带裙，胸前腰下绣了花纹，裙摆参差层叠一直到盖住脚，我转了半边身子给郑皓展示只系了几根带子的后背，"有没有觉得前面梦幻，后面性感？"

这可是我花重金买来的，去选礼服的时候我就想，夏青和许诺肯定也会去，这次不说艳压全场，但总不能再被人嘲笑了。

郑皓夸张地"哇"了一声："你居然还能驾驭这个风格，清纯又诱感，不错啊！"他一激动，上手就要拍我。

我赶紧瞪他，生怕他给我背上拍五个手指印，那可就是SM般的性感了。

好在他及时收手，挠着头打哈哈，又侧头往后面瞥了瞥，然后凑在我耳边低声问："郑易怎么了？我看他脸色不好看。"

"谁知道他！"我终于会翻白眼了，吐槽说，"天天黑着个脸，我又没得罪他。"

我跟郑皓上车走人，从后视镜里还能看到郑易出了单元楼，往隔壁果蔬超市走，没看出来他像是有事不能去party的样子。

郑皓这会儿反而不针锋相对了："大概是最近心情不好吧，谁还没个不愉快的时候啊，我前段时间也不高兴呢！"

"你怎么了？"我扭头打量他，看他至今还有点黑的脸，"上次见你我就想说，你去哪儿了，活脱脱被晒成了个非洲黑人。"

郑皓顿时不乐意了："怎么说话呢，我明明浑身都散发着欧气！"

我："……"

"前段时间跟我爸妈吵架来着。郑易不想回去管公司，他们就想让我去，我才不去呢！然后我就去咱们市附近的山沟里做公益了……哎你这什么表情，我做公益不可以吗？虽然我捐的钱少，但是我出力啊，帮他们跑投资、拉赞助，也很辛苦的！"

"……"我不得不措辞片刻，然后说，"看不出来，你居然还是一个有着无私奉献精神的人。"

"当然！"郑皓十分得意，"我可不像你们这些有钱人，天天跟掉进钱眼里一样拼得你死我活。有那么多钱，又花不完，为什么不拿出一部分去为社会做贡献……"

我虽然不是爱财如命,但是意外得到这六十亿之后,也没想过为国家建设添砖加瓦,一时有些心虚、羞愧:"我愿意做贡献的,要不我给你那个山沟捐点款?"

"哎哟哎哟,我果然没有交错你这个朋友!"郑皓登时两眼放光,"看在你无私可爱的分上,我可以告诉你郑易最近为什么心情不好。"

我:"啊?"

郑皓说:"大概是因为他前女友回来了。"

我:"……"

他接着说:"你没看他不去参加舒念姐的party吗,估计是去了不知道怎么面对吧。"

我:"……"

舒念跟郑易这俩人果然有问题!我记得收到请柬时,郑易说不去,我还打趣过他,现在回想,他当时确实有些异样的沉默,只是我迟钝没有发觉而已。

郑皓的八卦之魂一旦被释放,就收不住了:"他俩以前好了很多年,容峥说他们在伦敦读大学的时候就在一起了。后来郑易去美国工作没多久,不知道为什么俩人就分手了。舒念姐的姑妈在英国定居,她也留在那边,后来跟当地一个富商结婚了。"

"那怎么又回来了?"说实话,秦姝跟我说舒念是个贵妇的时候,我还以为对方是四五十岁的阿姨呢,没想到居然跟郑易同龄,还是他的前任。

郑皓神神秘秘地说:"因为她现在又是单身了。去年春天的时候,她老公因癌症去世了。"

"……"

"震惊吧!"见我无语,郑皓对自己拿到的一手消息感到十分自得,"可能她觉得在英国睹物伤情吧,所以就回来了。"

他又说:"不过让我说,她回来也许是找郑易复合的,毕竟老公已经去世那么久,而且据说她老公比她大不少,感觉他们的爱情肯定没有跟郑易在一起时美好。"

我下意识地反驳他:"你怎么知道?也许人家就是真爱呢。"

"我就知道。"郑皓摇头晃脑的,"你看郑易对她多敏感,根本就不去她的party,而且他这么多年从来没有谈过女朋友,显然是心里还没放下。"

他越说越觉得有道理，边开车边点着头说："嗯，很有可能就是这样。所以说，他这几天心情不好，你得理解，毕竟人家受了情伤。"

我面无表情地坐在旁边，想到郑易这几天对我的态度，心里不是很爽。

凭什么他受到情伤，遭殃的就得是我？合着我就成了他们感情发展道路上的出气筒、发泄对象？再说一个三十岁的人了，有什么好情伤的？这会儿老情人一回来，知道内心对感情敏感，回忆起往昔的快乐与忧愁了，怎么对着我的时候，就恶言恶语，不怕伤我自尊呢？

郑皓说，格丽会所是H市最高级的会所之一，奢华又相当有名望，办场party光场地费就是六位数字。

"舒念姐真是财大气粗。据说她那个去世的老公以前跟英国王室沾边，干什么都一套一套的。"郑皓给我开车门，拍拍自己空荡荡的臂弯，"来吧，去见识下上流社会的声色犬马。据说今晚是她回国后办的第一场party，来了很多人。"

我挽着郑皓一起进门，想起舒念当初送请柬的那个架势，确实是很有格调的套路。

这个会所确实很高端，一座普通的几十层高商业楼，内里却分隔出了不同设计风格的场地，经理给我们开门时，一股欧洲贵族文化气息扑面而来。

无论是挂在贴了华丽壁纸的墙上的油画，还是一道道欧式拱门，都让人产生一种纸醉金迷的感觉。

郑皓啧啧出声："果然是城会玩啊，我还没有来过这个厅，居然还是两层的，太奢侈了。你说这些钱捐出去建几所小学多好！"

我："……"

我说："没想到你作为一个同样身处这个圈的人，生活和思想居然如此朴素。"

郑皓一边扫过谈笑风生、衣着华丽的人们，一边撇着嘴说："有啥意思，我都替他们累得慌。你也是，虽然裙子好看得不要不要的，但是一看就死贵，今天的你，格外不接地气！"

"……"我这是为了给自己争口气，怎么了！

不等我说话，郑皓戳了戳我，示意我看不远处正在说话的几个女人："那个穿银灰色裙子的，就是舒念姐。"

他话音刚落，舒念就注意到了我们，笑着跟那些人打了声招呼，然后挽着一个五官深邃、十分帅气的外国男人朝我们走过来。

说实话，舒念跟我想象的完全不一样。我以为郑易那种讲究又骚气的人，对女朋友的颜值要求一定很高，但是舒念的长相，也就是平均水平，不说难看，但也绝不值得人称赞。

不过她身材是真的棒，她那件真丝裙修身又轻薄，勾勒出细腰丰臀，款步走来时，有一种成熟优雅到勾人的韵味。三十岁的女人，一旦培养出了这种从容自信的气质，对于很多男人都是致命的。

不过短短几步路，等到舒念站定在我面前，落落大方地冲我们扬唇一笑时，我已经开始觉得，她一点都不难看，甚至十分耀眼耐看了。

舒念在打趣郑皓："上次我们见面还是八九年前吧？那会儿你才高中毕业，我记得你留着离子烫过的长头发，还挑染了几缕，看着特别张扬。"

我听得差点笑出声来，没想到郑皓青春时期居然这么非主流、杀马特。

郑皓登时有点娈毛："舒念姐，这都多少年了，你怎么还记得，赶紧忘掉！"

"这么多年不见，你还是这么可爱。当时我还跟郑易说过，也想要一个你这样的弟弟。"舒念得逞地笑出声来，露出养护良好的白亮牙齿，又十分体贴地说，"你现在越来越帅了，刚才你们进来，我差点没认出来。"

郑皓这才得意地哼了一声。

舒念转头含着笑看我："这位是你的女朋友？还不介绍一下？"

"舒念姐，你自己邀请的人你都不知道？"郑皓没反应过来，指着我说，"周呦呦，我今天是专门来给她做护花使者的。"

舒念看我的神情明显一怔，随即笑道："原来这就是周小姐，早就听说周小姐是H市社交圈里十分引人注目的名媛，真是闻名不如见面，周小姐果然漂亮、有气质。给你递请柬也是想跟你交个朋友，希望我没有太冒昧。"

郑皓"嗬"了一声："她其实就是一个爱打游戏的宅女。"

舒念这一番话说得既恭维又守礼，看我的目光又坦然、自信，我本来就被她的气场压着，这会儿简直想打没眼力的郑皓一顿。

"怎么会，多谢你邀请我。"我一时拿不准该称呼她为夫人还是小姐，只能干巴巴地说，"名媛不敢当，顶多是个无所事事的闲人而已。"

舒念流露出不认同的意思，笑着说："周小姐过谦了。听说周小姐是郑易的一个重要客户，据我跟他相处几年的了解，他身边可从来不留一般人。"

她又说："说实话，还以为你今天会跟郑易一起来呢，我记得送请柬的地址上显示你们是邻居。"

她提到郑易时语气熟稔，我心中不禁感到失望。她这架势看来是把我当成情敌了，这种熟悉的明里暗里打击小三的套路，实在是有点俗。

想起郑易对我的差别对待，我忍不住想给他们的复合之路增加点困难，于是也语气亲密地说："郑易他今天犯懒呢，我出家门的时候问他要不要来，他说不想来了……难道，他没有跟你说？"

这话说得也是没谁了，听起来多么像我们两个已经住在一起了。

她欲言又止地看了看我，在我假装的惊讶中，她说："我刚刚跟郑易联系的时候，他说……一会儿就到。"

我："……"打脸来得猝不及防。

舒念笑着安慰我说："也许是他又改主意了。没关系，他来不来我其实无所谓，你不用担心。"

不用担心什么？她的潜台词是"不用担心，我不跟你抢郑易"吗？我感觉自己脸有点热。

"你们先玩着，不用客气。跟你聊天很愉快，一会儿我们再继续，呦呦。"舒念好像没看到我的尴尬一样，从容地笑了笑，然后挽着那个外国帅哥去迎接别的客人了。

今天真是脸都丢光了……我绝望地问郑皓："说好的舒念是回来找郑易复合的呢？"

"我……我就是随口一说。"郑皓看都不敢看我了，赶紧冲不远处的一个男人挥挥手，借机跑了。

我："……"

舒念这party，年轻人要多一些，在场的男女中倒是有一些是我跟着郑易认识的，他们冲我打招呼，我就过去聊几句，大家称赞一下彼此的裙子、西装和首饰，聊天内容十分浅显，说得最多的就是天气。

我端着一杯香槟转了一圈，也没有看到秦姝，倒是看到容峥了。他揽着个一小鸟依人的姑娘，那姑娘有点眼熟，正是第一次吃饭时，坐容峥边上问我做什么生意的萱萱。

我低头给秦姝发消息，问她怎么没来。

她回复说临时有事，已经在来的路上，问我有没有开始。

我正给她回复的时候，手机上投下一片阴影，有人站到了我跟前，一开口，是十分正宗的伦敦腔。

刚才舒念介绍的那个英国的小提琴名家Aaron，正跟我说："这么美丽的小精灵怎么一个人在玩手机？"

他饶有兴趣地看我，我听得十分肉麻，但他长得好看，于是我回问他："你不是也一个人？"

"舒另有帅哥陪了。"他耸耸肩，示意我往门厅那边看。

只见郑易穿着我刚才看见的那一身骚气外露的衣服，正往大厅里走，而舒念正好迎上去。

两个人颇有点七夕牛郎与织女在鹊桥上相会的意境。

"你英语说得真好，英式发音很标准。"Aaron自顾自地说着，"那边两个女孩一开口就是浓郁的美式口音，我不喜欢。"

许诺和萱萱两个人似乎认识，正隔着几步远频频地侧头看Aaron，显然被他的高大帅气和醉人的笑容迷得神魂颠倒了。见到我跟Aaron聊天，许诺翻了好几个白眼。

"谢谢，你真英俊。"我扭头笑容甜美地冲Aaron道谢，心想我这口语都是做外贸的时候被逼无奈练出来的，为了跟客户套近乎，遇到美国人说美式，遇到英国人说英式。

没聊几句，厅里响起几声敲击酒杯的清脆声。

大家都静了下来，齐齐去看站在旋转楼梯上的舒念，她微笑着开始说祝酒词，聚集着的人群前方，站着郑易。

她大意说很久没有回H市了，这次回来准备定居，这里有她的家人，有相识多年的朋友，大家以后常来往云云。

话毕，我们一起鼓掌。

Aaron站在我身边侧头说："舒真是太有魅力了，可惜她不是我喜欢的类型。我喜欢你这样的，呦呦。"

我："……"

众人已经散开，我正要对他的夸奖敬谢不敏，就见许诺和萱萱挺胸抬头地过来了。

许诺直接无视我："Aaron，可以请你跟我们一起演奏一曲吗？萱萱非常崇拜你，如果能跟你合奏一曲，她会十分感谢你的。"

Aaron看了一眼萱萱期待的眼神，说："抱歉，我是来度假的，并不想拉小提琴,而且我正在跟别的女士说话,你这样打断我们,很不礼貌。"

许诺登时被说红了脸,萱萱拽了她一下想走,她却没动,不情愿地对我说:"你可以让他帮忙演奏一曲吗?"

我不带犹豫地说:"不能。"

许诺有些生气:"你都没有问问他。"

我说:"他已经明确拒绝了,我说有用吗?再说,我为什么要帮你问?"

许诺登时被噎住了。

Aaron听不懂中文,一脸疑惑地看我。我说:"她想让我再问你一次,能不能同意她的请求,我拒绝了。"

Aaron了然地点点头,跟许诺说:"你这样有些无礼。"

估计是看我拆台抬,Aaron又很不给面子,她红着脸恼羞成怒了,跟Aaron说:"她才无礼,你被她骗了,她只是装成一个名媛,她连钢琴都不会弹!"

我:"……"

许诺声音有些大,周围的人都扭头看过来。舒念和郑易走了过来,她挑了下眉说:"怎么回事?聊天聊得不愉快了?"

许诺立刻拽了下舒念说:"舒念姐,你怎么把她也叫来了?她根本就是个吃遗产的破落户,不懂礼仪,没有教养,钢琴都不会弹,为什么要让她也来这里?"

她话刚说完,夏青带着一个朋友过来,柔和地说着许诺:"诺诺,不可以这样说话,大呼小叫的很没有礼貌。"她说完,又转头对舒念说,"不过舒念,你今晚的party请的应该都是我们这些多有来往的人家吧?大家不说多高贵,但至少也是有身份的人,请一个花言巧语的骗子来,不是许阿姨多嘴,确实有些不妥。"

我们这边围了一圈人针锋相对,渐渐有不少人也围了过来,听见夏青说我是骗子,纷纷将打量、怀疑的目光投在我身上。

舒念侧头去看郑易,我也跟着去看他,他正在没什么表情地打量Aaron,显然是不怎么关心我怎么被人喷的。

舒念不动声色地说:"许阿姨这话是什么意思?"

"我也是刚知道。这个周呦呦,说自己是书香门第出身,家中父母早亡,靠着家中留下的藏品生活。刚认识的时候,我还觉得这个小姑娘可怜,没想到……"夏青带着遗憾又愤然的神色,拉着自己身边的那个中年女士说,"她说自己出身于G市的周家,杨夫人大家应该都认识,G市的名门之后,杨夫人说,从来没有听过什么周家。"

那个姓杨的夫人打量了我片刻,然后说:"我确实没有印象。小姑娘,你说家里祖父是大学校长,请问你祖父尊姓大名?"

万万没想到,夏青上次说的要让我身败名裂,滚出H市的办法是这个。

我还真不知道该怎么在众目睽睽之下想出一个姓周的校长来……可以花半分钟百度一下吗?

厅里一时有些安静,似乎所有人都在等我一个回答。

我低头看了看自己拿着的手机,半响后还是坦白说:"我确实没有一个姓周的校长爷爷。"

围观的人群,纷纷开始交头接耳、小声讨论。

夏青得意且如释重负地笑了笑:"既然周小姐没什么背景,那么你说的靠着家中古董、字画生活也是假的吧?今天穿这身几十万的高定礼服来招摇撞骗,看来也是打肿脸充胖子了。"

刚刚那些跟我互相奉承的人,看我的目光顿时鄙夷起来。

许诺身边的萱萱发出一声低呼,然后抬手捂住了嘴,一双眼睛里露出十成的惊讶。

许诺转头看她,面上也是一副打倒我的胜利之色:"是不是被她这种骗子吓到了?我就说她连钢琴都不会弹的。"

萱萱看了我一眼,又看了站在外面的容峥一眼,有些犹豫地说:"我之前跟她一起吃过饭……她说自己是做生意的,说自己是很厉害的投资人,投资国家体育建设……"

围观的人群里有人憋不住笑了出来,其中有个声音说:"投资国家体育建设?买彩票吗?"

很多人抬手掩住嘴,好像很有涵养地不让自己笑出声来。

我站在中间,夏青站在我对面,脸上带着笑,眼里淬了毒,说:"看来周小姐招摇撞骗不是一天两天了,怎么说辞也不统一一下?"

她又说:"跟我们吹嘘自己是郑易的客户,是不是在他那里放了一千万,就觉得自己是个VIP了?你看着郑易人好心善,就欺骗他,跟他套近乎,让他处处都带着你?"

她一声冷笑:"你真是胆大包天!"

身边全是议论声，我扫一眼过去，大家都微抬着下巴，用眼角看我。

夏青神色笃定，等着我脸色苍白地溃败逃走。

我抬头去看郑易，他也正在看我，抱着胳膊，气定神闲，仿佛夏青刚才说话说到他头上，他都不在意。

我吸了口气，挺了挺自己的脊背，面无表情地看着夏青说："我确实不是郑易的VIP客户。"

夏青轻蔑地笑："一千万也想做VIP？"

我说："我是他的黑金客户，我在他那里，放了将近六十亿。"

厅里霎时间寂静无声，刚才的窃窃私语声齐刷刷地停了下来。

夏青的笑容僵在脸上，取而代之的是震惊和不敢相信。许诺和萱萱这种段位低的，已经直接呆掉了。

就连一直淡定看戏的舒念，都满脸惊诧。但她很快回神，看了一眼郑易说："我说呢，早前听说过周小姐是郑易的一位大客户，现在看来，确实是黑金级别的。"

夏青还难以置信，她看着我说："不可能，就你的教养和小门小户的出身，怎么可能……"

"这就无可奉告了。"我微笑着看她。

事实上我早就发现了，这里面的每个人，说是在乎身份、涵养，其实大部分到头来还是看钱。没有金钱，是无法构筑起这个奢侈、攀比的圈子的。一个清贫名门，哪怕品德再高尚，别人当面敬称你一句女士、先生，转过头去，照样撇撇嘴不往眼里放。

果然，围观群众都默不作声了，有悄悄打量我的，对上我视线的时候又匆忙转开。

这里大多是年轻人，我想起曾经郑易给我身价的定位，于是故作谦虚地说："我虽然有六十亿做投资，但是也只有这六十亿，我一个小门小户，跟在场的大家比，肯定是小巫见大巫，大家家中有祖业，随随便便一卖，还不压死我这只小蚂蚁？"

事实上，这些人家中的产业不说大小兴衰，谁敢卖？而且卖了属不属于这些人还是个问题。

我转头跟夏青说："所以你说得也没错，我来跟大家交朋友，也算是打肿脸充胖子的一种了，毕竟我才六十亿的身家，让大家见笑了。"

夏青尴尬又青灰着一张脸，不说话了。

就在她沉默间,郑易沉着出声说:"许阿姨在刁难我这个客户的时候,是不是把我也当成傻子了?傻到相信别人给我画饼充饥?你看周呦呦不顺眼也好,想当众让她出丑也罢,这是你们的问题,不要夹枪带棒地捎带上我。"

"我……"夏青被怼得无言以对,大概她以为自己只要戳穿了我,郑易那边无论怎样都好解释,或者是因为她想象力实在匮乏,没有想到会有这样打脸的反转,一时神色尴尬得无以复加。

我看着她那百变的难堪表情心里正乐呵,郑易突然点名叫我:"周小姐,你的身家能不能比得上在场的各位,我不清楚,但有一点我想申明,你不是只有六十亿。今年投资形势不错,你年初放到我这里的六十亿,到年底结算的时候,大概可以到百亿。"

周围一片吸气声。

我也很想跟着吸一声,感觉自己都快要吓尿了,身价百亿,我还真的没有做过这样的梦啊!为什么我炒股的时候收益率永远是负数,你天天就看个走势图,就能收益翻倍呢!

我故作淡定地抬了抬下巴,也学着他们用眼角瞥人的方式打量他们惊讶、羡慕、嫉妒种种交织在一起的复杂表情。目光扫过郑易时,他似笑非笑地冲我挑了下眉,一脸"可还满意"的神色。

大家服气的沉默中,萱萱突然不服气地开口:"有钱又怎么样?没有学识和教养,连钢琴都不会弹,你充其量就是个暴发户!"

有的人就是这样,当你某方面比别人强出很多时,他们不会想着自己去追赶,更不会称赞,只会指出你还有一千个差劲的缺点。

这也算是阿Q的一种了。

比如现在,有的人就已经用精神胜利法战胜了我的六十亿,脸上就差写着"你有六十亿又如何?我出身比你高一大截"。

我转头看Aaron,他大概终于抓住了机会说话:"他们在说什么?在质疑你吗?"

"他们觉得我不会弹钢琴,不配来这里玩。"我耸了下肩,问他,"能不能耽误一会儿你休假的时间,跟我共同演奏两分钟?"

"两分钟?很容易。"Aaron答应得十分痛快,"你想演奏什么?"

我假装思索了片刻,然后说:"李斯特的《追雪》怎么样?"

Aaron"啊"了一声,笑着说:"这个曲子很有难度的。"

我挑眉问他:"难道你不会?"

Aaron大笑起来："你一定是在跟我开玩笑！"

眼看他就要往现场演奏的乐队那边去，我当着这些人的面又问他："刚刚那个女孩邀请你演奏，你为什么不同意，我的请求你就没有拒绝？"

Aaron撇了撇嘴说："她太粗鲁了，我又不认识她，而你，风趣又美丽，英文也很棒。"

在场的这些有学识的人，很显然能够听懂这些简单的对话，而萱萱已经通红着脸，局促、尴尬得看起来像恨不能找个缝钻进去了。

我扭头对她说："我没有兴趣花时间弹给你听，暂且弹一段让你感受下，是我不会弹琴，还是你被人忽悠了。"

她身边的许诺顿时也涨红了脸。

这首曲子意境优美，但是也真的很难弹，Aaron架着小提琴冲我颔首示意，我深吸一口，拿出高考默写古诗词的力气，按下了第一个音符。

现场很安静，我垂头弹琴，一个音都不敢错。

一段终了，我抬头，看到了站在最前面的郑易，他翘着嘴角，眼中带笑。

还有不知道什么时候来的秦姝，琴音刚落，她立刻带头鼓起了掌，其他人纷纷跟着鼓掌，而夏青跟她女儿呆立着不动，不甘而又狼狈。

Aaron说："呦呦你弹得真好，我们不如把这首曲子演奏完？"

我赶紧摆手说："不了，我朋友来了，我得去见她。谢谢你Aaron。"

Aaron放下琴，十分绅士地冲我致意，我拎起裙摆模仿着电视里的姿势，回了他一个礼。

其他人已经三三两两地散开，郑易收敛了笑意，此刻没什么表情地站在原地没动，似乎在等我下台。

我换了个方向走下台阶，去跟秦姝会合。

秦姝诧异地笑："行啊你，什么时候会弹钢琴了？"

"嘘！"我赶紧示意她小声点，"死记硬背学了一个月，就会这一段，再往下弹一个音，就要露馅了。"

当初见到郑易介绍的老师后我就提了个要求，学一支曲子就够，需要速成，曲子要有难度，适合大多数场合，让人一听就佩服得不得了。

那个老师当时还恨铁不成钢地教育我，说我条件不错，好好学也能学得不错。但是我实在没兴趣，只求能在需要的时候显摆一下。

没想到我才学会了一段,这种时候就来了,感谢我前几天的勤学苦练。

"露馅?怎么了?"秦姝显然是刚来不知道状况,她又抬抬下巴示意我,"我怎么看郑易想跟你说话?你要不要先去找他?"

"不用。"郑易就站在两三步远外,我装作没看见,拉着秦姝想找个地方吐吐槽,"你没来的时候,鬼知道我都经历了什么。"

二楼人少,我拽着秦姝想去二楼聊天,走了几步,却看见夏青跟许诺还在原地站着没走。

许诺似乎在嘟囔着埋怨她,她脸上也没了往日的柔顺和蔼,皱着眉,让许诺不要说了。

我本来想绕开她们,想了想又拉着秦姝过去了:"打扰一下,我想跟许阿姨说句话。"

夏青估计被打脸打得很疼,偏过头,尴尬又无言以对的样子,冷声说:"我不想跟你说话。"

"你听着就行。"我说,"我就是想问下,你还记不记得我跟你说过,其实我第一次见到你,就想认你做干妈来着?"

夏青神色一怔,转头看我,目光中有狐疑,声音却不再凌厉:"你……"

我同样语气柔和地说:"你还想不想认我做干女儿呢?"

"我……"夏青诧异不已,一时竟然不知道该怎么开口了。

从她闪烁的目光中可以看出,她很心动。

我和颜悦色地对她说:"但是不好意思,即使你想认我做干女儿,我也打死都不会认你做干妈的。我过来就是想提醒一下你,你根本不知道自己错过了什么,你说呢?"

下一刻,夏青反应过来,脸"唰"地一下就青了。我看到她扭曲着脸,两侧的脸颊因为咬牙切齿,肌肉都突了出来。

我憋着笑,赶紧拉秦姝走了。

直到上二楼找了一个安静无人的露台,我才彻底笑出声来。

我把刚才那场大戏讲给秦姝听,秦姝也跟着笑,伸手戳我腰上的痒肉:"周小呦你这张嘴,是真贱。"

我点点头,深感认同。

第八章 隔墙有耳

● 震惊,我的秘密居然被人知道了……

我和秦姝嘻嘻哈哈地笑完,想起萱萱跟着容峥来的,问她:"你怎么来得这么晚?还以为你会跟容峥一起来。"

毕竟之前她说是跟容峥一起吃饭才认识舒念的。

秦姝声音冷淡下来:"本来是准备一起来的……你给我发微信的时候我已经决定不来了,后来想起跟你约好了,才又过来。"

这样看来,她跟容峥确实不只是"被针扎了一下"的关系。我还想再问问他们到底什么情况,她反而挥挥手示意聊点别的:"像你说的,你这个妈没想到是这样的人,心思沉,人也狠,你继续在她眼前出现,可不是什么好事。"

我也沉默下来,一时不知道说什么。

"我提醒你,要么你狠心一点把事情说出来,要么离她远点,过自己的舒服日子去。"秦姝见我不吱声,叹了口气说,"在这件事上你太优柔寡断了。我能理解你的心情,你从小没有妈妈,心里多少有期待,但是她未必。你刚也说了,她连亲手养大的女儿都能往外送,你不过是她身上一块掉下来随即被扔掉的肉,更不用指望她对你好了。"

我也跟着叹气:"这个我明白,她什么样,我也早就看清楚了……只是要说真的把她害成什么样,我下不去手。有时候我会想,她知道我是她女儿后,万一真的会对我很好,那我把真相赤裸裸地掀开,是不是反而做错了。"

秦姝果断道:"如果下不去手,那就别再跟她有来往。你现在这样算怎么回事,戳不到她的软肋,反而让她有机会像今天这样刁难你。"

"互相折磨吧。"我看秦姝"唰"地一下面无表情地看我,笑着跟她讲,"上次去她家,我使劲往郑易身上凑,把她气得啊,就差上来把我抓走,把许诺按郑易怀里了。"

秦姝斜着眼看我:"不是我说得难听,狗咬狗一嘴毛这种事,有意思吗?周小呦,你是真傻还是假傻?"

我侧头看外面的阑珊灯火,春末时节,连吹来的风都是和暖的,我心里却仿佛只有一团堵塞又凌乱的柳絮。

"我不知道。"

秦姝恨铁不成钢,我其实也很迷茫。

我说:"我还记得大四那年的中秋节和国庆节是连在一起的……"

节前我爸给我打电话,让我放假回家一趟。

我当时忙于找工作,一门心思想着怎样进一个高端点的公司给老板当秘书,这样应该会有很多机会围观有钱人的圈子,从而打听到我缺失的那个妈。

于是我拒绝了我爸。

他没有多说什么,我甚至没有听出他的异样来,他照例嘱咐我在学校好好照顾自己,不要生病等,只是挂断前再次问我:"毕业后不打算回G市吗?"

我说:"可能会先在H市待两年,然后再回去吧。"

那时我心里给自己定的期限是两年,如果两年都没有找到我妈,我就回G市陪着我爸平凡幸福地生活,也许会有小遗憾,但总归会渐渐遗忘。

我爸说:"呦呦,不要有太多执念。"

我毫无觉察,轻快地答他:"我知道呢,爸你放心。"

我再接到他的来电,已经是国庆节后,那头是个陌生的声音:"我是警察,你父亲八天前在家中自杀了。"

他在床上就那么安安静静地躺了八天,因为没有去上课,才被发现。

那一段时间的事情我几乎从来不去回想,赶回G市时,那种心如刀绞的痛和喘不过气的自责,读到他遗书时的号啕大哭和知道他二十多年抑郁病史的震惊与愧疚,都太过沉重,不符合他教给我的积极与乐观,也不符合他遗书里对我的要求。

他写了好几页,压在已经僵硬的、搭在肚子上的双手下。

他说,不要后悔,不要自责,他叫我回家时本就已经做好了了结的准备,只是想见我最后一眼,但是见与不见,其实没有什么区别。

他又说,从我决定去H市读大学时起,他就知道,我心里放不下那个妈。他说她其实没有多好,见到了,我未必会如预想般开心,他希望我可以放下,但是不会阻拦我,等我慢慢想通。

他还说,他的抑郁症并不全是因为夏青的离开,也有因为对人性的绝望、对社会万象的悲观。夏青,大概是一根导火索,毁灭了他心中的爱情,进而摧毁他的生活与世界观。

他最后说,哪怕以后找到了夏青,也不要记恨,没有她,没有他,我一样可以好好生活。他做不到的达观开朗,希望我能做到,不为别人,只为自己能云淡风轻地一往无前。

除了这些,他还把家里的财产、他的后事事无巨细地全部讲清楚。看到后面,我仍然不敢相信,他已经抑郁了那么多年。

事后,我身心俱疲地回学校,那几个月消沉又懒散,有时候想人生就这样吧,浑浑噩噩地过去,哪天不痛快了也吃瓶药睡过去,有时候想起他铿锵有力写下的一个个字,又觉得他仿佛还在,时刻在对我耳提面命,要达观开朗。

等心情终于平静下来时,招聘季已经过去,我随便找了一家外贸公司便去上班了,离当初想要成为秘书,窥探到上流社会一角的计划,相去甚远。

再后来,在H市的两年过去,我没有找到夏青,却也没有回去,回去,就怕睹物思人,他带我去过的游乐场,带我吃过的麦当劳,带我买过新裙子的商场。

但我也没有想到,前二十多年倒过的霉、受过的伤,命运通通以金钱的方式补偿给了我。

人一有钱就心思活络、不安本分,那些未竟的愿望,就又被提了起来。

秦姝听得神色恍惚，看向我时，好似散发出了母性的光辉："大四那年我确实觉出你有些异常，但是那会儿大家都忙着找工作，还以为你是压力太大。"

我想起那时秦姝确实会请我吃饭，安慰我找工作不要着急之类的，现在想起来，心中仍然十分温暖，我笑着说："你当时也好忙，忙着创业，一周见不到两三次。"

我敛了笑说："我爸去世前，我对我这个妈其实是有些期待的，后来我爸自杀了，我忍不住怪她，如果不是她虚荣贪婪，突然出走，我父亲不至于受那么重的打击。我确实优柔寡断，一方面是对她的幻想，一方面是对她的厌恶。可是偏偏我爸说了，不要追究，更不要因为他而记恨。"

"这种不甘你能明白吗？"我问秦姝，"我爸叮嘱过我了，而且我也总在劝自己，不要计较那些过去了。我试图说服自己不要再关注她，远离她，但是一想到她过得很好，我们却死的死、活的痛，不让她难过我就觉得对不起自己和我爸。"

秦姝沉吟了半晌，拨下了头发，无奈地说："你这确实是纠结，你还没有想通。"

"我当然知道这是纠结。"我面无表情地看着她，"不然我翻来覆去地在说什么？问题是我现在到底该怎么办！"

秦姝翻了个白眼："做了你四年室友，'该怎么办'这个问题你问过我无数次，从买哪个颜色的T恤到吃黄焖鸡米饭还是麻辣烫，典型的天秤座。"

我苦着脸说："那求求你，再帮我决定一次我该怎么办。"

秦姝正色道："呦呦，这件事，我真的没办法帮你选。"

我说："我的内心是崩溃的，咱俩这条友谊之船，已经摇摇欲坠了。"

秦姝明艳艳地笑："希望是你先掉进河里。"

我："……"

秦姝正要再说话，灯火通明的楼道外闪进来一个影子，是容峥。

容峥松了口气说："可算找到你了。"

秦姝顿时冷了脸，抱着胳膊别过头："滚。"

容峥转头示意我："呦呦妹妹，帮帮忙。"

我当然是站在秦姝这边的，但是秦姝偏着头不说话，我只能用眼神警告容峥一眼，然后从露台出去了。

只是我刚出去，往楼梯方向走了两步，就见舒念居然从旁边出来了。

我心里登时觉得不妙。

果然，舒念面色平和地说："抱歉，我本来也是上来找你的，在隔壁露台的时候听到了你们的聊天……这里露台都是通的，所以……"

我这种时常有意无意偷听到别人说话的人，果然很容易遭报应。

别人的话含金量有多少，我不知道，我这话，可是含金量巨大。

我不动声色地问她："你从什么时候来的？"

她说："从你说'互相折磨'开始。"

我："……"

完了，这下损失惨重。

我看着她没有说话，心想这人怎么能这样，现在又该怎么让她把听到的咽回肚子里去，给一亿的封口费吗？她看上去不仅不像是缺钱的人，反而跟夏青她们早就认识。

我正思考间，她突然笑了下。

舒念说："你不用紧张，我上来找你，本来也是想问你，你跟周浔生是什么关系。"

我只觉得脑子里嗡的一声响。

周浔生是我爸。

她左右看了看在二楼徘徊的人，示意我跟她一起走。我们沿着二楼的栏杆往里走，栏杆外是一楼的天井，里面欢声笑语还能传过来。

我侧头看过去，一眼就看见了站在人群中的郑易，他那双白色的鞋子十分显眼。

下一刻，他突然抬头，正与我目光对上。

我脑子中一团混乱，一时呆愣了一下，舒念叫我，我才转身跟过去。

二楼的最里面有一扇玻璃门，门外居然是一个露天小花园。这里鲜有人来，可能大家都没有意识到这里还别有洞天。

到了门前，舒念就不再带我往里走了。

她示意我透过玻璃门往花园中看，里面隐约站了一男一女，背对着我们。

那个男人站姿翩然倜傥，儒雅清隽，分明是许敬亭。

许敬亭身边的女人我看不出是谁，他们两个凭栏赏景，彼此对望着谈天说笑。不说两人动作有多亲密，但是那种朦胧的感觉，夏青看到估计一定会冲进去把人扒拉开。

舒念将窗帘放下，挡住了通往花园的门，然后说："许敬亭你应该认识吧？他旁边的人，是我姑妈。"

我心里忍不住惊讶，但是想到她知道了我那些事，又不清楚她有什么目的，所以点点头，干巴巴地"哦"了一声。

舒念意外地挑了下眉，说："你不想问点什么？"

"想问。"我说，"我想问，这跟我有什么关系。"

舒念偏了下头，笑了笑说："跟你倒是没什么关系，但是跟你妈……夏青有关系。"

她这话说了等于没说，许敬亭要是出轨了，夏青可不就有成为弃妇的可能？

然而她又说："当年如果不是夏青横插一脚，我姑妈跟许敬亭的孩子估计比许诺还要大。"

我："……"

敢情夏青才是小三？！转念一想，似乎也没毛病。

我说："所以呢？"

"你比我想象的要镇定。"舒念打量我的神色，大概看不出什么来，旋即说，"我姑妈性格温顺，说不好听点是温暾内向，她吃了亏都咽自己肚子里，我这个侄女看着，是又气又心疼。"

"夏青是怎么嫁给许敬亭的，你肯定不知道，我知道以后，恨不能立刻给她几个耳光。"舒念目光定在窗帘的花纹上，声音狠绝又无奈，"所以我这次回来，是为了解决我姑妈的那块儿心病。"

她说："我知道打蛇要打七寸，许敬亭虽然心里念着我姑妈，但是夏青摆出一副楚楚可怜的模样，而当年的事陡然提起来并不会有多少可转圜的余地，所以我去查了夏青的真实背景。"

我本来还在想夏青和她姑妈当年发生了什么事，听到最后一句，心中一凛。

舒念说："夏青的身份证上是H市人，许家当年因为她怀着孕，估计也没有留心，但是我找人查到了她以前的籍贯，她是G市人。"

"我找人顺着她身份证上的地址查过去，发现那个小破村子十几年前就已经被拆迁了。但也不是完全没有收获……"舒念翘了翘嘴角，得意的眼神中透着亮光，很有精神气，"我们打听到夏青家的一个邻居，怎么都没想到，那人说夏青十九岁就嫁人了。"

"只是后来夏青再也没有回去过，问起她结婚的情况，又费尽周折才拿到一个名字，她嫁的人叫周浔生。"

我垂眼看着自己映在窗帘上的影子，轻轻地晃了晃。

舒念说："线索到这里基本就断了。周浔生是G大的哲学教授，几年前就过世了，没有登记在册的婚史，有人说他结过婚，有人说没听过，还有人说他有一个女儿。但是他在世时的户口本上，完全没有其他人的户口迁入或迁出记录，只有他一个人。"

我深吸了口气，勉强控制自己不落下泪来。

我出生后，他们还没来得及领证，我妈就跑了，政策又不允许我跟随我爸落户。后来是他找了一个朋友帮忙，才解决了户口问题，但是我的户口并不在我爸那一本上。

后来上学，我的户口又跟着迁到学校，自始至终，都跟我爸的户口本毫无关系。他活了五十年，自己的那个户口本上，始终是只身一人。

"我前两天才看过你父亲的照片。"舒念放轻了说话声，"刚才第一眼见到你就愣了一下，你跟你父亲长得挺像的，眼睛像，气质也像。"

"像吗？"我一开口声音有些低哑，咳了一下才又说，"夏青从来没有认出过我。"

舒念顿了片刻，似是安慰地对我说："这么多年过去，忘记了也很正常，况且……她大概恨不得跟你们毫无关系，怎么会刻意去想起？"

她最后冷笑了一声，我回过神，也大概了解她的目的了："所以你想让我帮你揭穿她？"

我以前不知道夏青和许敬亭的夫妻关系如何，所以顾虑过，可能把陈年往事掀起来，夏青也未必会受到多大损失，如今许敬亭恐怕是迫不及待想离婚了。

舒念干脆地点头："我查到的这些，算下来不过是只言片语，没有任何记录能证明她结过婚，还生了你，只有你和她的血缘关系。我这两天已经准备换个方法解决问题了，因为周浔生的女儿叫什么、现在在哪里，跟大海捞针一样，根本查不到，直到今天见到你，又无意听到你们聊天的内容。"

我果断地拒绝她说："那你还是换个方法吧，我不会配合你。"

舒念怔了怔，不解地说："你刚才不是也在考虑怎么撕开夏青那张皮吗？在楼下她那样刁难你，你不恨吗？"

"恨。"我点头，然后正视她说，"但是我不想被你利用。"

舒念："……"

"我没想利用你，只是请你帮个忙。"舒念沉默了一会儿，面色坦然地说，"如果找其他办法，不如找你更快更简单，也更能让她身败名裂。"

她说得坦诚，随即又说："如果你刚才看到，夏青来时怎样笑吟吟地冷嘲热讽我们舒家，也许你会明白我为什么希望尽快解决掉她。她要是知道我姑妈也回来了，啊……估计会把我姑妈生吞活剥掉。"

"所以希望你能帮我。"

她说时表情愤恨，我本想问她当年发生了什么事，前面却有一个高大的人影转了过来。

郑易走过来，盯着我沉声说："你走不走？"

舒念看了他一眼，自觉地往后退了一步，沉默着没说话。

"不走，你先走吧，一会儿郑皓会送我回去。"我还没跟她说完，更何况他这硬邦邦的语气，让人也不是很愿意跟他走。

谁知他说："我有话跟你说，关于你近百亿的资产。"说完他就转身走了。

我虽然想听舒念讲那些八卦，但是显然更关心自己那增速无比快的巨额财产问题，只好冲舒念示意，准备屁颠屁颠跟上去。

舒念却叫住我："夏青这事，我改天再找你？"

我其实不太想再跟她多说，于是敷衍地点点头后赶紧走了。

郑易刚才明明说要谈我的一百亿，这会儿开着车，却一言不发。

我提醒他："我的一百亿怎么了？"

"谁的一百亿？"昏黄的光影交织着在他脸上闪过，他目不转睛地看着路况，"你什么时候有一百亿？"

我："……"

"你说的啊，你刚才还说要跟我谈一百亿的事！"我怒道，"你说到年底结算的时候，我就有一百亿了！"

郑易轻飘飘地瞥了我一眼："一年60%多的收益，你当我是印钞机？我刚才说的是将近百亿，你现在的六十亿四舍五入一下，不就是一百亿？"

我有点傻眼:"你还会玩文字游戏了?"

郑易伸手开了音乐,一个男声缓缓唱道:"该配合你演出的我演视而不见……"

我:"……"

郑易说:"跟你找人弹琴只弹一段,有什么区别?五线谱你会认吗?"

我有点生气。

诚然,他刚才当众说出我的巨额资产时,确实把夏青脸都打肿了,我也爽到了,而且过后别人追究,也没什么可说的。但是一想到我百亿富豪的头衔全是泡沫,我顿时十分失望。

郑易将音乐声调低,说:"实打实的一百亿,今年很难,明年没有问题。"

我没有理他。

他这两天阴晴不定的,本来就得罪了我好几次,不是教育我就是甩我脸色,我是看在他帮我说话,又帮我赚钱的分上才原谅他的。现在,他已经没有值得我原谅的地方了。

到了车库后,我提着裙子先下车,也没有等他。他锁好车后大步追上来,挤进电梯里皱眉问我:"你今天怎么回事?"

我心里其实正烦,抱着胳膊没好气地说:"你怎么不先说说自己怎么回事?旧情人回来,情绪是不是十分不稳定?"

郑易神色异动,凝眸看我:"你听谁说的?"

"说什么?旧情人?满世界的人都在说。"

许诺和萱萱那会儿站在我和Aaron身边,也看见郑易刚到场跟舒念碰头,她们还议论了几句,许诺显然知道他们曾经的恋爱关系。

但是想想刚才郑易去找我时,舒念平静的神色,看起来像是郎有意而妾无情?

我说:"你要挽回跟前女友的感情我没有意见,但是以后能不能别把爱而不得的怒火发泄到我身上?"

郑易神色微变:"舒念跟你说了什么?"

我斜着眼睛瞅了他一眼:"你怎么不想想自己干什么了?"

电梯到了,我率先出去,眼前人影却一晃,郑易一只手横在了我跟前,撑着墙拦住了我。

"说清楚。"

我看一眼脑袋边上结实的手臂，抬头看他："你是想'壁咚'我吗？"

郑易有些头疼的样子："什么叫把怒火发泄到你身上？"

我难以置信地看他："你没跟我发火？昨天晚上电梯里，横眉竖目的不是你？我跟你打个招呼，你跟黑脸张飞一样，我惹了你？"

"昨天晚上？"郑易怔了下。

我哼了一声："何止昨天晚上？不说远的，就说近的，下午我跟郑皓出去的时候，你什么态度？每次我跟郑皓玩，你都没好气，还有我跟那个Aaron，我俩琴瑟和鸣地演奏一曲，你站在最前面黑着个脸，什么意思？"

郑易拧眉："琴瑟和鸣是这么用的吗？"

"我就这么用，用着贴切！"我指了下他脸说，"你看，你最近就老黑着这样一张脸，我说琴瑟和鸣怎么了？郑易，说真的，我有句话不知道当讲不当讲，你是不是因为跟舒念不能旧情复燃，所以看到别人一对一对地出现，心里就难受得慌？"

郑易沉着脸垂眼盯着我。

我说："你是不是特别嫉妒我们一男一女在一起？我跟你讲，你这表现得太明显了，我虽然没谈过恋爱，但是我都感觉到你那颗躁动的心了，你……呜……"

眼前暗了一下，我睁大眼看着跟前黑着脸的人，仿佛刚才他低头吻上我嘴唇的那一下是错觉。

然而那触觉又清晰无比，湿润而柔软，碰触时，就像有人轻轻电了我一下，四肢百骸都传过来一阵麻意。

郑易说："我嫉妒谁，现在你清楚了？"

我茫然地看着他，好像点了点头，又好像摇了摇头。

过了半晌，我终于迟缓地反应过来了："你刚才亲了我？"

郑易"嗯"了一声。

我继续问他："为什么？"

郑易："……"

郑易黑着脸，开了自己家门，然后"咣当"一声关上了门。

晚上，郑易在厨房里切菜做饭。

我倚着橱柜站在他旁边，看他熟练地将黄瓜切成片，他说要做黄瓜虾仁给我吃。

我抱怨地说:"你低头看菜的眼神,比看我的时候温柔专注多了。"

郑易抬眼,无奈地笑了一下。

我心中一悸,勉强绷着脸,冲他不满地哼了一声。

郑易放下刀,拿了片黄瓜往我嘴里递:"吃不吃?"

我下意识地张嘴。

他却收了手,倾身挡住了我眼前的一片光,然后微微侧头,慢慢向我贴了过来。嘴唇相碰,柔软又亲昵,他长久地贴着我嘴巴,我低哼了一声,伸手抱住了他的腰,温热紧实。

然而下一刻,嘴唇分开,他退后半步,表情却是阴沉沉的。

我登时就被吓醒了。

外面已经天光大亮,然而刚才暧昧又悸动的感觉还在,我一时有些尴尬,又有点留恋,实在没想到自己居然做了一个春梦,而且对象还是郑易!怪不得梦里他会一副不情不愿的样子。

我在被窝里翻了个身,心想幸好他不知道,我睡觉居然意淫了他……然而目光一转,看到脱在地毯上的礼服,想到昨天晚上走马灯一样的那些事,整个人又登时僵住了。

我想起来,昨天晚上,郑易确实亲了我。

他当时低头靠过来吻住我嘴唇,随即退开,目光沉沉地看着我,专注又内敛。

我感觉自己的脸又轰地一下热了起来。

只是对于他亲我这件事,我确实有点蒙。

昨天躺在床上,我也翻来覆去地想了好几次,他最后那两句话的意思,翻译过来,是说喜欢我?

可是我没有想过这件事。

我对他最多的印象就是毒舌且看我总不顺眼,不是说我丑就是说我胸小,要么就是教育我给我上课;当然也有好的时候,会拯救我于水火,给我做好吃的,尤其是在我受伤的时候,对我顺从到纵容。

我想起那天在他家厨房,我说荤段子笑他脸红时,他骤然凑近的脸,再想到刚才的梦,脸上又是一热。

可是,他喜欢我什么?

我伸手拿过枕边的手机,已经上午十点了。

微信里有人留言，是郑易，发来的时间是半夜一点半。

他说：电梯里没有理你，是刚从西山别墅回来。

他一句解释说得不清不楚，我看了两遍却明白了。上次去他家也是，他跟他爸吵得厉害，所以当时电梯里，他板着那张门神一样的脸，不是因为我，是因为他爸。

想到这里，我感觉后悔万分。

早知道他对我没好脸色是因为这个，我才不会挑刺地说出来！现在好了，我冤枉了人家，然后被理所当然地强吻了……我纯洁的初吻啊！

现在该怎么办？

我想了想，给郑易回复：哦，那个……你昨天那什么我，是不是喝多了？

郑易显然正在看手机，他回复得很快，那边显示正在输入，我心想，他肯定能明白我的意思，然后顺坡下驴地表示确实不是故意的。

然而他停了片刻，似乎删掉又重新输入了一下，最后发来俩字：不是。

我："……"

我说：难道你真的喜欢我？[惊恐]

郑易没有回复。

我想起他昨天臭着脸关上了门，又补了一句：谈恋爱的那种喜欢？

片刻后，他说：你说呢？

我不知道……我在床上滚了一圈，又抓回手机，打几个字又删掉，翻来覆去半天，最后写道：我想拒绝……可以吗？

他回复得快而果断，说：可以。

我盯着手机，心中简直要怀疑他了。他回复得这么快，是也后悔了，巴不得我拒绝呢，还是本来就是玩笑，根本没有当真呢？

这么想着，我又觉得自己太矫情了。拒绝的是我，这会儿人家同意了，不舒服的也是我，我是不是有病？

对话告一段落，我起床洗脸收拾完，再看一眼他最后这俩字，总觉得十分别扭，于是想了想问他：我还能去你家吃饭吗？

郑易：不能。

我有点后悔了。

我说：咱俩还是好朋友吧？

郑易：不是，周小姐。

我:"……"

不是拉倒!

我说:哦,那咱俩就只剩合同关系了?那你得履行合约啊,有party什么的记得叫上我。

郑易公事公办地回复:今天周俊生日,你可以跟我一起去,七点我在酒店门口等你,带你进去。

我:"……"

以前他都是在家门口等我,开车带着我,现在我拒绝的话一说出口,大家就只能酒店门口再见了。

我说:我还是不去了,你去吧。

郑易:好。

万万没想到,郑易是这种分手以后不能做朋友的人。

除了郑易这事,昨天最重要的是——我是夏青的女儿这件事,被舒念知道了。

我心里其实有点乱,一来不想被舒念利用,二来又担心她会不会借此做点什么。不过想到她昨天坦然的神色,又正经地约我过后详谈,我觉得短时间内应该不会有什么问题。

今天我正好休息一天,理理这些事情。

没想到中午时,谢茵茵给我打电话,邀请我晚上跟他们一起过生日。

谢茵茵说:"周俊说你跟郑易和郑皓关系都挺好的,咱俩也好久没有聊天了,出来玩呗。都是熟人,吃吃饭,唱唱歌。"

那头声音有点乱,周俊遥远的声音传过来:"她也挺八卦的,跟她说,晚上咱们给郑易准备了惊喜。"

谢茵茵说他:"你能不能闭嘴,再多告诉几个人,郑易晚上就不来了!"

我听得一头雾水:"什么惊喜?"

谢茵茵笑了一声说:"我想晚上介绍个朋友给郑易,你可别提前跟他说啊。"

我:"……"

周俊过生日,谢茵茵专门打电话给我,我肯定不能推辞了,只好答应下来,说晚上一定去。

想一想,郑易刚被我拒绝了,转头就有人给他介绍对象,也算是一种安慰了吧？我也可以少点愧疚感？

　　下午我出门给周俊选了一份礼物，去酒店的路上正好赶上堵车，到的时候已经七点多了。

　　他们基本到齐了，我推开包间门的时候，郑皓跟容峥正在鬼哭狼嚎地唱歌，舒念也在，正跟顾敬凡聊天，而周俊居然罕见地跟谢茵茵一起，与郑易面对面地坐着聊天，郑易旁边还坐了一个言笑晏晏的姑娘。

　　容峥拿着话筒点我的名："呦呦妹妹，请上台来发表你的迟到感言。"

　　郑皓一脸迷醉地对着我唱："来啊！快活啊！反正有大把时光⋯⋯"

　　我面无表情地走过去，接过话筒说："来啊，快看啊，这里有两个智障。"

　　周俊立刻在下面哈哈哈地笑起来。

　　谢茵茵戳周俊说："别傻笑了，让人开饭。"

　　"不好意思，我来晚了。"我把礼物递给他俩，说，"路上堵车堵了好久。"

　　周俊随意地道了声谢，谢茵茵笑着随口道："周俊说你跟郑易住对门，还以为你们两个一起来呢。"

　　我下意识地去看郑易，没想到正对上他看过来的目光，我一愣，他已经徐徐地转过头了。

　　人不多，还都是熟人，谢茵茵和周俊说中午已经跟家人、亲戚吃过，晚上就是跟关系不错的几个人一起聊聊天。

　　大家举杯跟周俊道了生日快乐，随后纷纷坐下来开吃。

　　郑易右手边是那个不认识的姑娘，左手边是容峥。我左边是郑皓，右边是舒念。我和他，正好面对面。

　　谢茵茵坐在那姑娘旁边，给大家介绍："我闺密，在华尔街工作，跟郑易是大学校友。"又意味深长地冲他们笑了笑，"你俩肯定聊得来。"

　　那个姑娘唇红齿白，穿着一件修身的针织上衣，衬得胸形饱满。她有些羞涩地笑了一下，随即大方清脆地说："我读大学的时候就听说过郑师兄的大名，工作雷厉风行又业绩斐然，就是因为崇拜又向往，毕业后才去的华尔街。"

　　我想起早上我拒绝他时他果断的回答，心想，雷厉风行这几个字确实很适合他。

郑易笑了笑，温声说："不敢当。"

"哦——"容峥挤了挤眼，拉长声说，"那你俩自己聊吧，我们这些金融学的门外汉肯定听不懂，是不是啊呦呦妹妹？"

我："……"为什么就没有人打死容峥呢？

郑易垂眸喝水，我看向那姑娘时，她亲切地冲我笑了笑。周俊咳一声，递给我一个意味深长的眼神。

我只好点头说："是的是的，你们多交流切磋，争取早日将投资收益率提升到60%。"

谢茵茵笑着说："就是。"

也许是郑易坐的那边光线太暗，我偷瞟了他一眼，总觉得他脸色有些沉。

美人在怀，还不痛快吗？

他们两个确实很聊得来，生蚝被端上来时，郑易十分殷勤地帮那姑娘拿了一个，随即开始就着生蚝谈起了丹麦海岸上生蚝泛滥的事。

谢茵茵偶尔会接两句，适时地调节气氛。

周俊和郑皓在聊游戏，时不时地还要叫我讲两句看法。

我注意力莫名其妙地一直集中在对面几人的谈话上，敷衍地回答郑皓时，听到郑易讲自己曾经去北欧的经历，在丹麦跟当地的华人一起去挖生蚝。

那个姑娘对这个话题十分感兴趣，直惊讶着说好巧，她也去那边海岸上挖过生蚝，现场打开来吃，鲜美异常。

桌上的生蚝有好几个口味，我挑了一个辅以柠檬汁的，尝了一口，忍不住皱眉——太酸了，有什么好吃的，害得吃的人心里都有点酸溜溜的。我心想，看人家都过的什么日子，游北欧，挖生蚝，而我这个宅女，刷微博才知道丹麦生蚝成灾，跟这个话题距离最近的时候，不过就是评论回复一句"说吧，吃到国家几级保护动物"，然后被赞到前排。

所以我拒绝郑易，其实很明智。我们本来就不是一个世界的人，注定以后不会拥有同一个梦想。

我正走神，身边舒念开口说："郑易今天很健谈。"

她这话明显是对我说的，坐她旁边这么久，我一直没主动跟她开口，就怕她接着跟我讲她的复仇计划。

我点点头，"哦"了一声。

舒念也不在意，低声说："你跟郑易吵架了？"

我这才认真地看了她一眼，然后若无其事地说："没有啊，为什么这么说？"

"昨天在我party上，你们两个眼神交流挺多的，今天几乎没有。"舒念沉吟着说，"你俩是邻居，今天都没一起过来。"

我说："你知道得太多了。"

舒念笑起来："他就是这样，我跟他谈恋爱的时候，每次吵架，也是我先开口跟他和好，明明他比我大两岁，有时候他却比我还幼稚。"

她说着略显无奈地摇了摇头，仿佛昨日重现。

对面俩人当众秀恩爱，前女友又在给我讲述他们曾经的酸甜。

我并不是很想听，干巴巴地"哦"了一声，说："随便，我们两个也没什么好吵的，谈不上和好不和好。"

"我看怎么不像？"舒念侧头别有深意地看我一眼，"他刚才可看了你两眼，你们两个倒是挺像情侣闹别扭的。"

我心里呵呵出声，我看了他好几眼，根本没看到他看我。

我说："一定是你出现了错觉。"

舒念顿了片刻，笑了笑说："可能吧。"

随即她说："明天你有空吗？我们聊聊？"

我下意识就想拒绝，但是又觉得大家此刻坐在一起吃饭，不好敞开谈这种事，只好说："周一到周五没有空，我得上课。"

舒念立时说："那就周末吧，到时候一起喝个下午茶。"

我还能说什么？我只能点点头，然后赶紧转过头认真地跟郑皓去讨论游戏了。

吃完饭又玩了一会儿后，大家纷纷准备各回各家。

问题来了，只有我和那个姑娘没有车。

周俊心大地说："来时就是我们带歆歆来的，正好我们带她回去，郑易带呦呦回去。"

谢茵茵立刻拿胳膊肘撞了他一下，笑着说："我看刚才郑易和歆歆都还没聊完，不如郑易你送歆歆回去？"

郑皓也是傻的，愣了一下说："那哎呦哎呦怎么办？"

我赶紧踩了他一脚，冲他拼命眨眼睛说："你送我回去。"

郑皓嗷了一声，一脸莫名其妙地点了点头："送就送，你眼睛抽什么筋啊？"

我:"……"

我装作不经意地往郑易那边看了一眼,他神色淡淡地看了我一眼,别开头去,对着他那脸蛋微红的校友示意:"走吧,我送你。"

回程的路上,郑皓愤愤地为我抱不平:"郑易怎么这样!见色忘义,看到个姑娘就不管你这个亲邻居了!"

我点点头:"就是!"

郑皓一只手握方向盘,一只手在空中乱抖:"你说说看,那个女的哪点比你好?有你漂亮吗?我看不见得!比你聪明吗……哦,这个好像是,但是又有什么关系,她有你胸大吗!"说着郑皓瞥了我一眼,咳了一声,"……不管怎么样,他太过分了!"

我:"……"

过了一会儿,郑皓又说:"不过话说回来,你俩是不是吵架了啊?感觉你俩今天怪怪的。"

"全世界都觉得我俩在吵架……"我手肘支在车门上,说,"没有,我就是单纯心情不好。"

"怎么了怎么了?"郑皓立刻八卦地问。

我瞪了他一眼,没理他。

郑皓就不再问了,说:"心情不好就要散心啊。我下周末准备去城郊樱桃园摘樱桃,体验两天农家乐,你去不去?"

"樱桃熟了?"我最近很少去超市,前段时间网购过一盒车厘子,贵得跟抢钱一样。

"啊。"郑皓点着头说,"城郊那片小山坡环境可好了,还有条清澈的小河,河里还有鱼。最高的那座山后面就是我之前跟你说的需要帮助的困难人民了。"

听着倒是很有种青山绿水的感觉,再想到下周末舒念还约我,我赶紧答应了。

郑皓开着车窗,吹着小风哼着小曲。我看了一会儿夜景,回头问他:"你谈过恋爱吗?"

郑皓愣了一下,过了一会儿才拼命点着头说:"谈过谈过。"

"……"我十分怀疑,"怎么我看你一点也不像?"

郑皓不乐意地"啧"了一声:"怎么不像了?我这种恋爱经验十分丰富的人,什么都懂好吗?不信你问。"

我咳了一声,犹豫了半晌才问道:"那你说说,你觉得什么是喜欢，那种喜欢。"

"喜欢……"郑皓品味了一下，然后说，"这还不简单，就是你看到那个人跟别人在一起，心里就酸得慌，吃醋的感觉，懂吧？"

我听得一头黑线。

郑皓还在说："说到这里，我那会儿还想说呢，你跟郑易以前就有点这种感觉，每次我一凑近你，他就黑着张脸不高兴，一直捣乱。你记得咱们打球吃晚饭那天吗？我不过就拉着你玩了二十分钟游戏，他其间至少敲了你桌子五次，提醒你吃饭。"

"有吗？"我听得心扑通跳了一下，然而回想的时候很迷茫，完全不记得了。

"当然有。"郑皓得意地笑，"只不过他一敲桌子我就扯着嗓子叫你专心玩，把他气得啊……脸黑得跟炭一样。"

我："……"

郑皓感叹说："我当时就怀疑他是不是喜欢你了，不过看今天的情况，也许是我看走眼了，可能他更喜欢今晚那个姑娘，或者舒念那种的，干什么都很讲究的社会精英。"

我面无表情地说："我哪里不像精英了，我这么有钱！"

郑皓呵呵呵地笑："你这个笑话还挺好笑的。"

郑皓在一边傻笑，我想了想："假如，我觉得我可能喜欢某个人，我怎么确定呢？"

"一个道理嘛！"他收了笑说，"你就想想，假如那个跟别人在一起了，你嫉妒不嫉妒、吃醋不吃醋……比如我，你想象下，我要是跟许诺在一起了，你心里酸不酸？"

我想象了一下，说："我胃酸，想吐。"

"这就对了嘛！咱俩这是纯洁的友谊。"郑皓又说，"那你想象下，假如是郑易，他跟刚才那姑娘好了，或者是跟舒念好了，以后再也不对你黑着脸了，你寂寞不？酸不？"

我："……"

我拒绝回答这个问题。

以前我跟郑易关系还算是朋友的时候，大家三不五时地不是在电梯里就是在楼底下相遇，自从"分手"后，我俩再也没遇上过。

老天爷也是挺喜欢助人为乐的。

周五晚上，我上完网球课饿着肚子回家，两只胳膊已经麻木了，心想这手估计连点外卖的力气都没有了,又想要不要把课退掉,学了也不知道干什么。跟郑易打球吗?呵呵。

电梯门叮的一声打开,一股香味传过来。

麻辣的、酸甜的、鲜香的,仿佛满汉全席的味道混合起来,悉数钻进了我鼻子里。

我的肚子十分不争气地叫了两声。

郑易家的门开着,里面传来男男女女说说笑笑的声音。

屋里有个声音说道:"小叶,去把门关一下。"听着是郑易的。

我走到门前准备输密码,身后传来他那个秘书小叶的声音:"呦呦姐?这么巧,你刚回家吗?"

我只好停住动作,回头笑了笑说:"是啊。"

小叶看到我正脸的时候简直是大惊失色,东北腔都冒出来了:"呦呦姐,你咋的了?怎么这么……"

"蓬头垢面,狼狈不堪。"我点点头,自动给她补全了,有气无力地看了她一眼,"都是托你的福,给我找了个好网球老师。"——每天往死里虐我。

刚才进电梯我就已经看到了自己凌乱的头发,灰头土脸的,比冬天的时候不知道黑了多少!

小叶反应过来,登时尴尬地笑笑,搓着手说:"当时那不是为了帮你速成吗?"随即她反应过来,"哎"了一声,又说,"呦呦姐,你要不要来我们郑总家吃饭?他今天请人吃饭呢。"

刚才我就听到了。

不等我说话,她又刻意压低了声音,指指屋里:"郑总说请他几个校友吃饭,我是帮他们买菜顺便蹭一顿,他手艺可好了!据说,这里面有一个是他未来女朋友,你不过来看看?"

校友?我说:"是不是有一个短头发、笑起来牙很白的?"

小叶猛点头:"传说郑总从来不允许别人进他家门的,这次为了光明正大地把女朋友勾搭回家,才请了我们几个做陪衬。你来不来?"

我:"……"去干什么?做陪衬吗?

"小叶。"郑易慢条斯理地走到门口,"不是叫你关门吗,怎么这么慢?"

小叶冲我做了个鬼脸,然后转头说:"正好遇到呦呦姐,郑总,我们要不要叫她一起吃呀?"

郑易抬眼看我。

我站在自家门口，对上他一双沉甸甸的眸子，一时说不出话来。

郑易淡淡说："你问问她吃吗？"

隔着几米远，郑易让小叶问我吃不吃。

小叶也愣了一下，茫然地转头问我："呦呦姐，你吃不吃？"

我："……"

我吸了口气，保持沉稳地抬手拢了下自己的头发，正想说不吃了。

"郑师兄？"里边又走出一个人，正是那天一起吃饭的那个女孩，她看见我的时候一愣，随即神色如常地跟我打招呼，"周小姐。"

我冲她笑了笑，说："我不吃了，你们吃吧。"

然后我飞快地解锁开门，关门的时候，小叶已经回去了，只剩郑易还在门口站着，眸光漆黑地盯着我不动。

我关门的手一顿，随即又赶紧关上了。

第九章 樱桃与鹅

● 你都不知道你究竟有多好

周六一早，郑皓来接我去农家乐。我昨天晚上睡得晚，爬上车就睡着了，等到再睁眼时，已经快中午了。

郑皓见我醒过来，立刻控诉我："你太过分了哎哟哎哟，我辛辛苦苦开了三个多小时的车，你不陪着我说话解闷就算了，还睡得打起鼾来！"

"我昨天做了一个噩梦，梦到钱花光了，房子也卖给了一个漂亮姑娘，"我苦着脸说，"半夜吓得醒过来，差点就绝望了……"

我边说着边往窗外看去，顿时有些惊讶和兴奋："H市还有这么青山绿水的地方？！"

我只知道郑皓是一路往西北方向开，三个多小时的路程，其实已经远远超过了"城郊"的概念。今日天气正好，一座座小山丘连绵起伏，经过春日洗礼的树丛灌木枝叶繁茂、郁郁葱葱，遇到平整的山坡，能看到密密麻麻种了很多果树，虽然离得远看不清，但是我仿佛已经感受到了边摘边吃的幸福之情。

郑皓得意地摇头晃脑:"是不是心情一下就变好了?我就知道。"

我十分赞同地点点头,只想着一会儿怎样摘樱桃了。

我们又走了二十分钟的路程才到目的地。这里地势平缓,开阔的地上散落着几处农舍,农舍背后就能看到用篱笆围着的樱桃树。

郑皓显然以前来过,跟这家的夫妇二人很熟,一进人家院子就嚷着饿,要吃炖小鱼、煎小河虾。而我更想挎着篮子先去摘一筐樱桃。

郑皓不懂亲自采摘的乐趣,我拎着一小筐樱桃回前院的时候,他正瘫在躺椅上晒太阳,一边吃着现成的樱桃,一边打电话:"我真不想让你们来,怕你们一身铜臭坏了人家风水……就按我发的那个位置,你导航不就行了……"

等挂了电话,郑皓就着吐樱桃核咳了一声:"那个……容峥说他要来。"

刚才听着就不太妙,我怀疑地看他:"他怎么知道你出来玩了?"

郑皓两只眼睛左看看右看看,十分无辜地说:"我就发了一条朋友圈,馋了馋他们而已。"

我竟无言以对,只好关注重点:"只有他一个人来吗?"

郑皓说:"不知道,他没说跟谁来。"

我心想,那就还有希望,郑易跟郑皓哥俩平时相看两厌,大概是不会来的。

然而我低估了郑易对吃樱桃的执着。

下午我在院子里一边逗着主人家的小土狗,一边吃樱桃的时候,外面响起了引擎声,隔着院子的篱笆,我看见容峥从一辆路虎上下来,紧接着是副驾驶座上的郑易,然后是舒念。

舒念笑吟吟地走进门来,叫了我一声,我一时有点心虚,怪不得今天我放了她的鸽子,她都没有找我。

容峥过来抓了几颗樱桃:"果然很甜!呦呦妹妹,你太不够意思了,跟郑皓私奔来这里接受大自然的馈赠,怎么就不想着带上我们?"

郑易听后看了我一眼,我跟他目光对上,他居然慢条斯理地打量我片刻,随即开口说:"知道别人是私奔,你还过来凑热闹!"

他是对容峥说的,容峥顿时纳闷地"哎"了一声:"不是你说想吃樱桃吗?"

郑易不说话了。

我一头黑线地看他们:"想吃樱桃去后面摘,能不能快点把嘴堵上，让我安静会儿！"

正巧郑皓挽着裤腿拎着一个滴水的鱼篓从后面小河回来，扯着嗓子炫耀："我抓了一筐小龙虾，哈哈哈哈！"

容峥惊奇地过去凑热闹，郑易又看了我一眼，然后转身去跟农家乐的老板订房间。

留下舒念，她也拿了颗樱桃吃，直白地说："你放了我鸽子。"

我登时有点尴尬，只好干笑了两声说："光想着摘樱桃，吃比较重要嘛。"

"吃完了以后呢？现在有时间了吧？我人都亲自来找你了。"舒念一点也不理会我的潜台词，她正色道，"呦呦，我是诚心想跟你谈谈的。"

我在心里叹了口气，只好起身说："那就谈谈吧。"

我们两个沿着郑皓抓鱼的那条小河散步，舒念讲故事给我听。

舒家早在舒念姑妈舒云年轻的时候就已经衰败了，纵使曾经是家大业大的名门望族，也禁不起后代无度的挥霍和无能的经营，到舒云和她哥哥那一代，已经只剩了曾经的名望和不多的资产过日子，说难听点，就是个破落户。

宅子倒是还很大，空荡荡的没有半点贵族气，却跟许家在一个别墅区。

然后，内向胆小的舒云和儒雅贵气的许敬亭相爱了。

许家那时正如日中天，有许敬亭那别出手眼的父亲，又有许老太太那样精明能干的母亲，舒家与之从财力上对比，简直是云泥之别。

然而不巧的是，许、舒两家曾是竞争对手，后来许家吞并了舒家的企业，舒云的哥哥、舒念的父亲因此也累得身体孱弱多病。

按理说，反对舒云和许敬亭在一起的，应该是舒云哥哥才是。没想到，对他们两个的事，最为反对的是许老太太。

老太太说，许家正蒸蒸日上，娶这么个破落户的女儿进来，晦气，更重要的是，那时许敬亭才思敏捷，许家是准备把他当作副当家的培养的，舒家这么上赶着攀高要嫁，也不知道存了什么心思。

舒云当时跟着许敬亭去拜见家长时，被许老太太明嘲暗讽臊得一张脸通红，又羞又愤。

只是再羞再愤也得忍着，因为她怀孕了。

那时大家的手段简单粗暴，狗血又好用。许敬亭被情迷了眼，立志要娶舒云。许老太太发了怒，把许敬亭关禁闭，不准他们再见，对舒云肚里的孩子更是不闻不问。

然后我那个妈就出场了。

她先找到舒云，开门见山地摆出一沓检查单，说自己怀孕了——孩子是许敬亭的。一场话谈完，舒云失魂落魄地回家，路上被一辆自行车撞了一下，孩子就这么没了。

那辆自行车是不是夏青找人安排的，舒云也不知道，但即便孩子还在，她知道夏青有孩子后，也断不想再跟许敬亭有瓜葛了。

然而，直到一年后许敬亭喜得千金的消息传到欧洲，舒云才知道，那场谈话里，夏青说的都是假的。

但是夏青跟许敬亭结婚是真。想来，许老太太急于让许敬亭忘记舒云，再看夏青好像也挺人精的，就睁一只眼闭一只眼同意了。尤其是舒云出国后，许敬亭颓废不知上进，好好的未来二把手，硬生生变成了个游手好闲的贵公子。

我及时指出这个故事的漏洞，说："有点小钱和身份的女孩应该多的是吧，就算许敬亭变得不好了，他妈怎么就饥不择食地同意夏青进门呢？"

舒念说："我姑妈认识夏青的时候，夏青的身份是郑皓他妈谢岚的干姐妹，谢岚的妈是夏青的干妈，夏青对外介绍的时候，说自己父母早亡，因此跟着干妈住。"

"原来她那会儿就跟郑皓他妈认识了，怪不得两个人平时跟亲姐妹似的。"我这才有点恍然，以前还纳闷她是怎么踏进这个圈的，原来是这样。

舒念别有深意地说："夏青要不是对谢家有用，谢家为什么要平白认个干女儿？据说谢岚成功上位，嫁进郑家，是因为她当初跑去郑兆和的公司做秘书。她娇生惯养的，'卧薪尝胆'这种计策，根本不是她的风格。"

我震惊地扭头看她。

我还记得那个微凉的春夜里，郑易微抿着唇，冷笑着讲自己的父亲如何出轨、母亲如何自尽。

而这一切，表面上看是谢岚对郑兆和死缠烂打所致，实际上，却全是我那个妈的功劳。

蝴蝶扇扇翅膀，事情就会有截然不同的走向，而夏青，已经不仅仅是扇了下翅膀，她一个为一己私欲的馊主意，害了一条性命，毁了一个家庭，伤了一个少年。

舒念说："夏青一个来自贫困农村的人，能走到今天，这一路上不知道踩了多少人垫背。可能你因为她是生你的母亲，所以不忍看她身败名裂，但是她做的那些事，无论什么样的下场，都是罪有应得。"

我盯着地上的一株尺高的野草，一时不知道该说什么。

夏青生得可怜，却又着实可恨。

我爸曾经提到，他认识夏青的时候，她在学校的一家小超市里做收银员，中午学生们吃完饭后，她去跟食堂卖饭的人红着脸哀求着讨价还价，能不能低价把剩菜剩饭卖给她吃。她薪水微薄，家里却还有游手好闲的父母等着她养。

人总是跟随着时间和欲望而改变，有的人能够沉下心来尽力付出，一步一个脚印地努力向前挣扎，有的人却经受不住人生的洗礼，想一步登天，并因此不择手段，曾经的尊严和时常涨红的脸蛋，悉数被自己踩在了脚下。

舒念说："其实即便你不愿意，我从你身上拿一点样本，照样可以找人做鉴定，没有必要跟你费这些口舌。"

我回过神来，转头看她："你这是威胁我吗？"

舒念挑了下眉，笑着说："算是希望你能做正确的决定吧。"

不远处有人绕过樱桃林，沿着河边走过来，逆着夕阳看不清表情。

舒念听见动静回看了一眼，又转回头看我，等我的答案。

我低声说："你让我想想，再考虑两天，我会有决定。"

舒念点点头，转身对走过来的郑易打招呼："是要吃饭了吗？"

"还没好。"郑易停在舒念跟前，跟她说话，"你东西已经帮你拿到了房间里，这家人房间少，都是两人睡一间。"

舒念不在意地笑起来："我不挑，出门在外，还是农家乐，哪有那么多讲究？"

他们聊得自在，我在一边站着活像个电灯泡，于是抬脚准备自己先回去。

"你留下。"郑易瞥了我一眼，"有话跟你说。"

我脚下一停，再往前走，就显得太刻意了。

舒念也是一愣，率先反应过来郑易这话里的意思，脸上闪过一丝尴尬，随即笑着说："你们聊吧，我回去了，看看郑皓的小龙虾做熟了没。"

舒念顺着最后一抹亮光往回走，我这时才惊觉已经傍晚时分，天都擦黑。此时暮野四合，几处村屋都是炊烟袅袅，连河里的鸭子、鹅们都嘎嘎叫着往岸边游来，准备回家。

我倚着一棵槐树站着，默默地低头抠着树上的老树皮，严格遵守敌不说话，我更不开口的原则。

郑易站得离我两步远，半晌后，慢悠悠地出声说："这几天，躲我躲得开心吗？"

我不小心抠下一块树皮来，拿在手里，有些尴尬地看了一眼他古井无波的脸，咳了一声说："我没有躲你。"

"没有吗？"郑易挑眉，"昨晚是谁，叫她吃饭都不吃的？"

我难以置信地看他："昨天谁叫我吃饭了？你叫我吃了吗？我只知道小叶叫我吃饭了，但是做饭的人又没有叫我，我吃什么？"

我可还记得昨天，他昂着高贵的头颅，让小叶问问我吃不吃。

郑易一时不出声了。

我不以为然地说："再说了，有你未来女朋友在场，我这么貌美如花的人去了，不是给你添乱吗？"

郑易又找到话题了，他甚至低笑出声，说："你昨天顶着一头鸡窝，也叫貌美如花？"

我："……"

我那是因为去练网球了！照小叶曾经的话说——那是我们郑总最爱的网球！

我面无表情地说："也对，我那其实是蓬头垢面，哪能入得了郑总的法眼，所以嘛，乖乖拒绝您谈恋爱的邀请，默默吃下被强吻的大亏，不去给你的新欢碍眼，这不是很自觉、很没毛病吗？那你这会儿又来质问我，是什么意思？"

郑易敛了笑，抿着嘴角，不说话了。

我拿着手里的树皮戳了两下树，见他还不说话，抬脚往回走，经过他身边时，被他一把拽住了胳膊。

往回扯了扯没能挣脱，我抬头跟他讲道理："有话好好说，能不能别动手动脚的？"

郑易刚缓和一点的脸色，顿时挂上了一排黑线，他松了手，无奈地说："你能不能正经点，别这么贫？"

我瞪了他一眼，说："我就是实话实说，刚才说的那些不对吗？"

"哪里对？"郑易意味深长地看我，"你这别扭样，看着不像是真心拒绝我。"

我面色冷漠地说："你不要信口开河。"

郑易眼里带着笑，声音压得有些低，十分撩拨别人的耳膜："你是不是吃醋了？"

我："……"

我立刻反驳他："你……你能不能别含血喷人？你怎么就那么自恋呢？你翻出自己的聊天记录看看，上面我清清楚楚地拒绝了你。我吃醋？！你是想把我笑死，然后继承我的六十亿吗？"

郑易无声地注视我，神色淡定，眸光犀利。

我别开头，去数河里的鸭子。

郑易叹了口气，温和又认真地说："呦呦，这几句话，你看着我，再说一遍。"

我："……"

有的人平时毒舌惯了，冷不丁地换种语气，像我这样的普通人真的很难招架住。

我支吾了两声，勉强淡定地说："那个……太长了，说完就忘了……"

我感觉郑易的头都开始疼了，他抬手扶了下额，咬牙沉声说："周呦呦，你敢不敢说句实话！"

他突然就换了态度，他黑着脸，我也不乐意："你吼什么啊！"

我自己都不知道什么是实话，该怎么说？到底是他想要的那个答案是实话，还是正确的、对大家都好的答案才是实话？

没有人的时候，我悄悄剖开自己的心看时，郑易亲我的那一下，我确实很心动，怦然心动的感觉几乎是在他亲完我垂眼注视我的那一刻产生的。

我跟郑易，孤男寡女地相处了几个月，他损我的时候我怼他，他说心事我陪着他一起比惨，我摔下马时他接住我，就连我演戏般地往他身上凑的时候，他都无比配合地揽住我。

尤其是，他亲了我，又转头去撩别的小姑娘，我心里酸不酸？酸的。

有时候，有些感觉，我不是没有，只是不想去正视。

因为没有意义，对彼此也未必是好的。

我出现在郑易面前，出现在他们这个圈子里，别有目的。我觉得自己终有一天，不管是怎么处理了夏青这件事，都会离开这里，出去游山玩水也好，找个舒服的地方老死也罢，总归不会留在这个圈子里。

我不像许诺从小被捧在手心里，被养得像个骄矜昂扬的公主；也不像舒念浑然一身自信气质，带着一身的名门底蕴；更不像郑易那个华尔街学妹，学识与教养兼备，能跟郑易畅聊天南海北。

我跟他们根本不是一类人，我有钱，但是我没有他们的出身与见识；我也可以学弹李斯特，但只是半首曲子，用来撑门面。有时候容峥嘴贱逗我，我都能感受到我和他们之间的距离，那种天生的肆意张扬，和我这种故作淡定差距甚远。

郑易生在这个圈子里，认识的都是这样的人，也许我给他带来了不同的新鲜感，跟他以往认识的"妖艳贱货"完全不一样，但吃西餐总有吃腻的时候，心中最爱的，还是从小把自己养大的中国饭。

有时候我也想，不就谈个恋爱，有什么好纠结、磨叽的，先高兴一段时间，不行再分。

然而我放不开，我不仅融不到他们这些人中去，我还心里有鬼，不坦诚，目的也不纯。我就像一滴掉在水里的油，永远处在游离状态，随时准备抽身。

我咳了一声，调整了下情绪，语重心长地说："郑易啊，我这实话其实特别简单，我就这样问你，我这么有钱的人，又不用上班，假如有一天，我准备去环游世界了，你说咱俩还怎么愉快地谈恋爱？"

郑易面沉如水地说："你还能老死在外面？"

我一愣，随即淡定地说："天下之大，哪里不是家，走到哪儿死在哪儿。"

郑易立刻说："我不差这点机票钱。"

"不是，你这钱不也是老实工作赚来的吗？天天跟着我跑，你还上不上班、赚不赚钱了？"他领悟能力太差了，我都着急了。

郑易挑了下眉说："给我一根网线，我走到哪里都能赚钱。"

我："……"

郑易有些了然地看我，说："你就是担心这些？"

"还有！"我赶紧补充道，"你这个人太花心了，你一边跟学妹拉扯不清，一边又来找我表白，你分明是见谁撩谁，一点也不专一，不是我理想的类型！"

"拉扯不清？见谁撩谁？"郑易微微偏头，带着丝若有若无的笑意咀嚼这几个字，撩人完全在不经意间，他说，"我分明只撩你一个。哪有什么学妹，不过是为了让你认清自己的心。"

我睁大眼看他，简直难以置信："什么意思？你那个学妹，是为了气我才出现的？"

郑易没说话。

但是从他表情里我已经看到了真相，我不禁怒从心生，气得一把将手里的枯树皮扔出去，生气地指责他："郑易！没想到你是这种人！"

然而不等他说话，我听见正游到河边的一只鹅一声怒叫，那截落到它头顶的树皮跳了一下，掉进了水里……

鹅一愣，我一愣，郑易也一愣。

下一刻，那只鹅连扑棱带飞就直冲着我跑过来了。

我还愣着，郑易率先反应过来，拉起我的手就开始跑，我被他拽得一个趔趄，差点摔倒在地。

我已经完全顾不上了，那头鹅紧跟着我们飞奔而来，后面它的小伙伴们一看有鹅受委屈了，都飞快地跟上来要跟我拼命，一路叫得嚣张又凶残。

我还记得刚才跟郑易生气间，数过那群鹅和鸭子的数量，二四六七八……大概超过了十只。

不幸的是，我中午吃了饭就换上人字拖，当时还舒舒服服地用自来水冲了冲脚，现在跟鹅玩起生死时速来，根本就是被碾压的状态。

眼看它们这就追上来了，郑易看一眼我的脚，停下来弯腰示意我："上来。"

"啊？"我一开始没明白，等懂了，那只跑得最快的鹅已经追上来了，我刚蹿到郑易背上，扭头就见那鹅叫了一声，咬住了郑易的脚脖子，并且仗着自己脖子长，狠狠地扭了一圈。

郑易顿时闷哼了一声。

我急得不行："踹它踹它，你放我下去，我踩死它！"

他一脚踹开那只鹅，然后背着我往樱桃林那边跑。

这些鹅是真可怕，占了便宜也不饶人，郑易背着我深一脚浅一脚地跑在草地上，我一边回头看它们，一边给郑易播报："快追上来了！"

"有一只飞起来了！"

"你累不累？放我下去，你先跑，啊！要追上来了！"

"你……能不能闭嘴！"郑易喘着气说，他一直沿着樱桃林的篱笆跑，眼见有鹅又要追上来，看到一扇开着的篱笆门，一抬脚冲进去，猛地把门关上了。

后面紧跟着的一只鹅一个不察，撞到了篱笆门上，惨叫了一声。

好在它们飞不高，那些鹅冲着我们乱叫一通，然后悻悻地走了。

郑易倚在篱笆上大口呼吸，我想起他被鹅咬的那一下，赶紧蹲下身去查看严重不严重。

他穿着一条到脚踝的裤子，那只鹅简直要成精了，专挑露肉的地方下嘴，我弯腰看过去时，他后脚脖子那里已经流了浅浅一小片血，染红了他白色的鞋。

被咬的那块儿红肿又泛着青紫，只是看一眼，我都觉得钻心地疼。

我抬头问他："疼不疼？"

郑易垂眼瞥我："你说呢？"

我撇撇嘴，努力不让眼泪掉下来。

郑易顿时无奈地叹了一声，胡乱摸了我脑袋一把："没多疼，又不是咬的你，你哭什么？"

我盯着他红肿的那块儿，呜咽着说："这不是咬在儿身，痛在……"

郑易冷声说："你敢把话说完试试！"

我一开口也觉得不对，赶紧咽了回去，抬头看他："现在怎么办？"

"能怎么办，回去吧。"郑易也低头看了眼伤口，皱眉说，"回去洗洗，抹点药就好了。"

"不用打针吗？"我突然想起来这是禽类，紧张地看他，"万一得个什么狂犬病、禽流感什么的怎么办？得去打疫苗吧？"

我对这个不是很懂，但是被动物咬了，谁知道会不会有什么病毒！

郑易听我说完，反而浑不在意地挑了下眉："没事，走吧。"

"你别走啊！"我着急地拽他，"前几天新闻还说有人因为禽流感死了呢，你怎么不着急呢！"

郑易扫一眼我拽着他衣角的手，气定神闲、看透生死般地说："死了不是正好，反正也没有人担心。"

"我担心啊！"我没细想他这异常的反应，一想到他是因为我才被咬的，就自责又心疼得不行。

"你担心？"郑易不动声色地问我，"你站在什么立场上担心我？女朋友吗？"

我："……"

我拉着他衣角说不出话来。

郑易淡了表情，伸手从我手里拽自己衣服。

我拽着不放，心里难过又毫无办法："你这是逼我、威胁我！"

郑易轻声说："你可以拒绝。"

我觉得自己快被他逼哭了，低着头执拗地拽着他的衣服不说话。

郑易用力掰开我的手，却没有松手走人，他握着我的手，然后舒展手指，跟我十指相扣。

猝不及防地，我心猛然跳了起来，与他干燥温热的手交握着，整个人像被定在了原地，除了心跳，其他全动弹不得。

郑易温声问："你到底在担心什么？"

我垂着头完全不敢抬眼看他，更来不及防备，低声说："我没有她们那样好……"

郑易似乎怔了一下，随即拽了我一把，把我拽到了他跟前，捏住我下巴逼我跟他对视。

他正经起来的时候十分英俊，说的话却不甚动听："你是不是傻？"

我为自己保持了最后的倔强，偏过头去："我不傻，我精得很。"

郑易笑出声来，抬手敲了我脑袋一下，在我的怒视里喟叹道："你都不知道自己有多好，你跟她们完全不一样。"

我一时有些飘飘然，但是转念一想，不由防备地问道："我跟她们不一样，是因为我有六十亿吗？"

郑易黑着脸，松开我的手，自己走了。

我在后面笑得不能自已。

我跟郑易去问了农家乐的男主人，附近有没有能打疫苗的诊所。郑皓听说郑易被鹅咬了，在饭桌上别开脸，一张脸鼓成了球，憋得通红不敢笑出来，然而他一颤一颤的身子和时不时发出的"扑哧"的声音，完全不能掩盖住他内心的幸灾乐祸。

男主人说附近村里没有，镇上才有。

然后在郑皓难耐的憋笑里，郑易若无其事、胃口大开地吃完农家饭，才拽着我开车去打针。

我们一出院子，餐厅里立刻传来郑皓哈哈哈哈的大笑声。

我说："你弟弟嘲笑你，你怎么都不生气的？怎么我随便说句话，你都黑脸呢？"

"智障儿童欢乐多。"郑易气定神闲瞟我一眼，说，"难不成你也智障？"

我："……"

这片山坡的镇子离我们住的农家乐有几十公里远，等到我们回来时，已经是一个多小时后了。

我回来的一路上都很绝望，其间郑易偶尔分神看我，我就生无可恋地瞪他一眼，在他毫不掩饰的低笑声里，后悔莫及。

诊所里，医生说："狂犬病是针对哺乳动物的，鹅是家禽！除非鹅被狗咬了。"

我说："那有没有禽流感疫苗什么的，预防下禽流感？"

"有。"医生痛快地说，"养鸡场、养鸭场为了给鸡鸭们预防禽流感，都会给它们打疫苗。"

我："……"

最后，医生给郑易的脚脖子消了消毒，在我的一再要求和提醒下，才打了一针破伤风疫苗。

早知道被鹅咬一口，除了疼什么事都没有，我才不会出卖肉体、出卖灵魂！

郑易把车停在院子里，一边摘挡一边得了便宜还卖乖地说："要不你把老板的狗抱过来，让它咬我一口，再去打一针？"

我："……"

我哼了一声说："我今天虽然委身于你了，但是你的所作所为十分令我不齿！还敢威胁我，太让人心寒了！"

郑易却根本没听进去，他眼里带笑地咬文嚼字，尾音轻扬："委身于我？你委身了？"

我被他明显有些炙热的眼神盯得说不出话来。

我赶紧热着脸去解安全带，心想郑易又开始开黄腔了。以前大家是朋友还好，现在已经开始发展不纯洁关系了，这黄腔可不是说开就能随便开的。

然而等我解开安全带后，郑易一伸手，"啪"的一声落了车锁。

他侧头看着我，低沉着嗓音说："呦呦，过来。"

山间没有光污染，抬头能看见飘在夜空中、被月光映亮的云朵，月明星稀。农家乐的小夫妻店主已经熄灯睡了，其他房间拉着窗帘，灯光朦胧，更照不进车里。

远处偶尔传来一两声犬吠，我感觉自己连呼吸都变得小心翼翼了，抬头看向郑易时，能借着月色看见他漆黑又晶亮的眸子，似乎一不留神就要被吸进去。

这种不言而喻的时刻，该怎样缓解自己的紧张、平复加速的心跳呢？

我舔了下嘴唇，勉强镇定地说："干什么？"

郑易目光停留在我嘴唇上的时候，眸色深了几分，他声音低而微哑："过来。"

我四肢百骸一片酥麻，登时就控制不住我自己了，身体完全不受自己大脑管控，不由自主就有点倾斜。郑易缓慢倾身凑上来，我几乎不能呼吸，好在嘴还好使，盯着他小声说："你是要亲我吗？"

郑易："……"

说完这句话，见他动作一顿，我就觉得自己得到了喘息，果然，紧张的时候说几句废话，很有利于让自己重新夺回主动权。

我看着郑易僵在脸上的表情，甚至有点想笑。

"呜……"然而我刚咧嘴，他已经抬手扣住我后脑勺，咬牙切齿地吻了过来。

他嘴唇落到我唇上的那一刻，我脑子就已经空了，只剩下满腔的悸动和传遍全身的情动，他吮吸我唇瓣时发出的轻响和辗转时湿润的水声，几乎要让人瘫软下去。我笑的时候毫无防备，给了他长驱直入的机会，他钩着我舌尖缠绕的时候，我脱力地伸手搭上他肩膀，离他近点，才没滑下去。

良久后，郑易才退开半寸，垂眸看我。

他唇上还泛着水光，我不知什么时候被他推到了座椅上，无力地靠着椅背，两只胳膊搭在他肩上大口喘气。

他眸中带笑，我咬着有点肿的嘴唇瞪了他一眼。

他反而笑意更明显了，一只大手贴着我耳侧，帮我拢了下散在耳边的头发。

我被他亲昵的动作弄得又有点不好意思起来，微微偏头小声说："咱俩发展太快了，你为什么不走纯情路线，是不是觊觎我很久，饥渴难耐了？"

郑易拢我头发的手一顿。

我悄悄抬眼看他，他深深吸了口气，大手轻推了我脑袋一下："你这张嘴啊！"

我被他推得晃了晃，脑子转得却很快，冲他眨了眨眼："是不是很甜？"

郑易原本绷着脸看我，倏然便无声笑起来，无奈地叹了口气，然后按着我就又亲了过来。

我："……"

我后知后觉地心想，又犯傻了，不该嘴贱的。

我被郑易按在座椅上亲得昏天黑地，幸好是夜里，男女朋友两个人没羞没臊地做点不可描述的事也无可厚非。然而院子里有扇房门吱呀一声开了，我闭着的眼睛突然被光扫了一下，意识到有人出来了，赶紧一把推开了郑易。

是我和舒念的那个房间。舒念大概刚洗完脚，穿着拖鞋，端了盆洗脚水出来，倒到了一边的水池里，然后又沿原路回去了。那扇门正好对着郑易停车的位置，门一开，屋里的灯正好照到我们，虽然距离不近，但肯定能看到车里有俩交叠在一起的人影。

我忍不住伸手打郑易："这下好了，被人看到了，还是你前女友！"

"你也知道是我前女友，怎么就不知道离她远点？"郑易瞥我，"不吃醋也就算了，还跟她聊那么欢。"

"你俩不是都好多年前的了吗？聊聊天有什么？"我说完又发觉不对，"哎，一般不都是女方吃前女友的醋，男方说'你想太多'吗？为什么到咱俩这里就反了？"

郑易说："还不是因为你傻。"

我面无表情地看他："你根本就不珍惜我这个来之不易的女朋友。"

郑易听得露出一点笑意，认命地点头："好，我傻。"

我缓和了脸色，他又补充说："你既然不傻，就离她远点，别整天聊来聊去的，跟她有什么好聊的！"

我想起下午才跟舒念了解的事情，一时不知道怎么说，只能含糊地点头答应，伸手开车门下车。

他却又伸手拽住了我，我一只脚都踏在外面了，惊恐地扭头问他：

"你还没亲够吗?"

郑易:"……"

郑易黑着脸说:"晚安。"

我这才反应过来他的意思,一定是这个晚上太荒淫无度了,导致我满脑子都是被他压着亲的画面,我连忙热着脸匆匆道了句"晚安",然后跑回房间了。

已经晚上十点多了,我进门的时候,舒念正穿着真丝睡衣坐在梳妆镜前护肤。她抬头从镜子里打量了我一眼,然后若无其事地说:"洗澡的淋浴不太好用,我凑合着洗了洗脚,你也别洗了,水是冷的。"

"哦,好。"刚才光那么亮,她一定看见我跟她前男友亲昵了,我这时才觉出一些尴尬,匆匆打了声招呼就收拾东西去洗漱。

直到屋里关了灯,我才松了口气,拿出手机准备刷刷消息,就看到郑易给我发了条微信:少玩手机,早点睡。

我:"……"

我给他发了一个冷漠的表情。

黑暗中,舒念突然说:"你跟郑易在一起了吧?"

我滑屏的动作一顿,然后收起手机大方承认:"嗯。"

舒念声音带笑地说:"恭喜,郑易人很好。"

那你还和他分手?我说:"谢谢啊。"

舒念似是在回忆,说:"他挺内敛的,不擅长表达对别人的关心,不主动,以前跟他在一起的时候,我主动得比较多,因为这个也产生过挺多不愉快,最后也没走到一起去。"

不主动?不关心?刚在一起就要接吻,他都要把我嘴和舌尖亲麻了,还不主动、不关心?才十点多他就不让我玩手机,这管得还不宽?

我感觉跟她认识的不是一个人,只好小心翼翼地开口:"哦……"

舒念可能理解错了,听见我回答,解释说:"你不要误会,我不是故意提我跟他以前的事的,只是想说,可能你会辛苦一点,要多包容他,我看你还年轻,担心你们不好相处。"

我闭着眼敷衍她说:"好的。"

舒念说:"夏青的事,你有跟郑易说吗?"

我睁开眼睛,看着眼前的黑暗,想起来还有夏青的事情悬而未决。照舒念说的,我这个妈,不仅对不起我和我爸,对不起舒念她姑妈,还对不起郑易。

我该怎么跟郑易说？

这人，一谈恋爱，就容易有小心思：为了约会时让对方眼前一亮，要打扮漂亮，把脸上的痘遮一遮；为了早安吻能亲密无间，要先悄悄起床把牙刷了。

为了以后能愉快地跟郑易在一起，我需要先把夏青解决了。

如果我不解决掉她，等郑易知道了，那他对我们的关系可能会有顾虑。万一他觉得自己母亲的死跟我母亲有很大关系，我们以后大概就是仇人关系了。

我要是先解决了夏青，然后把这件事告诉他，我的态度证明一切，他会不会欣慰地摸着我的头说"好样的"？

有时候纠结，是因为天平的两端一样重，不知道该如何选择。

当其中一方被加上更重的砝码时，结果就显而易见了。

我以前单身的时候，虽然没有亲人，朋友也不多，但是感谢我生在伟大的互联网时代，每天看看剧，在微博下面与每一个活跃的单身狗共同打下一串串"哈哈哈"，生活并不无聊，偶尔跟秦姝或者同事吃个饭，热闹半天，我心里会感慨，一个人其实可以过得很好。

等开始跟郑易谈恋爱后，我心想，我以前的脑子一定被门夹过，不说别的，要是不跟郑易谈恋爱，我是没有办法每天光明正大地赖在他家里蹭吃蹭喝的。

"发什么愣呢？"郑易切着菜，抬头看了我一眼。

我倚着旁边的橱柜，回过神来，突然就想到做的那场春梦——几乎是一模一样的场景，郑易要喂我吃黄瓜，然后就吻了上来。

实在没想到继发财梦实现后，我还能在找对象这件事上梦想成真。

我一时有些脸热，又觉得梦中那个场景温存而美好，忍不住开口暗示他："你要不要学习电视上的场景，喂我一片……"我低头看了一眼他正切的藕片，卡壳了。

郑易看看手底的菜，再抬头看看我，捏了一片藕递给我，好整以暇地扬眉："喂你一片藕？"

我："……"

郑易说："不干活就别捣乱，去把洋葱洗了。"

从我们在樱桃林一鹅定情到现在，这才半个月，就从热恋期迅速过渡到了平淡期。

还记得那天从樱桃林回来,郑易一路跟我十指相扣着到出电梯间,我想回家,他还拉着我不放,说晚上给我做好吃,忽悠我去他家。我生怕他把持不住想玩火,果断拒绝了,并且沉着脸表示,像我这种有原则的人,短时间内是不允许他玩火的。

于是郑易一脸黑线地放我回家了。

难道是矫枉过正了?我一边从蔬菜袋里拿洋葱一边忧伤地想。

郑易漫不经心地说:"今天网球学得怎么样?明天周六,陪你玩半天?"

"饶了我吧,你想累死我吗?"我仰天长叹,突然想起一件事来,"后天有个慈善拍卖会你知道吧?明天你陪我去买裙子?"

"你怎么知道有拍卖会?"郑易瞟了我一眼。

因为舒念跟我约好了,而且夏青会去……我被他看得有些心虚,咳了一声说:"舒念告诉我的。我这不是有钱了吗,就想着为社会做点贡献。"

郑易果然"啧"了一声:"不是跟你说过少跟她来往吗?"

"你跟她难道有仇吗?"每次提到舒念,郑易总是一脸不耐烦的表情,说他是对舒念太过在意,旧情难忘吧,看这态度又不像,可是说他俩是不是有什么过节吧,他俩碰上面聊天交流还挺正常的,我说,"你俩当初是因为什么分手的?"

"不为什么,性格不合。"郑易淡淡说。

"……"这话说了跟没说有区别吗?我说:"那我跟她性格还凑合,我们两个偶尔聊个天还是可以的,我们又不讨论你。"

郑易反而警惕起来:"你们讨论什么?"

这可不好说出来……我想了想说:"讨论婚姻和家庭,她不是结过婚吗,我跟她探讨下婚姻与爱情的问题。"

郑易显然很意外,他似笑非笑地看我,目光中别有深意。

我顶着他明显误会的视线,对他挤出了一丝笑容。

然而郑易很快哼了一声:"如果你想从她那里学习这方面经验,还是算了,她未必有你懂。"

"为什么?"我愣了一下,舒念老公虽然没了,但是她起码经历了六七年的婚姻生活,经营家庭的经验总该还是有一些的吧。

郑易沉默了片刻,然后说:"她如果在国外过得好,是不会回来的。"

她不是为了她姑妈的事情才回来的吗？我心想，大概郑易是不知道这些事，所以猜测她别有原因，但是看他神色笃定，又好像知道什么。

我还想再问清楚点，郑易开了抽油烟机准备炒菜，他十分嫌弃地示意我："出去等着，什么也不会，就知道碍事。"

我："……"

前几天郑易约我晚上去看一部最新上映的电影，我一想这就是约会啊，兴冲冲地收拾了一番后在临下班时去他公司等着，然后正好遇上了小叶。

小叶看见我，立刻想起那天我们在楼道里相遇的情景，拽着我兴冲冲地八卦，说："你那天怎么不去一起吃饭呀？郑总对他学妹可上心呢，学妹下厨做了两个菜，郑总一个劲儿地夸赞呢。对了呦呦姐，你俩住得近，有没有看到郑总再带学妹回家呀？"

我面无表情地听完，第二天在郑易回家前，买了一堆蔬菜，下载了一个做饭APP，准备贤惠一番。

结果就是，上天赏我一张中奖彩票已经是对我最大的恩赐，做饭这种技能，它没有给我。

郑易下班回来的时候，我正在烟雾缭绕的楼道里跟紧急赶来的物业人员解释，为什么楼道的烟雾报警器会响——因为我做饭忘开抽油烟机，然后油锅过热，菜一下锅，直接在锅里着了……我就打开家门想通通风……

最后，郑易黑着脸看了一眼我面目全非的厨房，沉着声威胁我，再敢独自在家玩火，他就先跟我玩火了。

从那天以后，他只要一逮到机会，就会嫌弃我一番。

我愤恨地在他身后掐着手里的洋葱瞪他，他大概见我一直没动弹，回头看我，登时吓了一跳。

他赶紧把火关了，转身伸手捧我的脸："好好的，怎么了？"

我泪眼蒙眬地瞪他："你是不是特别嫌弃我不会做饭？"

他怔了一下，随即反应过来，顿时哭笑不得，一边抹我脸上的泪，一边无奈地说："厨房里都是油烟，让你出去还不是为了你好？"

我面无表情地说："那你解释下，那天带回家吃饭的学妹到底是怎么回事！是单纯地为了气我，还是真有这么一朵桃花？"

这件事当初在山上的时候，郑易含糊地提了一句，因为我不小心惹了鹅，就此打断，现在终于有机会重提问清楚。

郑易大概没想到我会提，脸上闪过一丝尴尬，试图糊弄过去："就是个回来度假的学妹，一起吃了顿饭。她早就回美国去了，还提她做什么。"

我说："因为她会做饭啊，值得你夸奖啊。说是叫来演戏，谁知道你有没有惦记人家？"

"我什么时候夸她了？"郑易纳闷道，随即意识到了什么，说，"小叶跟你说的？周一上班我就把她调到下面做部门助理。"

"你敢！"

郑易盯着我，反而笑了，他捧着我的脸低头亲了我湿漉漉的眼睛一下，说："你吃起醋来，也挺可爱的。暂时先不调她了，但是你再听她瞎八卦，胡思乱想，就没准了。"

我被他突如其来的一下弄得有些脸热，而且心里其实对这件事早有判断，所以也不多提，只趁机瓮声说："那你明天陪不陪我逛街？去不去拍卖会？"

郑易不出所料地皱了皱眉："不是才跟你说了，少……"

我含着泪看他。

"好好，去！"郑易认命地点头，又伸手过来抹我眼里出来的泪，"看见你哭我就头疼，别哭了，嗯？"

"我也不想哭的！都怪这个破洋葱，让我这么多戏！"我赶紧扔下手里被抠坏的洋葱，从郑易怀里挣脱出去，飞奔着去洗脸。

当我再回厨房的时候，郑易正在黑着脸炒菜。

周末晚上，我挽着郑易，跟他一起姗姗来迟地出现在拍卖会上。

郑易十分不情愿，他本来就觉得慈善拍卖会作秀的成分太高，完全没有低调捐款有诚意，再加上认为我假哭欺骗了他，出门的时候就磨磨蹭蹭，要不是我眼睛一闭，出卖了自己的嘴巴十分钟，他大概会来得更晚。

拍卖会还有几分钟开始，众人已经纷纷落座在看手里的图录。

前一排的容峥听见我们落座的动静，扭头打量了我一眼，笑得格外骚气："呦呦妹妹几天不见，这是去做了个丰唇手术吗？"

郑易在一边懒散、餍足地给了他一句："滚。"

"哦。"容峥了然地贱笑着转了回去。

我："……"

刚才在楼下停车场里,我催郑易快点,想着早点上来去洗手间补个妆——他嫌我涂着口红不好亲,一上车就把我包扔后面去了,结果他一听我要上来补妆,车门都开一半了,又把我按回去亲了半晌,然后满意地拿拇指抹了一下我唇上的水迹,说这样更好看,嫣红又自然。

这会儿被容峥笑话一番,我气得瞪了郑易一眼,然后别开头不想搭理他。

我一转头,就跟旁边桌的舒念对上了视线。

她目光在我微肿的嘴唇上停了片刻,冲我抿着嘴笑了一下,好像充满鼓励和支持,又好像只是随意客套一下。

我却被她身边的人吸引了注意力。

那应该是她姑妈舒云,比舒念的普通相貌不知道好看多少,气质跟舒念形容的一样,温婉又娴静,目光漫无目地扫过别处时清清冷冷的,看着仿佛遗世独立,跟别人眼神接触时,却又很柔和内敛。

她对我笑了一下,我心想,夏青那装模作样的贤良淑德,估计是从她身上学的吧。

想到这里,我伸长脖子,在我们后两排看到了她、许诺和许敬亭,她脸色正难看。

大概是我找人的动作太明显,引起了她的注意,她看到我后,很快收敛了自己的表情,冷着脸鄙夷地瞟我。我伸手搭住郑易的肩膀,并且往他那边偏了偏头,宣告主权,夏青气得脸都白了。

但是她很快就顾不上我了,她移开视线往舒云那边看了一眼,再侧脸看看许敬亭长久地停留在舒云身上的目光,脸色比刚才难看了一百倍。

第十章 螳螂捕蝉

● 我的女儿……是妈妈对不起你

拍卖会开始,第一轮是字画类,第二轮是瓷器类。

我低声问郑易:"你有什么想要的吗?"

我早就翻看过图录,因为是慈善拍卖,上面人多是当代的艺术作品,即便有收藏价值,那也是多少年以后才能升值的,我对收藏不是很感兴趣,更没有耐心等它升值靠它们发财。

但是人都来了,总要做做样子买点什么,如果郑易有喜欢的,不如买点送给他。

郑易慢条斯理地伸手端杯子喝水:"你要买?"

前面几件拍品,最多就几十万,有的还没有我身上穿的这条裙子贵,我点点头,豪气冲天地说:"买了送你怎么样?这点钱我还是有的,你想要什么,随便说。"

郑易突然就被喝进去的水呛到了,握拳抵在唇边低咳了好几声,才一头黑线地说:"你不觉得角色反了?这话是你该说的?"

我不甚在意地摆摆手:"谁有钱谁说嘛,一样的。"

郑易："……"

我说完反应过来，这话似乎没有考虑一个男人的自尊心，抬眼偷偷觑郑易，他果然正面无表情地看着我。我一边装无辜一边揭他的黑历史，说："哎呀，我这不是习惯了，以前咱俩买东西，你不都是让我自己结账吗？"

"以前跟现在一样？"郑易绷着脸，随即狐疑地眯着眸子说，"周呦呦，你故意的是不是？"

"不是。"眼见他要摯毛，我赶紧摇头，说，"要不你买点东西送我？你这么有钱，就该给自己的女朋友花！"

郑易竟然听得面色稍缓，说："想要哪件？"

我诚实回答："都不想要。"

郑易："……"

我们说话的间隙，我看到舒念也正在和她姑妈低声讨论。她姑妈似乎对一套英式茶具很感兴趣，拍卖师刚宣布完起拍价，舒云便举了牌。

大家来慈善拍卖会，都是为了撒点小钱赚点名声，对拍品并不执着，几轮出价过后，跟舒云较劲的只剩了一个人——夏青。

眨眼间，这套茶具就被竞拍到了十二万。

渐渐有觉出异样的人侧目围观，舒云手里握着牌子，尴尬得有些脸红，她不再出价了。

拍卖师在台上开始高声报价。

我转头看见许敬亭皱着眉不赞同地看夏青，而夏青面色如常，只有嘴角翘起一个讥讽得意的弧度。

我拿起手里的牌子出价："二十万。"

其他人纷纷掉转视线看我。

夏青不吱声了。

前排容峥回头冲我竖了个拇指："呦呦妹妹果然财大气粗，二十万买套茶具，心中一定充满了对社会的爱与奉献精神。"

我："滚。"

我转头瞄郑易："男朋友，你会给我结账吧……"

郑易说："女朋友又蠢又败家，不要了，分手。"

我："……"

第二轮过后，有半小时的休息时间。

我上台领了慈善证书回来，就见郑易和容峥一起正在跟一位房地产商闲聊。旁边桌的舒云许是去了洗手间，舒念在座位上等我，给了我一个眼神示意。

我放下证书，和她一起往厅外走。

从樱桃林回来的那天我就做了决定，答应她，帮她拆穿夏青。

这件事我其实翻来覆去地想过，就像她说的，即使我不主动帮忙，她也完全可以采集我身上一点样本，证明我跟夏青是母女。

说难听点，她这分明是在拿着我的把柄威胁我。

如果我和郑易没有关系，我其实无所谓，随她去，反正我之前对夏青很纠结，而舒念正好不纠结，让她帮忙做一个选择，对我没有任何损失。

但是我现在是郑易的女朋友，我妈人品又那么差劲，还可能是破坏郑易家庭的直接凶手，如果我不表态，等舒念把这件事情抖搂出来，被动的我该怎么在郑易面前立足？到时候装不知道？郑易能信？

我想，与其让舒念握着我的秘密不知道干些什么，不如我亲自来把控。

况且，为了郑易，我也得让夏青这件事有个了结。

可见我对郑易还是挺上心的嘛，而这个薄情寡义的人，让他给我买套茶具都要跟我闹分手！

刚才在拍卖会大厅里没有看到夏青，我才跟舒念出来找她，想着怎样从她身上拿点样本。

然而洗手间里也没看见她，舒念从厕所里出来，皱眉说："我姑妈也不在里面。"

按照舒念说的，舒云胆小又内向，如果跟夏青遇上了，那倒霉的只能是她。

我们两个对视一眼，开始一人一个方向，分头找人。

酒店这层楼除了几个宴会厅，还有很多包间，我找了几个空包间，里面都没有人，看见电梯旁边安全出口的门时，灵光一闪，凑了过去。

这会儿正临近晚上饭点，包间里进进出出的人很多，空包间随时有人进来，反而是处在高层的楼梯间，几乎不会有人去。

果然，我轻轻推开一点楼梯间的门，就听见夏青的声音正回荡在空中。

夏青说："别以为我不知道你回来干什么，亏你是大家闺秀出身，勾引有妇之夫，不觉得下贱吗？"

"你……"舒云的声音发颤,"当年你破坏我和敬亭,怎么不说自己下贱……"

"你住口!"夏青厉声说,"你跟敬亭什么关系都没有,怀着个不知道是谁的野孩子,还敢说我?!自己无能,现在又一脸受害者的可怜样回来。别以为我不知道你跟许敬亭有联系!"

"那是我和敬亭的孩子!夏青,是你害我的孩子没了。"舒云也急了,努力控制着自己发抖的声音说,"我这次回来就是为自己讨回公道的,我要让敬亭知道,一切都是你造成的!"

好狗血……我一边听一边想,两个加起来有一百岁的女人,居然在这里脸红脖子粗地争一个老男人。

下一刻,夏青冷笑说:"好啊,我等着,我倒是要看看你有什么本事。别以为你带着个侄女回来我就怕了,别人不关心你们舒家的死活,我可是时刻关注着呢,你那个侄女在国外被几个继子挤对得过不下去……"

她话没说完,不知道什么时候找来的舒念猛地一把推开了楼梯间的门。

咣当一声,站在上一层楼梯拐角处的夏青和舒云顿时被惊了一下,双双扭头看下来。

舒念的表情格外阴沉,配上她原本就不出挑的脸,分外吓人:"夏青,别欺人太甚!"

许是舒念的神色实在可怕,夏青一时噤了声,过了半晌才回过神来。她扫了我们三个一眼,冷冷哼了一声,抱着胳膊一边下楼梯一边说:"这句话,我也想奉劝给你姑妈,不要欺人太甚,破坏我的家庭。"

舒念没说话,任由夏青从她身边大摇大摆地走过。

我站在门口,当夏青出去的时候,我盯着她几根飘在空中的头发,眼明手快地拽了一把。

夏青登时疼得叫出了声,扭回头时眼角的皱纹分外明显,她难以置信地捂着被拽疼的头皮,几乎要扑上来:"怎么,要仗着你们人多打我一顿吗?"

我:"……"

"阿姨你误会了,我看你头发上有个头皮屑,帮你摘下来,你看。"我人畜无害地睁大眼睛看她,抬起另一只手,对她晃了一下我刚才抠下来的一小块儿墙皮，在她看清之前，扔了。

我说："夏阿姨，洗头发要洗干净啊，不然被人看见满头头屑，多尴尬。"

夏青一只手有些慌乱地捂自己脑袋，一只手指着我"你"了半天说不出话来，最后虚张声势地哼一声，走了。

舒云跟夏青对骂得眼睛都泛红了，匆忙看我一眼，先一步去了洗手间整理自己。

我跟舒念走在后面，她沉默地从手包里拿出一个小密封袋给我，我接过，把手里的两根卷曲的长发装了进去。

舒念说："有一家鉴定机构我有认识的人，可以保证快而且稳妥。"

我说："不用了吧，应该也用不了多久，不急在这一时，我自己找一家就行。"

舒念点点头，走了几步，又停下，抬头认真地看我："今天的事你也看见了，夏青丧心病狂，我不想夜长梦多，只盼着她尽快身败名裂。"

我也跟着停下来，问出了我最近一直想问的问题："即便许敬亭跟她离婚，但是这么多年，不管是夫妻财产还是夏青自己存的私产，你怎么知道她离婚后会过得不痛快？"

舒念无言，垂在身侧的手紧握成拳，片刻后却说："随便她吧，我现在只想替我姑妈出口气。先把夏青赶出去再说，以后再找机会对付她吧。"

敢情她没什么计划？我无可厚非地点点头，她们这摊事我其实不想多掺和，等摊了牌，我就撤。

舒念疲累地拢了拢自己的长发，说："所以我真的不想再多等了，等你的鉴定报告出来，能不能尽快找个机会？我要是没记错，下个月许老太太生日，准备办个家宴，为了我姑妈，不好让许家在H市丢人，但是总该让许家上下都知道，许老太太当初棒打鸳鸯，做了一件多么糊涂的事。"

我有些迟疑，没有立刻答应她。

舒念偏头看我，等我回应。

我点点头，给自己留了点余地说："可以……等鉴定报告出来，我们可再商议细节。"

舒念似舒了口气,往回走的步子也轻盈不少。

她走在前面,我看着她一袭蓝白色的修身礼服,想起第一次跟郑易逛街,他给我买那条绿色礼服时,我嫌贵,问导购有没有便宜些的裙子。

导购当时指着一件靠角落的衣服,说:"这是去年的款了,现在正打折。"

那条裙子款式跟舒念这件很像,我当时想着大方又有气质,应该可以穿很多次,所以还翻了翻一旁同一个系列的画册,里面就有舒念身上这件。

郑易当时拎小鸡一样把我推开,鄙夷地对我说:"你见过哪个名媛会穿去年的衣服?"

郑易说:她如果在国外过得好,是不会回来的。

而夏青说舒念还有继子?

舒念在前面扭过头来,诧异地叫我:"怎么不走了?"

我想了想,试探着说:"你解决你姑妈的事后,还会回英国吗?"

舒念挑眉,她很聪明,几乎立刻意识到了,说:"你是不是想问刚才夏青说的,我的继子?"

这下弄得我反而有点尴尬,我说:"没听你提过。"

舒念笑了一下,笑意未达眼底,说:"该怎么向别人提?老公去世,几个继子跑出来要分财产,我一个三十岁的女人在国外无依无靠,斗不过他们,只能灰溜溜地回来。"

我想起舒念刚回来时办的那场声势浩大的party,完全不能跟此刻穿过季礼服的她对上号。

舒念似知道我是怎么想的,说:"我还想着让舒家在我这一辈再站起来,总不能再教人知道,连舒家唯一的后代现在也活得苟且又狼狈,所以对外,当然得要点脸面,有些事是不敢说出来让人知道的。"

她诚恳地说:"呦呦,我把你当作朋友,今天你听到的这些话,请你不要往外说,可以吗?"

我理解地点点头:"这是自然,我这个人虽然八卦,但嘴巴还是挺严的。"

舒念笑了笑,说:"尽快解决姑妈的事,我会再回去的,回去拿回属于我的东西。"

回家的路上,郑易开着车,看了我好几眼,声音低沉地说:"茶具都给你买了,还有什么不高兴的,一晚上走神不知道多少次。"

我拿着手包,隔着柔软的羊皮仿佛摸到了里面扎人的长发。我苦恼万分地仰头叹了口气,说:"我有一个不能说的秘密。"

郑易撇撇嘴:"那就别说。"

我:"……"

你倒是问问我啊!问问我我就告诉你了!我已经感觉自己的智商快不够用了!

郑易说:"哪来那么多小心思,你就是不听话,不然每天吃吃饭、练练球,过得比谁都舒服。"

我惊奇道:"又听话,又乖,天天无所事事,那还是个大活人?你把我当狗养吗?"

郑易侧头看我一眼,翘着嘴角抬手摸了摸我头顶:"来,叫两声听听。"

我:"……"

我跟郑易,虽然是男女朋友,住对门,还几乎每天都串一次门,但是我们两个仿佛生活在两个完全不一样的世界。

周一到周五,郑易每天早早出门上班,晚上回来早的话就做饭给我吃,吃完继续加班;而我,想去上课的时候就选着感兴趣的上一上,不想去的话,就宅在家里,中午郑易发微信问我有没有吃午饭的时候,我刚刚睁开眼睛。

有一天吃完晚饭后,郑易抱着电脑看股票,我大剌剌地靠着他约郑皓打游戏。

郑易看不过眼,酸气十足地说我的人生没有追求。

我说:"你们追求的东西,我已经有了。"

这话气得他突然就挪开了身子,我一时不察,咣当就仰倒在了地毯上。幸好地毯毛多够厚,我气得牙痒痒,挣扎着想坐起来揍他,他却压着我要了一顿流氓,要完还不忘教育我:"该找点事做了。"

事实上,不用他说,我其实也正在考虑今后该做点什么。

我和夏青的样本上周已经被交给了鉴定机构,工作人员说结果出来后会通知我。等下个月把夏青这事了结,我以后跟这个圈子的交集也就只剩郑易了。

这样一想,我学的那些鉴赏课程未来唯一的用武之地,就是我挽着郑易的胳膊矜持高贵地参与几句相关的话题时,被他的拥趸们夸上一夸。

我心想，再这么下去，我基本就是个废人了，是时候重提我儿时的理想了。

可能是受我爸的影响，我对老师这个职业充满尊敬和好感，上小学时因为英语老师格外漂亮，所以当时我最大的理想是成为一名英语老师，并天真地认为当上英语老师，我也会变漂亮。后来长大发现老师的工资很低，我才知道小时候的我是多么的崇高又无知。

我把当老师的打算告诉郑易后，郑易先是点头夸赞，然后在我兴奋不已时轻飘飘地问："H市的老师很难考，你是外地户口，考得上？"

这个问题我早就想过了，我冲他眨了眨眼说："买一个。"

郑易深吸了一口气，面无表情地说："你要是敢买，我就敢去教育局举报你。"

我："……"

这跟小说里写的完全不一样！我辅导书都买好了，不过是嘴上逗他两句而已，没想到他连几句好听话都不会讲，什么霸道总裁爱上我、为爱一掷千金什么的，在他身上通通不成立！

对此，我坚持了一整天都没有回复他微信，恶人就该有恶报。

就在郑易发微信求和，表示明天晚上给我做油焖虾的时候，郑皓打电话过来了。

跟舒念一起来中国度假的Aaron明天就要回英国，今晚舒念帮他办了个欢送party，邀请大家去。昨天上午的时候我其实也接到了舒念的邀请，但是顾念着郑易不喜欢她，就拒绝了。

没想到郑皓居然想去，我惊奇地问他："你跟Aaron什么时候这么惺惺相惜了？"

郑皓嗷嗷乱叫："就是那天晚上你拉着他演出啊！他小提琴拉得太牛了啊！李斯特的曲子他全会！我作为一个李斯特的铁粉，怎么能不跟他一见如故，再见倾心呢！"

我："……你用错成语了吧？"

郑皓说："不要关注这些细节。你来吧来吧，给你表演四手联弹，我还有正事找你呢，你早点来啊！"说完，"啪嗒"挂了我的电话。

郑易又发了一条微信，说：晚上有事，今天自己点外卖吃，不准开火。

我其实想去给Aaron送行，因为上次他帮我当众打脸夏青后，我还没有郑重谢过他，如今他要走我还不露面，实在有些不懂礼貌。

我想了想跟郑易说：郑皓叫我去参加一个朋友的party，Aaron你记得吧？

大概是我终于跟他说了今天的第一句话，他很快回复说：可以，晚点我去接你。

我给他回复了一个乖巧的表情，同时心想，哪天买点酒，把他灌醉，好好套一下话，问问他为什么这么反对我跟舒念说几句话。

Aaron的party十分热闹，他这段时间内结交了很多年轻朋友，大家再各自呼朋唤友请几个人一起过来，酒吧的房顶都差点被掀翻。

我跟Aaron拥抱了一下，刚把礼物送给他，郑皓就冒了出来。

"你捐的钱他们已经收到了，那所希望小学正在筹建中，你想给小学起个什么名字？！"震耳欲聋的音乐声中，郑皓扯着嗓子问我。

我黑着脸同样扯着嗓子问他："你说的正事就是这个？！"

郑皓不明所以地冲我点头："这不是正事吗？"

我："……"

我要知道Aaron这个小提琴王子开party的画风是这样，打死我都不来。

郑皓说："青基会还要给你颁证书呢！你得取个名字，我觉得呦呦希望小学很合适，呦呦鹿鸣，充满朝气和对祖国花朵的殷切希望！"

在一个群魔乱舞的酒吧里，谈论祖国的花朵，花朵们十分嫌弃好吗！

"不好，太尴尬了，我建个小学又不是为了把自己名字挂上去……"我摇摇头，随即灵机一动，"不如叫郑易希望小学？"

郑皓黑人问号脸般茫然地问我："关郑易什么事？"

我高深莫测地看了他一眼："你这种单身狗是不会懂的。"

郑皓吐着血跟我说了声绝交，然后一脸受伤地走了。

这个party其实很无聊，我作为一个宅女，根本没有办法理解他们现充族嗨疯了一样的叫声。

在场除郑皓外，我认识的唯一一个熟人，就是舒念了。

舒念坐在角落里招呼我，笑着说："感觉自己真是老了，看着他们玩得高兴，我竟然一点都不想参与。"

我虽然比她小好几岁，但忍不住跟着一起点了点头。

舒念说："郑易怎么没来？"

"因为他不喜欢……"我咳了一声说，"这么热闹。"

舒念点点头:"上大学那会儿他就不喜欢。学校里每天都有各式各样的party、联谊活动,每次我兴冲冲地想去,郑易就拉着脸,不肯松开手里的电脑。基本上,十次里,他能去一次就不错了,还是我求来的。"

我喝着果汁说:"你跟他感情还挺好嘛,十次好歹能答应你一次,我求他一百次,他都未必答应我。"

"不会吧?"舒念诧异地看我,开玩笑地说,"他这人虽然冷淡了点,但是对女生不会这么冷血的。"

"真的。"我说,"昨天我说要买一个教师资格,找个学校去做老师,他都不同意,让我自己去考,你说这得考到什么时候?是不是很过分?"

舒念摇头说:"没想到这么多年过去,他在对待女孩子上竟然越来越寡情了,这么说,他对我这个前任还算挺好了。"

我也笑,看着她问:"是不是再次感觉到了心动?"

舒念脸上那个怀念的、柔软的笑容顿时停住了,她若有所思地看我,笑得客套疏离:"我怎么听不懂了?"

"我随便说说,你别误会。"我吸了口果汁,摆摆手说,"我就是看你跟郑易挺配的,有时候你俩站在一起,我都觉得自己是来给你们做女配的,破坏你们旧情复燃,却又考验了你们在一起的决心,在我的衬托下,你们最后手牵手走进了婚姻的殿堂。"

舒念怔了一下,随即笑起来:"你说话怎么这么有意思?我跟郑易这都分手多少年了,不可能的,他虽然身边女孩多,但是选你做女朋友,肯定是有原因的。"

我点点头,说:"估计是因为看上了我的六十亿。"

舒念微笑着没说话。

我默默喝着果汁,心想,舒念还真是个老狐狸,一边当着郑易现女友的面怀念过去的恋爱时光,一边又谦虚地表示自己不可能,但当我妄自菲薄的时候,她却又笑眯眯地一副默认的态度。

上次跟她聊完,我就一直觉得奇怪。听她的意思,是去世老公的儿子冒出来跟她争家产,她争不过,就回来了。她这么干练又十分要强的人,姑妈受了委屈都要帮,自己受委屈,难道就忍?

然而我知道得实在太少,心里有疑问,却并不了解各个环节的原委,想来想去,也想不到在我跟夏青这件事上,她有什么文章可做。

看来我还是要问问郑易。

舒念出声说:"你跟夏青的鉴定结果快出来了吧?"

我看了她一眼,含糊地说:"快了吧,机构说等报告出来会通知我去取。"

舒念点点头,也不再开口搭讪了。

我拿出手机问郑易:什么时候能来接我?

过了半晌,郑易才回复:我在医院,抽不开身,你先自己打车回去,注意安全。

医院?

我正纳闷,就见郑皓急匆匆地从人堆里挤出来,一头大汗地往外走。我叫了他一声,追过去问他:"你怎么这就走了,不玩了耿弹了?"

郑皓急声说:"我爸突然犯病了,我得过去看看。"

我听得一愣,怪不得郑易会说他在医院:"严重吗?"

"不知道。"郑皓胡乱擦他头上的汗水。

我追着他迈开的大步,说:"我跟你一起去。"

郑皓出了医院电梯就直奔手术室,我穿了一条修身鱼尾裙,一路小跑都跟不上他。

郑易坐在手术室门前的椅子上,手肘拄着膝盖,两手交握着抵在额前,面色深沉。

"到底怎么回事?"郑皓人未到跟前就焦急地开口问。

郑易扭头看他,一眼便看到了跟在他身后的我:"你怎么来了?"

"舒念姐给Aaron开party,我们一起去的。"来的路上我跟郑皓说了正在跟郑易交往,不等我走近开口,他便匆忙地解释了两句,然后接着问,"爸到底怎么了,白天不是还好好的吗?"

郑易看了我一眼,没说话。

一旁的郑皓妈妈谢岚见到儿子来,立刻六神无主地扑了上去,带着哭腔指着郑易说:"我就没见过像他这样不肖的儿子,你爸本来都快好了……"

郑皓少见的沉稳,皱着眉拦住要冲上前去指责郑易的谢岚:"行了妈,你冷静点!这会儿不是说这个的时候,人来人往的,不觉得丢人吗!爸现在到底是什么情况?"

谢岚勉强镇定了些,眼泪还在往下掉,说:"你爸这是被气的……

上次做了支架手术后本来恢复得挺好，今天突然就犯病了，医生说可能是出现了晚期血栓……我也听不懂，还不知道要抢救多久。"

医生都在手术室里，没有人出来同步抢救的情况，只能干等。郑皓拉着谢岚在不远处的椅子上坐下，小声安抚她。

郑易皱着眉，目光定在空中虚无的一点上，久久不动。

我放轻脚步走过去，在他身边坐下时伸手握住了他搭在腿上的手。

郑易侧头看了我一眼，我捏了捏他手背，他顿了片刻，然后反手握住了我的手。

我低声说："会没事的，你不要乱想。"

郑易点点头，缓慢地长舒了一口气。

过了半小时，有医生从里面出来，急匆匆地往护士站方向走，郑易跟郑皓立刻起身询问情况。

医生摘了口罩边走边说："病人送来得比较及时，主刀医生已经控制住了病情，但是详细的发病原因还在查，你们不要着急。"说完安慰似的点点头，去找护士交代事情了。

郑家几人俱松了口气，谢岚拍着胸口说谢天谢地，然后开始低声给郑皓上眼药："你爸晚上饭都没吃一口，硬生生被自己儿子逼着面红耳赤地吵了一个多小时。医生早就说过，不允许情绪激动……"

她絮絮叨叨地说，郑皓皱着眉时不时瞥郑易一眼，却没有打断她。

我拽了拽郑易，说："你晚上也没吃饭吧？楼下有便利店，下去吃点，顺便给大家买些水喝。"

夜晚医院活动的人少，急诊这边偶尔会有几个突发急病的被送来，我跟郑易一路下到一层，往便利店方向去。

他格外沉默，我有心让他压力小点，就说："今天丢死人了，舒念没跟我说party开在酒吧，我随便挑了件裙子就去了，显得画风格外清……"

我话未完，郑易突然沉声说："别再跟我提舒念。"

我不知所措地愣怔了一下，不解地问他："怎么了？我知道你讨厌她……本来还想问你，当初为什么会跟她分手，是有什么问题吗？"

郑易的爸爸还在抢救，这其实并不是一个适合谈论这个话题的时机，但是冷不丁地被他吼了一句，我确实有点蒙。

郑易却没有回答我的问题，他停住脚步问我："你的六十亿，对你而言重要吗？"

我有些茫然，点点头，理所当然地说："重要啊。"

郑易："……"

见他一副不想再开口的样子，我又赶紧摇头说："不重要，一点都不重要。"

郑易无语地看我，过了片刻却倏然笑了一下，像是高兴了些，又像是很无奈。他伸手将我的手包在手心里，捏了捏，说："刚才不该吼你，是我不好。"

我面无表情地看他："你也知道刚才吼我了？"

郑易点点头，难得心虚地看了我两眼，咳了一声，又装作若无其事的样子。

我适时地开口问他："为什么今晚又和你爸吵架了？还是因为郑家企业的事吗？"

"嗯。"郑易疲惫地点头，过了片刻说，"他想让我和舒念结婚。"

我感觉自己嘴巴张得可以塞下整个鸡蛋。

"为什么？"我难以置信地说，"舒念不是挺穷的吗？你爸是想收留无家可归人士做慈善吗？"

郑易挑眉："你怎么知道舒念挺穷的？"

"听说的。"我把自己手里少有的一点信息告诉他，"舒念的老公五十多岁的年纪，跟前妻生的小孩早就成年了，她老公不是挺有钱吗，人一死，大家就各种争财产，然后她输了，就回国了。"

"你倒也不全是傻的。"郑易听得直看着我笑，说，"不过你这个版本支零破碎不全面。舒念跟她老公有六七年的婚姻生活，她老公的遗嘱里，将一家公司的部分股份分给了她，只是她老公的几个孩子认为遗嘱无效，正在走司法程序，就快出结果了。"

"所以呢？"我仍然一头雾水，随口说，"她拿到的股份很多、很值钱？你爸想让你跟她联姻？"

郑易看了我一眼，居然没有说话。

我："……"

"不是还没有认定出结果吗，你爸怎么就能肯定舒念会顺利继承呢？"我难以理解地说，"你家也挺财大气粗的吧，还缺她这点钱？"

"不是钱的问题……"郑易微皱着眉说。

"郑氏做的是实业，大型实业集团都有完整的供应链和仓储管理技术，以前都是线下市场，郑氏在业内的供应和仓储能力一直领先，但郑氏层级体系老旧，他心脏又有问题，管理上力不从心，这些年内部越来越混乱，外界技术却在不断地革新，随着线上交易对物流时效的要求，仓储和供应都是问题的核心，年轻企业都在不断升级，郑氏的系统如今已经掉队了。

"舒念拥有股份的那家工业公司，拥有的智能调度系统和自动化管理仪器，恰恰可以解决郑氏现在的难题。"

我听得一知半解，却明白了："因为她有股份，所以跟她联盟，可以直接使用那家公司的技术？"

郑易点头说："各家实体企业都想拿到这家公司的技术，一来政策受限，二来以它当前的市值，即便能收购也需要有足够多的现金流支撑，更何况，以郑氏目前的能力，哪怕进行一些资本运作，也很难吞下它。"

"哦……"我了然地点头，觑了他一眼，说，"我有句话，不知道当讲不当讲……"

"不当讲。"郑易瞥我一眼，捏了我的手一下，"别以为我不知道你在想什么。郑氏走到如今的地步，自是它应有的报应，你的钱拿过来，以现在的情况，保证几年就给你亏没了。"

郑易递给我一个警告的眼神，我缩缩脖子，不敢吱声了。

"没有技术，你们的家族企业岂不是就要缩水了？"我遗憾地说，"你以后就不是富三代了，我对自己找男朋友的眼光感到深深怀疑，男朋友还没我有钱。"

郑易："……"

郑易面无表情地说："现在后悔还来得及。"

我笑而不语，想了想问他："那这个问题该怎么解决？"

"不知道，这堆烂摊子是郑兆和的，别想丢到我头上，所以我才会跟你说，以后别提舒念。"郑易似乎心情好了一些，风轻云淡地说，"等他醒了，我倒是可以给他一个中肯的建议。"

"什么建议？"

郑易意味深长地说："他不是还有郑皓吗？郑皓可以娶舒念。"

我："……

我跟郑易在便利店里买了几个饭团，用微波炉热了给他吃了两个，又买了几瓶水，装着准备拿上去给郑皓和他妈。

郑易连吃个几块钱的饭团都跟我等普通人不一样,虽然吃得大口,但赏心悦目。他显然是饿了,吃完两个又要再吃一个。

我慈祥又充满母爱地看着他,突然想起一件事:"你还没有跟我讲怎么跟舒念分手的。"

郑易抬头看了我一眼,慢条斯理地吃完最后一口,才说:"你没必要知道。"

我纳闷非常:"为什么?我发现你对这件事讳莫如深,难道你们两个当初分手,是因为她给你戴了绿帽子?"

郑易:"……"

郑易黑着脸说:"你再敢乱说,我就先让你尝尝戴绿帽子的滋味。"

"我肯定会选择原谅你啊!放心。"我笑眯眯地说,"现在你可以告诉我了吗?为什么分手?"

郑易不说话,直到我们出了便利店,在昏暗的路灯下走了一段,他才在我不断地要求下,吁了口气说:"因为我没钱。"

我:"……"

我呆滞了半晌,才机械地说:"她是不是也不知道你办公室里那幅画是塞尚的?"

郑易愣了片刻,反应过来后揉着我头发失笑道:"是,她哪有你聪明,因为一幅画,就惦记上我了。"

我一头黑线地看着他:"你的画,我可以买九幅好吗?"

郑易敛了笑说:"上大学的时候,哪有什么钱,高中毕业后我就没再跟家里要过钱,出国留学靠的是全奖,大学都是靠着炒股吃饭。"

我心里像被针扎了一下,跟他十指相扣,掌心似乎感受到了他饱经风霜、被生活磨砺出的茧子。我看似风光的富三代男朋友,实际上生活得还不如我一个平头小老百姓。世上比他还惨的人不知道有多少,但是此刻,我只觉得心疼。他高中时丧母,大学又独自奔赴异乡,自己摸索着学习做饭,可能连每一笔股票交易的手续费都要算计。

郑易一头黑线地看我:"你这是什么眼神?"

我撇撇嘴说:"没想到你过得比我还惨,我以前好歹有个父亲疼爱,每月生活费准时打到卡里,从来花不完。"

郑易抬手抵唇咳了一声:"前一两个月确实比较惨,后来炒股收益不错,毕业的时候我大概存了几十万英镑。"

我："……"

我面无表情地说:"当我什么都没说,谢谢。"

郑易在一旁笑得不行,简直乐不可支。

"你觉得几十万不少,但这点钱,在舒念眼里,什么都算不上。"郑易说,"我跟她在大二、大三的时候,相处确实很愉快……你这副不高兴的样子,我说不下去了。"

我用手往上提了提自己的嘴角说:"你说你说。"

郑易说:"第四年硕士毕业,我准备去华尔街,她不能接受,就分手了。"

"为什么?"

郑易直白地说:"按照你说话的风格,是因为我不想回家继承家族事业,当一个富三代。"

舒念跟郑易从小认识,后来舒云移居英国,舒念在她父亲病逝后便卖掉祖宅投奔了自己的姑妈,后来跟郑易上了同一所大学,她便开始在郑易跟前刷存在感,风趣又有气质,虽然长相一般,但是聪明又对人无微不至。

郑易一个可怜巴巴自己炒股赚钱的留学生,最终没有禁得住她坚持不懈的追求。

那时郑易不知道舒念是怎么想的,而舒念在一开始追郑易的时候,是不是就已经在打着郑氏未来夫人的主意,谁也不知道。

舒念知道郑易家中的情况,但是她以为,郑易会争夺属于他的那份东西,所以一直等待着大学毕业,自己将以他正牌女友的身份跟他一起回国共患难,最终成为郑氏夫人,光耀自家不知道已经倒掉了多少年的门楣。

谁知道,郑易根本不屑郑氏的那点资产。

舒念的眼光不能说不好,但是也有走眼的时候。或者说,她太心急了,她等不到郑易自己成为富一代,她急于获得身份和地位,在众人面前扬眉吐气。

所以舒念毫不犹豫地甩掉了穷小子郑易,风光地嫁给了跟英国王室沾边的一个中老年人。

我越听越觉得舒念这个人回国一定别有目的。

就像郑易说的,郑氏需要她手里的股份,那么她是不是已经知道了这件事?她回来,是不是就已经准备好拿这个跟郑易作交换条件?

但是她迟迟没有动作，郑易爸爸都着急上火到住院了，她却还在不动声色地找我帮忙去揭穿夏青。

这背后还有什么隐情，我不知道，但是以郑易对这些盘根错节的内情的了解，他也许能知道舒念想做什么。

我转头看郑易。

郑易自嘲地说："现在知道舒念跟我分手的原因，是不是想笑？憋住，不准笑出来。"

医院里的灯光明亮又温暖，我说："我有一件事要告诉你。"

"什么事？"郑易伸手按亮电梯键，漫不经心地问道。

我觑着他神色，生怕刚开口就被他狂喷一顿，小心翼翼地说："我跟舒念正在合计　件事……"

郑易挑眉，一脸"你这样的还能跟她这种人一起搞么蛾子"的表情。

我说："舒念的姑妈跟许敬亭年轻时的二三事，你知道吧？"

"听说过一些。"郑易兴味索然地应声，"陈芝麻烂谷子的事，二女争一夫的戏演了这么多年，也不嫌腻。"

我："……"看来郑易对套路也是很有研究的。

电梯门开，我跟他一起走进去。

我说："舒念想帮她姑妈跟许敬亭重归于好，所以要对付夏青，让许家把夏青扫地出门。她让我帮她。"

"你能帮她什么？"郑易皱了下眉，"周呦呦我告诉你，许诺那个妈不是一般人，能撒泼变脸也能端庄贤惠，这么多年许家老太太都拿她没辙，你别因为被她刁难过，就傻不愣登地被人当枪使……"

他话还没落音，我刚想张口反驳，他手机响了。

电梯徐徐向上升，因为安静，我又站得离他接电话的耳边近，听到郑皓的声音说："你们在哪儿？手术结束了，医生有情况要讲，赶紧回来。"

郑易微蹙着眉"嗯"了一声，低头挂电话。

我暗自握了握拳，说："我手里有夏青的把柄。"

郑易似乎有点走神，随口问道："什么把柄？"

"我是夏青的女儿。"

郑易猛地抬头，震惊地看我，目光犀利又难以置信。

我被他看得有些心虚，嗫嚅着说："我之所以单亲，就是因为她抛弃了我和我爸，舒念知道了这件事，所以希望我能帮她。"

电梯门开了。

郑易深吸了口气，一边出电梯一边抬手伸着食指冲着我点了点，沉着一张脸却并没有说出话来，似乎仍然难以消化这件事。

我赶紧冲他示好，说："我想不通这里面有什么问题，但是能感觉到舒念可能有古怪，尤其是你今晚跟我说了这些，我越觉得有必要告诉你。"

"我真是谢谢你！"郑易大步往前走，没好气地说，"你非要等被她当枪使了再告诉我……周呦呦，你自己掂量掂量有没有能力跟别人使心眼。"

主要是我也不知道这里面还有这么多事啊……你又不早点跟我讲……

但是此刻我也不敢嘴硬了，只能老实地问他："那我该怎么办？"

郑皓在前面拐角处冲我们招手，示意快点。

郑易加快步伐，沉稳地侧头跟我说："这件事你不要再掺和了，先去看过我爸的病情，我再跟你说说这里面的事。"

我这些天悬着的一颗心终于落进了肚里，我十分乖巧地点点头，跟他一起去见医生。

这个主刀医生，与刚才跟我们讲解情况的医生说的完全不一样。

"只是暂时稳住了。"主刀医生摘掉眼镜捏了捏鼻梁，"郑易，你爸这个情况有些复杂。"

郑兆和被推进了CCU，身上插满维系生命的软管。郑家几个人在CCU外站着，刚才的乐观烟消云散，谢岚被郑皓搀着，又悄无声息地掉下泪来。

医生说："病人冠脉置入的支架过多，导致诱发晚期血栓，而且情况比我们想象的还要严重，随时可能再次出现问题，这种情况，早在做支架手术的时候我就跟你们提过……"

"你们作为国内首屈一指的冠心病治疗团队，曾经拿出过几百个康复案例给我看，到现在就是这个结论？"郑易打断他，神色凝重地说，"有没有更好的治疗方案？"

医生沉吟了片刻后说："之前跟你提过的，开胸做搭桥手术。"

郑皓出声说："我爸的肺脏功能不好，不是已经否决掉这个方案了吗？"

"所以说……"医生面露难色,"这也是为什么病人置入支架数量已经很多了,但仍然没有搭桥,只是没想到会出现这么严重的血栓。我刚才已经紧急跟几位专家联系过,如今……只剩这个方案了。"

郑家的几人都不说话了。

我听得不是很懂,但是也能明白,郑易爸爸这病,可能很严重。

医生给了方案,却不乐观。

郑皓也有些慌了,频频侧头看郑易。

半晌后,郑易沉声问:"还有没有其他方案?"

医生肯定地摇了摇头。

郑易短暂地闭了下眼睛,再睁开后,做了决定,他点点头说:"试试吧。"

手术要尽早进行,确定治疗方案后,家属需要跟医生去商议细节,郑皓在前面跟着医生走,郑易走了两步,又顿住脚转回身找我。

他站在我面前,显出一些疲态,伸手揉了揉我头发,低声说:"你先回去,我今晚估计要守在这里。"

我一时都不知道该说什么,只好将手里的水递给他,伸手去拉他垂着的左手:"你好好的,明天我再来看你。"

郑易眸光深沉地看我,握着我的手借力拽了我一下,然后伸手抱住了我。他下巴抵在我头顶上,声音沉沉地说:"回家路上注意安全。舒念的事先不要管了,等我忙完再说,听话。"

我把头埋在他怀里,感受到他温热清爽的气息隔着衬衫传递过来,感觉眷恋又不舍,点点头,"嗯"了一声。

郑易低头在我额头上落下一个温润的吻,说:"去吧,明天再来。"

因为担心郑易爸爸的情况,第二天我醒得很早,发微信问郑易怎么样了、什么时候手术。

郑易回复说手术在下午,医生在敲定最后方案。

我说:那我过去找你吧。你吃早饭了吗?

郑易过了好一会儿才说:吃过了,这会儿事情有点多。

然后他发给我一张照片,走廊里站了很多探病的人,有的面色惶然,有的老态龙钟。

他说:心怀鬼胎的人都来了,比较乱,你先别过来了。

我一想,他应该要应付很多闻讯而来的人,肯定有一番忙乱,于是给他回复说：好，下午再过去。

临近中午时，我收到了鉴定机构发来的提示消息，说结果已出，可以去拿报告了。

然后我看到了上午不注意的时候，舒念发来的微信：鉴定结果出来了吗？

我看了一眼就退出了聊天页面，心想：真是对不住，虽然我不知道你有没有存坏心，但是现在我男朋友说了，不让我理你，我得听他的。

下午我去拿了鉴定报告。

上面明晃晃地写着：提供的两组头发丝，亲权概率99.9991%。

没有意外，也没有惊喜。

我把报告装到包里，拿出手机来想要跟郑易说一下，准备过去医院陪他。

然后我就接到了一个电话，刚接通，那头便传过来一串嘤嘤嘤的哭泣声，吓得我差点把手机扔了。我莫名其妙地问她："你谁啊？"

"呦呦，我是妈妈。"

我："……"

我听出来了，那因为哭泣而颤抖的声音，确实是夏青的。

不等我说话，她便哭着道："我不知道……我不知道你是我的女儿。呦呦，妈妈对不起你，是妈妈不好，让你受苦了，我的女儿……"

她说"是妈妈不好"。

这一瞬间，我的内心涌起无数种情绪，积攒了二十多年的话都涌向了喉咙处，我张开嘴，却怎么都发不出声音。

她在电话那边一边哭泣一边语无伦次地忏悔，我看着人来人往的街道，视线模糊。

良久后，她在那边哽咽着唤了我一声："呦呦……"

我说："你怎么知道我是你女儿的？"

她顿时又压抑地哭出来："我今天收拾东西，看到了你父亲的照片……你跟他长得那么像，我对不起你们父女……"

她生了周浮生的孩子，却直到再次看见他的照片，才能记起他的样貌，想到我跟他长得像，从而意识到我是她的女儿。

她是有多么不上心！

我以为，真的需要等我把包里的鉴定证书摆到她面前，她才会大惊失色地承认。

我说:"没关系,反正我没有打算认你这个妈妈,不用说对不起。"

夏青似在那边愣了片刻,随即颤声说:"你恨我对不对?我没有做好你的母亲,但是我也有自己的苦衷,妈妈也不愿意扔下你不管。呦呦,妈妈能不能跟你见一面……"

我打断她说:"不用了,我不想听你的苦衷,也没有必要。"

"呦呦!"夏青凄声说,"就当妈妈求求你好不好,让我见你一面……我以前没有意识到你是我的女儿,呦呦……给妈妈一个机会好吗?"

她哭得越发痛苦,我咬着唇摸了把眼睛里的泪水,半晌后,深吸一口气说:"我只给你半个小时的时间。"

夏青哭着答应,仍在颤着声自责:"我的女儿……是妈妈对不起你。"

第十一章 黄雀在后

● 可能真的是我天真，或者说愚蠢

夏青在电话里说的地址，是一个咖啡厅。这个地址我听着耳熟，似乎以前去过。

直到出租车师傅把车停在一片胡同区的路边，我才想起来，那天郑易带我和郑皓去买观看马术的礼帽，就是在这样一片四合院里。

师傅把车停在一个过道前，说："这里面不好掉头，我就不进去了，你自己按导航过去吧，这咖啡馆藏得有点深啊！"

上次我们去买帽子也是，郑易把车停在外面，我们走了一段路。

我跟师傅道过谢，下车研究了一会儿导航，然后走进胡同。

导航定位的咖啡馆位置有些不准，不能确定究竟在哪座小院里。我一边往里走一边想等找到大概位置再挨个房子找找。

这条胡同深长，路口又多，却很荒寂，比那天英国夫妇的帽子店要破败很多，仿佛两个地方虽然看似位于一片，但是规划又完全不同。

偶尔有人家院子里传来狗叫声，衬得胡同里越发寂静，连走路的声音都显得格外清晰。

我心里涌起一丝不安，拐过一个路口后，忍不住给郑易发了一条微信，然而他一时没有回复。我越来越觉得不对劲，剧烈的心跳声中似乎听到了别人的脚步声。我顺手给他发了一个自己的位置，又给他拨电话，却一直无人接听。

我果断掉头往回走，给秦姝发了个位置和语音，问她在不在。

她那边倒是很快发来语音说："忙着呢，有话快说，有屁快放。"

我又发了一遍位置，然后小声说："我好像遇到危险……"

话没说完，有人猛地从我身后推了我一把，劈手夺过了我的手机。

我被推得往前一个趔趄，回头看到一个平头男人目光凶狠地朝我踏步走来。

我吓得立刻拔腿就跑。

然而转过来时的拐角时，一个理着莫西干发型、还染着黄色头发的小年轻正抱着胳膊冲我狰狞地笑。

前有豺狼，后有虎豹，我心说，这下完了，插翅难逃。

我往后退不是，往前走不行，只好在拐角处停下来，靠着墙虚张声势地问他们："你们想干什么？"

黄头发的男人冲我身后的人说："哥，幸好听了你的话，让我在后面堵了一道……这小妞还很有警惕性嘛，长得也不错。"

那个平头的男子目光明显更阴狠，单眼皮、三角眼，他警觉地看了一眼身后，压低声说："别想没用的，办完事赶紧走人。"

黄毛男点着头从兜里掏出一把弹簧刀来。

我心跳到了极速，又紧张又怕，脑子却稍微清醒了点："夏青派你们来的是不是？"

"又是个明白人。"黄毛男一脸可惜地说，"明白人往往都死得快。"

他说着，叮的一声弹出了刀尖。

我立刻说："我有钱，夏青给你们多少钱，我能给你们双倍！十倍也行！"

黄毛男顿时就笑了："小妹妹，你才多大啊就这么张狂？人家给我们的可是整整一百万。"

夏青真是疯了……我说："我给你们两百万，三百万也行！"

平头男没有说话，那个黄毛男听得目光闪烁，他明显心动了，刀子也暂时不往外闪了。

我略微松了口气,心想他们认钱就行。

我赶紧去伸手摸包,说:"我这就给你……"

"别动!"那平头男低吼一声,一把拽过我包链,掀开外盖往外抖了抖,里面掉出一管口红、一张银行卡,和被折成一条的亲子鉴定书。

我背的这个包小,装的东西也少。

那黄毛男伸手去捡银行卡,嘟囔说:"现在的人果然都不带现金了,怪不得抢钱越来越难了……"

我:"……"

"密码。"平头男说。

我飞快地报给他数字,他阴沉地说:"里面有多少钱?"

"大概一百多万……"我现在无比后悔自己葛朗台一样的性格,要是装了个上亿的银行卡,这会儿也许能跟他们称兄道弟了。

黄毛男顿时不高兴了,扭了扭脖子拿着刀冲我嚷:"说好的三百万呢!这卡里有没有一百万都不知道,骗鬼啊你!"

我赶紧说:"我只带了一张卡,但是可以登录手机银行查账!别的钱我也可以转给你们。我是VIP客户,每张卡可以用手机转一百万,我支付宝里也有钱!"

"你以为我文化低就不用支付宝吗!"黄毛男说,"少糊弄我,支付宝一天最多就转二十万!"

我顺从地拼命点头说:"我还有两个手机银行,可以转你两百万!"

平头男把卡收起来,黄毛男盯着他的动作,又抬头询问他的意思。平头男把手机扔回给我,然后抬抬下巴。黄毛男意会,掏出一张银行卡来,示意我银行账户:"别耍花样!"

我飞快地解锁开手机,挨个开手机银行APP,在黄毛男眼皮子底下转了两百万。

其间平头男又急促地催,提醒黄毛男说:"她刚才叫了人,快点!"

等我手机上显示成功,黄毛男拿着卡就示意平头男赶紧走。

黄毛男抬脚一走,我几乎要瘫软在地:还好,有钱能使鬼推磨。

"实话告诉你,有人砸了钱,放话一定要把你弄死……"那平头男站住没走,往我跟前凑了两步,说道。

我愣怔地听着,不防他手间闪了一下,顿时就觉得腹间剧痛起来。

他刀子带着血拔出来的时候,我下意识地抬手去捂流血的那个刀口,茫然地抬头看他。

"看在你钱的分上,留你一命。"他一双三角眼盯着我,说,"对不住了,妹子。"

我再醒过来时,已经是第二天了。

外面天光大亮,清晨的阳光穿透窗户照到摆在窗台的两盆绿萝上,嫩绿的叶片几乎要被金色的阳光穿透,影影绰绰的,泛着勃勃生机,仿若昨天发生的一切,不过是我做的一个噩梦。

昨天,那把冰凉的刀子捅进我肚子里,然后拿刀的人狠绝地转身离去,他身边的那个同伴留给我一个意外又惊惧的眼神,也转身跑了。

我一只手捂着往外冒血的刀口,指缝间湿黏滚烫,忍着灼痛和晕眩,拨了120。

再后来发生了什么,我就不记得了。

这是间单人病房,旁边隔了一道开放式的隔断,秦姝背对着我,正倚着隔断抬手打电话,声音压得很低。

"你什么都不告诉她,至少告诉我……"

我张张嘴发现发不出声音来,不由得轻咳了一声,肚子上的伤口顿时刷起了存在感,疼得我终于条件反射地哼出一声惨叫。

秦姝立刻敏锐地转头,看到我醒了,对电话里的人随意说了一声"醒了,先这样吧",随即挂掉电话,快步走过来,倾身摸了摸我额头:"不烧了,感觉怎么样?"

秦姝把自己内在气质培养得相当优秀的同时,还是个非常注重外在形象的人,我跟她认识这么多年,从来没见她一件衣服穿两天的时候,哪怕她跟容峥悄悄地发生了不可告人的一夜情,也拼着被我八卦追问的后果,让我给她送一套新衣服去。

而此刻,在七点多的清晨,她素面朝天,穿着一身发皱的衬衫裙,顶着一头蓬乱的鬓发,弯腰关切地询问我还好不好。

我几乎瞬间就红了眼圈:"我还活着……"

直到躺在这里,听见秦姝熟悉的声音,看到她关切的脸色,我才终于感受到劫后余生的侥幸与恐惧,一颗心终于算是稳妥地落了地。

秦姝伸手去按护士铃,闻言笑起来,眼圈也有点红,说:"你还活着,周小呦,福大命大。"

我也跟着她一起笑,然而刚扯出一点笑纹,肚子上的刀口就跟着一起疼起来。我龇牙咧嘴地敛了笑，心里却又沉重得让我几乎喘不过气来，沉默了片刻后开口说："报警了吗？"

秦姝顿时有些来气地看我，最后克制半天，叹了口气说："你说你去那种地方干什么……"

我张嘴想解释，她示意我先别说话："昨天已经报警了，详细情况警方需要找你了解，一直有人在外面守着呢，等医生查完情况，叫他们进来，你再一块儿说，省省力气。"

她话刚说完，医生带着护士进来了。

那医生年轻，进门看见我笑眯眯地说话："我们的幸运儿醒了？昨天输了那么多新鲜血液，今天一睁眼，有没有感觉到世界清明澄澈，精神倍儿棒？"

"……"这个医生画风很不沉稳，我老实说，"还有点晕，肚子疼。"

医生笑着点头，同时指挥护士给我测体温："正常，毕竟烧了小半宿，估计是吓着了……被人捅一刀能不疼吗？亏这歹徒不懂得如何一刀致命，要不说你幸运呢，你这一刀，正好捅在了肝和大肠之间，往上往下半分，你都没这么快醒过来……不过你也是，一点处理捅伤的经验都没有，我们要是再去晚点，你说不定就要休克了！"

我："……"这种经验，我该怎么积累？

这个医生话多，不用问就自己竹筒倒豆子一样往外说，倒是显得分外体贴，省得我牵动着伤口出声问。

那片巷子地形复杂，即使有定位，120赶过去的时候我已经因为失血过多晕了，幸好被捅伤的位置不涉及内脏，只是半夜发起了高烧，又折腾了值班护士一回。

医生带着护士呼啦啦地离去，临走前还叮嘱说："以后可少往胡同巷子里钻啊，我们去的时候那叫一个难找，车都开不进去……你这个闺密是真好，在这里守了你一夜。"

我感激又依赖地抬眼跟秦姝对视，她却瞪了我一眼，起身到门外，把两个穿便衣的警察叫了进来。

为首的一个警察自我介绍叫赵辰，进来后问我事情的经过，他身后的一个警察负责记录。

昏睡了十几个小时，我脑子终于清醒了："是夏青干的。"

警察说："先讲讲事情经过。"

"我先是接到了夏青的电话——夏青是谁?我从头开始讲吧……"

一份亲子鉴定报告上标明的我的亲妈,骗我去了一片胡同巷子,找了两个人,想要杀我。

我说:"我跟他们说,可以给他们三百万,但是我卡里只有一百多万……"

赵警官打断我:"昨天我们在接到报案后就查过你的银行卡,里面有八百多万。我们晚了一步,对方行动很快,在银行卡被监控前就分几个营业厅,分次一共取走了二百万整。你是不是记错了?"

"他没有都取走?"我也一愣,反应过来后说,"我知道那张卡里有八百万,只是我说有这么多,他们未必会信,而且我……我想试探下他们,如果他们想要更多钱,也许会接受我转账的要求,这样也许可以留点信息……"

秦姝听得抬手抚额,说:"这时候你倒是聪明起来了……你就不担心对方不接受,嫌卡里钱少把你弄死?!"

我当时确实没有多想,下意识就开口撒了个谎。

赵警官摆了摆手示意:"这种行为确实危险,尤其如果对方警惕性高,看出你的想法,你今天就不会在这里平安无事地躺着了。"

"但是,"他转折了一下说,"多亏你想到了转账,不然我们也很难查下去。你给出去的那张银行卡因为有多次大额交易,犯罪嫌疑人去取钱的时候根本没有引起银行职员的注意,而且,我们从银行监控看,嫌疑人应该做了易装,跟你刚才描述的两个人都不一样——一会儿我们的模拟画师会过来跟你询问细节。"

我说:"那张卡有查到什么吗?"

"盗用身份证办的卡。"赵警官说。

我点了下头,心里知道这就很难查了。

赵警官却笑吟吟地开口:"我们查到了那张卡在昨天上午有一笔一百万的进账,跟你说的嫌疑人承认的钱款一样。这笔钱来自一个小咨询公司账户,这家公司的董事长就是夏青——就在刚才,夏青已经因为涉嫌买凶杀人被刑拘了。"

我惊愕地看他,又难以置信地去看秦姝,她大概也没想到会这么迅速,怀疑地问道:"她承认了?"

赵警官说:"还在审,具体情况要等我回局里再说。"

他说完站起来,理了理衬衫衣边,赞许地说:"所以,周小姐临危不惧的智慧还是很过人的,如果没有这张卡的信息,我们最多只能传唤夏青做问询。她虽然打电话约你去那边的咖啡馆,但是中途发生什么,她可以说不知道。对了,你手机上咖啡馆的地址是真的,只是那家咖啡馆早就搬走换店了,地图软件没有及时更新。"

他说完就告辞,说画师一会儿会过来,他先回去跟进夏青的审问进度。我愣怔地目送他出去,又迷茫地对上秦姝的视线。

我说:"我总觉得这太简单了,不太对。"

秦姝凉飕飕地瞟了我一眼:"哪里不对?"

"夏青这么快就被抓了?"我疑惑地说,"多亏我英明神武?夏青蠢笨得要命?我觉得这里面有问题。"

我有点走神地说着,再抬头看秦姝,她却正面无表情地看着我,说:"周小呦,我问你几句话。"

见她面色不善,我点了点头,示意她说。

秦姝冷冰冰地出声问:"你缺爱吗?"

我有些反应不过来,一时不知道该怎么回答。

"郑易,你男朋友;我,你闺密;你虽然家庭有点特殊,但是成年之前你爸给你的爱不够?有我们几个围着你转,你还不满足?你今年二十六岁,不是十六岁青春期敏感又矫情的时候了!一个成年人,怎么就那么渴望母爱?你能不能先学会什么叫自尊自爱!夏青刁难你的时候,你不痛不痒没被怎么样,犹犹豫豫不知道该怎么办,现在刀都捅到你肚子里了,你还在给她开脱,亲自帮她洗白?"

"不是……"我开口想辩解。

秦姝横眉怒目,说:"那你倒是讲讲!怎么一听见她哭哭啼啼地打电话,你就不过脑子地去了?刚才赵警官没说?那片地方治安差劲到家,连个监控都没有,你怎么就敢智障一样地往里钻!她就没给过你好脸,开口叫你一声女儿,你就五迷三道地不管不顾了?愚蠢!你不自爱就算了,有没有考虑过我们的感受?我是眼睛多瞎,交了你这么个闺密!简直气死人不偿命!"

病房里回荡着秦姝的怒骂声,她气急败坏地破口大骂,说出话来完全不像平时损人不带脏字的风格。

"对不起。"我躺在床上哭出声来,胸间喘气哆嗦的时候,连带着刀口尖锐地疼起来,仿佛夏青亲自举着一把刀,捅进了我心里,把所有不切实际的幻想戳得粉碎。

"我去见她的路上,想了很多。我想到了她可能对我并没有多少愧疚之意,我甚至想,如果她跟我要钱,或者求我不要揭穿她的身份,我该怎样打她脸……"我抹了下模糊视线的泪水,深吸了一口气,低声说,"秦姝,你能想到自己的妈妈会找人杀你吗?"

秦姝一只手叉着腰,挑着的眉渐渐放下来,默不作声地看我。

"我想不到。"我转头望向天花板,出神地说,"虎毒不食子,可能真的是我天真,或者说愚蠢,我从来没有想到,人性会恶成这样。"

秦姝叹了口气说:"你早该知道,从她抛弃你们父女,或者你父亲去世的那一刻起,你就应该不再对她抱有幻想了。"

"我知道。"我抬手盖住的自己眼睛,在黑暗里回想当时混乱不清的思绪,说,"前天晚上,郑易跟我说舒念有可能图谋不轨,让我不要再跟她有任何交集,我答应了他,所以我想,我跟夏青这件事总要有个了断。"

"以前我想的是要跟舒念一起让她身败名裂,但是郑易这几天焦头烂额,我就不想再掺和添乱了,想跟她说清楚,大家以后桥归桥、路归路,舒念跟她之间无论怎样,我都不会再出面。还有就是……"

秦姝半晌没有出声,她似乎有点走神,我拿开手看她,她咳了一声:"还有什么?"

"还有,她说看到了我爸的照片。其实她说她是我妈妈的时候,我以为是舒念把这件事告诉她了,后来她哭着提起照片,我当时不受控制就想远了。我想,她还留着我爸的照片,为什么,是因为心里有愧、放不下吗?我就想去看看,问问她到底是怎么想的。"

我不得不承认,我当时脑子是空的:"郑易的爸爸那会儿刚进手术室,我想跟夏青谈完就回去陪他。我听他的话不理会舒念,但是没想到舒念会通过夏青朝我下手……"

"什么意思?"秦姝听得愣怔了一下。

"我刚才说觉得不对劲,夏青不会这么傻,不是你理解的那样想为她开脱,是我想到舒念可能有问题。"我在秦姝越来越严肃的神色中,肯定地说,"夏青要是能狠心对自己的亲女儿下手,就一定不会留着我爸的照片。"

"我打给赵警官,让他再来一趟。"秦姝立刻反应过来。

夏青是怎么知道我是她女儿的?

如果是舒念告诉夏青的,为什么?我不是已经答应她在众目睽睽之下把夏青的面具揭开了吗？她提前告诉夏青，像赵警官和秦姝说的，夏青因为觊觎我的财产，想要杀掉我再通过合法继承权顺利拿到这笔钱，那么即便夏青的过去也因此曝光，估计拿到几十亿的夏青，根本不会在乎那些了吧？

这对舒念有什么好处？最后我死掉了，她姑妈顺利嫁给许敬亭，夏青却摇身一变，成了既得利益者。

我想起在拍卖会上，曾经问过舒念，即便揭穿夏青，她拿着多年的夫妻财产，虽然名声没了，但是普通的小康生活总是没问题的，舒念能解恨吗。

她当时轻描淡写地回答我说："随便她吧，我现在只想替我姑妈出口气。"

那她何至于兜这么大个圈子，让我去死？

除非，她早已计划好，怎样不仅要让夏青身败名裂，还要让夏青身陷囹圄，更严重点，再因为买凶杀人被判死刑。

是不是正因为这样，那个三角眼才说，有人一定要弄死我？

赵警官说："即便舒念把你和夏青的关系告诉夏青，也不能说明什么。起意买凶杀人的是夏青，没有证据能证明舒念也参与其中了，你这种怀疑，不作数的。"

"我有一个疑问。"我想了想说，"电视上绑架或者买凶什么的，凶手不是都要现金吗？为什么夏青用的转账？如果没有我提出把钱转给那两个人，甚至我被杀死了，你们也会去调查夏青的记录吧？她汇款的那张银行卡，你们难道不会调取提款监控吗？万一那个黄毛男不小心被抓了，不是很容易就被发现了？"

"你的猜测有一些道理。"赵警官沉吟片刻后说，"我刚才回局里，其实已经听了夏青的供述，对方情绪激动，我们诈了她一下，声称已经拿到了凶手取钱的监控录像，与受害人指认的形象一致，她就慌了。"

我跟秦姝对视了一眼，没想到进展这么快："然后呢？"

赵警官别有深意地看着我们："她说是舒念教唆她买凶杀人的。我们已经准备传唤舒念，所以这里面还有什么事，需要周小姐你完整仔细地再讲一遍。"

这时，跟赵警官一起来的画师突然站起来，拿着iPad给我看里面的照片："你说的平头三角眼，是不是这个人？"

那是一张证件照，不是平头，但是一双阴沉的三角眼与我清晰而令人恐惧的记忆分毫不差地重叠在一起。他下巴上有道不起眼的疤痕，是他昨天在靠近我时，我无意中看到的。

我点点头，画师跟赵警官对视一眼："在逃通缉犯。"

画师转身出去打电话汇报情况，赵警官说："这是个惯犯，我们一直怀疑他们在为某个组织做杀手，至今还在调查。"

惯犯……我想起那张八百万的卡，他取钱的时候肯定会知道卡里余额，但是只取走了两百万，他拿了我的钱，说留我一命，真的没有往我的要害上捅。他们这种杀人无数的，肯定熟知如何一击毙命的手法。

一个通缉犯还能讲道义，一个母亲却能饥不择食。

"我觉得这个通缉犯和那个黄毛，不完全是一伙的。"我回想那天的细节，说，"我把卡给他以后，又提出转账的时候其实心里没底，如果他们让我转到我自己那张卡上怎么办？但是那个通缉犯自己把卡收起来了，让黄毛拿出了夏青转账的卡。"

赵警官笑了笑，起身："你这句话里的暗示我听懂了。舒念我们肯定会传唤，哪怕她跟两个凶手没有联系，单是教唆杀人，也是要负刑事责任的，但都得等审过以后才能确认。"

我断断续续讲了半天话，等病房里清静下来后，才觉得疲惫乏力，伤口火辣辣的痛。

秦姝接了一通公司的电话，在外面会客的隔间里打完，然后进来探了探我脑门的温度："你累了就睡会儿，别想太多了，交给警察去处理。"

我抓着她细软的手，点了点头，抬眼问她："昨天是你在那片巷子里找到了我吗？"

秦姝指尖顿了一下，挑眉说："不然呢？你不是找我求救的吗？我正准备跟我的投资人爸爸开会，你发了半句话的微信，吓得我什么都顾不上了！"

她说着伸手戳了我脑袋一下，我笑着说："我给你投资，你随便怎么花，就不用每天对着预算算来算去了。"

"那我岂不是要管你叫爸爸？"秦姝绷着脸瞪我，瞪到一半又破功，笑了起来，"怎么不美死你？"

我说："郑易的爸爸是不是出事了？"

秦姝的笑容登时僵在了脸上。

她大概没想到我会突然发问,猝不及防得甚至来不及调整面部表情,好半晌都没有说话。

我抿了抿唇,自欺欺人地说:"是不是他爸刚手术完,需要人寸步不离地照顾,所以他才没来看看我?"

秦姝终于敛了表情,看着我的眼神难以言喻:"他父亲身体状况很不好,手术期间需要心脏停跳,他父亲心肺功能支撑不住……没能醒过来。"

人生的际遇,真是变幻莫测,可能前一秒还风平浪静,下一刻却波涛汹涌。

我没有想到自己会中一张巨额彩票,一夜暴富,也没预料到走在路上会有人横冲过来捅我一刀,更不知道一天的时间,足够发生很多变故。世事难料,无法捉摸。

郑易此刻会是什么心情?

我跟他说:"你好好的,明天我再来看你。"可我既没有去看他,他也并不好。

郑易开玩笑说,等郑兆和醒了,告诉他一个完美的解决方案,让他的小儿子肩负着家族使命去和亲。

"我想去见他。"

秦姝今天不知叹了多少口气,她无奈地给我拽了拽被子,说:"你伤成这样,动一下就龇牙咧嘴的,怎么出去?外面天气又热,万一伤口感染发炎怎么办?"

我拽着她的衣角,想办法说:"我们弄个轮椅,再找个冰袋。我就想去看看他现在怎么样……"

"不要异想天开了,你先好好养几天,等伤口长上了再说。"秦姝目光柔和,态度却很坚决,大概见我拽着她不撒手,又换个角度说,"他父亲突然去世,郑家上下肯定乱套了,他要准备他父亲的葬礼,要处理郑氏的麻烦,自己的公司也需要做决策,一心几用,你这副样子去见他,不是让他更加分心?"

"他还不知道我……住院了?"我慢慢松开了秦姝的衣服,心里也跟着轻松了一些。

秦姝摇摇头:"他一直在忙,估计你这边不会有什么事,所以没抽身找你。"

她说着把我的手机递给我。昨天下午,我没有打通他的电话后,有一条他打给我的记录,然后就什么都没有了,微信里,最新的记录停留在我发给他的那个位置上。

秦姝见我冷静下来,安慰我说:"你先安心养病,等他那边事情处理完,他肯定会再联系你,到时候你伤口也恢复了,省得他现在一边忙一边惦记你,对不对?"

那天郑易刚给我讲完郑氏面临的危机,以及心怀各异的人们,想必每一样都足够让他焦头烂额。

我顺从地点点头,心想幸好他不知道我出事了,不然他还要分心担心我,我却躺在这一点忙都帮不上,估计会愧疚得不行。

我在医院里养伤的第三天,赵警官带来了一个不好的消息。

他们以最快的速度传唤问询了舒念,她很配合,承认确实将我的身份告诉了夏青,但没有不良动机,只是不想把事情闹得太大,免得许家太过难堪,从而影响她姑妈跟许敬亭的关系,她的本意是让夏青主动退出,没想到夏青会做这种事。

至于夏青嘴里的教唆,根本是她自己臆想的。舒念说她当时的原话是:"凭你们的血缘关系,周呦呦的六十亿,不就是你的六十亿吗?"

这句话有很多种解读方式,无法判断舒念有教唆的嫌疑。而夏青那边,问她几次,她虽然咬定是舒念怂恿她杀人,但是翻来覆去无法确定当时的原话。

警察还询问舒念,既然已经跟我约好,为什么临时变卦单独约见夏青的时候,没有告诉我。舒念坦荡地回答,事发的那天上午,她微信联系过我,但是我没有回复,她认为不急于一时,就没有再联系我。

我想起舒念当时问我的那句话,竟然哑口无言,无法再争辩。

"这里面其实还有疑点。"赵警官说,"据夏青交代,她买通的两个凶手,是对方主动联系的她。"

我听得一愣:"什么意思?"

"就好比瞌睡遇到枕头,在电线杆上找治病小广告的时候遇上发传单的,传单上正好是对症的药。"赵警官解释说,"总之,这里面确实有问题,夏青自己也说,是对方要求她把钱打到那张卡上的,她心乱如麻地转完账,事后也提心吊胆,转完账后就开始让那家公司做账,只是没想到我们会这么快就查到她头上……至于这个疑点是不是跟你猜测的一样,只能等凶手落网后才能知晓了。"

所以这里面到底有没有舒念的参与——目前是没有半点证据能证明

的，即便真的有她作祟，凶手被抓到了，他们肯不肯供出舒念，也还是未知数。

赵警官叹了口气："我们也试着去查过舒念的相关账务记录，但她是外国籍，很多情况我们鞭长莫及，无法了解到。"

舒念刚回国没多久，国内的账户肯定是一目了然的，她肯定不像夏青一样，慌不择路。可能从她回国那一刻起，她就已经做好了对付夏青的准备，就像她说的，即便找不到我，也一样有其他办法解决。

那么，我这条路，是更简单快捷，还是更合她心意？

她又有什么心意？

"那个通缉犯孙强和黄毛，我们已经在全力实施抓捕了。因为你这事，我们查到了一些线索，相信不用太久，就会给你一个真相。"许是见我心不在焉，提不起精神，赵警官走的时候安慰我，到了门口，他又停住脚，"对了，夏青说……想见见你。"

这是一个比"狼来了"还要讽刺的请求，我摇了摇头说："我已经不敢见她了……我怕自己吐出来。"

我原本就已经对她失望无比，发现她与我爸信中所说的一样——她未必会如我预想的那样。因为二十多年的执念扑空，我想去做个了结，大家彼此放过，却没想到她只是想先把我了结掉。

在我住院的第四天，许家人来了。

秦姝因为日理万机，给我叫了个护工阿姨，每天只在下班时间来看看我。昨天她晚上加班到很晚，我威胁她如果再来，我就强行出院。

护工敲门的时候，我正盯着微信的聊天记录出神，心想夏青被抓了，舒念也被叫到公安局问话，郑易还是不知道吗，为什么一直不联系我，哪怕没有时间找我，发条微信也行，为什么从那天起就完全不联系我了，弄得我这两天总是胡思乱想、心怀期盼，然后又日有所思、夜有所梦，昨天晚上恍惚间感觉他来看我了，温柔地亲吻我额头，干燥的手握着我手指摩挲，然而我一睁眼，病房里一个人都没有。

护工说："周小姐，有人来看您了，要见吗？"

"快请进来。"

我以为会是郑易。

进来的却是拎着果篮的许敬亭、抱着一束花的许诺，以及挂着拐杖的许老太太。

许诺看我的眼神很不自然，瞟我一眼，对上我视线后又匆忙转开，一声不吭地把花递给了护工。

护工给我在身后塞了个枕头，搀扶着我勉强半坐起来，我一时也不知道该说什么。

许老太太两手搭在拐杖上，站得仿佛没有上次见面沉稳了，目光如炬地打量我，不知道经过多少事的人，神情竟然也有点难以捉摸、不知如何开口的样子。

许敬亭面容憔悴，显露出了几分知天命的老态，但是那支撑了他大半生的气质还在。他将果篮放到床头柜上，有些艰难，又尽量平稳地开口："周小姐……身体恢复得怎样了？"

"还好，医生说伤口长好可能要等近一个月。"我扯着嘴角笑了笑，"没死就已经很好了，医生说我幸运。"

许敬亭的脸"唰"地白了一层，他迟疑地点了点头，说："……那就好。"

"你不要误会。"我看他似乎以为我在嘲讽，连忙解释说，"我没有别的意思，事实上，我没想到你们会来看我，尤其是许老太太……您先坐，别累着。"

许老太太没动，只是看着我。我说："我以为你们会恨我，没想到你们还会来看我。"

夏青被抓的当天，许氏的股票一开盘就连续下跌，直到许家发表紧急声明，态度分明地表示配合警方的调查工作，并指出夏青隐瞒身份等一系列的内情，才没能被舆论的吐沫星子淹死。

许敬亭苦笑了一声："你不也是受害者？"

许敬亭看事情要想得开很多，他不质问我为什么隐瞒，也不像要打探详情的样子，只是很有同理心地想到我一定也不好受。可能二十多年前，那些让他不得已与夏青同床共枕的旧事，让他感同身受。

许老太太却体会不到，她缓缓开口说："你既然早就知道，为什么没有告诉我们？"

我想了想，直视她审视、不赞同的目光，淡淡说："大概是因为，每个人心中都有一把小算盘，总是希望事情的结果对自己最有利，总是认为算得天衣无缝、分毫不差，直到有一天发现结果背道而驰，才会去思考，为什么当初没有如何如何去做。"

许老太太神色倏地一变，我接着说："其实这个时候已经晚了，多说无益。"

她站在自家的角度认为我做得不对——至少对许家来说，让他们遭受了无妄之灾，但是我凭什么站在他们的角度去看问题？事实上，许老太太当年棒打鸳鸯，情急之下抓住夏青这根自以为的橄榄枝时，想过会有今天吗？

可能上年纪的人，自我感觉吃的盐比别人吃的饭多，让他们低头承认自己的错误比登天还要难，他们需要找个背锅侠，然后理直气壮地兴师问罪。

许老太太脸色很难看，但是她保持了不跟我这个年轻病人吵架的教养，拄着拐杖沉着脸没有再说话。

许敬亭见气氛比刚一进门时更尴尬，出声客套地说："周小姐没事我们就放心了，你安心养病，有时间我们再来看你。"

我也巴不得他们快点走，连忙说："慢走，我就不送了。"

不等我话音落，许老太太已经转身往外去了，护工跟着去送，我看见落在后面一直没出声的许诺，忍不住叫了她一声。

许诺回头看我，面无表情地绷着脸，眼神却捉摸不定，大概至今无法接受我是她同母异父的姐姐这个事实。

她站住脚没再走，却也没有主动开口。

我按捺不住地询问她："昨天是不是郑易爸爸的葬礼？你去了吗？"

许诺似没料到我会问这件事，顿了一下，然后干巴巴地说："去了。"

"你看见郑易了吗？他还好吗？"我期待地看她。

"我为什么要告诉你？"许诺目光戒备，嘴巴抿成一条直线，说，"不要因为你也是受害者就认为我不讨厌你，要不是你，我妈妈……"

她没有再说下去，眼圈泛红地瞪着我。

头一次，我能心平气和地跟她说两句话："你其实心里有数对不对？她是你妈，也是我妈，如果她真的要了我的命，你也许会想，有一天她是不是也会要了你的命。她的经历、她的性格，注定了她眼中只有自己想得到的东西，其他的——男人、孩子，她会爱，但不会深爱。"

许诺倔强地扬着下巴，偏过头，飞快地抹了一下眼泪。

"你其实也没有多喜欢郑易是不是？"她下意识要开口，我抢话说道，"他对你态度又不好，更不会宠着你，根本不是你喜欢的类型，只是夏青说你们合适，你才想试试的，对吗？"

多少次，许诺看到我和郑易在一起，最多会愤怒地瞪我几眼，转脸就和郑皓、容峥他们玩得很开心，无忧无虑又没心没肺得像个住在城堡里的公主。

虽然她不认我这个姐姐，我也并不想叫她妹妹，但我还是没管住嘴，忍不住说："你都要二十四岁了，虽然衣食无忧，但也不像我一样有钱，未来你爸爸也许会再……总之，你自己要有点规划。"

"要你管！"许诺脸都红了，奓起一身的毛，哼了一声，撇嘴说，"你先管好自己吧，有钱有什么用，照样管不住自己男人，都要被舒念抢走了，还在傻不愣登地跟别人讲大道理。"

"什么意思？"我听得心里咯噔一下，那种不好的预感似要成真。

"字面意思。"许诺说，"反正，昨天郑叔叔下葬的时候，站在郑易身边的人，不是你。"

她说完见我一直没吱声，放下抱着的胳膊："我肯定没有看错……你好自为之吧，我先走了。"

第十二章 分手快乐

● 别指望我祝你们幸福，请好自为之

在我住院的第十五天，医生说我的伤口好得差不多了，再过两天就可以拆线了。

秦姝说："别看你脑子不怎么样，身体倒是倍儿棒，恢复得还挺快……哎，你怎么回事，我好不容易下班抽空来看看你，你看你这昏昏欲睡的死样！"

"今天找了一本小说看，午觉都没睡，好困……"我眯眼懒洋洋地倚在枕头上，含糊地说，"秦小姝，你每天雷打不动地来看我，我真的好感动……"

"忙的忙死，闲的闲死！"秦姝伸手狠狠地戳了戳我脑门，"那你早点睡，一会儿让护工给你买点吃的上来。我先走了，晚上还有个培训会议。"

秦姝脚上十厘米的高跟鞋嗒嗒地敲击着地面，渐行渐远。我掀开被子，扒着门缝，见三三两两的护士各自忙着，然后轻手轻脚地穿着一身病号服，逃出了医院。

十六天，郑易一直没有来看我。

夏青的事情闹得许家市值都蒸发了不少，舒念也被传唤问询，他不可能不知道夏青找人捅的那个人是我，怎么不来看看我？我有点想他，他不想我吗？

至于许诺说的，看到舒念站在他身边……谁都可以站在他身边，我要是就此误会了他，还不知道要花多久才能再兜兜转转地挽回。

往常郑易下班就会回家，我到的时候已经七点，敲门却没有人应。

我拿出手机，忽略前面几条发出去但是没有得到回复的微信消息，问他：你在家吗？

仍然没有回复。

我心想他最近可能跟郑皓走得会近一些，于是改问郑皓：郑易在哪里？

郑皓回复得很快，一句话一条：

我不知道。

你找他干什么？

他最近很忙。

可能……没空见你。

我说：你不说实话，山区修路的捐款就泡汤了

片刻后，郑皓回复：我这是人人唾弃的卖国求荣啊……在家，西山别墅这边。

他又说：你不会要过来吧？

我安慰他：不会的，我就问问。

出租车只能停在小区门前，别墅区地广人稀，一路走进来，到郑家别墅门口的时候，我忍不住捂了捂肚子上的伤口，有点烧灼的疼。

用人给我开的门，对我还有印象，迟疑着叫了一声周小姐。

我等不及她再进去通禀，侧身进门，穿过玄关，转角便看见正在客厅里说话的郑易和郑皓。

郑皓话说到一半，见到我时声音戛然而止，张着的嘴忘了合上，呆愣好一会儿后，竟然显露出一点有口难言的稳重神色来："……我就知道你还是会来。"

我冲他笑笑，然后转头去看郑易。

半个月不见，他似乎瘦了点，又好像只是西装修身效果太好的缘故，衬得他依旧挺拔，手长脚长地坐在单人沙发上，气质越发雍容翩

然，神色越发内敛。

上次来郑家的时候，我记得那张沙发上坐的是郑兆和，不过数月，一家之主已经变成了郑易。

郑易眸光沉甸甸的，对上我的视线，凝眸深深看了我一眼，旋即上下打量了我片刻，轻咳了一声才轻淡地开口："身体恢复得怎么样？"

郑皓收起茶几上的几沓文件，默不作声地抬脚上楼。

我刚才回家，顺便把一身病号服换成了裙子，然而这两天在下雨，日落后气温下降，一路走来感觉周身都是凉的，只有刀口是火辣的。

无论是见面的地点还是他轻描淡写的问候，跟我想象的都不一样。

我吸了口气，轻声说："不太好，太疼了。"

郑易正倾身去端茶几上的玻璃茶盏，却没端稳，洒了一点茶水出来，他只好又将茶水放下，"嗯"了一声说："记得你说过痛觉神经比较敏感……有话坐下说？找我什么事？"

找他什么事……我站着没动，说："你半个月都没联系我，也不来看我，我只好来看看你。"

郑易嘴角微扬，动作幅度微小而敷衍，只有眸色越发幽深，他客客气气地说："我最近比较忙，抽不开身去探病，抱歉。"

他就跟没事人一样，我一言、他一语地往来对话，周到又疏离，甚至不如第一次见面他探究我有多少钱时的饶有兴趣，就像看过的悬疑电影，早已经知道了凶手是谁，再看第二遍时已提不起兴致。

我做不到像他这样沉得住气，往前迈了一步，想咄咄逼人地开口质问，却又实在茫然无措，不知道为什么剧情变化这么快："你到底怎么了？是不是有什么困难？"

郑易一只胳膊搭在沙发扶手上，一动不动的模样有点僵硬，过了片刻若无其事地说："确实有些困难。你也知道，郑兆和刚走没多久，郑氏一堆烂摊子等着我收拾，顾不上其他……"

"是你上次说的那件事吗？"我早就猜到会是这样，忍不住打断他，提出自认为十分简单的解决方案，"你可以找我啊，我有钱你忘了吗？你要是收购舒念的那家公司，用我的钱，我借你。"

郑易抬眼看我，露出一个未达眼底的笑，很勉强，莫名地透出一丝嘲意来："借你的钱去收购她的公司，我为什么不直接跟她合作，用她的股权去解决问题？"

"以什么形式合作呢？"我紧盯着他问，"结婚吗？"

他端起茶盏，一口将茶水饮尽："这就不劳你操心了。"

我忍不住笑出声来，简直难以置信："那我呢？郑易，那我这个女朋友呢？秒变前任吗？既然我跟她都可以帮你解决问题，你为什么不选我呢？"

郑易看都不看我，捏着杯子的指尖泛白，漫不经心地说："你的钱未必够，即便够了，你们两个无论选哪个，有区别吗？"

他话音落的那一刻，我心里顿时一抽一抽地跟着肚子上的刀口一起疼。我心想：以前怎么没看出来，眼前的人其实就是个人渣呢？

我再开口，感觉自己气得嗓音都低哑了："郑易，你敢不敢把这话再说一遍？"

郑易垂眸看着手中的空杯，没有说话。

"看来你也觉得自己渣了。"我怒极反笑道，"那你敢不敢把那天在樱桃林说的话再说一遍？我说我都不知道自己有多好，下一句是什么，你还记得吗？"

"一两句情话，说过就忘了，不记得很正常。"郑易将杯子放在桌上，阖了阖眼，再睁开时眼里尽是淡漠，说，"何况记得又怎么样？你当初寸步不离地黏着我，不一样是为了惹夏青生气？注意你？我们两个，本就都是各取所需而已。"

我听得一愣："你说什么？"

他没说话，正沉默间，客厅后面的餐厅里绕出一个系围裙的人，嗓音出奇的婉转："郑易，饭熟了，可以开饭了。"

我看她一眼，感觉荒谬至极，我指着她转脸看郑易，心中的怒火恨不能将他烧毁容："我接近你，是为了跟夏青作对——郑易，是她告诉你的吗？你是这么认为的？"

郑易扫一眼舒念，说："不管谁说的，对不对，你心里有数。"

舒念将围裙摘了，拿在手里，看了看我们两个，平静地对我说："可能你确实喜欢郑易，感情上没有欺骗他，但所作所为确实……"

"你闭嘴！"我瞪了她一眼，"这好像是郑易家里吧，我在跟他说话，你是已经跟他确认关系了，还是已经领证了？没有就请闭嘴，跳梁小丑。"

舒念的表情顿时无比难看，郑易皱眉沉声斥责我："周呦呦！"

我此刻心里反而平静了一些，顿了顿，微笑着说："太难看了，为了一个渣男，跑到他家里来跟你们吵架，还不够丢人的，我必须保持自己身为一个有钱人的教养。"

郑易的神色隐在温暖的灯光里,明明室内亮堂堂的,却让人看不清他到底在想什么,只有一双黑沉沉的眼睛,似蕴了很多话,但给他时间,他又不打算开口。

这种时候,我也没什么好说的了,想了想开口道:"自从你说喜欢我,我就一直有些奇怪,我感觉自己没什么好,长得倒是比在场的某位女士好看些,也算有钱,内在的话,你也整天教训我胸无大志,但你偏偏说我跟其他人不一样,我就想,有什么不一样的?

"后来想了很久,突然想到,你是不是因为咱俩过去的人生有很多同病相怜之处,才对我心生好感呢?"我偏着头看他。

他神色猛然一震,目光中终于有了强烈的起伏。

"其实你本来就没多喜欢我是不是?"我自顾自地点点头,感觉很多事都有了解释,"不然我真的没办法理解,你为什么变脸如翻书,说喜欢就喜欢,说不喜欢就不喜欢。"

我攥着拳说:"这样也挺好的,我本来就想找机会跟你说,我以前看过一本书,一个孩子带着疾病出生,夫妻两人共同目睹了孩子痛苦短暂的一生,等孩子病逝后,他们就离婚了,因为看见对方,就能想起那段肝肠寸断的岁月,两个带着同样痛苦的人是无法支撑着共同走到最后的,我们两个即便有了开始,也不会有好的结局。

"你人虽然渣了点,但是好歹给我留了一些脸面,那么正好,最后的一句话就让我来说吧。"我吸了口气,鼓起勇气说,"郑易,我们分手吧,从此以后我走我的阳关道,你过你的独木桥。别指望我祝你们幸福,请好自为之。"

舒念站在郑易的沙发背后,面无表情地看着我。

郑易仍旧坐着,微抿着唇闭上了眼睛,大概是想跳起来打我,但终究选择了隐忍。

他轻声说:"好。"

我转身走出了郑家。

夜色温柔,清凉如水,下午阵雨过后天气放晴,又是一个月明星稀的夜晚,让人想起曾经有个人渣坐在车里,声音低沉地说:"呦呦,过来。"

我确实想过,郑易会不会是因为我们两个惺惺相惜,尤其我比他更惨才跟我在一起。可我其实想的是要找机会告诉他,虽然我们有着痛苦的过去，但是我乐观开朗，即便他无法摆脱以前受到的伤害，我也可以带着他一起向前看。

今天我才知道，只有我一个人想向前看，他们都是向钱看。

我捂着肚子想，其实满打满算，我跟他在一起还不到两个月，哪有什么深爱可言，干什么脑子进水跑来郑家折磨自己，折磨得心肝肺和肚子通通疼了起来。

就在我想如果不能叫进一辆出租车，不如叫辆救护车的时候，后面有车缓慢驶来，闪了闪车灯。

郑皓缓缓打开车窗，说："你怎么也不跟我说一声就走了？我一想这里面不能打车，你还受着伤，走出去多遭罪啊！上车！"

我伸手抹了一把眼睛，感觉最近洗眼睛运动真是有点多，然后衡量了一下利弊，拉开副驾驶座车门，上了车："你哥不是个好东西，你倒是比他强一点。"

"唉……我也不知道该怎么说了。"郑皓难得正经，没有嘴贫，声音沉沉稳稳的，仿佛几天工夫就抛掉幼稚，走向了成熟，"从你的角度讲，我应该跟你一起骂他不是东西，可他是为了我们郑家的生计，为了什么都不懂的我，我说不出口。"

我冷笑了一声。

郑皓说："哎哟哎哟你别这样，我听得难受。郑易这么多年不受半点郑氏的恩惠，我爸一走，反而要让他把整个烂摊子扛下，我每天看他通宵达旦，几乎睡在书房，抓耳挠腮地想帮忙。说真话，如果舒念愿意，我可以跟她结婚，我巴不得成全你们……"

"千万别！"我打断他说，"这样的渣男谁要谁领走。幸好有这么一出，我被坑得还不是太惨，还能尽早全身而退。"

郑皓被我堵得说不出话来，纠结又欲言又止地看了我几眼，最后出声说："你们刚才说话，我在楼上悄悄听到了一些。用你的钱还是用舒念的股权其实是有区别的。舒念继承的股权占了整家公司的近30%，她老公的那些股份对很多重大决策尤其收购来讲，都有一票否决权。即便有钱去收购，只要她那边不答应，就没办法进行。

"而且郑氏现在确实有很严重的危机，公司的现金流出现问题，即便加上你的钱，也未必能收购超过50%的股权。"郑皓也很头疼，"我现在每天都在悔恨，为什么曾经那么不学无术，对家里不闻不问。"

郑皓说："呦呦，郑易也很痛苦。"

"是吗？"我无知无觉地说，"我倒是没觉得，跟前女友旧情复燃，顺利解决公司危机，他不应该挺嗨的吗？再说痛不痛苦，跟我有什么关系？他痛苦的来源，并不是我。"

郑皓不说话了。

到了医院楼下，郑皓说："我送你上去？"

"不用了。"我冲他挥挥手，"你早点回去吧，明天又是痛苦的一天呢，得跟着郑易去公司处理工作吧？"

"呦呦……"郑皓黯淡着脸色，可怜巴巴地看了看我，我转过身准备走时，他在我身后说，"其实是他让我送你回来的。"

我点点头："明白，站好最后一班岗嘛！"

等我出院，已经是半个多月后了。

因为那晚偷溜出去，走路太多，愈合的伤口又裂开了一些，我被秦姝按着生生又在医院待了几个星期，直到拆完线，医生确认伤口不会再出变故，我才收拾东西回家。

我那套房子，以前住起来觉得很舒服，在市中心，闹中取静，小区绿化环境也好，人来人往的，但是一来跟对门的邻居分手得并不愉快——即便我再也没有遇见过对门有人住，二来我住得总是不安心，大概是被捅出了心理阴影，哪怕楼下的安保人员会确认外卖人员的身份，我也经常疑神疑鬼地担心哪天一开门，有人在递给我快递的时候一刀捅过来。

做过几次噩梦后，我就又花钱买了一套治安非常好的别墅，颠颠地搬了过去。

因为别墅区大，每天打车不方便，我又报了驾照培训学校。我选的是钻石班——即便教练让我往左拐，我脑抽往右拐了，教练也只能轻声细语地说"是我没说清楚，您请往左打方向盘"的那种。

在教练每天"您车感真好"的鼓励下，只用一个月，我就拿到了驾照。

然后我一口气买了两辆车，一辆骚包的红色小跑，一辆高大凶悍的SUV，两辆车加起来将近千万。

刚中完奖的时候，我总调整不过来心态，一多花钱就恨不能算一遍还剩多少资产，而且之前马不停蹄地忙着打入富人阶级，又想着给别人展示自己良好的形象，生怕学车把皮肤晒黑，完全不敢学点实用的技能。

被夏青派人捅一刀后,我反而想开了。

我这钱,如果不及时行乐,以后还不知道会落到谁手里,与其装进别人口袋里,不如我先一口气花过瘾。我不能辜负上天对我的一番偏爱。

自从跟郑易分手后,再加上养伤,我少去了很多乌烟瘴气的酒会,虽然有点无聊,但是每天在夏日夕阳里和超高的回头率中自己开着几百万的跑车转几圈,也挺悠闲。

生活,就该像花一样灿烂,尤其是我这种财务超级自由的人生活。

八月中旬,我模仿国外电影里的尤物们,涂着大红色的口红,系着飘扬的爱马仕丝巾,带着镶了钻的墨镜,开着敞篷小跑在外面转了一圈,收获无数目光后从外面浪回小区,途经休闲广场的时候,前方停车的路边站着几个男人,其中一个抬着手指响亮地冲我吹了一声口哨。

广场上正好有两三个小孩在追逐打闹,眼看要跑到路上来,我不得不踩了刹车,正停在那几个人身侧。

吹口哨的男人凑过来,说:"美女,加个微信好吗?"

我摘掉墨镜,面无表情地说:"容峥,你搭讪的方式是沿袭了上个世纪八十年代的套路吗?"

容峥一脸的骚浪贱,在我眼睛露出来的时候,一片片皲裂了。

他身后站了不少人,有周俊、郑皓以及许诺。

周俊难以置信地使劲瞅我:"你是周呦呦?"

我把墨镜戴回去,冲他扬唇一笑:"正是本美女。"

郑皓也惊到了:"哎哟哎哟,你……你怎么在这儿?"

"回家啊。"我理所当然地说,"我家住这小区。"

"这么巧?!"容峥说,"我家也是这小区的。呦呦妹妹,你别是打我什么主意吧?"

我:"……我眼睛是得有多瞎。"

我搬到这小区后,秦姝来过,当时她就说,容峥也住这里,但是小区太大,这还是第一次遇上,还一下就遇上这么多人。

自从我和郑易分手后,大家几乎没有了来往,这会儿再见,虽然郑易不在场,但是多少有些尴尬,毕竟我认识他们,都是因为郑易。

"那你们玩着,我先走了。"我点点头准备重新发动车子。

"等等!"郑皓突然叫住我,绕过车头上了副驾驶座,"好久不见,咱俩聊几块钱的?"

我拿过手机示意:"你准备聊几块钱的?先发红包给钱。"

郑皓一脸愤懑地给我发了一百。

我把车往前开了一段后，停在路边，拿出赚外快的诚意来。

"我以为……我以为你失恋后会……"郑皓开了个头就说不下去了，晃了晃脑袋说，"这种说话风格根本不适合我，哎哟哎哟，你居然跟没事人一样，还更漂亮了！是不是去了韩国！"

"因为我每天早睡早起。"关于我的皮肤和精神状态，我也颇为自得，随即又冷飕飕地瞥了他一眼，"什么叫我跟没事人一样！你那人渣哥估计更是人逢喜事精神爽吧？"

我有时候刷财经新闻，还会看到媒体报道郑氏太子登基后大刀阔斧地改革，过去一个月里，郑氏动荡非常。有些报社拿到了小道消息，报道说郑氏正在寻求解决仓储问题的方案，有可能会进行收购，并列了一些可能的海内外公司，其中舒念继承股权的那家，赫然在列。

"哪有！"郑皓愁眉苦脸地说，"你都不知道我们现在多苦，每天披星戴月的，我每天要捏着鼻子看各种管理啊，经济啊之类的书。郑易是彻底成了空中飞人，他现在满世界乱窜，整天风尘仆仆、胡子拉碴的。"

我握着方向盘的手紧了紧，漫不经心地说："不是有未来的郑夫人帮忙吗？"

郑皓说："哪有那么简单？舒念手上虽然有不少股权，但是最终控股权得达到51%以上，还在运作呢。"

"哦。"我不以为然地应了一声。

郑皓确实是找我聊天的样子，说："你最近干吗呢？我很少有空出来玩，但也没听人提起过你，好像你也不出来玩了。"

"每天自己玩呗。"我说，"最近正想着去环游世界呢，在办日本的签证，准备先去那边待几个月，预计花两三年先把亚洲玩一遍吧。"

"两三年？"郑皓睁大眼，"这么久吗？你不准备回来了？"

"回来干什么？"我不甚在意地说，"又没什么值得留恋的，在哪儿待着不都一样？"

"这哪能一样！"郑皓正色说，"哎哟哎哟，我这两天还想联系你呢，有个事想求你帮忙。"

我挑眉看他。

郑皓先天下之忧而忧地说："在那遥远的小山村，多少学龄儿童缺少一个英语老师。"

我一脚把他踹下了车。

临走前郑皓死乞白赖地说:"好久没有合照了,你看你现在又如此富美,咱俩自拍张?"

直到跟他合完影,我才反应过来:"为什么是富美,而不是白富美?"

郑皓呵呵呵地笑:"说出来,我怕伤害咱俩之间的友谊。"

我送给了他一溜汽车尾气。

九月的第一天,我从东摇西晃颠簸了一路的拖拉机上下来,头晕目眩地看着眼前连台阶都没有的小土坡上泥砖盖的几间破烂平房,恨不能立刻掉头回去打死郑皓。

这跟他哭天抢地、撒泼打滚地让我来支教两个月时描述的完全不一样!他说那山村里屋舍俨然,有良田美池,既可以感受宁静幽美的山村生活,又能体验世外桃源般的淳朴民俗,更有帅哥同事跟我朝夕相处,养眼养神。

而我,目光所过之处,只有一间间的破砖烂瓦和急需修整的满地荒草,偶尔看见一两个拔草锄地的,朴素的精神面貌都很符合国情,无一例外。

土坡上,远远有个中年男人冲我挥手,他笑得见牙不见眼,从坡上溜下来,身后带起一团飞扬的尘土,十分有动漫特效。

我绝望地心想:难道这就是帅哥同事?

"老师好!老师好!"那男人穿得虽然很乡村,但是很整齐,除了藏蓝裤子和布鞋卜蒙了一层刚刚带起的灰尘,"俺是这村的村长。郑皓联系俺说要来个英语老师,真是太好咧!要不是郑皓,娃们这学期的英语课就要耽误咧!"

我咧着嘴勉强笑了笑,心里只期待郑皓说的村里原来那个遭遇难产的英语老师能尽早养好身体,两个月后成全我的日本之行。

村长热情地坚持帮我拎行李箱,示意我跟着他学,一步一个坑地踩着无数人踏出的天然台阶,往土坡上去。

土坡上倒是很宽敞,在泥砖平房后,挖平了好大一片空地,此刻已经拔起一座两层高的水泥建筑,盖房民工们正热火朝天地干活。

村长兴奋地指给我看:"这是俺们村新建的希望小学,都是郑皓帮俺们拉来的捐款,再用不了多久,娃娃们就能到楼里上学咧!郑皓就是俺们这一带的福星!"

"挺好的挺好的！"我跟着笑眯眯地点头，心想：郑皓拉来的全是我的捐款！此刻你们的福星就在眼前！

村长带我往那几间破败的平房走去，边走边介绍哪间房子是几年级的。这附近几个山头村子里的小孩都是在这一个学校里上学，教室虽少，学生却很多，一、二年级的学生都是挤在一间教室里上学。

有间教室正在上语文课，整齐划一的朗朗童声正在念诗：

"《游山西村》，陆游。莫笑农家腊酒浑……"

村长上前去教室门口叫人，我听着这些充满求知欲的清脆读书声，竟然隐隐地生出一股对教学的期待来，小时候无数次描绘的教师理想，没想到不用考资格证就能提前实现了。

教室里走出一个不修边幅的男人，村长在他身边指着我说了几句话。他穿着一件牛仔外套，抬头看见我时，露出粲然一笑。

耳边童音还在继续："山重水复疑无路，柳暗花明又一村……"

郑皓这个二百五，十句话里，好歹有一句是靠谱的，这个同事确实很有点养眼养神的意思。

然而很快我就发现，这个人只能凭着一张脸勉强养养眼，为人并不能养神！

村长一走，他上下瞟了我两眼，双手插着兜，跩里跩气地说："大姐，来支教穿件GUCCI的logo T，不太接地气吧？"

我："……"

我收起碎了一地的期待，面无表情地瞥了他脚上一眼："你这双三千八百五十块钱的小白鞋，难道就接地气了？"

原本得意的他顿时就尴尬了："我这么低调的牌子你也知道？还知道价格！"

"因为我有一个低调又骚气的前男友。"他脚上这双鞋，我跟郑易曾经在逛街的时候买过一双一模一样的。

他顿时一脸"哦，我知道了"的表情，搓着手说："原来是个单身的小姐姐。我就说嘛，郑皓不可能这么对不起兄弟，知道我在这穷乡僻壤寂寞久了……"

我一头黑线地说："你到底是在这学校里为人师表的，还是误人子弟的？怎么看都像是个土匪头子！"

他"哈哈哈"地笑起来："逗你玩的。"

我："……"

这个神经病同事自我介绍叫单宇，跟郑皓一样是个纨绔，后来不知怎么被郑皓拐到山沟里来住了一段时间，就迷上了这里的气息，至今已经在这里做了一年，语文、数学、英语都负责。

"还有两个本地的老师，我们这些外地支教的，都是住学校里。"单宇带我往教室两侧的小耳房里走。正是课间，小学生们绕着小操场撒欢，看见单宇都十分热情地喊"单老师好"，单宇则完全没有了刚才吊儿郎当的模样，一一回应此起彼伏的问候。

教师住宿的地方比教室还要低矮、阴暗，仍旧是泥砖垒起来的，单宇看我默默无言地跟他对视，伸手敲了敲糊了一层报纸的墙："知足吧，听说是个女人过来，我还特意抽空帮你贴了一层壁纸呢！"

他说完又冲我挤挤眼："反正你也住不长，凑合俩月得了。"

"你怎么知道？也许我住完俩月，又想住俩月呢！"这屋子虽然破败，但收拾得干净，我已经比刚到时淡定多了，低头收拾东西，随口跟他闲聊。

单宇笑了笑说："一看你就不是常待的人，拎着个巴掌大的箱子，过几天降温哭死你……哎，你这是失恋了来散心吧？"

"……"我不以为然地转头打量他，"你又为什么跑这里来待一年多？难道是失恋了一年，还没调整好心态？"

单宇脸上笑容一僵，喷了一声："郑皓还说你有趣，我怎么一点也看不出来！"说完，转身上课去了。

单宇虽然是个不折不扣的富二代，但拜一年多的乡村生活所赐，各项生活技能简直满分，既能在周末时去山间河里精准地叉到游鱼，又能在砖垒的灶台上烧火炒一锅鲜香的野菜。

由于这里没有外卖，我不得不开始动手学习怎样生火做饭。第一次生火时，我无论如何也点不着火，单宇抄着两只手在旁边口头指导，我按他说的去做，凑近灶口往里吹气，火光轰然燎起，烧着了满灶野草，以及我耳边飘出去的一缕头发。

我在一股煳味里，冷着脸看单宇及几个围观的小学生哈哈大笑。

学校里的小学生们虽然时常嘲笑我不会从井里往上压水，不会在下雨天教室漏雨的时候迅速判断漏雨处，调整好大家的座位，但是会亲切地开口闭口喊我周老师，我做的饭不好吃时，他们还会争先恐后地让我吃他们的。

支教生活每天都过得鸡飞狗跳，而身后的平地上，一座令众人满含期盼的希望小学逐渐成形。

十月底，小学正式装修完毕，墙壁洁白，黑板净绿，桌椅崭新，既有小型图书馆，又有多媒体教室，学校门前还修了一片平整的操场，学生们再也不用呼吸着尘土奔跑打闹了。

我们在一个周四全体搬进了新的教学楼，村长兼校长将我们集中在空荡荡的旗杆下给大家开会。

他激动得热泪盈眶，说："娃娃们，咱们终于有足够的教室让你们好好学习咧！"

单宇带头鼓掌。

学生们实诚又认真地将自己的手拍到通红，每个人脸上都洋溢着激动之情。

村长接着说："咱们这个星期先不升国旗，俺跟青基会的干部沟通咧，下个周一，咱们会请捐助咱们学校的大善人过来，让他亲眼看着咱们的娃娃把国旗升起来！"

我巴掌拍到一半，总觉得有点奇怪——我不就是这个大善人吗？怎么没见有人通知我？难道要给我个惊喜？

单宇拿胳膊肘撞我："想什么呢？你穿着几千块钱的T恤不知道捐款，眼下坐享其成的时候了，还不卖点力？"

我难以置信地瞪他："你穿几千块钱的鞋子，你捐了？"

单宇登时跟鸡毛卡了嗓子一样干咳两声："我一个啃老富二代，哪捐得起款……哎哎你这是啥态度，鞋子是我妈给我买的！我跟郑皓不是没想过捐款，是后来郑皓说认识了一个人傻钱多的大款爸爸，一口气拿出了建校修路的钱，我们这不就省下了……所以你没看我鼓掌鼓得起劲？哪像你！"

我气定神闲地理了理衣服："不好意思，我就是你们那个人傻钱多的大款爸爸。"

单宇："……"

单宇下巴都要掉到了地上，半晌后又思索着合上，纳闷地说："不对啊……难道老村长嘴里说的，周一围观升国旗的是你？那怎么不干脆今天就升？"

我跟他面面相觑，同样一头雾水。

周一清早，精神抖擞的村长大着嗓门把我们几个老师从被窝里拉出来，大家一起站在校门口迎接青基会的负责人和传说中的捐款人。

我瑟瑟发抖地说："他们什么时候来咱们都不知道，不能先进屋暖和会儿吗？"

村长喊："那咋成！小周老师，咱们的诚意咧！人家给咱建了学校，咱不能那个……过河拆桥是不是嘛！老师们都站好咧，坚持就是胜利！"

其他几个穿得暖暖和和的老师异口同声地说："好咧！"

而到此刻，我终于理解了单宇说的降温哭死我。山间早晚温差大，我裹着一件薄薄的风衣，嫉妒地拽了拽单宇那棒针毛衣："你的大款爸爸非常需要它。"

单宇一脸不情愿地将自己的牛仔外套脱下来，还不忘鄙视我说："真正的大款爸爸就要来了，咱能别吹了吗？"

"……"很好，连东北话都冒出来了，我说，"有也是冒牌的，一会儿要是真有人来，请帮我撸袖子揍死……"

话音未落，村里刚垫的平整路面上就露出了一个黑色车头，平稳地驶过来。

村长激动地挥着手大叫，不待车子停稳，已经一边招呼我们跟上一边率先热情地跑过去。

副驾驶座的车门打开，下来一个年轻和善的女人，她熟稔地跟村长握手问好。单宇在我耳边介绍："青基会的杨部长，来过几次了。"

我笑着和同事准备一起凑上去时，后车门徐徐打开，我脸色一变，单宇察言观色地来回扫了几眼，不慌不乱地介绍说："这个是小周老师的前男友。"

我："……"

郑易摔上车门，抬眸对上我的视线，漆黑浓烈，抬脚就往我这边走。

单宇惊诧地说："真是你前男友啊？"

"前男友又怎么样？"我面无表情地说，"反正钱不是他捐的。"

单宇点头，拉开架势卷了卷毛衣袖口："明白了大款爸爸，想揍哪儿，您说话！"

郑易走到我跟前，垂眼定定地看我，尾音轻扬："要揍我？"

我别开脸，跟单宇说："照着一百万揍，揍多了我给你补。"

单宇瞅瞅郑易的肩膀，再瞅瞅自己的，重重地咳了一声："那个……那个这个挺拔高大的朋友远道而来，咱们不好诉诸武力、见面就揍吧小周老师？"

　　"啥？揍谁？"村长惊呼一声，瞪着眼睛冲我说，"小周老师，你咋能见面就打人咧！这可是咱们学校的恩人啊！这位……这位先生，可给咱校捐了好多钱咧！"

　　跟郑易一起来的杨部长见状连忙拽村长，说："村长，不是，弄错啦！小周老师才是学校的捐款人！"

　　"啥？"村长一头雾水，呆愣地看看我，又看看郑易。

　　杨部长说："这事都怪我，这笔捐助一直是郑皓联系我的，钱也是他给的，咱们这边要写证书，我问他证书做好寄给谁，他给了我郑先生公司的地址，我就以为钱是郑先生捐的，直到在来这里的车上，郑先生跟给我说明白。"

　　村长纳闷地问："那这钱，到底是谁捐的咧？"

　　杨部长笑着看我："是这位周老师捐的，周老师不仅在物质上给予了咱们帮助，还亲自来支教了！"

　　我也冲她笑，心想终于来了个明白人！

　　村长又愣愣地指着郑易问："那他是干啥的？"

　　郑易说："我是小周老师的男朋友，来看看她。"

　　我冷笑了一声，顶着他存在感无比强烈的目光，转头看见村长又惊又喜地一拍大腿："小周老师你太淘气了！早知道咱上周就把国旗升上去咧！"

　　"现在升也不晚！这才小半年，咱们村修路盖学校，变化真大啊！车都能直接开进来了！"杨部长拽着村长往学校里走，笑眯眯地感叹说，"郑先生这次也不是白来的，路上他跟我说了，要给咱们这些山头的村子多打几口井呢。"

　　"真的？"村长简直高兴得要找不到北了，刚才还招呼着我站他身边，听完立刻回头去找郑易，"小郑先生，快来快来，俺们村今年这是咋咧，撞了大运啊！"

　　我被迫停下来等他们跟上，郑易站在学校门口抬头看上面红艳艳的校名，下巴上带着一层淡淡的胡楂，脸颊瘦削，目光专注深沉。

　　上面是我最终想好告诉郑皓的名字：咏鹅希望小学。

　　想出那个名字的时候，我脑子里装的一定都是水。

七点半，所有的学生都系着鲜艳的红领巾，安静整齐地站在了操场上。

选出来的几个高年级旗手，扯着红旗一角，迈着方步走到旗杆下。国歌响起，所有人一同注视着国旗缓缓升起，共同迎来了山村孩子们一个崭新的开端。

山村里学校的竣工仪式相对简单，村长带着各村干部、镇领导去参观。

离上课还有五分钟，我抬脚往教室里走去，郑易在身后叫我："呦呦。"

我装作听不见。

他说："你再不停下，我就跟你一起进去上课。"

我停下来，面无表情地看他。

郑易微微侧头，打量我片刻，目光含笑："黑了不少。"

我："……"

他又说："穿的谁的外套？"

我冷漠地说："我现男友的。"

单宇正站在隔壁班门口，端着茶杯听我的墙脚，一口水"噗"的一声喷了出来。

郑易嘴角翘着一个无奈的弧度，两手利落地将西装外套一脱，递给我："这件才是。"

我盯着外套不动，抬眼看他："你到底来干什么？"

郑易语气真诚地说："来看你。"

我一动不动地看着他。

郑易又抬手抵唇轻咳了一声："钱不够了，来找你借点。"

我："……"

上课铃响，我转身进教室，在响亮的"老师好"中，抬手写下一个单词。

"同学们请坐。"我指着黑板上的单词说，"今天，我们学习一个课外单词，dare。"

大家跟着念了一遍："Dare。"

"它有一个感叹句式，叫作How dare you！"我抬手写下，淡定地说，"这句话的意思是'你怎么敢！'，语气强烈一些的话，可以翻译为'你好大的狗胆！'，当然这样不太文明礼貌，尽量不要这样翻译。"

下面一片笑声。

"注意这句话在说出来的时候,一定要饱含震惊与愤怒,声势要足。下面大家跟我念:How dare you!"

几十道气势如虹的愤怒声在教室里回荡:"How dare you!"

门外,郑易一只手扶额,看着我,想咬牙切齿,嘴角却又要翘不翘的,压不住眼里的笑意。

之前难产的英语老师身体恢复好,上周已经开始教课,帮我分担了不少压力。上完三个班的三节英语课后,我夹着教案出教室,郑易正跟杨部长站在校园操场上说话,看见我,跟杨部长点了点头,转身想拦住我。

我飞快地往前走,进宿舍门时,几乎是小跑着冲进去的。

"你跑什么……"郑易却手长脚长地一把抵住了门,闪身进来,话说到一半,却一时顿住,打量我这间贴着壁纸的小破房间,"你住这里?"

我抱着胳膊冷哼:"难道不是您让郑皓哭着求我来住的吗?"

郑易蹙眉:"他说这里山清水秀、人杰……"然后他也说不下去了,"是我不好,他出的主意,我以为他还算靠谱。"

我点点头,坐在床边说:"是啊,他靠谱,我就不靠谱。我拿着一大把钱出国玩怎么了?犯法吗?干什么要往犄角旮旯里钻?难道杀人的是我吗?"

"不是你。"郑易拖了把椅子坐在我对面,伸手想碰我,被我一只手拍开,他只好叹了口气说,"她买凶就是在境外,这种时候你出去,真不怕我担心死?"

"有什么好担心的!"我冷漠着脸说,"我还不比她有钱?她买一个,我买十个,看谁弄死谁。"

郑易无语地看我:"要是这样能解决问题,还用得着你?她给你一刀,我可以立马直接捅死她,然后呢?找警察自首?"

我被他堵得说不出话来。

郑易谆谆教导说:"她能违法,我们不能,我们只能智取。"

"笑死人了!"我冷笑出声,"哪有智取?郑易,我看不到你的智商,只看到了你打着幌子欺骗我的感情!"

"你刚受伤的时候我去看过你。"郑易敛了神色,温声说,"后来发现被她找的私家侦探跟踪……她警惕性比你强多了,你待在H市到处浪的那段时间,她就没彻底相信过我,不然我也不至于让你来这边。"

我心里一边想他什么时候去看的我,一边哼了一声:"那是你个人魅力不行,那么丑的女人都笼络不住。"

郑易失笑:"怎么笼络?俘获她的心,你能高兴?"

我若无其事地说:"怎么不能?反正咱俩也分手了,你爱干吗干吗。"

郑易愁得捏了捏鼻梁:"不是说好不当真吗?"

"我跟你说分手的时候,可没说不当真,我就是认真的。"我扭头看窗外,回想起那天晚上在郑家客厅里,他一言不发,我气得跳脚,就觉得心里酸疼,我扭头说,"你根本不考虑……"

而此时郑易已经歪在椅子上睡着了。

他眼底泛着青灰,这么片刻的工夫也能闭眼睡过去,让人心疼,又让人恨。

我还记得那个分手的夜里,郑皓送我回医院,我躺在床上心如死灰。

他突然发来几条消息:

你嘴太贫,怕你穿帮。

呦呦,信我。

我爱你。

第十三章 以牙还牙

● 惊不惊喜？意不意外？刺不刺激？

临近中午，郑易那个渣男倚在椅子呼呼大睡，我瞪了他一会儿，只能起身去食堂。

山里的小孩每天跋山涉水徒步走到学校，中午都是自己带点顶饱的馒头、腌菜吃，不仅不营养，冬天咬一口硬邦邦的馒头，估计会把牙崩掉，因此学校特意拨了钱给学生们建了一个食堂，请了村里几个妇女做饭。

我们这些老师跟着沾光，再也不用自己烧柴做饭了。

学生们的饭菜已经准备好，我到的时候，两个没课的老师正和做饭的阿姨们一起调馅。

"要做什么？"我凑过去问。

"周老师来了？"杨部长笑着招呼我，"我说跟着学生们一起吃就行，村长非要杀鸡炖鱼地招待，大家本来过得就紧巴，哪能这么铺张，李嫂子就说包点饺子吃。"

正在拿筷子搅馅的正是李村长的媳妇，笑着说："俺们这片的学生娃靠着你们才有书念，咋能不让你们吃好点，不然心里过意不去咧……"

杨部长笑着摇摇头，转头问我："郑易呢？你们怎么没一起过来？"

"睡着了，睡得比猪还香。"我一脸漠然，心想这种在H市里精精神神地勾三搭四，跑到我这里来倒头就睡的人，我居然忍了。

"看来是见到你，心里踏实，才放心睡了。"杨部长莞尔，"我昨天给他定了我们市的酒店，早上去接他，前台说他凌晨四点才入住。路上我问他，说是出差刚回来，马不停蹄就来见你了。"

"哦——"我了然地点点头，在心里撇嘴：那又怎么样，我难过得睡不着的时候就不辛苦？

我伸手拿了饺子皮，跟着村长媳妇照葫芦画瓢地包饺子。

教语文的老师打趣说："小周老师，你男朋友好帅啊！"

"帅有什么用？"我真诚劝告她，"你以后找男朋友，千万不能只看脸，还是要看人品……"

饺子煮好出锅时，正是饭点，学生们在食堂吃饭，村长送完镇县干部回来了，郑易也醒了，循着味不请自来地摸到了食堂后厨。

我正挑拣出锅的饺子，郑易凑过来："学会包饺子了？"

"嗯。"我将手里的碗递给他，"你吃这碗吧，特意给你包的。"

郑易垂眼看看："……"

我端着碗无声地看他。

他默默接了过去，拿筷子吃了一口，没说话，端着碗入座。

单宇也下课了，坐在郑易身边，伸着筷子想从他碗里夹一个吃，看清以后大惊失色："你这碗里都是啥？！面片煮丸子？"

郑易嚼得慢条斯理，我坐在他旁边侧头看他，他看我一眼，然后把碗冲单宇递了递："吃点？"

单宇打了个哆嗦，瞅瞅我，顿时坏笑起来："小周老师亲自给你包的吧？我怎么敢夺人所爱呢？郑皓他哥，你可得细嚼慢咽，慢慢品味啊。"

郑易："……"

第一次手工作品出师不利，我吭哧吭哧包了半天，一下锅，几乎全部皮开肉绽，我担心别人吃着难以下咽，特意把破的挑出来准备自己吃，郑易非要往我跟前凑，只能便宜他了。

我吃着村长媳妇包的皮薄馅大的猪肉饺子，心满意足。

村长今天高兴，弄了一瓶白酒要跟郑易喝两杯，郑易起身推辞。

村长媳妇乐呵呵地说："喝嘛喝嘛！郑先生，你跟小周老师啥时候办喜事咧？俺们估计是参加不上咧，就当喝杯喜酒嘛！"

郑易垂头看我，眼里带了一点笑意，问我："什么时候？"

我面无表情地往嘴里塞了一个饺子。

"我犯了点错，她正生我气呢。"郑易笑着跟大家解释，接过村长递的酒，跟他碰杯。

"两口子哪有不吵架的嘛！"村长十分理解地说，"哄哄就好咧！不行还可以跪搓板嘛，小郑，俺家里有搓板，借你使！"

刚将酒一饮而尽的郑易猛烈地咳了起来。

我："……"

村长，你都经历过什么！

大家吃着饭闲聊，提到下午杨部长和郑易要回去，郑易主动倒了一盅酒示意："今天来也是为了接呦呦回去，这段时间多谢大家对她的照顾。"

我："……"

村长诧异地问："小周老师，你这就要走？"

我只好瞪了郑易一眼，然后在众人关切的目光中笑笑："是要走了，家里有点事，得回去处理，正想着这两天跟大家告别呢。"

村长沉默片刻，放下筷子叹了一声："有事就回去吧。俺们这村里，支教老师来来去去换过不知道多少，小单老师算是待得久的咧。但是咱也知道，山里条件差，老师们愿意来教教娃们，俺们已经很知足咧，只希望娃们将来有出息了，还能回到家乡帮帮忙。"

我下午还有课，中午吃完饭便回宿舍准备教案，教最后一堂英语。

我收拾东西的时候，郑易推门进来了："下午几点走？"

我背对着他，听见他说："随便你，反正我没打算走。"

"赵警官没联系你？"郑易说。

我不说话了。

即便郑易不来，我也是准备回去的，因为前两天赵警官通知我，当时一起在巷子里拦我的那个黄毛男抓到了，需要我回去认人。

这几个月里，警方一直在跟这个案子。我打钱给黄毛男的那张银行卡里的钱因为数额较高，对方并没有一次性取完，警方对卡做了监控，前段时间黄毛男再次在市里取款，被警方抓获。

而那个捅我一刀的通缉犯，赵警官说近期在南方某市拍到了一起团伙作案的监控，里面就有他，现在已经加大警力追捕，很有希望将那个犯罪组织一窝端了。

郑易在我身后说："当时不敢联系你，一来是要在她跟前演戏，二来是凶手没抓到。以舒念的狠劲，买凶杀人这种事她既然做得出一次，就能做出第二次，我不能冒这个风险，呦呦。"

我冷着脸转身看他。

他手里拎着一块搓衣板。

我："……"

"还生气吗？"郑易抬抬手，眉头轻扬，"跟村长借的，给你跪下？"

我抱起胳膊，好整以暇地看他："跪啊，不跪不是中国人，跪了我就考虑原谅你。"

郑易大义凛然地把搓板往地上一放，撩起眼皮看我无动于衷，一条腿往后退了一步，屈膝往下蹲……

我有点想抬手捂眼。

见他另一条腿也要往下放，我简直心乱如麻，越过他快步往外走："在我回来之前，把我东西收拾好。"

下午我给三年级的学生上完最后一节课后，趁学生们参加大课间活动，跟他们告别。

其实就像村长一样，学生们已经接受了老帅们的来来往往，不舍但是无奈。我看着这些萝卜头，心里也格外地感慨，这是我人生中的第一次教师经历，我的第一拨学生，贫穷但是善良，希望他们日后都能事业有成，如果不能，希望他们能买张彩票，像我一样中个大奖。

单宇叹着气说："你们这些躁动的年轻人啊，一言不合就跑来山里祸害学生，转眼和好了，又撒手就走，太不像话了！"

"我本来就是来代两个月课的好吗？"我瞪他，"再说，我可没跟谁和好，你作为给我外套穿的现男友，怎么老想着让自己头上一片绿呢？"

单宇一甩头，说："我可吃不消你们这种成天作妖的人，还是让你男朋友把你领回家吧。"

单宇这个人，每天都在身体力行地诠释什么叫"潇洒走一回"。

我说："还没来得及听你这个富二代来山村教书的故事。"

正在嘚瑟的单宇身形一顿，片刻后"哎呀"了一声："我没什么故事，唯一能给你的忠告就是，男女朋友千万不要因为小小不言的事吵架，不然可能会后悔一辈子。"

我侧头看他："这还叫没故事？"

"朋友的故事。"他漫不经心地说，"我有一个朋友，在国外读书的时候交了一个小绵羊一样可爱的女朋友，然后他就整天作妖，仗着小绵羊疼他，挑三拣四，没事吵架玩。有一次又吵了一顿，我这朋友气得回国待了几天，再回去，小绵羊就失踪了，半夜出去买东西，再也没回来，生死不知，下落不明。"

我刚听开头的时候，想说"你这个朋友就是你吧"，听完却一个字也说不出来，只能点点头："哦，你这个朋友还挺可怜的。"

"是吧？"单宇说，"所以说啊，生离死别面前，吵架充其量就是点情趣。"

"小打小闹当然是情趣。"我忍不住说，"我也有个朋友，跟他女朋友突然说分手，说要跟前女友和好，你说他女朋友伤不伤心？他女朋友伤心到一半，他又说，逗你玩呢——这能是情趣吗？"

单宇嘴角抽了抽："好欠打的男人。"

"就是啊，放谁身上不生气？"我摊手说，"你说他女朋友除了生气，还能怎么办？"

单宇说："还能怎么办？当然是选择原谅他啊！"

我："……"

单宇"哈哈"笑了两声："唉，多大事，先问问他为什么要骗你，要是不能原谅，就分手；能原谅，就找个机会以牙还牙报复回去，出出气得了。"

我："……"

单宇站在送行的人群前，冲我肯定地点了点头。

郑易和杨部长已经等在车前，我想了想问单宇："你是为了小绵羊来当老师的？"

"她人美心善，老想来支教。"单宇笑了笑，冲我挥挥手，"别再来了啊，老实待家里跟你男朋友作妖，挺好的。"

A市是山脚下的一座小城,郑易从H市开车来的这里。到山下跟杨部长告别后,我们沿原路返回。

临走前,杨部长送了一面锦旗,上面写的还是"赠独立资本"。

车上,郑易装模作样地说:"怎么写的独立资本?先前的证书也是寄到的公司。你捐的钱,反倒让IC占便宜,多不好。"

我斜眼瞥他:"你现在的脸上,明明白白写着几个字,占了便宜还卖乖。"

郑易强行绷着脸,看似淡定地握着方向盘说:"没有,怎么会?"

头一次谈恋爱,谁还没个热血上头的时候,我当时多天真冲动,想对这段爱情做个纪念,又无私地想自己反正不需要什么虚名,不如把证书给郑易公司,还能给他公司树立一个具有社会责任感的形象。

我说:"记得当时年纪小,错把心肝喂狗狼。"

郑易没说话。

过了好一会儿,我倚着座椅快要睡着时,他突然出声:"那天送郑兆和进手术室,郑氏有人到场,有人没去,挨个打电话问我情况,你给我打电话,我没接到,后来看见你发的位置,秦姝急匆匆地打电话给我,我才知道你可能出事了。"

"我跟救护车一道过去的时候……"

我睁大眼看他:"你……不是秦姝赶过去的吗?你不是在陪着你爸手术吗?"

"走廊里站满了等待他生死消息的人,不差我一个。"郑易淡淡说,"呦呦,你躺在地上,能盼的,只有我和秦姝。"

"秦姝离得远,我就在医院,所以直接带着救护车过去。"郑易深而缓地吸了口气,"周呦呦,你根本不知道自己流了多少血。"

"……连嘴唇都是惨白的,再晚一点,恐怕我之后的每一年,都没办法过好那一天。"

我偏过头看窗外,无声地张开嘴深呼吸,生怕掉下泪来。

那一天,是郑易父亲的忌日,也差一点就是我的。

"你这辈子最大的运气是中了六十亿,周呦呦,我这辈子最大的运气,大概是遇到了你。我对你说过的话,怎么会忘?你跟她们都不一样。你每次气得我肝疼,明明欠揍得不行,我却还在鬼使神差地想,怎么那么可爱。你整天把钱挂在嘴边,你真在意吗?有钱你过得开心,没钱你照样能没心没肺过下去。

"我准备拿出后面几十年好好珍惜的人,一错眼的时间,流了满地的血。抱你上救护车的时候,随行的医生冲我吼,说我手抖什么,抱不住让他抱。"

郑易开着车,目视前方,声线平缓,没有什么起伏,我却听得心尖直颤。

"后来你输血抢救过来,我才松了口气。"郑易侧头看我一眼,翘了一下嘴角,"你出一次事能把我吓得半死,如果再来一次,我大概会提刀弄死舒念。"

我忍不住低声说:"你也知道是舒念搞的鬼,还跟她一起硌硬我。"

郑易叹了一声:"那天忙得焦头烂额,你跟我说和舒念一起对付夏青,我直觉不对,但听你说准备七月份再去许家……是我不好,早该料到舒念的打算。"

"舒念到底想干什么?"这也是我一直困惑的,"她想设局让夏青不得好下场,也不至于这么丧心病狂吧?"

"她本身就是为达目的不择手段的人。"郑易沉声说,"如果没有你,她对付夏青,可能还有更阴狠的办法。"

我听得难以理解。

郑易说:"舒念跟夏青不一样……"

舒念跟夏青不一样。夏青想要的,不过是自己出人头地,想过锦衣玉食的生活,摆脱讨债一样的家庭,再不想在别人面前唯唯诺诺、面红耳赤地讨生活。而舒念,野心更大,她想要的,是重新光耀舒家的门楣。

舒念正好经历了舒家轰然倒塌的那几年,从最初的车马盈门到人走茶凉,舒念的姑妈被许家羞辱,被迫远走他乡,舒念的父母早亡,颠沛流离地跟姑妈在异国他乡生活,她心里大概一直有一口气难以下咽,想翻盘,想让舒家再次扬眉吐气地站起来。

她跟夏青其实有共同之处,两个人都心急,都不约而同地选择了走捷径。

舒念打不成郑易的主意,便嫁给一个老男人,靠他的声势武装自己。郑易说,他在美国那几年,听说舒念几次回国,阵仗十足,不动声色地刷着舒家的存在感。那段时间，H市里风传舒家将要起死回生。

谁知道舒念老公一病逝，几个不安分的继子、一场闹得沸沸扬扬的遗产纠纷，便将舒念打回了原形。

所以舒念选择借自己姑妈的过往，重回H市。她心里肯定是恨许家的，但许家根基深厚，她根本奈何不得，便能屈能伸地想让舒云嫁进许家，提提舒家的气焰。

所以无论如何，她一定都不会让夏青好过。

"至于我，"郑易沉声说，"她回国之后约过我见面。她那场遗产官司当时即将出结果，肯定会归属给她，但她那几个继子也不是吃素的，不让她手里的股份腰斩估计不会罢休。她知道郑氏的困境，所以想找我合作。"

郑氏如果想收购境外的公司，很难。当地政府对这种技术类企业本身就有很高的保护意识，即便轻易松口，收购价格也绝对不美丽，而舒念有近30%的股权，郑氏只需收购20%多的股权，然后通过和舒念做郑氏的股权转让，就可以不多花一分现金解决问题。

双赢。

我有些疑惑："想收购她那家公司的应该不只有郑氏吧？为什么她一定要找你？"

郑易看了我一眼，轻咳了一声，没说话。

我转转脑子，明白了，面无表情地转过头。

旧情未了。

我声音凉凉地说："真是好一个一石二鸟的计策啊，算计了夏青，又消灭了我这个情敌。虽然我命大，但是架不住人家命好啊，你爸突然急病去世，扔下个烂摊子，我没有死又有什么关系，像你这种富有满腔责任感的人，为了郑家，不得不忍辱负重、拜倒在人家的石榴裙下，但又舍不得我这个真爱，所以让我帮你演戏，你也很会打算盘啊郑易——你那天放的那首《演员》，请再放一遍，谢谢。"

郑易好像有点没反应过来，侧头莫名其妙地看我："你说什么？"

我掀掀眼皮瞅他："说你的心声啊。"

郑易一只手握着方向盘，一只手支在车门上，捏了捏额角，头疼地说："就知道该早点跟你说清楚，说到一半，重点就被你带偏了。"

"刚才说那么多，你以为我是在煽情？"郑易无奈地说，"你被她捅了一刀，是我这个男朋友没有保护好你，我怎么敢像没事人一样，让她有机会再来一次？通缉犯没抓到，抓到了也未必会供出她来，呦呦，放一个蛇蝎心肠的人在你身边，我晚上睡得着？"

郑易的手指在方向盘上敲了敲："郑氏哪怕破产，跟我有多大关系？郑皓一个快三十岁的人，这种时候不出点力，要他干什么？白等着拿分红？郑氏的那点破事，自有他学着去处理，我不过是利用郑氏做个局而已。"

我费解地看他："什么意思？你不是为了郑氏卖身求荣？"

郑易额上仿佛挂了一排黑线："我只能说，你这个反应，让我十分放心，说明没有露出破绽。"

我："……"

我自觉误会了人，只好调整一下语气，轻声细语地问："那你打算怎么办？不管是收购还是股权置换，对她都没有什么影响吧？股权一卖，可以拿到很多钱啊。"

郑易眼里带着点笑意，看我一眼说："我总不能在华尔街白待几年，不敢说山人自有妙计，解决问题的办法总是有的。"

"你也知道不是什么妙计？"我忍不住再次打开嘲讽模式，"既然舒念那几个继子本来就没想让她好过，怎么不等他们下手呢？再说，既然你们目标一致，你干脆跟他们一起联手对付舒念，不是更好？"

"如果目标一致，哪至于让你受罪？"郑易扬了下眉，"他们想要的是利益，拿到舒念的股权，靠内部做账的可能性比较大。先不说他们能否接受我一个外人入局，单从结果讲，他们顶多吃掉她一半的股份，还要建立在公司市值稳定的基础上。"

郑易沉声说："我要的是她分文不剩，再也碰不得你分毫。"

A市距离H市有好几个小时的车程，郑易将我送到别墅门前时，已是深夜。

小区里到处是暖黄色的灯光，看着就觉得温暖。虽然这栋别墅我没住多久，但我在外人生地不熟地漂泊俩月，再回来便觉得无比心安。

开了几个小时的车，郑易大概也有些疲惫，缓了缓神后侧身看我，低沉的嗓音中带着一丝请求："瞒着你自做打算确实是我不对，虽然路上跟你解释过，但无论如何都让你伤心了……看在我跪搓板的分上，原谅我，好不好？"

我说:"你只跪下去了一条腿。"

郑易一愣,满头黑线地说:"我跪到一半,不是你转身跑的?"

"是。"我点点头,"因为我没有想清楚,即便你真跪下去,我也不知道能不能真的原谅你。你路上说的那些话,我听进去了,所以我想了一路。"

郑易正襟危坐,神色认真地看我。

他应该是能猜到我要说什么的,不然漆黑的眸子中不会闪烁着无法言说的复杂神色。

"我这个人很不喜欢走回头路的,即便我可能在分岔路口做了错误的选择,但是我懒得再回头了。"我面色平静地说,"我还是坚持那天说的话,分手吧。"

郑易长久地说不出话来。

半晌后,他才开口,嗓音都哑了:"呦呦,为什么?"

"大概是因为那天真的太伤心了。"我想了半天措辞,说,"分手的话再说一遍,真的好难,尤其是在你解释过后。平心而论,我能理解你,因为担心我再受伤害,因为想让舒念再也奈何不得我,所以让我暂时委屈几天,作为你的女朋友,哪怕之前不信,现在也应该相信你。"

我侧头看窗外,浅声说:"郑易,我信你,但我就是不喜欢你了。可能是我矫情,可能是我没良心,对不起。"

车厢中寂静得可以听见郑易的呼吸声,深而缓。

他低哑着嗓音说:"是我不好,到底还是让你失望了。"

我攥着拳平复了半天气息:"那就这样吧,不早了,你早点回去休息。麻烦你开下后备厢,我拿行李。"

说完我毫不犹豫地开门下车。

郑易也跟着下车,帮我将行李箱拎下来,递给我后,却迟迟不放开箱子拉杆。

我使劲夺了几下才夺过来,抬头看见他疲惫又憔悴的神色,不忍地侧过头:"天冷,回去吧,谢谢你送我回来。"

"呦呦。"他哑声叫我。

我头也不回地拖着箱子进了家门。

刚到十一月,H市的天气却已经很冷了,幸好家里是自采暖,我开了地热,扔下箱子上楼去敷面膜、泡澡,再下楼,已经是一个小时后了。

屋内温暖如春,我瘫在沙发上放空片刻,心想时间差不多了,于是拿过手机打开和郑易的聊天界面,开始发消息——

刚才跟你说分手,惊不惊喜?意不意外?刺不刺激?

你现在知道我当时有多难过了吗?

我刚发完,还没半分钟,门外就响起了"砰砰"的砸门声,大半夜的,吓得我差点从沙发上蹿起来。

砸门声不绝于耳,我轻手轻脚地凑过去,都不用看可视电话,隔着门就听见郑易咬牙切齿地说:"周呦呦,你给我开门!"

一个多小时了,他居然还没走吗?

我莫名有点心虚,隔着门说:"我不开。你怎么还没走?快回家吧!别把我门敲坏了,很贵的!"

郑易在面外估计要跳脚了,粗声说:"你不开我会敲一晚上你信不信?"

我:"……"

我无语片刻,其间他真的一直在砸门,我只好清清嗓子说:"那你答应我,进来不许打我!"

郑易似乎深吸了口气,他稳住声音说:"好,不打。"

然后我小心翼翼地给他开了门——刚拉开一道缝,对上他通红的双眼和跟锅底一样黑的脸,我就后悔了!

然而已经晚了,郑易喘着粗气一把便将门推开,我吓得不由自主地尖叫了一声,在他重重摔上大门的声音里,抬脚就往里跑。

郑易在后面大步追我:"周呦呦,你还敢跑!"

"不跑难道乖乖被你打吗?"我躲到沙发后面,隔着沙发跟他对峙,"说好了不许打我!"

郑易沉着脸哼笑,脱了西装外套就抬手卷衬衫袖子:"我打不死你!反了你了简直!"

他绕着沙发伸长胳膊抓我,我边躲边说:"我这是让你感同身受!你刚才有多痛苦,我那天就有多难过!"

多亏单宇指点,让我学会以牙还牙,以眼还眼。

郑易怒道:"我是无心的,你呢?!故意气我是不是?!"

"你根本就是故意的!"我转到沙发前面,对上沙发背后郑易那因抓不到我而怒火中烧的脸，得意地冲他吐了下舌头，"你给我发了信息解释，我也给你解释了啊！现在咱俩扯平……啊！你放开我……呜……"

我话还没说完，郑易已经单手撑着沙发靠背，两条长腿一跳越过沙发，一把抓住了我，我甚至都来不及看清他怎么动作的，自己就被推倒在沙发上，然后被他动作凶狠地低头吻住。

他亲得是真凶狠，重重地撕咬，霸道地长驱直入，混着清冽气息的舌尖探进我口中，交缠吮吸时发出吱吱的声音，让人听得浑身酥麻。我被他亲得头晕转向，又被他粗暴地舔舐唇舌，燥热得几乎不会呼吸，只好呜咽着伸手胡乱推他："呜……喘不过气了！"

郑易眸子精亮逼人，还沉着脸，薄唇上泛着一层水光，恶狠狠地低头扯咬了我下唇一口，然后说："怎么不憋死你！"

我舌尖发麻，气得捶他肩膀："憋死我你就解气了？你气我的时候怎么不主动投河自尽……啊！郑易！"

当一个人自知理亏又恼羞成怒想让别人闭嘴时，他唯一能选择的便只剩武力了。我气得骂他两句，他就伸手掐我腰间的软肉，然后趁我张嘴尖叫，再次低头亲我泄愤。

然而泄着泄着就有些不对味，他也就粗鲁了片刻，然后含着我舌尖勾缠的动作深而缓，缱绻但又饱含某种危险的意味，连呼吸都有些急促起来，大有将泄愤转为泻火的趋势。

我被压在他身下，除了感受到他紧实灼热的身体，和一股莫名躁动的欲念，也早已神志不清。他明显带了诱哄的意味，亲着人忍不住想往他怀里钻，如果不是他扯开我睡袍时的那丝凉气让我回神，我说不定就投怀送抱了！

我一个激灵，趁他不备，大力推开他，被迫光着脚跳到了地毯上，与他保持一米的距离。

"你居然想对我耍流氓！"我胡乱拢了拢松垮的腰带，揪住胸前半开的领口，热着脸气愤地指着他说，"咱俩这事还没完呢，你前脚刚欺骗了我的感情，后脚就想……就想那个我，你想得怎么这么美！"

郑易坐起来，一副欲求不满的模样："刚才欺骗我的不是你？你不该主动点给我赔礼道歉？"

"你怎么不说先给我赔礼道歉？"我嗤了一声，"别以为你在车上说两句好话，我就被你忽悠住了！"

"好啊，欢迎你来讨说法。"郑易点点头，一脸"欢迎来上"的表情，说，"我那个你不行，不如你来那个我？"

"……"我捂着脸说，"我后悔了，没想到你变得这么流氓了，咱俩还是真分手吧。"

"周呦呦，再说一遍那两个字，我真会跳起来打你。"郑易黑着脸威胁我，然而他并没有动，大剌剌地靠在沙发上，不自然地跷着一条腿，吊儿郎当的，一点也不符合他的气质。

"你这是什么坐姿……"我奇怪地瞥了他两眼。

郑易一脸无处可泄的欲火，磨着牙说："你说呢？"

我一愣，片刻后恍然大悟反应过来，顿时有点想笑，然而见他脸色不好，只能硬憋着。刚才在他身下我吓得心颤，这会儿逃脱他魔爪，又重新拾回自己多年的理论功底，一想到他憋得难受，心里只剩了幸灾乐祸的狂笑。

我装模作样地咳了一声："那你坐着歇会儿，噗……我上去收拾东西。"

眼见他又有站起来抓我的架势，我赶紧脚底抹油溜了。

我上楼将卧室的床单、被罩重新换了一套，换完一边心想，过了二十分钟，再旺的欲火也该消了，一边准备下楼去看看郑易，送他回去。

然而我还没出卧室，郑易已经穿着一身长袖长裤的睡衣，大摇大摆地进来了！

我看着他被吹得八成干的头发，震惊不已："你哪来的睡衣？！"

洗漱完的郑易又恢复了他道貌岸然、衣冠禽兽的模样，淡定地伸手关门："车上拿的，出差回来没来得及放行李。"

"不对！"我看着他动作，猛地反应过来重点根本不是他突然冒出来的睡衣，"你不该回家去吗？你来我卧室干什么？！"

郑易一脸的理所当然："陪你睡觉啊。"

你是在讲鬼故事吗！我抬腿就要往门口跑，郑易一只手关灯，一只手精准地将我捞进怀里。

黑暗里，那熟悉的沐浴露馨香将我团团围住，他俯身凑在我耳边低声说话时，连嘴里散发出的清爽茉莉气息都是我熟悉的："这会儿再跑,是不是有点晚?"

我睁大眼下意识地挣扎,他却摸着黑顺利地将我带上了床:"不碰你还不行?小气鬼。"

不碰我难道就没事了?跟一个浑身上下都散发着旺盛雄性气息的人盖着棉被纯聊天,我难道很擅长吗?

我老老实实地躺平,闭着眼装睡。

据说男人都喜欢那种床下纯洁羞涩,床上开放热烈的女孩,很不幸,我跟她们正好相反。我这种理论知识一堆的人,平时开黄腔比谁都黄,然而一来真的,就娇羞得恨不能变哑炮,生怕一不小心被人引爆。

郑易估计很头疼,但是我就比较高兴了,因为可以安心睡一觉。

下一刻,郑易翻了个身,我明显地感觉到一股不容忽视的气息徐徐靠近。

我闭着眼忍了十秒,然后受不了地睁开眼,正对上暗夜里郑易那双漆黑有神的眸子。

他嘴角微翘,正饶有兴趣地打量我:"不装了?"

我:"……"

"你不是奔波劳累了很久吗?为什么不睡觉?"我仰天长叹,"半夜两点了啊!"

郑易没说话,被子底下一阵窸窣,我感觉到他爬上我腰的大手时,作势要躲,却被他扣住。

他低声说:"我看看你那道伤口。"

我鬼使神差地不动了。

肚子上那一刀,不可避免地留了疤,医生说本来还能浅淡一点,结果我作死偷跑出去一趟,愈合的伤口再次裂开了,最后晚拆线好几天,伤疤也明显很多,现在摸上去还能感受到凹凸不平的疤印。

郑易手指温热,指尖在疤痕上摩挲时弄得我一阵酥痒。

"还疼吗?"他低沉着声问。

我摇摇头,又想了想,故意往他心上插刀:"那天去你家跟你分手的时候,感觉刀口特别疼,比被捅的那天还疼。"

郑易手指一顿,半晌没有说话。

就着朦胧的月光,我看见他眼里的神色时,顿时就后悔自己嘴欠了。

然而不等我改口，他便伸手覆上我眼睛，低头轻吻了我一下，叹道："不该瞒着你。"

刚才那一秒的对视，我看见他泛红的眼眶，顿时心里也难受得不行，伸手去握他覆在我眼睛上的手，说："就再给你最后一次机会。"

我说："小事上我嘴贫，大事上难道也会没有遮拦吗？你都不跟我商量一下。我收到那几条信息后恨不能跑回去打你一顿。下次再这样，我就跟别的男人跑了！"

"好。"郑易难得没有教训我胡说八道，他放开我的眼睛，低头轻柔地亲我。

吻毕，我调整了下呼吸，有点得意地说："刚才跟你说分手，你是不是也伤心得不要不要的，居然在我家门外待了一个多小时。"

"你还敢提？"郑易撑着脑袋垂眼看我，眸光中带着一丝危险的气息，"说到分手的时候，我倒是想起一件事。"

我莫名有点忐忑，想往一边缩，被他及时察觉，一只手扣住了我的腰。

郑易慢条斯理地问："那天你是不是说过，我喜欢你，是因为看我们两个同病相怜、惺惺相惜？嗯？"

我确实这样胡思乱想过，那天为了放狠话，还特意把他描述得不堪了一些……我果断摇头说："没有，你听错了！"

"听错了？"郑易挑眉，眯着眼睛冲我放暗箭，"要不要我给你背一遍？两个带着同样痛苦的人是没有办法……"

我热着脸赶紧伸手捂他的嘴："不许说了，我那是为了营造氛围才随口扯的！"

郑易拉开我的手，凉凉地说："我怎么看着不像？你暗地里琢磨过不下百遍了吧？"

我连忙摇头，大脑飞速运转，想到一个问题，问他："你当时还说过，我是为了气夏青才接近你的，你也在鬼扯好吗？"

"那是为了让舒念相信她挑拨离间成了，她说是听到你跟秦姝闲聊。周呦呦，我没有问你这是怎么回事，你反倒先自己交代了。"郑易半点情面都不留，"你别给我转移话题，今天我有的是时间，你一件一件老实交代。"

交代什么？再交代就要被他按住暴打一顿了。我眼睛一闭，牺牲色相，探头堵住了他的嘴。

郑易先是一顿，下一刻便反客为主……

昨晚折腾到近三点，郑易这只发情的大狼狗才肯老实睡觉，没想到第二天八点他就精神抖擞地起床了。

我是被他亲醒的，没好气地瞪他："干吗醒这么早？"

他已经收拾完毕，意气风发地穿着一身崭新的西装，坐在床边伸手拂开我脸上的头发，眼里带着笑意："起床气倒是不小。买了早饭，睡醒后自己下楼用微波炉热一热。"

我气顺了一点，听话地点点头。

郑易踟蹰了一下，看着我说："我跟她说的今天回来，得去上班了。"

我想了一会儿，才明白这个"她"指的是舒念，忍不住撇了撇嘴："出个差还要报备得这么齐全，把你调教得挺好啊？"

郑易拍了我额头一下，无语地教育我："这种醋也吃？我都有些反胃。为了抽时间去找你，才故意跟她说了一声，免得她起疑心。"

我不置可否地"哦"了一声，心里其实清楚，早前他提起跟舒念的恋爱往事时，就能明显看出来他对舒念的厌恶，但是明白是一回事，能不能接受是另外一回事。

郑易温声说："其实料她也没多少手段能折腾，只是架不住万一出事。警方那边估计要不了多久也会有进展了，最近H市全城加强治安，你待着我也安心。她那边，再给我一段时间，嗯？"

我不是很乐意地说："就是再让你给别人当当男朋友呗？咱俩继续分手一段时间……那我有个问题。"

郑易好言好语地安抚我："你说。"

我跃跃欲试地看他："在分手期间，我是不是有跟小鲜肉们做朋友的机会？"

郑易黑着脸走了。

郑易走后，我一觉睡到中午才彻底醒。我洗漱时看到他换下来的衣服放在衣篓里，心里想着他怎么没有带走，手上就拿出手机准备提醒他一声。

然而我又想到，万一他正跟舒念在一起，被看到就要穿帮了，只好换了个界面,叫家政阿姨来打扫卫生。

曾经刚中奖的时候,我畅想的未来生活是做一个现代版女帝,认识一个又一个的小帅哥,并且只准我这种有钱的州官在外放火,不许他们小老百姓点灯,只能等我临幸。

万万没想到,畅想是实现了,但被关在家里的人成了我。

关键是郑易这种家中红旗不倒、外面彩旗飘飘的渣男模式,还是经过我同意后,我们两个联手开启的。

爱上一匹野马,头上都是草原,说的就是我。

我抱着胳膊坐在餐桌旁面无表情地想了一会儿,然后灵机一动——为了让郑易的演出过程更加真实、演出效果更加轰动,作为一个中央戏精学院毕业的我,怎么能不竭尽全力配合他的表演呢!

郑易睡了我半张床后,对我的殷勤态度还是很明显的,直接从小区里那家死贵的早午餐店里搬了一份过来。

我摆了摆已经冷掉的牛奶杯,就着正好照进来的阳光,撑着头凹出一个优雅又慵懒的造型,然后叫来家政阿姨帮我拍了张照片。

阿姨的拍照水准超乎想象,不仅给我拍出了大长腿,还有圣光一样的光柱,连滤镜都省得加。

我编辑了一条朋友圈:

谁的人生没有黑暗过,谁的前男友没有劈腿过?忘掉那些渣男后,才会发现世界如此美好。从今天开始,攒局请叫上我,单身汉们浪起来!

P.S.现诚招小鲜肉,工作内容:跟图上的白富美谈恋爱。

待遇:月薪两百万起,会考虑长期发展,白富美跟你共享金山银山。

要求:个高腿长,颜值逆天,八块腹肌,有人鱼线最好,重点是不能劈腿!

发完朋友圈,我去热了牛奶和香蕉饼,等磨磨蹭蹭地吃完饭后,再看微信,评论区已经炸了。

郑皓:选我,我个高腿长!我现在每天累成狗,急需被包养!

谢茵茵:周俊送你了,鉴于他只有四块腹肌,月薪可以减半!

周俊:可以带老婆一起吗?买一送一,我们两个给你当牛做马!

秦姝:我勉强算是颜值逆天,求包养!

顾敬凡：咯，三十多岁算小鲜肉吗？请包养我！

容峥：楼上的都不看重点。呦呦妹妹，我这人忠于爱情，从不劈腿，选我。

……

我正看得乐呵，手机提示音响，是郑易，他发了一张我朋友圈的截图——周呦呦，你还真敢？！

我给他发了一串手机自带的那种翻白眼表情。

郑易毫无气势地给我回了仨字：你等着。

第十四章 人生如戏

● 该配合你演出的我尽力在表演

作完妖,我去了公安局。

警方抓住的黄毛男确实是那天一起在巷子里堵我的那个黄毛男。他对自己的犯罪事实供认不讳,但是半点没提舒念。

赵警官说:"他是H市本地的混混,嗜赌成性,因为欠了巨额赌债才准备出来干一票,和通缉犯孙强是第一次合作,彼此并不了解。银行卡是通缉犯孙强拿出来的,事后两人从卡里取出大部分钱分掉后,孙强就消失了。我们反复审问过他多次,他都说不认识舒念,没有听说过这个名字。"

所以仍然奈何不得舒念。

赵警官安慰我说:"我们正在全力抓捕孙强那伙人,一旦孙强落网,很快就能还你公道了。"

"如果他不供出舒念呢?"

"你得相信我们的审讯力度。"赵警官脸上现出一丝尴尬,咳了一声说,"这个案子,按照你的询问笔录,确实还有一些疑点,不过夏青的犯罪事实是板上钉钉了，尤其凶手已经抓到了一个，应该很快就会出判决结果。"

我点点头，对已经落网的不是很在意，只想把那个逍遥法外的赶紧抓进来。

赵警官顿了片刻后说："夏青后来提过好几次想见你。"

"见她干什么？"我百无聊赖地说，"并不太想见她。"

赵警官点点头说："那就算了，不过等判决结果出来，她就要被移交到监狱了，到时候再想见，就得跑城郊山沟里去喽。"

我："……"

开什么玩笑，她在这里我都不想见，我怎么可能会浪费精力跑监狱去看她？

短短几个月，夏青明显老了。

耳鬓头发花白，剪短的头发别在耳后，露出一张苍老憔悴的素颜，与上次见面时她精致的妆容、保养得宜的皮肤，以及高高在上的阔太太姿态，相去甚远。

我本来有点后悔一时冲动答应了见面，此时看见她这模样，又有点幸灾乐祸起来。

富人圈里的年轻貌美果然是靠钱堆起来的，一旦根基倒塌，身上这层皮便会迅速枯萎，尤其要是没了那股嘚瑟的精神气，浑身上下都能透露出一股灰败来。

我一只手撑着下巴，无聊地敲了敲桌子："听说你想见我，是想看看我为什么如此命大，竟然没死吗？"

从我进来，夏青就一直目不转睛地盯着我，嘴唇抖了抖说："你跟他长得真像……我居然没有认出来。"

我忍不住笑了一下："周浔生长什么样，你早就忘光了吧？我猜是舒念给你看过照片，你才想起来的，对不对？"

"我没忘……"夏青不自然地偏过头去，"只是不愿意记起来。"

"因为内心羞愧吧？"我冷声说，"为了金钱、地位，不惜抛夫弃子，周浔生当初一片良心喂了你这条养不熟的毒蛇，料你是不敢记起他吧！"

"我没有！"夏青下意识地开口辩驳，然而我这个被她抛弃的人摆在这里，她收敛略显激动的神色，过了片刻说，"周浔生根本不是真心爱我，不过是看我可怜才娶我罢了……但我这辈子，最恨别人一脸同情可怜地看我！"

"他是看你可怜？"我像听天书一样觉得可笑。

夏青说："我被人奚落、嘲讽，他替我出头，他爱的不过是自以为是的英雄主义而已。我承认，他给了我很大的帮助，但是我也尽责跟他恋爱、结婚了三年，我想过好好跟他过日子，但是我受不了……教师体面，体面有什么用？照样一穷二白，受人白眼，那不是我想要的生活。"

我面无表情地看她："你想要的生活，大多数人都无法企及，根本就是妄想。"

"那是因为他们没有野心。"夏青笑了一下，仿佛提及她短暂而辉煌的过去，很能提起她精神来，气色都好了不少，"我长得丑吗？我笨吗？我不过是被一个能榨干人精力的吸血鬼家庭束缚着。在一个不知道彼此过去的城市，我完全不需要周浔生那样的帮助，你没看到吗？我可以成功嫁进许家，成为别人口里尊敬的许太太，没有人敢充满怜悯地看我。"

"你用什么手段才嫁给许敬亭你忘了？你成为许太太，是踩着多少人爬上去的？"我厌恶地看她，"时至今日，你都不觉得这些是错的？你毁了不知道多少个家庭！"

夏青沉默了片刻，说："我不伤害别人，倒霉的就会是我。"

我："……"

这逻辑，满分，没毛病。

我感觉自己已经了解了她的脑回路，无语地看着她问："所以舒念威胁你的时候，你也是这么想的？不杀我，倒霉的是你；杀了我，也许你还能拿到我的六十亿。"

夏青的目光里终于带上了一点人味，她低声说："我也是被逼无奈。"

所以，在地位和女儿面前，她果断选择了前者。

我站起身："你每次解决问题，想的都是如何利用手中的条件达成目的，这些条件包括了你的美貌、你的心机，甚至你的女儿们，唯独有一点，你彻底忽略了。"

她抬头看我。

我说："上次，我说想认你做干妈，你冷嘲热讽地拒绝了，这次你知道我是你女儿，你有没有想过，舒念威胁你的时候，如果你告诉我，即便你被许家逐出家门又怎么样,你还有一个有六十亿的女儿可以照顾你?"

夏青倏地瞪大了眼睛。

我冲她摇摇头:"很可惜,你没有心,忽略了人与人之间的感情。但对我来说,我很庆幸,终于认清了你。"

我以前站在她的角度想过问题,但是因为我这个人本身既有道德感又有良知,总是觉得她所做的这些,大概是有一定苦衷的,直到她举起尖刀向我插过来,我才知道,有的人,天生就是缺心少肺、坏透底的。

我转身往外走,走到门口的时候,突然想起来,扭头问她:"警察说你老想见我,你见我就是为了给我洗脑吗?"

夏青从呆愣里回神,有点迫切地说:"我想问问,周浔生现在怎么样了,我……我最近一直梦到他。"

"哦,你还不知道吧?"我打量了一眼她惊疑不定的神色,缓缓说,"早就死了,因为被你欺骗,气得自杀了。怎么,他说什么?找你索命了?应该怨气比较重吧?"

夏青脸色"唰"地一下变得惨白无比。

我转身出去。

我爸那么善良的人,肯定早就去投胎了,才不会在一个毒妇身上浪费时间。只是,买凶杀自己的女儿,恐怕心再狠也逃脱不开良心的谴责吧,心中有鬼的人,就怕夜长梦多。

赵警官在外面等我,见我出来,笑着说:"谈得怎么样?"

我面无表情地看他:"你这警察一点也不合格,我都说了不想见,还明里暗里地引导我见。"

赵警官摸着头,苦恼地说:"我这不是没办法吗?她半夜里老做噩梦,我们看守所里值勤的同事总是被她叫得心惊胆战的。"

我想起刚才甩给夏青的最后一句话,不由得开始有点同情那些跟她睡一间屋的人。

临走前,我随口问:"像她这样的,大概要判多少年啊?"

赵警官说:"雇凶杀人未遂,但是你受伤比较严重,可能会判个七八年吧,不超过十年。"

我惊讶得不行:"这么短?怎么不判个无期徒刑什么的?"

赵警官:"……"

下午下班时间,我站在郑氏办公大楼下,倚着我那还没被临幸过几次的卡宴等人。

郑氏的办公楼建得早,地上有不少停车位,我是临时停车,就停在了大厅入口正对面,坦然地迎接着每一个人的注目礼,心里不禁有点暗爽,曾经,我也是这些上班族中的一员,朝九晚五,被老板提溜着团团转,累死累活地干上不知道多少年都买不起身后的这辆车。

感谢上天的垂怜,一张彩票,让我暴富。

我正在心里警告自己,太得意忘形容易遭报应,然后漫不经心地一抬头,就看见了迎面走来的郑易和舒念。

他俩脚步十分有默契地同时一顿。

率先反应过来的是郑易,他面色镇定地走过来,声音保持沉静:"有事?"

"没事。"我白了他一眼,"又不是来找你的。"

舒念站在后面,刚才提起来的神色明显松了松,摆出一个熟稔又虚伪的笑容来:"呦呦回来了,听说你出去玩了一段时间。"

她穿着一件最新款的风衣,在晚秋的寒意中显得气质格外优雅,见我打量她,从容地笑着拨弄了下头发。

我为了配开的这辆车,穿了一件松垮的飞行员夹克,两只手插着兜有点想笑:"你这件风衣不错,我记得价格将近六万块钱呢。"

大概是因为拿到了继承的股权和去年的分红,不用再穿过季衣服了,所以舒念眉目微动,笑容越发自信:"你也喜欢这件?可惜我买的是最后一件,限量,有钱也未必能买到了。"

"原来你把那件八码的买走了?"我恍然大悟道,"我买的时候就剩四码和八码,四码我穿起来正好。看你之前身材挺好的啊,咱俩身高也差不多,没想到你穿衣服还挺费料子的。"

舒念:"……"

我谦虚地说:"有钱确实没什么了不起的,我主要是比别人有时间,每天健身一小时,为社会节约资源。"

郑易背对着舒念,嘴角要翘不翘地憋着笑看我,满脸纵容。

舒念抬眼看看郑易的背影,咬牙切齿了半天才忍住脸上的怒意,浅声说:"所以你今天是闲得无聊,跑来跟我们拌嘴吗?"

我摆摆手笑着说:"我可没那么跌份,再说我的前男友,一个三十岁的老男人,我才不会这么计较的。我约了小鲜肉,来接他下班。"

郑易的脸"唰"地一下就黑了。

舒念神色倒是缓了缓，说："我看见你发的朋友圈了，恭喜你交到新男友，既然不计较了也请别出口伤人，大家以后还是朋友。"

我瞬间就冷了表情："凭什么？你见过分手以后还能做朋友的？舒念，哪怕我能接受重新跟你做朋友，也别想让我再对某个渣男好言好语的！"

舒念听得一愣一愣的。

半晌后她才反应过来，露出一个十分心机的笑容："没想到你是这么想的……那确实是我不对，不该强迫你改变自己的态度，以后我会尽量少让郑易出现在你面前。"

我偏过头，面无表情地"嗯"了一声。

郑易："……"

舒念脸上绷不住的愉快，她欣然出声告辞，叫郑易一起离开。

郑易落后她几步，扭头瞪我。我挤眉弄眼地给了他一个wink，他反而更来气地抬手冲我指了好几下。

我在郑氏楼下等了半天，最后等来的是郑皓那个累脱一层皮的小腊肉。

上午我发完朋友圈，郑皓就迫不及待地约我晚上出去玩。我本来以为他真会带我去认识单身小青年，没想到是去周俊家打游戏，气得我把他们一口气虐到晚上十一点，才志得意满地回家。

然后我就在家门口看见了郑易。

"你怎么在这儿？"我左右看了看，生怕舒念还找人盯着，赶紧催他，"快走，被看到怎么办，咱俩现在可是分手状态！"

郑易不知道等了多久，沉着脸一副不高兴的样子，喷了一声："你演戏还演上瘾了？"

我冲他点点头："还挺好玩的。"

郑易："……"

我一边开门一边扒拉他："你快回家吧，咱俩可别穿帮了，我都已经计划好接下来怎样跟她做朋友，然后在她被你坑的时候安慰她了呢！"

郑易抵着门，在我刚打开门的时候，拽着我闪进去，然后嘭一下就把门关上了。

我气得不行："你怎么老摔我门呢，那都是钱啊！"

"看来你还想跟她演一场欢喜冤家了，嗯？"郑易咬牙切齿地瞪了我几秒，随后低头就往我嘴上啃。

这天晚上，他又仗着自己人高马大，我打不过他，强势地占了我半边床位。

我有点不乐意："我花好多钱才买了一张两米多的大床，还没睡几天，就变成睡单人床，你能不能去客厅睡沙发？"

"背着我找小白脸，没睡你就不错了，还敢让我去睡沙发？"郑易将我两只手扣在头顶，语气危险，"说，今天去郑氏干什么？"

我说："许你找老女人，还不许我找小鲜肉……啊！哈哈哈，别碰我！郑易你这是犯规！"

郑易这个浑蛋，居然敢挠我痒痒！

他半边身子压着我，温热干燥的手搭在我腰上，我笑得直流眼泪，只坚持了半分钟就没骨气地连连求饶："我错了，我说我说！"

郑易停下动作，我歇了好几口气，动作一时有点僵硬，忍不住脸红心跳地看他，小声说："那个……硌着我了！？"

郑易："……"

趁他愣神，我赶紧卷着被子躲到了一边去，被他刚才压着的腿上仿佛还有点灼热。我从被子里钻出头来，再看见他一脸吃瘪的表情，又控制不住地笑出声来。

郑易恼羞成怒，伸手拽我："周呦呦，看我今天不把你办了！"

"别别别！"我往一边躲，"我老实交代今天跟哪个小白脸约会了！"

郑易停下动作，面无表情地看我。

我说："跟郑皓，你弟那个小白脸，去周俊家打游戏了。"

郑易："……"

他无聊地瞥我一眼，收回手，不计较了："还算老实。"

我说："我老实有什么用，你身边那个女人虎视眈眈的，就怕你不老实。"

郑易嘴边泛起一丝笑意，打量着我说："所以今天去查岗？"

"我那是顺便好吗？谁知道你俩在一起？"我想起下午的情景，不由得瞪他，"你俩是在逢场作戏还是假戏真做啊？上个班都要凑一起！"

郑易倒是不打趣我了，伸手把我捞回他怀里，垂眼看着我说："当然是假的……她这事没那么好办，设好了局，还得让她主动咬钩，万一她不咬,就白折腾了。"

"什么局?"我好奇地问,上次他就没有细说,弄得我一直云里雾里的。

郑易饶有兴趣地问我:"如果我准备收购你的公司,作为知道内部消息的你,想不想提前去买点股票,等股价上扬的时候赚一笔?"

我点点头:"想。"

我以前拿点小钱炒股的时候,买的股票都是微信群里别人提的那种"听内部人士介绍的"、"马上要出消息的",恨不能买到的股票都是刚买就涨停然后停牌,复牌后接着涨。

郑易黑着脸沉声说:"这是犯法的你不知道?"

我:"……"

我摇摇头。

"幸好你没蠢到自己打理资产。"郑易无语地说,然后他耐心地解释说,"这属于内幕交易,提前知道股票会涨,然后私下找人大量买入,情节严重的要判刑。"

我明白了点:"所以你想让舒念再去买点自己的股票?回头被判个内幕交易?"

郑易一脸"你太天真"的表情看我。

我:"……"

郑易说:"她走她的内幕交易,我终止我的收购。"

我睁大眼不明所以地看他。

郑易比了个跳水的手势:"她会加杠杆做多,然后我释放一个最大的空头信号。"

我已经蒙了:"然后呢?什么意思?你怎么知道她会加杠杆?"

他无声地笑着点了点自己的嘴唇,我瞪他好几秒,然后主动探头去亲他。郑易顺势一翻身,将我压在了身下,深吻。

我:"……"上当了。

我气得含混不清地说话:"呜——郑易……你等着!明天我就去找小鲜肉!"

现在的年轻人,干什么事都不懂得节制,如果能敞开了撒欢也就算了,我真是搞不懂郑易,明明最后憋得难受的肯定是他,为什么还要作妖撩我,撩完我,还得花很长时间平复自己兴奋的末梢神经。这到底爽在哪里?

对此,郑易一双黑黢黢的眸子隐忍又带电地盯了我好久,我果断拒绝了他:"你的小彩旗还在外面张牙舞爪呢,长征还没走完,就想先庆祝胜利了?"

郑易不仅没有感到沮丧,眼里还放出了精光,挑着眉说:"这可是你说的,给我记好了。"

随后,在无数次地查百度和郑易夹带各种天书一样的名词的讲解中,我勉强把他的计划弄了个一知半解。

郑氏想要收购的那家技术公司,舒念握有27%的股权,为了拿到绝对控股权,郑易至少还需要收购24%。

如果郑易和舒念郎有情、妾有意,那么郑易在收购24%的股权后,直接与舒念这个股东进行协议收购即可,虽然审核复杂、监管严格,但这是最快捷的一种收购方式。并且鉴于舒念和郑易的关系,以及郑氏现金流并不充裕的问题,双方可进行股权置换,将郑氏的股权兑给舒念即可。

只需要结个婚,郑氏便可起死回生,舒念便可保住自己的遗产,安心当上郑太太。

可惜半路杀出了我这个周咬金。

好在郑易在华尔街那几年不是白待的。

为了能够给舒念那家技术公司的股票行情造势,郑易选择了要约收购,从零开始增持该公司的股权,当持股份额达到30%的时候,向该公司发出正式的收购要约。

通常情况下,上市公司进行收购、重组等重大操作都会带来利好消息,不管是提前听到风声的,还是收到正式公告的人,只要确认收购成功率较高,都会积极买入相关公司的股票。

也就是说,收购要约发出的那一刻,相当于昭告全天下:假如郑氏收购成功,两家公司便要珠联璧合,携手走向康庄大道了,股票肯定会涨,还等什么,快点来买吧。

像舒念这种提前就知道消息的人,提前买了股票,那么最终的获利将十分可观,前提是收购真的成功了,股票真的涨了。

郑易要做的就是,在发布要约后,股票开始疯涨的时候,终止收购。

我听得一脸茫然:"为什么终止?平白无故终止,这股价顶多就是回落到正常水平吧？你不要以为我什么都不懂啊，我可是有多年炒股经验的老股民。"

郑易眼里带着笑，嘴角往下撇，揶揄地瞅了我一眼："是吗？收益率是多少？"

我："……"

郑易无声地笑着，在我面无表情地掐他时，才说："一个后妈，几个继子，个个心怀鬼胎，你说它的公司账务有没有问题？"

很多公司的账务都有猫腻，而这一家，估计会很严重。郑易肯定不想通过过高的价格收购，舒念作为一个知情的，并且痛恨那几个继子的人，肯定会有所透露，到时候揪住一个线头，就能理清这团乱麻。

被收购公司账务存在重大问题，收购方终止收购。

而账务丑闻，将会让其公司股价一落千丈。

大量持股的舒念，身家不知将要折损多少。

我费解地问："那你收购的那30%呢？不一样会跌？"

郑易露出十足的狡诈奸商相："我会通过掉期交易的方式拿到股权，终止收购的时候，合同约定日期未到，股价下跌，可以不履行合约，并且因为是对方公司的问题，保证金会悉数退还。"

我又低头去百度什么叫掉期交易。

简单来说就是，买卖双方约定在某个日期按照某个价格进行股票交易，到该日期时，假如市场价低于约定价格，买方可以不履行合约买入，只需缴纳合约保证金。

郑易看着目瞪口呆的我，笑而不语。

半晌后，我想出一点不对，说："有个问题，你怎么断定舒念会去做内幕交易？难道你要教唆她犯罪？"

"你以为人人都像她一样？"郑易一副我玷污了他名声的无奈相，"这种有空子可钻的事，根本不用我教唆。那天当着她的面和一个朋友打电话，聊起英国一家打擦边球的金融机构，她听到了心里去。"

我："……"

"这就是传说中的，虱子多了不痒，债多了不愁？"我感到难以理解，买凶就算了，还要搞经济犯罪？

郑易不以为然地浅声说："急功近利的人，往往喜欢走捷径。"

郑易原本的计划是，在收购后对公司资产进行定增或者拆分转移，削弱舒念手里的股权。这个做法，相对比较耗时，郑易说本来还在考虑其他方法,结果舒念在别人瞌睡的时候,主动送上了枕头。

郑易沉吟道:"现在的问题是,怎样让她多加几倍杠杆。"

我:"……"

十万块钱,普通炒股,赚10%就是一万;而配资炒股,假如用十万块钱融资三十万,赚10%就是三万,交出一部分佣金后,也相当于赚了原收益的三倍。

当然,赔也是一样。

舒念买点股票,赔也就是在原有基础上赔一些,假如跌个50%,她还能剩50%,但是加了杠杆就不一样了。

我忍不住说:"你太坏了,做人怎么这么绝呢?"

郑易面无表情地看我。

我雀跃地冲他眨了眨眼睛:"我有一个好主意,她肯定会往死里配资的。"

郑易:"……"

周俊的老婆谢茵茵,为了积攒文学创作素材,最近正在研究欧洲宫廷史,我去她家打游戏的时候她就在翻查资料,而我这个无所事事、整天只想着怎样花钱快活的土豪,灵机一动,跟她合办了一场复古趴。

为了能够真实地再现十九世纪初宫廷舞会的场景,我们租了一栋城郊的大坪别墅,重新布置了一番,将H市跟我一样喜欢寻欢作乐的小青年们通通邀请了过来。

我烫了一头羊肉卷一样的鬈发,被裙子的束胸勒得几乎喘不过气来。十几世纪的西方人穿的衣服美则美矣,就是太烦琐了,还十分受罪。

被我挽着臂弯的人体贴地侧头问我:"周小姐累了?要不要休息会儿?"

"不用不用。"我赶紧摆手,又忍不住笑眯眯地多看他几眼。

郑易以为我说找小鲜肉是闹着玩的吗?Too young too simple!

早在舞会筹备期间,我就开始托秦姝帮我联系模特圈的小鲜肉了。最后找来的这个,虽然一晚的价格贵点,但是完全符合我朋友圈里的要求,有腹肌甚至附送人鱼线,宽肩窄臀还赠送厚实胸肌,如果我要开后宫,我肯定选他做贵妃!

秦姝穿着一件蓝裙配白色蕾丝边的礼服,走过来跟我打招呼,站在我跟前时也是重重地吐出一口气:"周小呦,我真是服了你的脑回路,人类花了多少年才将衣服进化到现在的简便易穿,你倒好,一夜回到解放前,架着个裙撑,累死我了!"

"但是好看啊!"我看看不远处等她的容峥,冲她眨了眨眼,"你不嫌容峥是根针了?"

秦姝一愣,片刻后明白我是在调侃她之前说的话,上手狠狠拧了我一把:"你就嘚瑟吧,郑易就在我们后面呢,一会儿有你倒霉的!"

说完,她意味深长地笑看了一眼我身边的小鲜肉,然后施施然地转身走了。

郑易穿着罗可可风格的男装,衬衫、背心、外套、马裤,正正经经地搭配着领结和礼帽,居然很有风度翩翩的绅士风范,就连摘帽子和人打招呼的动作,都让人忍不住多看几眼。

我心想,幸好我的小鲜肉身高一米九,不至于完全被比下去。

舒念跟在郑易身边一起来的。大概是因为郑易的收购进度已经到了25.5%,她已经胜利在望,连穿衣风格都年轻活泼了很多,白色的裙子上缀了不少或长或短的酒红色蝴蝶结飘带。

周俊和谢茵茵迎上去跟他们说话,他们夫妻如胶似漆地挽在一起,舒念干巴巴地束手站了一会儿,就有点不甘寂寞的意思,一边笑着一边抬起手往郑易臂弯里伸。

隔着几步远,我跟郑易的视线对上,深深地盯了他一眼——

郑易眼里泛起点笑意,抬手去摘帽子,自然而然地避开舒念的手。

我伸手摸上了身边小鲜肉的胸肌。

郑易:"……"

舒念注意到我身边的小鲜肉时,眼角眉梢都松快地笑了起来。她跟郑易并肩站在我面前,说话的语气仿佛什么亏心事都没有做过:"男朋友吗?很帅气。"

我抱着小鲜肉的胳膊,看着郑易快要把我们肢体接触的地方烧出个窟窿来的目光,谦虚地说:"哪里哪里,还是你男朋友比较帅!"

舒念:"……"

她这人本来就机警,听了这话,笑容立刻就消失了一半。毕竟她身边的人,是我曾经痛心挽留过的前男友,我一夸,她就紧张。

舒念将那股刚进厅时耀武扬威的气场收敛了好几分,表情淡淡的,明显是后悔过来跟我说话了。

我笑了笑,当着舒念的面,向郑易抛出一个别有深意的眼神,然后在郑易勾起嘴角玩味的笑意和舒念难看的脸色中，带着小鲜肉走了。

我跟小鲜肉应酬了几圈，等人都到齐开场后，我找了个借口，跑到人少的二楼，趴在栏杆边上喘气休息。

郑易拽住我手腕时，我吓了一跳，赶紧往左右两边瞅瞅，生怕被人发现："你也太明目张胆了，被人看出来，还怎么演戏？"

郑易往楼下大厅瞟了一眼，面无表情地说："不被看到，你怎么演戏？"

他说着一把拉住我，将我拽进了一间无人的客房，把门随随便便一掩，低头就要亲。

我靠着墙，张开手一把按在了他脸上，兴奋地说："那她看到了吗？"

郑易黑着脸，拨开我的胳膊，在我顽强地想要继续阻挡的时候，将我两只手顺势拽起高过头顶，一只手死死将我的手腕按在墙上，一只手捏住我下巴，拇指顺势抹掉一层我嘴唇上的口红，舌尖轻而易举地撬开了我话多的嘴。

被强吻的我："……"

"我就摸了一下他的胸肌，你就把我啃成这样！"我火急火燎地对着化妆镜猛擦糊掉的口红印，生怕一会儿穿帮。

郑易站在门边，咬着牙说："我没有吗？别人家的更好是不是？"

我看看他泛红的嘴唇，凑上去帮他擦，顺便回味了一下刚才的手感，然而光顾着跟他斗智斗勇了，根本没注意触感如何，就胡编乱造地说："他的比你的大！"

"练过头了吧？"郑易被我抹着嘴唇，鼻间溢出一丝冷哼，随即垂了垂眼，目光定在我胸前，挑眉说，"也比你的大？"

我："……"

郑易成功让我吃瘪，脸色放晴，在我的瞪视下，要笑不笑地伸手扣住我的腰，把我往他跟前一带，又低头明目张胆地打量了一眼我那被束胸托起的半个胸口，眸色渐渐加深，含着笑低声说："怎么看着大了不少？"

我："……"

"滚——"我冷漠着拉长声骂他，要不是我理智，早就把他一脚踹到了外太空。

郑易被骂了还笑得开心得不行，耍着流氓安慰我："昨晚……手感挺好,小点也没事。"

为什么这个人跟曾经我开黄腔还会耳朵红的那个男人完全不一样了!

我正要开口要求退货,虚掩着的门外面传来一声呼唤——

"郑易?"

是舒念。

我跟郑易对视一眼,然后他松开手,我往后退了一步,拉住了他一只手,摆好架势,准备开演。

"可是我忘不了你……"我可怜巴巴地说。

郑易沉吟着:"你……别这样。"

"你也还喜欢我对不对?"我急急地说道,"我知道你现在困难,我有钱,我帮你,你离开舒念……"

客房的门突然被一把推开。

舒念拎着裙摆站在门口,死死地盯着我们拽在一起的手,惊怒又带着惧色的复杂表情交织在脸上,十分精彩。

郑易跟做贼一样,匆匆地收回手。

我竭尽所能地把握自己此刻该有的情感,被舒念识破时装模作样地颤抖了一下,旋即往前踏了半步,不甘心地看着郑易:"你不要躲躲藏藏的,你敢不敢正视自己的心,你根本就是爱我的!"

郑易偏过头去,沉声说:"我不爱你,我只是……为了跟你签那六十亿的投资合约,才跟你在一起的。"

舒念听得愣了一下,很快便一脸恍然,继续铁青着脸看我。

"那我也愿意!"我专注地盯着郑易,"我人都是你的,还差那点钱吗?你喜欢就都拿去,六十亿送你还不行吗?只要你跟我在一起!"

郑易眉眼微动,转回头看我,目光复杂。

"周呦呦!"舒念立刻低喝出声,"你什么意思?想当着我的面抢我的男人吗!"

我看向舒念,抿了抿唇说:"对不起,但是我没有办法,我真的忘不掉他,想到我们曾经在一起的时光,我连呼吸都是痛的……"

"够了!"舒念皱着眉说,"周呦呦,你跟郑易已经分手了,他现在是我的男朋友,你不清楚吗!"

我求助般地看她:"那你把他让给我好不好?你想要多少钱,我给你,只要你肯离开他!"

我一边说一边心想，怎么有点怪怪的，这跟电视剧里男主妈妈向女主甩支票时说的台词好像啊……

舒念冷笑："周呦呦，别总拿你那点破钱说事，先不说郑易是不是那种人，你当别人都是穷要饭的吗？"

我哼了一声，也冷着脸说："我知道你不穷，你不就是有点什么海外公司的股份吗？那又怎么样？一年的分红才多少？你是能把股份卖了拿几十亿的现金捧给郑易，还是能把股份全部送给他？二选一，你能做到其中任何一个，我现在就走，再也不纠缠他！"

舒念铁青着脸，说不出话来。

我又深情地去看郑易："我不像她一样虚伪，只要你开口，我的就是你的，全部送给你，只要你回来，好不好？"

郑易跟我对视："呦呦……"

"郑易！"舒念勉强维持着冷静说，"别忘了，我和你的约定，你想眼睁睁看着郑氏倒下去吗？六十亿又怎么样，不足以让它起死回生！"

郑易看了舒念一眼，沉默了片刻后，声音低沉地说："说实话舒念，你自己应该清楚，郑氏在我心里的分量，不足IC一半重……她的六十亿一旦撤回，公司的业绩将会大幅下降，IC这两年是准备上市的。"

舒念不说话了。

我得意扬扬地叉着腰说："哎呀，一个是根本不喜欢的行将腐朽的家族企业，一个是自己亲手养大、占有绝对控股权的亲儿子，该救哪一个呢？要我说，当然是亲儿子啦！"

"周呦呦！你这种插足的小三，有什么可狂妄的！"舒念眼里几乎要喷出火来，她骂完又转头看向郑易，深呼吸了一下说，"你已经收购25.5%的股份了，完成收购后，今后郑氏的分红、我手里的分红，都放到IC，好吗？"

我不屑地撇撇嘴："那才多少钱，还不够塞牙缝的。"

舒念深吸了一口气，强忍着没有看我。

郑易在她期待的目光里摇了摇头："不够，她的合同只签了一年，今年的业绩超出预期，一旦她撤资，明年业绩就是断崖式下滑。"

我摊摊手，叹声说："这就是有巨额现金流的好处啊！"

舒念上前一步，似乎气得想打我。郑易眼明手快地站在我跟前，挡住了她。

舒念脸上的表情更好看了，她闭了闭眼，片刻后突然冷笑了一声，再看我时，目光里全是笃定和讥笑："周呦呦，世上不只有你能一夜暴富拥有六十亿，我们这些从来不靠运气吃饭的人，靠头脑和胆识，一样可以做到。"

我愣了愣，装作不解地问："什么意思？"

舒念却不说话了，她再不看我，对郑易笑着说："收购完我的股权，我送你一份礼物。"

我探头看郑易，他微微扬眉，被勾起兴趣，问："什么礼物？"

舒念自信地微抬下巴："帮你将IC上市。"

舒念和"被打动的"郑易走了，我留在房间里，抬手冲自己比了个"耶"，同时忍不住感叹，舒念这个人，不像夏青一样说得多，做得少，她做事真的很有魄力，不管是叮嘱通缉犯对我下狠手，还是走内幕交易投机赚钱，转念间就能迅速做出决策，无论过程如何，不达目的，决不罢休。

郑易给我发来一条微信：幼稚鬼，以后不陪你玩了。

在我刚提出这个办法的时候，郑易就强烈拒绝过，说太幼稚，太丢人了，整个一出戏里，郑易就是一个来回摇摆不定，为了钱，无所谓女人是谁的大渣男。

但是这样的人，跟舒念多像啊。舒念肯在青春年华嫁给一个五十多岁的中老年人，这就意味着她是一个愿意为心中目标付出一切的人，可能她的内心都会被自己感动，为了舒家，她多么执着而伟大。

看到郑易的拳拳事业心，她会不会认为郑易跟她是同类，会不会更有得到的欲望和惺惺相惜的感觉？

从她抓紧郑易不放的态度来看，应该是有的。

我给郑易回复：幼稚出奇效啊！

郑易给我回了一串省略号。

我想起刚才的对话，问他：假如我没有原谅你，然后撤资了，你会不会心疼IC上不了市？

郑易回复得很快——

不上市又怎么样？

到时候估计只想把你追回来，哪有时间管它死活？

我给他回了一串"可怜"的表情，被撩得心绪起伏，只想赶紧下楼看一眼他那闷骚却平静的脸。

哪知道我刚要把手机收起来,他又发来一句:

只要把你追回来,IC上市就很有希望。

我:"……"

今晚的沙发,他睡定了!

十一月底,郑氏向英国那家技术公司正式发出收购要约,业内一片哗然。

郑氏的困局明眼人都清楚,但也都知道收购一家境外技术公司的高难度和高成本,并且这家公司的技术一直以来都十分吸引相关行业的目光,也有公司不断向其抛出过橄榄枝,但是都因为政策、股东意愿等问题未能如愿。

万万没想到,郑氏一个受困于现金流、集团内部冗余、各股东权势复杂,且董事长刚过世没几个月的传统企业,会有力量吞掉一家冉冉升起的新型科技公司。

相关的报道中,郑易有意让人透露出相关收购计划——已与一位股东意见达成一致,足够把握科技公司的绝对控股份额,郑氏确实存在现金流问题,但是将会用替代方案解决收购问题,比如股权置换。

这意味本次收购几乎板上钉钉了。

一时间,收购方和被收购方两家公司的股票全部高歌猛进。

晚上,郑易跟我视频。

我面无表情地问他:"你该不会跟舒念开一个房间吧?"

郑易穿着一身西装,一脸无奈地切换摄像头,扫了一圈酒店空荡荡的房间,又切回来:"我只跟你开一个房间。"

一句话说得我根本绷不住自己的冷脸了,热着脸瞪他:"郑易,你越来越讨厌了!"

他在那边低笑起来,一张俊脸看得我直后悔没有悄悄跟他一起去英国。

"你什么时候回来啊?"我无聊地问。

"这才刚到……"郑易叹了口气,旋即噙着笑问,"这么快就想我了?"

我摸着下巴说:"我就是在想,你不在的这些天,我空着的半张床,是不是该找个人租出去。"

郑易:"……"

他语气中全是威胁:"你敢再去找什么小鲜肉,回去我就办了你!"

我穿着睡袍靠在床上,拽住自己交叠的衣襟往外稍微扯了一点,无所畏惧地冲他吐了下舌头:"你来!"

郑易眼神立刻就变了,我对上他视线,才后知后觉地意识到似乎太放浪形骸了,于是赶紧把衣襟拢好,咳了一声说:"你离舒念远点啊,办完事快点回来。"

"好。"郑易看完我变脸的全程,压着笑低声跟我说,"等我回去。"

我点点头,挂断了通话。

郑易带了一个团队去伦敦,明里摆足志在必得的收购架势,暗里要去调查那家公司的问题。舒念作为公司的重要股东,也一起兴高采烈地回去等着签署合同。

也不知道他们要多少天才回来。

郑易和舒念都不在,我无妖可作,每天闲在家看看书准备考个教师资格证,顺便规划一下解决完舒念这件事,去哪儿度个假。

我在家宅了一周后,秦姝约我去逛街。

秦姝上半年融资后一直在跟陀螺一样连轴转,被她约一次,我简直受宠若惊:"你终于有时间逛街了!咱俩上次逛街还是二月份!"

秦姝挽着我胳膊,面无表情地说:"我晚上要去参加个颁奖典礼,没有礼服穿了。"

我:"……"

秦姝一向只买对的,不买贵的,而我鉴于眼光没有那么敏锐,担心买得不合适,近一年的穿衣习惯已经变成了只买贵的,从贵的里面挑自己喜欢的,一般都不会出错。

于是看到一家主打婚纱和礼服的旗舰店橱窗展示出的礼服时,我心动地拖着秦姝往店里去。

她刚才在一家买手店买了一条十分合体的裙子,进店的时候就低声跟我说:"土豪你买来穿啊,她家太贵了,一件衣服够我好几个员工的工资了。"

"就看看,我最近也没什么场合要穿,纯粹是过过眼瘾。"我低头看了一眼手机时间，才下午三点多，距她晚上的典礼还有足够的时间。

我让店员拿模特身上的一件给我试穿，然后跟秦姝坐在一边等候。

店里人不多，婚纱试穿区有几个人背对着我们在试穿婚纱，我看着那人被婚纱勾勒出的窈窕背影，忍不住跟秦姝感叹："咱们寝室四个人，就剩咱俩没有结婚了。"

另外两个室友毕业后都回了老家，毕业三年多，小孩都一岁了。

秦姝不怀好意地笑："恨嫁啦？"

我伸手掐她："我这么有钱，想结婚还不是随时结？！"

"周小呦，你这手劲儿！"秦姝笑着往边上躲，"你现在想结婚也能随时结？上次party，我看郑易看你的眼神，啧，太霸道了。"

"有吗？"我被她这样描述得反而有点不好意思，"没有吧。"

秦姝撩了下头发，轻描淡写地说："有，像《不要跟陌生人说话》里冯远征老师的眼神。"

我反应过来，面无表情地看她。

秦姝一本正经地绷了两秒，终于破功笑了出来。

我拿出手机："我现在就告诉容峥，你曾经说他那啥是根针。"

"别别别！"秦姝淡定不了了，伸手来抢我手机。

我们正闹着的时候，店员请我去试衣间试衣服。

一楼的婚纱区和礼服区共用几个试衣间，我往店里间走，离那几个试婚纱的人越近，越觉得背影都有点眼熟。

"试了快一百件，有完没完啊？"

这像许诺的声音。

另一个臂弯里搭着一件大衣的人语气冷淡地说："你不想等可以走，没有人求着你来。"

这是舒念的。

我前天跟郑易通话的时候他就说，舒念已经先回来了，郑氏这边还存在一些问题，需要再跟国内的监督管理机构进行确认，确认完才能签。于是双方约定走完流程后，再飞往伦敦签正式合约。

舒念有事先回来了，郑易和团队的几个人还在那边做调查，一来整理那家公司的账务问题，二来联系朋友确认舒念确实打着擦边球杠杆入场了。

舒念和许诺怎么会凑到一起？我看着她俩中间那个穿婚纱的女人，心想：不会是舒云吧？

店员见我站着不动，伸手示意说："周小姐，您这边请。"

那边几人听见声音，转头看我。

果然是舒云。

所以舒念说有事先回来，是因为舒云要结婚了？跟许敬亭？

"你怎么在这儿？"许诺有点惊讶，皱着眉问我。

许诺脸上还带着一点跟舒念争执时的难堪，我心想舒云要是真跟许敬亭结婚了，以舒念的作风，绝对不会让许诺好过。

"哟，这么巧。"我走过去，"舒阿姨要结婚了？恭喜啊！"

哪怕舒云不知道舒念私底下做了什么，我跟舒念明面上的这些事，她必然也是清楚的。

她有些不自然地笑了笑："周小姐，你也来选衣服？"

我点点头，好奇地问："你们在聊什么呢，怎么听着像是在吵架？"

舒云脸色更不自然了，没有说话。

上次我明目张胆地跟舒念抢过男人后，她见我就彻底没了那层伪装，大概马上要晋升为郑太太，也不屑跟我摆笑脸了，瞥了我一眼后，淡淡说："跟你没有关系，不要多管闲事。"

"怎么能这么说呢？"我往许诺那边站了站，"这好歹是我妹妹，马上不仅多个后妈，还附赠一个八竿子打不着的表姐，我这个亲姐姐，怎么能不过来关心一下？"

舒云脸色顿时变得尴尬无比。

许诺瞪大眼睛看了我一会儿，很快反应过来，哼了一声："你也好意思说是我亲姐姐？我这个便宜表姐都比你管的闲事多。"

舒念脸色十分难堪，冷声说："你年纪小不懂事，我和姑妈不跟你计较，但是被人糊弄几句就当真，真的十分愚蠢，真该让许敬亭好好管教管教你了。"

"你敢告诉他！"许诺登时有点急，"舒念，我死都不会出国去的！"

我在一边听得心惊胆战，转头问许诺："什么意思？"

这段时间我几乎跟许家没了交集，上次开party许诺也没有去，根本不了解她那边最近怎么样。

许诺冲舒念哼了一声："她手伸得不知道有多长。别以为我不知道，我爸说让我出国学习两年，根本就是她捣的鬼！"

如果舒云真跟许敬亭结婚，不说这个后妈脾性好不好，许诺肯定是不愿意的，尤其她只要不傻，就能了解到这俩人如胶似漆的过往。

有个可能捣乱的继女放在身边，舒云能过得舒心？舒念大概最清楚有个继子是什么感觉了，怎么可能放任许诺这种娇生惯养的人存在？

许诺出国学习两年，回来后，许敬亭还是不是曾经那个疼她爱她的爸爸，谁知道？

阴谋论一点，许诺出去后，还能再回来吗？

舒云去换衣服，我说："你一个即将成为郑太太的人，没必要这么容不得人吧？"

舒念看都不看我："她的一面之词，你信了，我也没什么好跟你说的。"

我说："不好意思，你和她之间，我显然更信她的话。"

舒念神色怔了一下，转头对上我带着深意的目光，却笑了起来，玩味又笃定："那又怎么样？不管信谁，甚至不管你做什么，你觉得自己能改变结果吗？"

我沉默地看着她。

"周呦呦，你挺记仇的，尤其一张嘴，说话不饶人，但是你能做什么呢？"舒念偏了下头，好整以暇地说，"是能让我跟你那个妈一样被关进监狱里，还是能挽留郑易，让他放弃郑氏？上次更是当着我面抢他，你抢成功了吗？"

舒念愉快地笑着说："说实话，我以前挺怕你的，不敢轻易惹你，你刚跟郑易在一起的时候，我还担心过，哪怕郑氏破产他可能也会为了你不顾一切。现在，我真不知道你每次出现在我面前，有什么可骄傲的。"

她说完，看着我和许诺，又笑了笑，然后转身走了。

许诺刚才因为我而出现的气焰也消了下去，茫然地看我。

我说："别误会，我过来不是想帮你解围，只是想气气她。"

许诺说："可是你没气到啊！"

我叹了口气："人家说的都是实话，我怎么回嘴？"

许诺："……"

她小声嘟囔："还以为你多厉害呢！"

我瞪她："我这是忍辱负重，让她一个秋后的蚂蚱再蹦跶几天！"

我跟许诺走在趾高气扬的舒念后面，一起出去，正看到秦姝在跟舒云笑眯眯地说话:"没挑到合适的吗?这家店的衣服设计也就那样,没有好身材根本穿不出来,而且设计风格比较年轻化,挑不到合适的很正常。"

舒云脸上挂不住,舒念几步走过去,什么话也没说,面无表情地带着舒云走了。

我对许诺说:"这就是拥有一个好闺密的重要性,你吃了亏,她立马帮你怼回去。"

许诺叹了口气,沮丧又迷茫,完全没有了曾经夏青在时的嚣张。

我趁她们在前面出店,低头看手机。

刚才过去跟舒念拌嘴前,我一听她气势挺足,悄悄打开了跟郑易的聊天页面,给他做语音版现场直播。

我打字说——

看见了吧?你这个未婚妻,就是这么嚣张!

我怕露馅不敢怼回去,都要被人欺负死了!

嘤嘤嘤我好委屈啊!

郑易回复得很快:

我下周一就回去。

我记得下周一郑皓生日,你跟他商量一下,给他办场party,多请些人。

第十五章 人生赢家

● 快乐永远都会如影随形

郑兆和在的时候，郑家两个儿子，一个比一个有骨气，郑易因为父母问题不屑仰郑氏鼻息，郑皓则将自己母亲的道德问题背在自己身上，不愿贪图郑氏半点资产。

然而郑兆和一倒，郑氏局势动荡，这俩原本相看两厌的兄弟却迅速地站在了一条战线上，成了彼此唯一能信赖的人。

"我马上就要撂挑子不干了！出差喝酒、喝酒出差，这哪是人过的日子！"郑皓一把扯开领带，将外套脱掉，胡乱团一团扔在一边椅子上，丧着脸说，"太苦了！哎哟哎哟，你包养我好不好？"

"苦的难道不是正在出差的郑易？你滋滋润润地来跟我吃火锅，还有什么不幸福的！"我安慰他说。

郑皓发完牢骚，又叮嘱服务员将他衣服包好，回头瞪着眼跟我说："我也刚出差回来好吗？我最近连着跑了好几趟外市！"

"你去外市干什么？"我奇怪地问他。

"当然是解决我司的大问题！"郑皓嘚嘚瑟瑟地说，见服务员进来上汤锅，便不再往下说，敲敲桌子示意，"说吧，找本大总裁干什么？"

我震惊得不行："你这么快就升职了？"

"嗯哼。"郑皓一甩头，"不好意思，郑氏现任的霸道总裁，就是我。"

我："……"

我面无表情地说："那麻烦总裁大大把郑易从英国叫回来，换个别的人过去处理你司的问题。"

郑皓也面无表情："对不起，郑易手里股份最多，现在是我司的董事长，我这个破总裁就是他力排众议提上来的，请董事长夫人替我求求情，让他放我一马。"

我："……"

郑兆和清楚自己的身体状况，很早之前就立好遗嘱，将股份分给了自己的老婆、儿子。郑氏股东多，虽然郑易股份最多，但实际上每个人手里的股份都没有多少，尤其郑家股权分散后，公司里的其他股东便蠢蠢欲动，很多人想要吞并小股东的股份，一家独大。

好在郑易有能力也有话语权，郑皓此时未必能做一个成熟的管理者，但形势摆在这里，只能赶鸭子上架。

郑皓一边大口吃着涮肉一边跟我狂倒苦水，我安慰他也不听，几乎要趴在桌上号啕大哭："我都好久没有碰过游戏了！你根本不明白那种痛苦！"

"不能玩游戏的痛苦我还是能勉强感受到的，确实很可怜。"我同情地看他，又看看时间，"饭都要吃完了，咱们聊点正事行不行？"

"你还有正事？"郑皓十分意外。

我瞪了他一眼："我当然有正事。我想办个party。"

"我就知道！"郑皓愤愤地说，一脸"果然你的正事就是吃喝玩乐"的表情，"哎哟哎哟，咱俩现在已经不是一个世界的人了，你办party我也帮不上什么忙了，毕竟我已经脱离了纨绔子弟的队列……想哭！我对不起组织对我的厚爱！"

郑皓这段时间大概是真累惨了，在我和他鲜明的对比之下，他郁闷地举着筷子，连肉都吃不下了。

我连忙说："组织还记得你。下周一不是你生日吗？组织想给你办个生日party。"

"下周一是我的生日?"郑皓一脸茫然,过了好半天才反应过来,无精打采地叹气,"我都忘了……不用了,我一个忙成狗的总裁,哪有资格办生日party!"

万万没想到,曾经的傲娇纨绔小王子,居然会拒绝自己的生日party。

我苦口婆心地劝他:"办吧,趁机放松放松嘛,不用你花时间,我找郑易的那个秘书小叶帮你张罗,毕竟是郑易说要办的。"

郑皓伸着筷子涮毛肚的动作一顿,脸上表情先是像被雷劈了一样,随即眼里放出一点光:"郑易要给我办生日party?他是不是觉得我太累了,想犒劳犒劳我?"

我默默咽下那句"他可能要搞事情",点头说:"一定是的,亲弟弟累死累活的,哥哥怎么能不奖励一下呢!"

"就是嘛!"郑皓的精神气瞬间足了不少,他端起一盘肉,扑通扑通下进锅里。

饭后,临分别时我叮嘱他:"郑易说让你多请些人哈,生意往来的朋友什么的。"

郑皓笑眯眯地点头:"好的好的,他肯定是想给我这个新任总裁摆摆阵仗,我懂的。"

怀揣着激情做事,效果总是超出预期。

我到宴会厅的时候,目光所之处,不是商务精英就是声名赫赫的企业家或是集团代表,这架势,虽然比不上顾老爷子的寿宴,但也十分正式了。

我忍不住喃喃道:"不是说郑氏要不行了吗?郑皓一个三十不到、初出茅庐的小青年,居然有这么多人给面子?"

小叶就站在我身边,尽职尽责地跟我八卦:"据说是今晚郑氏要宣布一项重要决策……再说,咱们小郑总新官上任三把火,据说表现很不俗呢,以后他代表的就是郑氏了,各家还是要给面子的。"

我看着不远处郑皓一身规矩西装,跟几个中年男人侃侃而谈的样子,心想变故总是能让人快速成熟,跟曾经无事一身轻的稚嫩说再见,大概是痛并快乐着的吧。

当然,这些人生感悟放在我这个变故有点与众不同的人身上,可能不太合适。不是我拉仇恨,我实在是一不小心早早就实现财务自由,人生只剩了轻轻松松地吃喝玩乐到老，没有痛，只有快乐。

七点多，我低头给郑易发微信，问他什么时候到。

他没有回复。

舒念也来了，极有气质地笑着招呼着相熟的大佬们，言谈举止间，摆出一副十足的未来郑氏女主人的姿态。

我趁郑皓身边没人，凑过去想问他郑易有没有告诉他几点回来。

我刚要张口，舒念也过来了。

她直接无视我，开门见山地问郑皓："我听徐副董说，郑氏有决策要今天宣布？我怎么不知道？"

她虽然笑着，但是眉目间一看就知道没有把郑皓当回事，说话语气带着明显的居高临下的姿态。

"决策？我也不知道啊！"郑皓纳闷地说，"我今天就是来过生日的啊，难道是徐副董有话要说？"

舒念质疑地打量他："你作为郑氏的CEO，你不清楚？我看很多人都在讨论，你不会是在跟我装傻吧郑皓？"

"舒念姐，我装傻能骗过你吗？"郑皓无奈地说，又冲她挤了挤眼，"郑氏最近最大的决策，不就是我哥跟你的事吗？应该是我哥有什么好事要宣布？"

舒念怔了怔，旋即反应过来，嗔瞪了他一眼："你一个小孩，说话怎么油嘴滑舌的！"说着还若有若无地往我这边瞟了一眼。

我："……"

舒念又说："郑易都没回来，他怎么宣布？你少糊弄我。"

她刚说完，宴会厅门口处有些骚动，郑皓抬抬下巴示意："那不是回来了吗？"

我跟舒念同时往门口看过去。

将近两周不见，郑易的头发长了些，脸居然又英俊了点，比起郑皓刻意老成的打扮，他一只手插在西裤兜里往厅里走来的姿态和举止，竟然显出几分年轻的不羁来。

这是一个董事长该有的气质吗？

出差这么多天，传说中的风尘仆仆呢！

你是出去度假了吧！

他一来，许多人都叫着"郑董"围过去搭讪，毕竟除了郑皓秒变CEO，郑易这个IC创始人，也兼上了郑氏董事长的头衔，能力和成绩更是斐然。

舒念一脸惊喜，抬脚也想迎上去，却被郑皓拉住了。

"舒念姐，他一会儿还不是要过来找你，你现在过去，还未必能说上话。"

舒念真心实意地笑着："就你话多。"

郑皓傻呵呵地笑，不动声色地给了我一个暗示的眼神。

我虽然知道今天舒念肯定要倒霉，但是一直没跟郑易详细通过气，郑皓装起傻来又好像比我还厉害，根本看不出他葫芦里卖的什么药，只能站在一旁酸溜溜地想：虽然舒念早晚要栽跟头，但是今天这么多人都看见郑易和舒念肩并肩地站在一起，以后我再跟郑易在一起，会不会被说成小三上位呢？

我正胡思乱想着，郑易结束和其他人短暂的寒暄交流，从容地迈着步子走了过来。

他冲郑皓点了下头，郑皓轻咳一声，转身往台阶上走，跟小叶要话筒。

郑易站定在我和舒念中间，彼此隔着一两步远，看着台上的郑皓。

先开口的是舒念，大概是被帅出新高度的郑易震着了，她眼里带光，笑着看他："怎么回来也没提前说一声？事情都办好了？下周过去签协议吗？"

"嗯。"郑易似是而非地回答，目光一直停留在郑皓身上。

郑皓站在台上，下面交谈声渐渐消失，大家都满含期待地看郑氏的新任总裁究竟要宣布什么决策。

"感谢大家的捧场。"郑皓拿着话筒，带着官方笑容，声音清晰地说，"以前过生日，都是和朋友在酒吧喝到天亮，这是第一次，能在各位大佬的祝福中，过一个十分有意义的生日，感谢郑董，提拔我为郑氏的CEO。"

下面一片笑声，大家都含着笑看看郑易，又看回郑皓。

郑易翘着嘴角，摇了摇头。

他偏头看我，目光深邃，带着星点笑意。

我瞪他一眼，面无表情地看了看敏感的舒念，又瞪向他，示意他收敛点。

郑易转头继续看郑皓说话。

郑皓开始回顾过去，讲郑氏最近半年的变故、存在的问题，以及他上任后的感慨。

然后他自然而然地提到了郑氏最近的动作。

他说："过去这半年，是郑氏尤为艰难的半年，各位应该已经了解到，郑氏一直在寻求优异的解决方案，比如收购合适的技术公司来解决当前最大的痛点。虽然SK公司的技术确实让我们看到了希望，但这项收购能否尽如人意……"

他话未说完，下面的人群就开始交头接耳，低声讨论，我回头看了几眼，见他们对着手机，俱是满脸诧异。

我也拿起手机，看见屏幕上很多不知道什么时候推送的消息，有新闻客户端的，也有炒股软件的：

郑氏终止对SK公司的收购，称其存在严重的账务问题。

郑氏称已解决仓储问题，终止对SK的收购。

……

"互联网信息时代，相信消息灵通的各位已经看到了郑氏发出的通稿。"郑皓笑着说，"我们在调查中发现，SK公司存在严重的坏账，其账务问题盘根错节，一旦将其收购，后续的账务梳理、管理交接将会拖慢郑氏整个的业务进度。经过慎重的研究，郑氏决定终止对SK的收购。"

舒念猛地转头看向郑易，整个人几乎站立不住："郑易……怎么回事？"

"抱歉，没有提前跟你说一声，不过现在也为时不晚。"郑易冲她颔首示意，声音平稳而淡定，"你明知SK存在的问题，还要竭力促成本次收购，我想今天这个结果，你不是没有想过。"

舒念急声说："SK的账务问题不是我有意隐瞒，我提醒过你，你一定也清楚，那些问题完全可以解决，而且能够让你以低于预期的价格进行收购，你知道的，没有那么严重！"

"我知道。"郑易垂眸看她，"我只是，突然不想收购了。"

舒念脸色"唰"地一下变得惨白无比。

"为什么？"半晌后，舒念哑声问道。

郑易看了我一眼，轻飘飘地问她："你说呢？"

舒念瞳孔放大，难以置信地看向我。

我冲她笑了笑，在郑易向我伸出右手时，靠了过去，任他轻揽住我的腰，跟他亲密地并排站在一起，无声地告诉她答案。

"不，不可能。"半响后，舒念脸上带着厉色，压着声音不甘地说，"郑易，没有SK的技术，郑氏早晚会走到穷途末路，你真要为了一个女人，放弃整个郑氏吗？"

郑易抬抬下巴，说："郑皓还没说完。"

"众所周知，SK的技术是多家企业梦寐以求的绝佳问题解决方案，郑氏自然不愿放弃这块儿诱人的肥肉，重要的是，我们需要解决这个难题。"郑皓说，"因此，郑氏决定将仓储业务独立拆出来——是的，这对郑氏这家体系庞大又复杂的企业来讲，将一条主业务线拆分出来并不容易，我们也是经过无数次讨论，力排众议做出了这样的决定。"

"今晚，我在这里郑重宣布，新的仓储技术研发公司，已与国内知名的通达企业签署并购合约，IC将代理投资人对其进行股权投资……"

在一片嗡嗡的议论声中，随着郑皓宣布郑氏一系列的决策，郑氏发出的第二篇通稿也纷纷在各大媒体平台进行了推送。

郑皓接着说："重点是，SK的现任CTO，将来到中国，出任新公司的技术总监。"

郑氏公关前后共发出两篇决策声明。

炒股软件接二连三地在推送消息——

收购被迫终止，SK能否应对？

SK面临账务丑闻和CTO离职双重危机，股价或将一落千丈。

SK公司在纳斯达克上市，此时是北京时间八点，距离美股开盘还有两个半小时。

舒念整个人都瘫软了，被跟许敬亭一起过来的舒云堪堪搀住。

我偏头看着她说："不至于吧，最多股票跌一跌而已，又不会跌成0，你这么厉害，一定能力挽狂澜的。"

"你错了。"郑易盯着舒念，声音不高不低地说，"她内幕交易，做了五倍的杠杆。"

她还真敢玩……我简直对她佩服得五体投地。

我靠在郑易身边，软软地说："是吗？那就有点可怕了呢，不知道几十亿的身家还保不保得住呀？以后还怎么买凶杀人呢？"

舒念神情已经恍惚了，她双眼无神地看了我一眼，又转开头，被舒云吃力地扶着往外走去。

台上郑皓在做最后的致谢:"谢谢各位一直以来对郑氏的支持,相信未来在新技术的变革下,我们可以更便捷、长久地合作下去。最后,我还要感谢新技术公司的投资人,也是我的未来嫂子,周呦呦女士。"

我张大嘴抬头看郑易。

郑易之前找我借钱,我是知道的,但当时只是口头提了下,并没有做过详细的书面确认,我根本不知道他这一部分的计划。

"都往这边看呢,注意形象。"郑易伸手合上了我的下巴,带着我转身迎接身后众多人的掌声,然后笑着侧头在我耳边低声说,"很赚钱的,笑一笑。"

直到宴会散了,坐在回家的车上,我还迟迟回不过神。

"所以,我即将成为一名项目投资人了?"

"嗯。"郑易脸上就差写上"求表扬"三个字,看似轻描淡写地说,"你不是早就想进行资本运作吗?顺手帮你实现一个愿望。"

我终于忍不住了,咆哮道:"那是几十亿啊!亏了怎么办?!创业投资多可怕,投上一千家,能活下来的超不过十家吧大哥!"

郑易面无表情地抹了一把侧脸:"没文化,真可怕。"

我:"……"

到了别墅门口,我臊眉耷眼地从车上下来,默默地、乖顺地开门锁,然后动作到位地伸手请黑脸郑易进门,半点也不敢反抗他登堂入室,不把自己当外人的行径。

刚才在路上,郑易咬牙切齿地给我扫盲。

通达企业发展日渐成熟,相关技术在业内首屈一指,本就计划在未来几年内上市,根本没有必要并购郑氏的业务。郑氏之所以能说服两家并购,不过是拿着SK公司CTO这张底牌。

SK的CTO手握其公司的核心技术,他跟舒念的丈夫是好友,以前两人互相赏识,才一直留在公司贡献自己的才华。后来好友病逝,公司动荡,这个CTO早已不堪其扰,心生去意。

于是郑易在SK动荡期间先下手为强,然后以此为筹码,跟一直垂涎SK技术的通达谈判。

最后的谈判结果显而易见,郑氏经由IC为新公司引入跟自己一队的投资方,保证己方在新公司有足够话语权的前提下,稀释了通达的股份。

所以,别说几十亿的投资,哪怕超过十亿,通达都不接受,因为新公司的上市是非常可期的，一旦完成上市，拥有原始干股的人，收益率将爆表。

也就是说，郑易在解决舒念和郑氏难题的同时，顺手又帮我赚了一大把钱。

我进门后屁颠屁颠地倒了杯水，端给郑易："郑总，您喝水。"

郑易冷着脸，轻哼一声，接过水杯喝了两口。

我看见客厅地板上放着他的行李箱，讨好地搭讪："您难道下了飞机，还回来过一趟吗？"

之前他每天都往我这边跑，每次他都在门口等我回家实在太引人注目，我就把开锁密码告诉了他。

"嗯。"他惜字如金地说。

我温言细语地问："那怎么那会儿给您打电话，没人接呢？"

"没电了。"郑易瞥了我一眼，"忙着指挥公关联系媒体做布置，可惜好心被当驴肝肺，后悔得肝疼。"

我连忙理亏地闭嘴，不敢再多谈今晚的事，生怕说多错多，把这位财神彻底惹毛了。

我束着手乖巧地坐在他旁边，机智地转移话题："不早了，郑总出差辛苦，早点洗漱休息吧。"

"好。"郑易面色稍缓，"我记得有人答应过，事成之后用侍寝来庆祝胜利，看来是准备好了。"

他倾身将杯子放到茶几上，侧过身看我。

我浑身僵硬，被定格了一样地跟他对视。

下一刻，我跳下沙发拎着裙子就往楼上跑。

郑易在后面暴怒地喊："周呦呦！你再跑一个试试！"

我洗完澡从浴室出来的时候，满心的忐忑和紧张。

虽说活了二十多年，到现在还只见过猪跑没吃过猪肉实在不像话，尤其我也没少跟着广大单身群众在微博刷评论，结束母胎单身，破掉完璧之身，但当机会真的到来时，又很没骨气地退缩和纠结。

未来充满变数，我要这么草率吗？郑易好是好，但彼此是不是最合适的那个，能不能走到最后，我也很迷茫。

万一不小心怀孕了，有了小孩怎么办，生还是不生？生了谁养？要结婚吗？

卧室里没有人，我扒着门往外瞅了瞅，在二楼小起居室看到了临窗而立的郑易。他脱掉了西装外套，卷着衬衫袖子，身姿挺拔地站在落地窗前，面对着漆黑的夜色。

茶几上放着他在充电的手机，居然正播放一首粤语歌。

"你怎么想起听歌了？这首歌我听过……"我意外地走过去，话说到一半时扫了一眼他振动的手机，才发现这根本不是在放歌，是有人在给他打电话，"我记得你铃声不是这个啊……不接吗？"

郑易转身，冲我挑了下眉："你想让我接？"

我凑过去看了一眼，才发现，屏幕上赫然显示着俩字：舒念。

"不准接！"

郑易笑起来，冲我伸手："过来。"

我瞪着他脸上的笑容走过去，却被他一把搂住了腰。

郑易低沉的嗓音在我头顶响起："形体老师有没有教过你圆舞？"

我茫然地看他，对上他深沉的目光时，愣怔了半晌回不过神："好像……好像教过。"

我边说着边回想动作，但因为学后一直缺乏实践机会，半抬着手根本想不起具体动作和节奏来。

说话间隙里，手机铃声中断，很快又锲而不舍地响起来。

郑易轻笑一声，两只手一起搂过我的腰，带着我和着歌声节拍轻晃。

落地窗外是没有亮灯的小花园，从里面看出去，只能看见一片暗色。

开了暖气的屋里，温暖如春。

男声低唱着粤语——

若那对手放松了会怕失去

紧紧拥抱以外我用什么感到被爱

我被他揽着怀里，小声问他："什么时候换的铃声？"

"刚刚。"

"几点了？美股开盘了吗？"

"开了。"

他说话简短又声音低沉，一室歌声里，我抬头，正对上他低头看我的目光，沉静、内敛又专注，我忍不住出声问他："在想什么？"

"你。"

我心中猛然一悸，看着他说不出话来。

郑易说："在想……还好，你还在。"

他停下脚步，缓缓低头吻过来。

我在他的身影笼罩下，闭上眼睛，心想，去他的迷茫与纠结。

我再迷蒙地醒来时，外面的天还没亮，朦胧地透着一丝光亮。

郑易靠在床头打电话，一只手放在我肩上轻拍，我眯着眼睛，皱着眉抬头看他，他立刻注意到了我犀利的眼神，匆匆跟电话那边的人说一声"知道了"，就挂掉电话，俯身来抱我。

"吵醒你了？"

"你说呢！"我根本不知道半夜几点睡的，这还没几个小时，就被吵醒，没有起床气的人都会疯，何况我这种刚受完委屈的人，想到这里我就忍不住掐他，"我还没睡几个小时呢！你走，去沙发上睡！"

郑易闷哼一声生生受着，抱着我不撒手，温声安抚我："以为你睡实了，你扒着我胳膊睡得熟，我担心起床出去接电话惊动你。是我不好，以后不接电话了。"

我瞪他："我睡实了也禁不住你吧啦吧啦讲电话啊！你根本不懂怜香惜玉！我后悔了！"

郑易按着我扑腾的胳膊，无奈地说："我总共就说了三个字……"

"你还敢狡辩！"

郑易一点脾气都没有了，干脆地点头："嗯，我狡辩，是我不对。"

我哼了一声，清醒了一点，感觉自己这起床气也是越来越严重，自觉地没再多说。

他侧身对着我，张开胳膊让我枕在他肩窝上，拍拍我后背说："睡吧，不吵你了。"

我闭上眼睛酝酿睡意，突然想到这个时间有人给郑易打电话，不会是因为——

"几点了？"

郑易低声说："不到六点。"

"美股收盘了？"

"嗯。"

我无声地看着他。

片刻后，郑易说："SK的股票一晚下跌81%，开盘后所有买方争相抛售，舒念排在抛售队列里，不等卖掉，就被强行平仓。"

也就是满盘皆输，爆仓出局了。

几十亿的股权，质押后换得五倍的配资，一夜之间，便挥霍殆尽。

资本市场残酷，但人心更残酷。

从我被人捅伤到郑易跟我分手，从他无数次的出差谈判到对舒念的隐忍不发，从郑皓发表声明到舒念软着腿离场，从昨晚到今晨。

此时的静谧安宁，不过是数月奔波后的尘埃落定。外人看来好似轻描淡写，内里却满是兵刃相接的机锋。

好在，所有的事情最终都得以告一段落。

我正出神，郑易轻柔地亲了我额头一下，低声问我："还疼不疼？"

我："……"

"不许问这个问题！"一想到几个小时前这间卧室里发生的不可言说的事情，我就忍不住面红耳赤，伸手去捂郑易的嘴。

郑易眸子里泛起遮都遮不住的笑意，他拨开我的手，凑过来低声闷笑着说："再来一次？"

"滚！"

清晨六点，我被郑易打电话的声音吵醒，迷迷糊糊睡了没几个小时，又被我自己的手机铃声吵醒。

"关机关机！"我蒙着被子往郑易怀里钻，万分后悔将手机带进了卧室里。

"接一下吧。"郑易显然也是被吵醒的，嗓音沙哑，将手机放到了我耳朵边，"赵警官的电话。"

我迷迷糊糊地"喂"了一声，赵警官已经在电话那边兴致勃勃地说话："周女士，告诉你个好消息，经过我们特警的连夜奋战，那伙通缉犯已经被我们连窝端了！人已经被押送到我们局里了，你来认人吧！"

赵警官几句话说得中气十足，郑易隔着不远也听到了，我仰头跟他面面相觑半晌，他伸手捏了捏我脸颊，声音含着一丝愉悦的笑意说："恭喜啊。"

直到坐在车上，我都还有点蒙，转头跟开车的郑易确认："这叫双喜临门吗？"

郑易昨天回国，时差没来得及倒，觉也没睡几个小时，却精神抖擞得不行，翘着嘴角说："对舒念来说，是祸不单行。"

股票跳水，几十亿资金一夜之间蒸发殆尽，舒念大概会睁眼到天明吧。

我说："她会不会想不开跳楼？"

"没准。"

"不会吧？"关于跳楼，我只是按照正常人的思维提一句，但是真放到舒念身上，我还是很诧异的，"她不像是这么不理智的人。"

郑易说："她内幕交易涉及的资金巨大，质押的股权会被金融机构接手，尤其SK股价暴跌，公司内部局势动荡，昨晚伦敦的朋友发消息说，监管机构已经开始介入，短时间内，她不敢回英国。"

我心想，舒念也是倒霉，别人都是内幕交易获取暴利，然后被监管机构起诉，她赔得连裤子都没了，还要因为违规交易被罚巨款……

"不敢回英国，国内又抓住了那个通缉犯……"我念叨着，反应了过来，"所以她现在就是妥妥的走投无路了？"

"嗯，算是因果报应。"

我默默地点头。忍辱负重多年，眼看胜利在望，所有的努力却付之一炬，一夜之间变得一穷二白，还面临牢狱之灾，如果是我，我肯定会跳楼。

郑易说："别想她了。我上次出差前看到你办的签证，想去日本玩？"

提起签证我就郁闷得不行，忍不住瞪了他一眼："早就过期了！都怪你，非让我去山沟里支教！我长这么大，还没出国玩过呢！"

郑易伸手握住我的，跟我十指相扣，笑着说："好，都怪我，等忙完这几天，我陪你出去玩两个月好不好？去北欧看极光？"

我勉强地哼了一声："我要吃丹麦的生蚝！"

郑易侧头看我，别有深意地笑："好。"

我装作看不见，拿出手机翻北欧有什么好玩的。

郑易突然出声说："饿不饿？前面有家便利店，去买点吃的。"

"哦。"

早上刚起床时因为没睡够，我吃不下东西，郑易便没做。在路上走这一段，还没到警察局，我就感觉饿了。

这边离公安局还有一段距离，郑易将车停下后，我下车，穿过人行道，进路边的便利店买早点。

我记得春天的时候，我早上去上形体课，遇上起晚了匆匆去上班的郑易，便蹭了他一段车。路上遇到一家便利店，他买了几个饭团当早点吃，在我厚着脸皮说自己也没吃时，他不是很情愿地分了我一个。

那个时候，我们还互相看不顺眼，我觉得他毒舌，他觉得我虚荣。

感觉也没过多久，却发生了这么多事。

我买了几个热好的饭团和包子，又要了两杯豆浆，出了便利店往街边停车的地方走。

这边是一片新规划的地段，人行道上种的树都比其他地方要细，冬天叶子落光了，光秃秃的，越发显得瘦小，不过视野倒是开阔了不少。

不远处我那辆宾利没有熄火，我正心想一定要带郑易去非洲看看那些挨饿的儿童，培养一下他节俭的美德，余光就瞥见一辆车飞快地从远处蹿出来，伴随着发动机的轰鸣声，猛地轧过马路牙子，直冲着我这边开过来。

下一刻，郑易开着的宾利猛地一声发动机响，车子转过一个刁钻的角度，斜插着开上了人行道。

然后就是砰的一声巨响。

黑色的宝马车轰然撞上宾利的副驾驶座，巨大的冲击力将宾利撞得几乎翻转，横移了几尺，堪堪被路边细小的树干拦了一下，树干咔一声响，倒在了路上。

我低头看掉在地上洒了一地的豆浆，心想：这是什么时候掉下去的？我怎么都不知道？

便利店里有人冲出来，震惊地喊着往那边跑："我去！怎么回事？撞死人了！"

我猛然回过神来，毫无知觉地往宾利车边跑。

安全气囊全部弹出来，白花花的一片，我根本看不清里面的情况，抖着手猛敲已经碎裂的车窗："郑易……"

"快打120！"便利店的大叔跑过来，"小姑娘你别哭，得先把车门打开看看情况！"

"这门打不开！"我抖着手一次又一次地拉车门，急得跺脚，门却纹丝不动。

便利店大叔从路边捡了块砖头，冲我说："我把车窗砸开看看情况啊！"

我点头答应，他扬手要砸，这时车门却一动，被人从里面推开了。

郑易一只手拨开安全气囊，捂着胳膊下来，脸色惨白，皱着眉忍痛说:"你居然……装了这么多安全气囊。"

我眼泪正流到一半,脸颊发痒,抬手胡乱抹了一把,睁大眼睛看他:"你还活着?"

郑易一挑眉,脸色一黑:"你希望我死了?"

"没……没有……"我终于反应过来,一时激动得带着泪笑出声来,冲过去想抱他,"真的没事吗?吓死我了!"

郑易"嗒"了一声:"胳膊和胸口可能骨折了。"

我赶紧松开手不敢碰他:"我这就叫120!"

"不用。"郑易伸手拽了我一下,沉声说,"打110。"

郑易看起来好像没事,却动一下就闷哼一声。我让他站着别动,快速跟赵警官说明了情况,又打了120,然后赶过去看宝马车上的情况。

几乎没有悬念,这场明目张胆的车祸一定是舒念的杰作。

只是没想到,居然是舒念亲自上场。

但是转念一想,又没什么毛病,她现在身无分文,确实已经雇不起凶,杀不起人了。

从她在人行道上踩足油门冲我撞来的架势也知道,她想撞死我。只是她大概没料到,本以为轻轻松松地撞个人,撞完说不定还可以逃之夭夭的计划,突然被郑易横插一脚。

这么快的速度撞到副驾驶车门上,宝马的保险杠整个都烂了。

她车里的安全配置显然没有我的好,只有一个前安全气囊弹了出来,但惯性太大,她整个人都撞到了碎掉的挡风玻璃上。

玻璃上一层血迹,她昏倒在驾驶位上,披头散发,血沿着额头往下流。

警察到的时候,她已经稍稍转醒,倒是命大,只是运气不好,被警察戴上手铐,直接押回了公安局。

去医院的路上,郑易躺在救护车里,拽着我一只手,手指在我手心里蹭了两下。

我面无表情地收回手:"你知道她在后面跟着是不是?"

郑易摇摇头。

我冷笑了一声:"你在路边不熄火,不就是等着跟她撞?"

他咳了一声说:"我察觉到后面似乎有车跟着,但是不确定。"

我继续冷着脸看他。

郑易再次来拉我的手:"真的,不骗你。"

我一想到刚才的事情就心有余悸，再一想他几乎是以命相搏，气就不打一处来："那为什么不跟我说？"

"跟你说了能怎么办？"郑易无奈地说，"经过昨晚，她早就崩溃了，恨你恨得牙根痒痒，不弄死你不行……即便告诉你她没安好心，今天躲过去，你能躲过她随时随地地横冲直撞？"

"但是那个通缉犯已经被抓了啊！"

"抓了，你能保证他会供出舒念来？"郑易不以为然地说，"也许她就是已经知道消息，才想在你到公安局前撞死你，让你没办法指认。"

刚才警方从她车上搜出了行李和护照，一看就是做好了将我撞死后出境的打算。

我沉默着没有说话，想到舒念一直跟在后面，确实让人心惊胆战。那时我还在跟郑易愉快地讨论着看极光、吃生蚝，却不知道说话间的哪一刻，将要死于非命。

郑易见我不再吱声，又晃了我手一下："我确实不知道她会做出什么事，只能时刻提防着，把各种情况考虑全面一点，尽可能地保证你没事……"

"我没事有什么用？"我冲他低喊了一句，又控制不住地往下掉眼泪，"你要是有点什么事，我难道会没事？"

郑易抬手连忙给我擦眼泪："我都是看好角度的，这不是没什么事？"

我恨不能伸手去戳他的胳膊和胸口："这不全是事？这要是折了肋骨戳进了内脏怎么办！"

旁边眼观鼻、鼻观心的随行医生突然出声，接着我的话茬说："那个……他应该没有骨折。"

"没有骨折？"我愣怔着转头看医生，"我看他挺疼的啊！"

"那应该是磕到骨头了，至少目前看起来没大碍，详细情况还要回医院做检查。"医生说，"你们那车看着性能就好，一圈都是气囊，而且她一个宝马小轿车，撞上你这SUV，本来就不好占便宜……"

我又转头去看郑易，郑易一脸"我没骗你吧"的表情，讨好地冲我笑。

我没好气地瞪他一眼，终于忍不住伸手戳了他胸口一下，在他"啊"的一声痛呼中，那颗一直悬着的心才缓缓落进肚子里。

医生的眼光很准，检查下来，郑易确实没什么大碍，既不用缠纱布也不用挂水，医生开了几盒消肿散瘀的药，叮嘱一声别乱活动，就打发我们回家了。

我拎着药难以置信："这就没事了？"

郑易尽量保持着上半身不动，警了我一眼："你天天盼着我有事是吧？"

"怎么会！"我赶紧否认，想到看起来比郑易伤得还严重的舒念，顿时有种不可描述的激动和出乎意料的高兴，"没想到宾利的安全性能这么好！我夏天买车的时候刚会开，胆小，就让店里在正面、侧面装了好多安全气囊，我怎么这么机智呢！我要再买一辆！"

郑易："……"

郑易叫了助理来接我们，没有回家，直接去了公安局。

警方抓获的孙强确实是捅我却又给我留了一条命的三角眼坏人，但也正如郑易所说，他并没有交代舒念的问题。

赵警官说："这个人精着呢，很多环节都留了一手，话不说死，估计是想以此谈条件，希望能轻判。"

"他身上背的命案还不多？"我不解地问，"他还有资格谈条件？"

"不谈条件，他判死刑，那你的案子还怎么查？"赵警官笑了，"不过你放心，如果舒念没进来，我们还真得陪他谈谈，但是现在舒念也被抓了，这就好办多了，两个人同时审，抓住点蛛丝马迹就能顺藤摸瓜……不过即便舒念没有这个案子，她早上的蓄意谋杀也够她喝一壶了。"

我摇摇头："不够，得数罪并罚才好。"

赵警官乐着点头："是这个理。"

我想了想说："我们能见见她吗？"

赵警官和郑易同时一愣，郑易说："你见她干什么？还不够碍眼的？"

我打量着额头上缠着纱布、吊着一只胳膊的舒念，心想，郑易说得对。

舒念看见我和郑易过来的时候，眼里几乎跟淬了毒一样，开口时声音都哑了："郑易，你从头到尾都在骗我！"

郑易脸上没什么表情，散漫地"嗯"了一声，然后低着头看手机。

这个反应让舒念更生气了，她猛地从座位上站了起来，但因为一只手铐在椅子上,起了一半又被拽了回去,伸着手指指我:"她有什么好!你根本就是瞎了!"

"不好意思,我比你漂亮,比你有钱,哪里不比你好?"我抱着胳膊同情地说。

舒念冷哼:"一个没有脑子的暴发户而已,如果不是他,我不知道比你有钱多少!"

我点点头:"好遗憾,你没机会了。"

"我知道。"舒念别开头冷静了片刻后说,"我最大的失败,就是败在了感情用事上。男人这种东西,只能利用,不能动心。"

我:"……"

我说:"那是因为别人对你根本没有感情,是你自己太相信别人跟你拥有一样的价值观了。你不择手段地想要恢复你们舒家昔日的鼎盛,你把这些东西看得太重了。"

舒念盯着我,不以为然地冷笑:"谁看得不重?周呦呦,你得到几十亿之后,如果一夜之间又身无分文,你能接受吗?你知道从高处跌落是什么感觉吗?你什么都不懂,有什么资格在这里谈价值观?"

我看着她没有说话。

郑易在一旁开口:"你转给孙强的那笔钱,是你回国之前就联系好的。"

我和舒念都有点反应不过来,他语气肯定,说的甚至不是问句。

舒念智商还在线,她立刻说:"我不认识什么孙强。"

我明白过郑易的意思来,跟着说:"别装了,警察说孙强已经招了,这会儿都去调查他提供的卡号进账了。"

舒念猛地抬眼看我:"不可能!"

"你爱信不信。"我耸耸肩,"其实你不用这么遮掩,反正你蓄意谋杀罪肯定成立了,再多一个罪名又怎么样?在监狱里多待几年,总好过出狱后艰难地讨生活,外面又没有股份等着给你分红了。"

舒念登时目光闪烁,激动起来,急促地喘着气,用眼神凌迟我跟郑易。

郑易平静地说:"你回国前,并不认识周呦呦,为什么会提前联系好孙强?"

我惊讶地扭头看郑易,听得懂他说话,却又好像不太明白他的意思。

舒念沉默着不吱声。

郑易起身，对我说："走吧，等警方审完再说。"

我跟着一起起身往外面走，舒念突然出声说："你心里难道不清楚？有的人，作恶多端一辈子，上天偏偏不把她收走，我不该帮一把吗？"

"你回国前就准备好对付夏青了？"我终于反应过来，"所以，孙强是你想买来想弄死夏青的，后来因为我，你又想到一箭双雕的办法？"

"我没想弄死她。"舒念神色淡淡的，"本来只想收拾她一顿，让她离开许家，等我姑妈嫁给许敬亭后，便去找……郑兆和谈一谈。"

不用想也知道，这个谈一谈肯定指的是以股权交换跟郑易的婚约。

她抬眼看我："回国前我才打听到郑易没有女朋友，没想到一回来就看见了你。你是我最大的障碍，我原本想着弄不死你，郑易就不会离开你……没想到，郑兆和在这个时候死了。我如果知道他会死，可能不会让孙强去动手。"

她认命地闭上眼。

我也有点愣怔，如果郑兆和先死，郑氏陷入危机，郑易要是更看重郑家的利益，可能不用舒念动手，他自动就会去跟她复合了，她也能免得一桩命案。

郑易拉了下我手："走吧。"

我无声地跟着走了两步，临出门前停下来，转头说："舒念，我虽然没有体会过，但是我一定知道从高处跌落的感受很不好。你有一颗忍辱负重、想要扭转家族命运的心，我很佩服你，如果你凭着一身真本事，真的光耀了舒家的门楣，我甚至会佩服得五体投地。

"但是从你联系孙强的那一刻开始，你就输了，而且输得让我十分看不起——这就是我的价值观。"

舒念睁开眼睛，定定地看着空无一物的桌子。

我握着郑易的手离开。

新一年的第一天，我和郑易飞到久违的G市。

我将手里的白菊放到我爸的碑前，拽着郑易说："那个爸……介绍一下，这是郑易，长得还可以，赚钱能力也还行，勉强可以做您的准女婿吧，今天带过来给您看看。"

郑易束着手，穿一身正式的黑色西装和大衣，端正地面对我爸的照片站着："爸。"

我一个趔趄差点原地绊倒自己："谁是你爸啊！别乱叫！你只是一个准——女婿，找准自己的位置。"

"你正经点。"郑易无奈地拽住我，"好好跟你爸说话。"

我爸其实不喜欢我一本正经、老神在在地说话，他一直都只想看到我没心没肺、无忧无虑的样子。

就像他在留给我的遗书中说的，很多他看透的事情，并不希望我也一清二楚，人生难得糊涂，他不愿我思虑过多，不愿我悲观绝望，不愿我看到世间的阴暗面。

可惜我没能让他如愿以偿。

这近一年的时间，我经历了人生的大喜，中了六十亿彩票，却也被卷到了无数的变故中：一个面目全非的妈，一个不择手段的情敌，一段跌宕起伏的感情。

我中奖的时候，心想自己从此可以花钱如流水，可以环球旅行，可以翻身做老板……暴涨的房价、枯燥的工作、乏味的生活都不会再是问题。

我想，好像人生的很多梦想，都可以顺利实现了。

然而生活告诉我，有钱，并不意味着不再有烦恼。

我吸口气振奋了下精神："爸，你放心吧，像我这种又有钱、又乐观的，不说今后还会遇到什么乌七八糟的麻烦事，就是遇上了，我也能……能让郑易帮我解决的！"

郑易："……"

我理所当然地瞅着他说："你不给我解决吗？不解决就别管我爸叫爸。"

"解决。"郑易额上挂着一排黑线，没脾气地点头。

他又调整了下面部表情，严肃正经地看着我爸的照片，仿佛他老人家就在眼前："爸，我会照顾好呦呦的，让她今后每一天都开心无忧。我说到做到，您放心。"

说完，他深深地鞠了个躬。

我听得喜上眉梢："既然要保证我开心无忧，那咱们出去玩吧？去马尔代夫好不好？"

郑易牵着我往回走，无语地说："不是刚从丹麦回来吗？"

"那又怎么样！"一看他就一副不想去的样子，我感觉万分后悔，"是哪个浑蛋曾经说自己不差那点机票钱，有根网线就能赚钱，我去哪儿玩就跟到哪儿的？！郑易！你说话根本就不算数！"

郑易连忙点头："算算算，去马尔代夫，去，回去就买机票。"

"不去马尔代夫了！"我重重地哼了一声，"我要去南极看企鹅！"

郑易："……"

他为难地说："南极的网络信号很差。"

我转头冲着我爸的墓碑说："爸！这个人说什么让我开心，都是骗你的，你半夜回来找他啊！找他给你女儿讨回公道！"

郑易："……"

烦恼总有烟消云散的一天，但快乐永远都会如影随形。

一完一

//// 番外 求婚 ////

又是一年夏天。

郑易和容峥、顾敬凡几个人约着吃饭,郑易给容峥发信息,让他早点到,说有事。

"兄弟,你想好了?"容峥同情地看他,"我十分不能理解你急于踏进坟墓的想法,你不能冲动啊!你看周俊那傻小子,年纪轻轻就想不开,现在天天被他老婆欺负得多惨!"

郑易凉凉地瞥他一眼:"你想得开,你前阵子找呦呦跟秦姝说好话干什么?你倒是别戾。"

"⋯⋯"容峥立刻跟鸡毛卡到嗓子一样长咳一声,"郑总,有事您说话。"

郑易靠着沙发吁了口气:"这个婚,该怎么求才好?"

他跟周呦呦在一起的官方时长已经有一年零两个月,然而实际上,除掉跟舒念斗智斗勇假装决裂的那几个月,再除掉周呦呦三天两头在外花式撒钱的旅游时间,两个人面对面谈恋爱的时间,满打满算,也就八个月。

但是感情深浅不能靠时间来衡量，得靠吃醋程度来自我体会，比如郑易，一收到周呦呦发来的跟络腮胡子、蓝眼睛的外国名模合影的照片，就要犯心脏病，恨不能立刻飞过去把她抓回来。

最近IC的员工明显感觉到，郑总工作不认真，每天开会都在走神。

下面的人讲完PPT忐忑地等着老板点评，老板微皱着眉盯着投影，心想，应该给周呦呦在手上套个戒指，等她再出去玩，那些小鲜肉就该知道——悠着点，这个小富婆已经名花有主了！小富婆也该看着戒指时常提醒自己是已婚妇女，请爱护正在给她赚钱的老公。

他走神时间之长，几乎要把紧张的下属吓尿。

容峥摸着下巴问："呦呦妹妹平时最喜欢什么？"

"……钱。"郑易说出来自己都替女朋友难为情。

容峥："……"

郑易想了想："要不买颗鸽子蛋？她应该会比较高兴。"她一高兴，也许就忘掉小鲜肉们，点头答应了。

容峥啧了一声："鸽子蛋她自己能买一筐吧？不是我说，赚钱你厉害，但是在怎么哄女孩子开心上，实在是差点火候。"

郑易面无表情："不然要你有什么用？"

他为什么没问周俊、没问顾敬凡，还不就是因为容峥是个万花丛中过的渣男。

容峥自动把这句话视为夸赞，靠着沙发优哉游哉地说："呦呦妹妹吧……一个多么清新脱俗的白富美，鸽子蛋对她来说还无难度，普通求婚估计都不能打动她，你得想点别致的，那种意义比金钱更重要的。"

从迪拜飞往H市的航班是晚上八点到，周呦呦穿着T恤、牛仔裤和运动鞋一蹦一跳地走在VIP通道里，转头招呼推行李的小叶："快点快点，我来帮你推！郑易一会儿该等急了，火锅里的羊肉、牛肉们也要不高兴了！"

在阿联酋玩了半个多月，那边的烤肉、抓饭、卷饼都很好吃，可是吃多了，周呦呦就开始无比想念郑易做的排骨汤、国内的正宗川菜、火锅们。

小叶看着自家老板娘的穿着和被晒得黝黑的皮肤，再想到手机上收到的来自老板的那条消息，一脸的生无可恋。

郑易曾经虽然夸下海口说周呦呦去哪里他就跟到哪里，但以周呦呦在家待一个月就要出去玩俩月的节奏，他全程跟起来实在有点吃力，后来就是她每去一个地方，他都会陪几天然后回国忙工作，而助理小叶从此摇身一变，变成了她公款陪吃陪玩的贴身助理。

临上飞机前，周呦呦跟郑易通完电话，汇报完自己到达H市的航班和时间，小叶就收到了老板的微信。

老板他要搞事！

郑易叮嘱她派了司机去接她们，他暂时不露面，并让她动用自己的聪明才智，让周呦呦换身漂亮点的衣服，还要忽悠周呦呦一起去IC大厦的顶层。

这是要求婚的节奏啊！

小叶心中本来十分激动，然而回来的路上，老板娘根本不配合！

更糟心的是，她们在迪拜的最后三天，顶着烈日在沙漠下玩越野，再好的防晒也扛不住，她们老板娘此刻的肤色，说像变换了人种有点夸张，但是跟东南亚人民的肤色相比，已经不分上下了。

周呦呦在飞机上也自觉晒得有点过头，连敷了好几片面膜，小叶见她开窍，就劝她换条裙子。

哪知道周呦呦往座位上舒舒服服一躺，一边含含糊糊地说准备下飞机跟郑易去吃火锅，不用太隆重，一边疲惫地直接睡了过去。

出了VIP通道，没有看到平时常在外面等着的郑易，周呦呦就有点不高兴，心想郑易真是胆肥了，现在都懒得下车来迎接一下自己了！

等坐上司机开的车后，周呦呦直接愣了。

郑易居然根本没来接她！

说起来，每次她回国，从来没有正经跟郑易说过要他来接。郑易倒是每次都会问她航班号和到达时间，但也只是表示知道了，没有开口说过接她。

但是事实上，每一次她回来，他都会出现在机场。

唯独这一次，什么都没有。

半个多月不见，周呦呦看着玩得很嗨，心里其实已经挺想郑易了。

外面再好玩，看到再多的新鲜事，没有郑易陪着，她有时候也觉得寡淡，快乐还是快乐的，但是最想分享的那个人不在，心里空落落的，不如见到他，跟他在H市老实生活的时候心安。

她想家了，有他的那个家。

但是！她再想，他都没有出现！

小叶见周呦呦上车后话就少了，连忙说："刚才我们秘书室的同事说，郑总还在公司加班呢，最近可忙了，每天工作到特别晚！可能是太忙，顾不上接你。"

"哦。"周呦呦点点头，想想自己在外面浪，郑易在家里拼命给她赚钱花，一时觉得好受了些。

就连小叶趁机说不如去公司找他，她都一口答应下来。

到了大厦顶层，小叶却没有让周呦呦往郑易办公室走，而是带着她走安全通道，往天台上去。

周呦呦纳闷地问："郑易不是在加班吗？咱们去楼顶干什么？"

小叶原本在发愁不知道该怎么忽悠老板娘了，见她困惑又迟疑的脚步，顿时福至心灵，心想：老板不是要制造惊喜吗？那肯定是率先制造一个心理落差比较好啊！

于是小叶神色复杂，含混不清地说："上去就知道了。"

周呦呦心里咯噔一声。

工作很忙、她这么重要他都没有来接，不会是出事了吧？要跳楼？

周呦呦越想越觉得有可能，不然大半夜的跑楼顶上做什么？她拨开小叶，三步并作两步地上到天台上。

天台上黑漆漆的，地上每隔一米放了一个黄澄澄的小灯，从楼梯口一直蜿蜒向远处。周呦呦也来不及细看，顺着灯光往前疾步走着，大声呼唤："郑易！你千万别想不开啊！股票跌停也不能跳楼呀！"

灯光的尽头，背着手拿着戒指盒子，原本有点紧张的郑易："……"

隐身在暗处，等着见证郑易求婚的容峥、周俊等人："……"

容峥没忍住，噗的一声笑出来。

郑皓赶紧捂住他的嘴，给了他一拳，示意他噤声。

周呦呦终于见到了灯光尽头的郑易，他穿着一身得体的西装，站的位置离天台边缘还有十万八千里远，在昏暗灯光的掩护下，看不出什么细节上的异常，还是那么从容镇定。

"你不是要跳楼？"周呦呦反应过来。

郑易额上挂着一排比夜色还黑的黑线："谁说我要跳楼？"

"小叶那表情……"周呦呦这时才有空打量蜿蜒到二人脚下并将两人圈起来的灯光，那是一个个的酒瓶造型，里面装着很多发光的五角星，仔细看还泛着点蓝绿色，"这……这是要干什么……"

这莫名有些温暖、暧昧的气氛和从心底升起的紧张感是怎么回事？

郑易看她终于开窍，心里舒了口气，嘴角翘起一个迷人的弧度——周呦呦平时最迷他这副表情："有东西要送你。"

隐约有预感的周呦呦顿时"哇"了一声，这高高的天台，这像机场信号灯一样的小亮星星，一切与预想的都那么吻合，她忍不住往前两步凑近了一点，仰着头看他，眼里仿佛闪烁着星光："你是不是想送我一架直升机？"

郑易："……"

暗处的郑皓自己也忍不住，噗的一声笑了出来，被容峥眼明手快地连打两拳。

天台地灯已经全部被关掉，夜色很好地掩护了郑易几次提起又几次落下的复杂神色："……为什么这样猜？"

"因为我这会儿最想要的就是一架直升机！"周呦呦充满期待，"我跟小叶在迪拜乘直升机观光的感觉好棒，我想买一架自己的，以后可以想去哪儿去哪儿了，你说呢？"

郑易说不出话来。

他迟迟不说话，周呦呦一颗雀跃的心就有点往下沉，一直沉到还没吃饭的空荡荡的肚子里："难道不是直升机？"

"……不是。"郑易艰难地说。

"哦。"周呦呦这会儿也没什么想要的，眼下除了一顿火锅，最想要的就是直升机，但看起来又不可能实现的样子，于是兴味索然，"那是什么？"

郑易到底准备良久，此刻终于到了关键时刻，心情难免再次紧张起来："呦呦……"

"嗯？"周呦呦不明就里地应了一声。

郑易深吸一口气，右腿向后退开一步，发出清脆的声响，是他碰倒了一个亮着的星星瓶。

第一个倒下的酒瓶碰倒暗色中提前摆好的未亮的瓶子，第二个瓶子在倒下时骤然发亮，紧接着第二个碰倒了第三个，然后是第四个、第五个……一个个沿着既定的轨迹倒下，发出连贯的声响，像是清脆中带着温柔的旋律，星星灯一圈接一圈地亮起来，不断往远处蔓延开去……

周呦呦发出一声轻呼，惊讶地看着一大片朦胧而闪亮的星星绕着他们摆出了一颗巨大的心。

郑易单膝跪地，向她打开了戒盒，在阵阵旋律声中，漆黑的眸子中带着期许，温声说："嫁给我，好不好？"

周呦呦抬手捂住了张大的嘴巴。

惊讶、喜悦、浪漫……又有点奇怪……半晌后，周呦呦才勉强回神，一只手指着戒盒里的戒指，一只手还半捂着嘴："这个黑不溜秋的……是什么？"

郑易："……"

周呦呦纳闷道："为什么不是闪亮亮的钻石？为什么不是鸽子蛋的那种？"

暗处的容峥："……"

郑易手上的戒指，是他特地买了原料，自己亲自手工做的。

白金的戒托中央镶嵌了一颗墨绿色的石头，因为在黑暗中，看不太清那抹幽绿，戒指两侧镶嵌了一些碎钻，衬得中间的石头越发莹亮。

郑易在心里将容峥骂得狗血淋头，但面上还是想为自己抢救一下："这是墨绿色的，这块石头是……"

"石头？！"周呦呦瞪大眼，难以置信，"你求婚不送我颗鸽子蛋就算了，居然我送我块儿石头？！"

郑易后面那句"来自月球的陨石"默默地消失在了夜风中，说出来大概也一样是抢救无效，因为确实没有鸽子蛋贵。

"郑易！"周呦呦简直怒了，出机场没人接，预想中的火锅没吃上，期待的直升机更是做梦，求个婚惊喜一下也好，结果被送了一块儿漆黑的石头！

"我从小到大就想着有人能送我枚大钻戒，闪瞎人眼的那种！结果呢！我太失望了！"周呦呦私下里也幻想过被求婚的场景，尤其是到了这个年纪，朋友圈里很多晒婚戒的、晒婚纱照的、晒结婚证的，每次看到心里都羡慕得不行，然后又默默地自我安慰——郑易也挺有钱了，肯定会送她一个超大鸽子蛋，实在不行自己掏钱帮他买也得买一颗，毕竟不差钱。

现在好了，周呦呦越想越气，越气越饿，指着仍单膝跪地的郑易说："你连我喜欢什么都不知道，我才不会嫁给你！去死吧！我要去吃火锅了！"

站在心形灯海外、手拿礼花彩炮的围观群众面面相觑，集体蒙掉，画风转换太快，英俊翩然的资本家求婚居然被拒了！而且被拒绝得如此无情！如此果断！如此……精彩！

远处周呦呦拒绝完求婚，转头就走，郑易叫了她一声，大步跟上，同时冲着站在外围的容峥伸手狠狠点了两下。

郑皓茫然地说："咱准备的晚宴咋整？辛辛苦苦让他们搬上来的。"

周俊说："咱们吃呗！哈哈哈……郑易结婚以后的日子肯定不比我好过！"

谢茵茵在一边使劲掐了他一把："再说一遍！"

日子肯定不会好过的容峥，万万没想到自己竟然出了个损招，十分受打击："散了散了！"

晚上十一点，周呦呦揉着吃撑的肚子进家门。

郑易帮她拎着行李，跟在后面。

周呦呦面无表情地径自进浴室洗澡。

她洗到一半时，浴室门被人敲了两声。

周呦呦不说话，躺在浴缸里盘算着一会儿该怎么指责郑易所犯的错误，然后就听见浴室门嗒的一声被推开了。

郑易还穿着一身西装，大摇大摆地钻进了热气氤氲的浴室。

赤裸的周呦呦瞪大眼嗷的一声叫着从浴缸里蹿了起来，随即意识到这种情况还不如缩在缸里，连忙又蹲了回去："你……你干吗！"

除去偶尔郑易饥渴难耐会趁她不备钻进来干坏事，她在家里洗澡从来不用防着谁，因此都只是将门关好，不上锁。

这会儿郑易突然跑进来，难道又要为非作歹？

穿得人模狗样的郑易，看着一丝不挂的周呦呦，从容地说："我来求婚。"

"你你你……你疯啦！"周呦呦扒着浴缸沿说，"你先出去，等我洗完澡再求！"

"不行。"郑易果断拒绝，有一就有二，单膝跪地的姿势熟练又标准，"晚上是我不好，没有去机场接你，让你饿着肚子，还没有买你喜欢的戒指，现在我重新求一遍，好不好？"

"不好！"周呦呦一只手捂胸，满脸防备。

郑易嘴上征求意见似的问着，却跪在地上纹丝不动，熟练地打开戒指盒。

周呦呦真的差点被里面的鸽子蛋闪瞎眼，巨大的钻石散发着闪耀的光芒，奢侈又美丽："你……你哪儿弄来的？"

"趁你吃火锅时买的。"

郑易先陪着她去了火锅店，然后便开始联系H市的各旗舰店，问有没有大颗的钻戒现货。大概是老天都觉得被容峥坑了、被女朋友骂了的他今晚惨绝人寰，勉强怜悯了他两分——正好有一个珠宝品牌在H市做展卖，恰好有一枚尺寸合适的鸽子蛋，于是他毫不犹豫地买了。

他虽然摸不对她的心思，但是行动力还是可以的，周呦呦一时没说话。

郑易往前挪了挪。

周呦呦登时往后面靠了靠，发觉往后一靠，整个前身都容易暴露，只好在荡漾的水声中又艰难地倾身靠回来："那个……咱们一会儿再说行不行？"

"就现在。"郑易说。

"呦呦，看着我。"

周呦呦本就被水汽蒸得发红的脸，在这种对比强烈的氛围中更是通红，迟疑地对上了郑易的视线。

"你自己有钱，很有钱，很多事情，不必别人插手帮忙，自己就能解决。"郑易声音低沉地开口，缓缓地说，"生病了，可以请护工，多花点钱，对方可以把你照顾得很好；想出去玩，雇个助理，路上艳遇不断，可以玩得很开心；大大小小的困难，撒点钱就能解决……我有时候会想，你到底需不需要一个嘘寒问暖的人陪伴。"

周呦呦张了张嘴，发不出声音来。

"你开心的时候，该分享给谁？心情不好想哭一场的时候，谁把肩膀让给你？你不舒服的时候，该向谁撒娇？旅行结束，又有谁在等你回家？"

"我思考过一段时间。"郑易说，"有时候认为，你可以向每一个愿意的人倾诉、寻求依靠，有时候又觉得，形形色色的人光顾你的生命，又陆陆续续地离开，你始终都是一个人，会不会太孤单。我想，有人陪着你还是好的，陪你一起生活，陪你体会每一份千滋百味的心情，陪你走向人生的终点。

"呦呦，有这样一个人陪着，一定会比自己独自前行要热闹，那么，由我来做你今后的伴侣，好吗？"

周呦呦怔怔地对上郑易漆黑深沉的目光，几乎忘记了自己还蹲在浴缸里。

以前刚中奖的时候,她就想过,自己这么有钱,完全不用担心有没有男朋友,没有又怎么样,现在花钱什么买不到,后来才知道,这不一样。

每一次远行,每一次归来,只要想到世上有个地方,有人在等她,她就会觉得神魂俱宁。

有郑易在的地方,就是她的家,是她的归宿。

周呦呦忍不住轻轻地点头:"好。"

终于——郑易闭了下眼。

下一刻,三十岁的郑易,怀揣着一颗二十岁的雀跃的心,猛地一下蹿起,一边把周呦呦拉起来,一边将戒指戴在了她手上。

"哎哎哎!你先出去!"周呦呦一被拉出水,整个人都暴露在了灯光下,偏偏对方还遮得严严实实,登时又羞又臊,想打人。

郑易哪里肯轻易地扔掉如此大好的机会,一只手箍住她的腰,一只手扣住她后脑勺,低头便吻了下去,舌尖扫过她滑软的唇瓣,轻车熟路地探进去,缠住她的舌尖亲吻。

周呦呦"呜呜"地捶着郑易的胸膛抗议,在他大手沿着她腰际往下滑时更是从喉咙里发出尖叫声来,却又被他用嘴悉数堵了回去。

渐渐地,两个人的呼吸就全乱了。

后来,周呦呦戴着鸽子蛋欣赏的时候,想起了那枚被嫌弃的石头戒指,然后才知道那枚戒指是郑易亲手做的,是来自月球的陨石。

你想要星星,想要月亮,我都会捧给你。

再后来,跟郑太太经常打交道的人都知道,她手上常戴一枚稀奇的墨绿色戒指,小小一枚,精致又独特。